Lynsay Sands a un diplôme de psychologue. Elle écrit depuis qu'elle est enfant et aime lire de la littérature sentimentale autant que de l'horreur. Elle aurait voulu être un vampire. À défaut de boire du sang, elle est toujours à la recherche d'un régime qui fonctionne.

Du même auteur, chez Milady :

Les Vampires Argeneau :
1. *En-cas d'urgence*
2. *L'amour m'a tuée*
3. *JF cherche vampire*

www.milady.fr

Lynsay Sands

JF cherche vampire

Les Vampires Argeneau – 3

Traduit de l'anglais (États-Unis) par Aldéric Gianoly

Milady

Milady est un label des éditions Bragelonne

Titre original : *Single White Vampire*

Suivi d'un extrait de : *Tall, Dark and Hungry*

ISBN : 978-2-8112-0481-5

Bragelonne – Milady
60-62, rue d'Hauteville – 75010 Paris

E-mail : info@milady.fr
Site Internet : www.milady.fr

À Bobby, Shirley et Reg,
Cathy et Bill, Mo, Darryl et David.
Pour leur amitié et leur amour.
Merci de m'avoir adoptée.

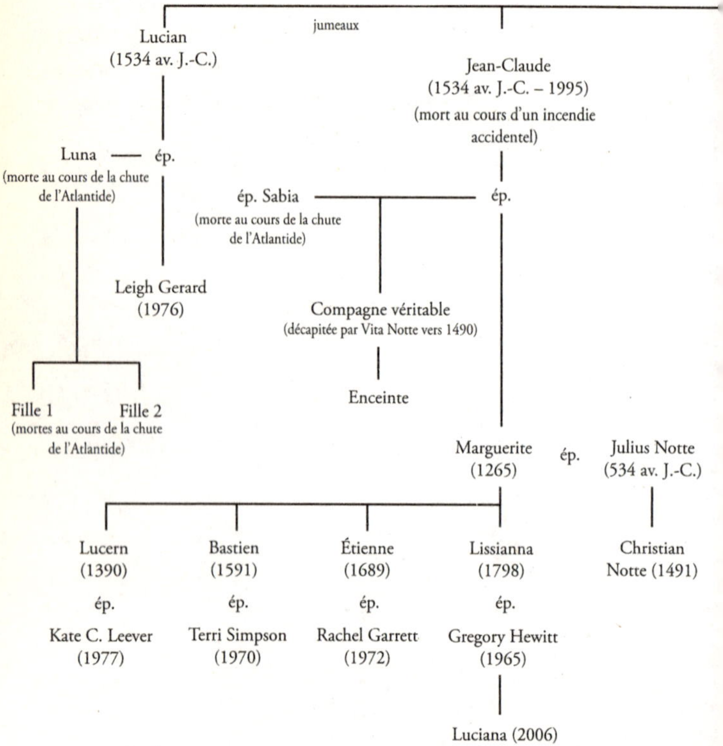

jumeaux
Lucian
(1534 av. J.-C.)
Jean-Claude
(1534 av. J.-C. – 1995)
(mort au cours d'un incendie accidentel)
Luna
ép.
(morte au cours de la chute de l'Atlantide)
ép. Sabia
(morte au cours de la chute de l'Atlantide)
ép.
Leigh Gerard
(1976)
Compagne véritable
(décapitée par Vita Notte vers 1490)
Enceinte
Fille 1
Fille 2
(mortes au cours de la chute de l'Atlantide)
Marguerite
(1265)
ép.
Julius Notte
(534 av. J.-C.)
Lucern
(1390)
ép.
Kate C. Leever
(1977)
Bastien
(1591)
ép.
Terri Simpson
(1970)
Étienne
(1689)
ép.
Rachel Garrett
(1972)
Lissianna
(1798)
ép.
Gregory Hewitt
(1965)
Luciana (2006)
Christian
Notte (1491)

Arbre généalogique de la famille Argeneau

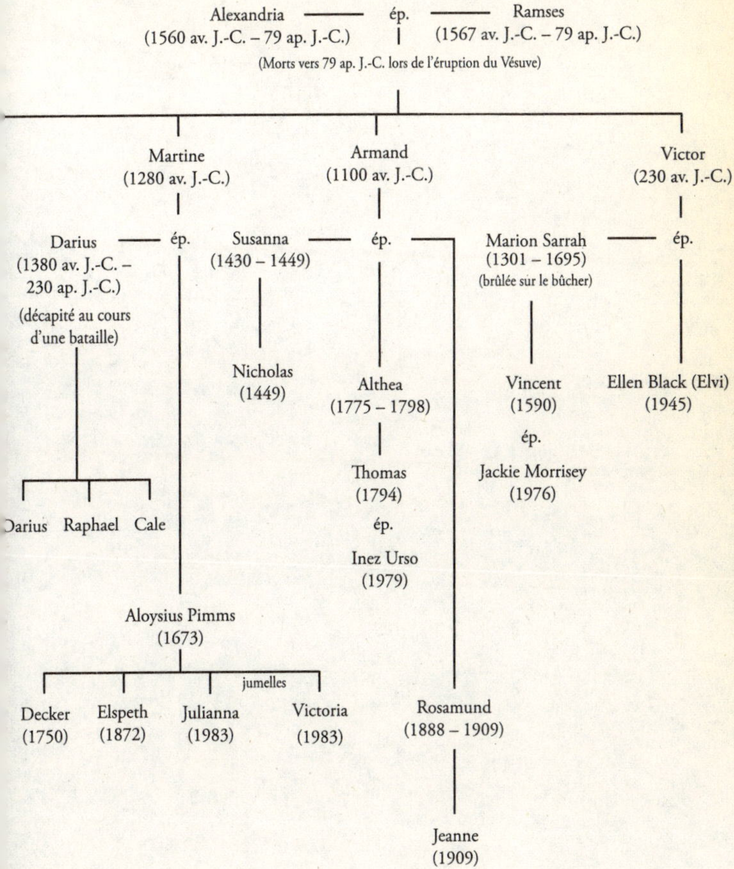

Prologue

« 30 janvier

Cher M. Argeneau,

J'espère que cette lettre vous parviendra, que vous allez bien et que vous avez passé de bonnes fêtes. C'est la deuxième fois que je vous écris. Je vous avais envoyé une première lettre peu avant Noël, mais elle s'est visiblement égarée dans la confusion des fêtes de fin d'année. J'aurais voulu vous joindre par téléphone, mais malheureusement votre numéro ne figure pas sur votre fiche, pas plus que dans l'annuaire.

La raison pour laquelle je vous écris est la suivante : la série de livres sur les vampires que vous avez écrits sous le pseudonyme de Luke Amirault rencontre un immense succès auprès des lecteurs – bien au-delà de nos espérances – et l'éventualité d'une tournée de dédicace suscite le plus vif intérêt. Nous avons reçu tellement de demandes dans ce sens de la part des librairies que je me suis sentie obligée de vous contacter afin de savoir si cela pouvait vous intéresser et quelles dates vous conviendraient le mieux.

Merci de contacter ce bureau pour nous communiquer votre réponse ainsi que votre numéro de téléphone.

Dans l'attente de vos nouvelles, je vous prie de croire en mes sincères salutations.

Kate C. Leever
Agent littéraire
Éditions Roundhouse
New York, NY »

« 1er avril
Chère Mlle Leever,
Non.
Cordialement,

Lucern Argeneau
Toronto, Ontario »

« 11 avril
Cher M. Argeneau,
J'ai reçu votre lettre ce matin et, bien que je comprenne qu'une tournée de dédicace ne vous intéresse pas, je me sens obligée de souligner à quel point l'enthousiasme du public pour vos livres est important. Votre notoriété ne cesse de gagner du terrain. Plusieurs magazines nous ont écrit pour obtenir un entretien avec vous. Je ne pense pas qu'il soit nécessaire de vous expliquer tous les bénéfices qui pourraient être tirés d'une telle publicité.
En ce qui concerne la tournée de dédicace, outre les nombreux appels que nous avons reçus, une célèbre enseigne de librairies, implantée aussi bien aux États-Unis qu'au Canada, nous a laissé entendre qu'elle serait prête à payer pour que vous fassiez une apparition dans ses plus grands magasins. Elle réserverait et financerait vos billets d'avion, vous logerait dans un hôtel à chacune de vos escales et mettrait à votre disposition un véhicule avec

chauffeur pour vos trajets entre l'aéroport, votre chambre et le lieu de la dédicace. C'est une offre très généreuse que je ne saurais trop vous conseiller de considérer attentivement.

Le courrier étant apparemment lent d'ici à Toronto – bien que vos réponses nous parviennent habituellement en moins de dix jours – je vous envoie cette lettre par courrier express. Merci de répondre au plus vite, sans oublier, cette fois, de mentionner votre numéro de téléphone.

Cordialement,

Kate C. Leever
Agent littéraire
Éditions Roundhouse
New York, NY »

« 15 juin

Chère Mlle Leever,

Non.

Cordialement,

Lucern Argeneau
Toronto, Ontario »

« 26 juin

Cher M. Argeneau,

Vous avez, une fois encore, oublié d'inclure votre numéro de téléphone. Par conséquent, je vous saurais gré de bien vouloir appeler ce bureau dès que possible et de demander mon poste ou, si je suis absente au moment de votre appel, celui de mon assistante Ashley. N'hésitez pas à appeler en PCV si nécessaire, mais j'aimerais vraiment vous parler pour m'assurer que vous mesurez bien à quel point

votre popularité est importante et combien le contact avec vos lecteurs peut être crucial.
Je ne sais pas si vous êtes au courant, mais de nombreux sites de fans fleurissent un peu partout sur Internet et nous recevons chaque jour des tonnes de lettres que nous vous ferons suivre par colis. J'ai évoqué les demandes de séances de dédicace dans mes précédents courriers, mais je dois vous informer que leur quantité atteint maintenant des proportions démentielles. C'est comme si la quasi-totalité des librairies du monde voulaient vous accueillir, certaines de l'immense succès que rencontreraient les dédicaces. Il est évident que vous ne pouvez vous arrêter dans chacune d'elles, mais nous pensons qu'une escale dans chaque grande ville serait un bon compromis.
Je ne saurais également trop vous conseiller de penser à donner quelques interviews et je joins à cette lettre les demandes que nous avons reçues de plusieurs rédactions. Comme vous vous en rendrez compte, ces sollicitations n'émanent pas uniquement de publications spécialisées dans la bit-lit. Votre popularité a gagné le grand public, comme en témoignent les demandes d'interview formulées par de nombreux journaux et magazines littéraires. Plusieurs émissions matinales d'information nous ont également manifesté leur intérêt. Si pour de telles émissions votre présence est indispensable, ce n'est pas le cas pour les journaux et les magazines ; en effet, pour ces derniers, vous pouvez parfaitement donner vos interviews par téléphone ou par Internet. Avez-vous un accès Internet ? Si c'est le cas, j'aimerais que vous me fournissiez votre adresse e-mail et que vous installiez une messagerie instantanée, afin que

nous puissions communiquer par ce biais. Plusieurs de mes écrivains ont ce logiciel, et c'est effectivement bien pratique et beaucoup plus rapide que le courrier traditionnel.
J'aimerais évoquer avec vous de nombreux autres points. Merci de me rappeler dès que possible, en PCV si nécessaire. Une fois encore, je vous envoie cette lettre en express.
Cordialement,

Kate C. Leever
Agent littéraire
Éditions Roundhouse
New York, NY »

« 1er août
Chère Mlle Leever,
Non.
Cordialement,

Lucern Argeneau
Toronto, Ontario »

Chapitre premier

Jeudi 11 septembre

— Rachel refuse de voir un autre cercueil aussi longtemps qu'elle vivra.

Lucern grommela en réponse au commentaire de sa mère tandis qu'avec son frère cadet Bastien, il déposait le cercueil par terre dans le sous-sol. Il était parfaitement au courant de la nouvelle aversion de sa future belle-sœur, Étienne lui avait tout expliqué. C'est pour cette raison qu'il avait décidé d'entreposer le cercueil au sous-sol. Étienne avait accepté de le sortir de la demeure pour faire plaisir à sa fiancée, mais, pour des raisons sentimentales, il refusait de s'en séparer pour toujours. Il clamait que ses idées les plus brillantes lui venaient quand il reposait allongé dans l'obscurité silencieuse du cercueil. C'était un excentrique. Lucern ne connaissait personne d'autre capable d'apporter un cercueil aux répétitions de son propre mariage. Le pasteur avait été horrifié en voyant les trois frères le transférer du pick-up d'Étienne dans la camionnette de Bastien.

— Merci de l'avoir apporté jusqu'ici, Bastien, dit Lucern en se redressant.

Bastien haussa les épaules.

— Tu n'aurais pas pu le caser dans ta BMW, et de toute façon, ajouta-t-il tandis qu'ils remontaient l'escalier, j'aime autant aider à le déplacer que de l'entreposer chez moi. Ma gouvernante aurait fait une attaque.

Lucern sourit vaguement. Il n'avait plus à se soucier d'aucune gouvernante, et l'équipe de nettoyage qu'il faisait venir une fois par semaine ne s'occupait que du rez-de-chaussée. Peu de risque qu'ils tombent sur le cercueil.

— Tout est prêt pour le mariage ? demanda-t-il en suivant sa mère et Bastien dans la cuisine.

Il éteignit les lumières du sous-sol et referma la porte derrière lui, mais ne prit pas la peine d'en allumer aucune autre. La faible lueur de la veilleuse encastrée dans la cuisinière était suffisante pour se diriger jusqu'à la porte d'entrée.

— Oui. Enfin, déclara Marguerite Argeneau d'une voix où perçait le soulagement. Et, malgré les inquiétudes de Mme Garrett au sujet de la précipitation qui a accompagné les préparatifs du mariage et sa crainte que les membres de sa famille ne disposent pas de suffisamment de temps pour organiser leur venue, ils seront tous là.

— Ils sont nombreux ?

Lucern espérait sincèrement qu'il n'y aurait pas autant de Garrett qu'il y avait eu de Hewitt au mariage de Lissianna. Les noces de sa sœur avec Gregory Hewitt avaient été un cauchemar. Le marié avait une famille nombreuse, principalement composée de femmes. Des femmes célibataires qui avaient dévoré des yeux Lucern, Étienne et Bastien comme s'ils constituaient le plat principal du menu. Lucern détestait les femmes entreprenantes. Il était né et avait grandi à une époque où les hommes faisaient le premier pas et où les femmes se contentaient de sourire et de minauder tout en restant à leur place. Il n'était pas parvenu à s'adapter à son temps et redoutait une nouvelle débâcle comme lors du mariage de Lissianna, où il avait passé le plus clair de sa journée à éviter les invitées.

Heureusement, Marguerite dissipa une partie de ses appréhensions en déclarant :

— Assez réduite en comparaison de celle de Greg – et majoritairement masculine, d'après la liste des convives que j'ai vue.

— Dieu soit loué, murmura Bastien en échangeant un regard avec son frère.

Lucern acquiesça.

— Étienne n'est-il pas nerveux ?

— Bizarrement, non, répondit Bastien avec un sourire en coin. Il a l'air de s'éclater en aidant à l'organisation et il meurt d'impatience que le jour du mariage arrive enfin. Rachel semble le rendre heureux.

Son expression se mua en une moue perplexe.

Lucern partageait la perplexité de son frère. Lui non plus ne se voyait pas renoncer à sa liberté pour une femme. Arrivé devant la porte, il s'arrêta, se retourna et surprit sa mère en train de parcourir la pile de courrier posée sur la table, dans l'entrée.

— Luc, tu n'as pas ouvert ton courrier depuis des semaines ! Tu ne le lis pas ?

— Ça t'étonne, maman ? Il ne répond pas non plus au téléphone. Mince, on peut même s'estimer heureux quand il prend la peine de nous ouvrir sa porte.

Bastien avait parlé d'un ton enjoué, mais Lucern n'avait pu s'empêcher d'apercevoir l'échange de regards entre sa mère et son frère. Ils s'inquiétaient pour lui. Il avait toujours été du genre solitaire, mais dernièrement cela avait pris des proportions telles que la moindre chose semblait lui peser. Tous deux savaient que Lucern commençait à se lasser dangereusement de sa vie.

— Qu'y a-t-il dans ce carton ?

— Je n'en sais rien, reconnut Lucern tandis que sa mère soulevait un énorme paquet de la table et le secouait comme s'il ne pesait pas plus lourd qu'une plume.

— Tu ne crois pas que ce serait une bonne idée de le découvrir ? demanda-t-elle avec impatience.

Lucern leva les yeux au ciel. Si vieille fût-elle, sa mère était toujours prompte à se mêler de sa vie privée. Il s'était fait une raison depuis déjà bien longtemps.

— Je m'en occuperai plus tard, marmonna-t-il. Ce sont soit des gens qui veulent quelque chose de moi, soit de simples sources d'ennuis.

— Et cette lettre de ton agent ? Ça pourrait être important. Elle n'aurait pas été envoyée en express, autrement.

Lucern se renfrogna un peu plus en voyant sa mère s'emparer de l'enveloppe FedEx et l'examiner de près.

— Ça n'a rien d'important. C'est simplement ma maison d'édition qui me harcèle. Ils voudraient que je fasse une tournée de dédicace.

— Edwin veut que tu fasses une tournée de dédicace ? grimaça Marguerite. Je croyais que tu lui avais fait comprendre dès le début que la promotion ne t'intéressait pas.

— Non, pas Edwin.

Lucern ne fut pas surpris que sa mère se souvienne du nom de son précédent agent ; elle avait une mémoire excellente et il avait mentionné Edwin à de nombreuses reprises au cours de ses dix années passées à écrire pour les Éditions Roundhouse. Ses premiers travaux avaient été publiés en tant que textes historiques principalement destinés à être utilisés dans les lycées et les universités. Ces ouvrages circulaient toujours et les gens admiraient le fait qu'ils paraissaient avoir été écrits par quelqu'un qui aurait effectivement vécu à l'époque des événements relatés. Ce qui, évidemment, était bien le cas. Même si peu le savaient.

Les trois derniers livres de Lucern, quant à eux, étaient de nature autobiographique. Le premier racontait la façon dont son père et sa mère s'étaient rencontrés et unis, le deuxième traitait de sa sœur Lissianna, de comment elle était tombée amoureuse de son médecin de mari, Gregory, et le dernier, paru seulement depuis quelques semaines, relatait l'histoire de son frère Étienne et de Rachel Garrett. Lucern n'avait pas eu la moindre intention de les écrire, ils s'étaient simplement déversés de lui. Mais, une fois écrits, il avait décidé qu'il fallait les publier, ne serait-ce qu'en guise de témoignages pour plus tard. Il avait donc demandé la permission à sa famille avant de les envoyer à Edwin, qui les avait vus comme de brillantes fictions et avait accepté de les éditer en tant que romans de bit-lit. Lucern était devenu auteur de bit-lit. Cet état de fait lui était quelque peu pénible, si bien qu'il évitait autant que possible d'y penser.

— Edwin n'est plus mon agent littéraire, expliqua-t-il. Il est mort d'une crise cardiaque l'année dernière. Son assistante l'a remplacé et elle n'a pas arrêté de me harceler depuis. (Il grimaça de nouveau.) Cette femme cherche à se servir de moi pour faire ses preuves et elle est persuadée que je devrais participer à la promotion des romans.

Bastien semblait sur le point de dire quelque chose, mais il s'interrompit et fit volte-face en entendant une voiture pénétrer dans l'allée. Lucern ouvrit la porte et tous deux observèrent, avec divers degrés de surprise, un taxi venir s'immobiliser à côté de la camionnette de Bastien.

— Fausse adresse ? demanda Bastien, qui savait que son frère ne courait pas après la compagnie.

— Très certainement, retourna Lucern.

Il plissa les yeux en voyant le chauffeur sortir de la voiture et ouvrir la porte arrière pour laisser sortir une jeune femme.

— Qui est-ce ? s'enquit Bastien.

La surprise qui transparaissait dans sa voix surpassait celle que son frère ressentait.

— Je n'en ai pas la moindre idée, répondit Lucern.

Le chauffeur de taxi récupéra une petite valise et un sac de voyage dans le coffre de la voiture.

— Je crois qu'il s'agit de ton agent littéraire, déclara Marguerite.

Bastien et Lucern pivotèrent d'un même mouvement pour poser les yeux sur leur mère. Ils la trouvèrent plongée dans la lecture de la lettre expresse, à présent ouverte.

— Mon agent ? Mais de quoi parles-tu ?

Lucern s'approcha de sa mère et lui arracha la lettre des mains.

Ne prêtant aucune attention à ses manières brusques, Marguerite s'avança à côté de Bastien pour regarder dehors avec curiosité.

— Puisque le courrier est si lent et que l'intérêt pour tes romans grandit rapidement, Mlle Kate C. Leever a décidé de venir te parler en personne. Ce que, ajouta-t-elle avec malice, tu aurais su si tu avais pris la peine de lire ton courrier.

Lucern froissa la lettre. Elle n'annonçait rien de plus que ce que sa mère venait de dire à voix haute. À part que Kate C. Leever arriverait de New York par le vol de 20 heures. Il était 20 h 30. L'avion avait dû être à l'heure.

— Elle est plutôt jolie, vous ne trouvez pas ?

La remarque qui, d'après le ton de sa mère, était chargée de sous-entendus, suffit à mettre Lucern en état d'alerte. En effet, le ton de Marguerite était celui d'une mère prête à endosser le rôle d'entremetteuse, un rôle qui lui était familier. Elle avait déjà sévi une fois, en voyant Étienne et Rachel ensemble, et on connaissait le résultat : Étienne était plongé jusqu'au cou dans les préparatifs de son mariage.

— Elle est sur le point de se mettre à jouer les entremetteuses, Bastien. Ramène-la à la maison. Tout de suite, ordonna Lucern.

Son frère éclata de rire, ce qui le poussa à ajouter :

— Une fois qu'elle en aura fini avec moi, c'est à *toi* qu'elle cherchera une femme.

Bastien arrêta de rire aussitôt. Il prit sa mère par le bras.

— Viens, maman. Ce ne sont pas nos affaires.

— Bien sûr que si, ce sont mes affaires, répliqua Marguerite en dégageant son bras d'un haussement d'épaules. Vous êtes mes fils. Tout ce qui touche à votre bonheur et à votre avenir me regarde.

Bastien essaya de la raisonner.

— Je ne vois pas en quoi cela te concerne à présent. Nous avons tous les deux depuis bien longtemps dépassé nos quatre cents ans. Pourquoi est-ce qu'après tout ce temps tu t'es mis en tête de nous voir mariés ?

Marguerite réfléchit à cette remarque pendant quelques instants.

— Eh bien, depuis le jour où votre père est mort, je n'ai cessé de réfléchir...

— Oh, doux Jésus, intervint Lucern en secouant la tête avec dépit.

— Quoi ? Qu'est-ce que j'ai dit ? demanda sa mère.

— C'est exactement comme ça que Lissianna s'est retrouvée à travailler au refuge et qu'elle a rencontré Greg. Papa est mort et elle s'est mise à réfléchir.

Bastien acquiesça avec gravité.

— Les femmes ne devraient pas réfléchir.

— Bastien ! s'exclama Marguerite Argeneau.

— Du calme, du calme. Tu sais bien que je plaisante, maman, dit-il pour l'apaiser tout en lui prenant de nouveau le bras.

Cette fois, il parvint à lui faire franchir la porte.

— En tout cas, moi je ne plaisante pas, lança Lucern en les observant descendre le perron pour gagner l'allée.

Sa mère réprimanda Bastien tout le long du trajet et Lucern sourit en voyant l'expression affligée de son frère. Bastien allait sans aucun doute vivre un véritable calvaire jusqu'à chez lui, et Lucern fut à deux doigts de compatir. À deux doigts seulement.

Cependant, son sourire s'effaça très rapidement lorsqu'il posa les yeux sur la blonde censée être son agent. Sa mère interrompit ses remontrances pour saluer la jeune femme. Lucern fut sur le point de tendre l'oreille pour écouter ce qu'elles se disaient, mais se ravisa. Il n'était de toute façon pas vraiment certain de vouloir le savoir.

Il observa la jeune femme acquiescer et sourire à sa mère avant d'empoigner son bagage et de remonter l'allée. Lucern plissa les yeux. Nom de Dieu, elle ne comptait tout de même pas rester chez lui, si ? Dans sa lettre, il n'était fait aucune mention de l'endroit où elle logerait. Elle devait avoir prévu de dormir à l'hôtel. Elle pouvait difficilement s'être imaginé qu'il l'hébergerait. Sans doute n'était-elle simplement pas encore passée à son hôtel, se dit Lucern pour se rassurer, tout en détaillant la jeune femme de la tête aux pieds.

Elle était à peu près de la même taille que sa mère, ce qui faisait d'elle une femme plutôt grande, d'environ un mètre quatre-vingts. Elle était mince, athlétique et elle avait de longs cheveux blonds. Elle paraissait assez jolie à cette distance. Dans son tailleur et sa jupe bleus, Kate C. Leever ressemblait à un verre d'eau fraîche rempli de glaçons. La vision était agréable en cette soirée de septembre particulièrement douce pour la saison.

Elle vola en éclats lorsque la jeune femme traîna son bagage sur les marches du perron, s'immobilisa devant Lucern, le gratifia d'un large sourire qui illumina son regard, puis éructa :

— Bonsoir, je suis Kate Leever. J'espère que vous avez reçu ma lettre. Le courrier est tellement lent que, puisque vous avez oublié de m'indiquer votre numéro de téléphone, je me suis dit que je ferais mieux de venir vous rencontrer en personne afin de discuter des possibilités de promotion qui s'offrent à nous. J'ai bien compris que vous ne souhaitiez participer à aucune d'entre elles, mais je suis sûre qu'une fois que je vous aurai exposé tout le bénéfice que nous pourrions en tirer, vous reconsidérerez votre décision.

Lucern, médusé, contempla son large sourire pendant un long moment avant de se ressaisir. Reconsidérer ? C'était tout ce qu'elle demandait ? D'accord, facile. Il reconsidéra. Il ne lui fallut que peu de temps.

— Non.

Il referma la porte.

Kate contempla le panneau de bois massif à l'endroit où s'était trouvé le visage de Lucern Argeneau et lutta pour ne pas hurler de rage. Ce type était le plus obtus, énervant, impoli, odieux – elle martela la porte –, entêté, inculte…

La porte s'ouvrit soudain et Kate afficha aussitôt un sourire aussi large que feint ; elle aurait mérité un oscar pour ses efforts. Le sourire s'effaça quasiment quand elle regarda Lucern. Elle n'en avait pas vraiment eu l'occasion plus tôt. La seconde d'avant, elle avait été trop occupée à essayer de se souvenir du discours qu'elle avait élaboré et mémorisé pendant le vol, mais, à présent qu'elle n'avait rien préparé – et qu'au fond elle n'avait aucune idée de ce qu'elle allait bien pouvoir dire –, elle se surprit à détailler Lucern Argeneau. Il était beaucoup plus jeune qu'elle ne l'aurait cru. Kate savait qu'il travaillait depuis une bonne dizaine d'années avec Edwin lorsqu'elle avait repris le flambeau, et pourtant il semblait ne pas avoir plus de trente-deux ou trente-trois ans. Ce qui impliquait qu'il était écrivain professionnel depuis qu'il avait tout juste vingt ans.

Il était par ailleurs particulièrement beau. Ses cheveux étaient aussi sombres que la nuit, ses yeux, d'un bleu argenté, semblaient renvoyer la lumière du perron et il avait des traits anguleux et prononcés. Il était grand, étonnament musclé pour quelqu'un qui exerce une profession aussi sédentaire. Ses épaules étaient plus celles d'un travailleur manuel que d'un intellectuel. Kate ne put s'empêcher d'être impressionnée. Même son air renfrogné ne parvenait pas à altérer sa beauté.

Sans que Kate fasse le moindre effort, son sourire se fit naturellement plus chaleureux et elle déclara :

— C'est encore moi. Je n'ai pas encore dîné et je me disais que peut-être vous pourriez vous joindre à moi, aux frais de la société, et ainsi nous pourrions discuter…

— Non. Merci de bien vouloir vous retirer de mon palier.

Puis Lucern referma de nouveau la porte.

— Voilà qui était plus qu'un simple « non », marmonna Kate pour elle-même. C'était une phrase complète.

Optimiste, elle décida de la prendre pour un progrès.

Elle leva la main et frappa à la porte une fois de plus. Son sourire avait quelque peu fané, mais il était toujours bien en place lorsque la porte s'ouvrit pour la troisième fois. M. Argeneau refit son apparition, visiblement encore moins satisfait que précédemment de trouver Kate encore là. Cette fois-ci il ne dit rien mais se contenta de hausser un sourcil en guise d'interrogation.

Kate songea que, si réussir à lui extirper une phrase complète constituait un progrès, son retour à un mutisme total devait bien être considéré comme le contraire, mais elle se résolut à ne pas trop y penser. Essayant de rendre son sourire un peu plus radieux, elle s'éclaircit la voix et dit :

— Si vous n'aimez pas manger à l'extérieur, je pourrais toujours commander quelque chose et…

— NON.

Il avait commencé à refermer la porte, mais Kate n'avait pas vécu à New York sans apprendre un ou deux tours. Elle lança sa jambe en avant et parvint à retenir sa grimace lorsque le battant vint butter contre son pied avant de repartir en arrière.

Avant que M. Argeneau ait le temps de dire quoi que ce soit sur ses tactiques de guérilla, elle déclara :

— Si vous ne voulez pas que l'on prenne des plats à emporter, je pourrais aller faire des courses et vous cuisiner un repas que vous aimez.

Ce à quoi elle ajouta pour la forme :

— Ainsi, nous pourrons évoquer vos craintes et je serais peut-être en mesure de les dissiper.

Surpris par tant d'implication, il se raidit.

— Je n'ai aucune crainte, tonna-t-il.

— Je vois.

Kate laissa une bonne dose de scepticisme s'insinuer dans sa voix, parfaitement disposée à s'abaisser à la manipulation si nécessaire. Puis elle attendit, le pied toujours en place, priant pour que son désespoir ne soit pas trop visible, mais consciente que son masque de calme commençait à se déliter.

Lucern fit la moue en prenant le temps de considérer la proposition. À son expression, Kate eu la nette impression qu'il prenait ses mesures, comme s'il avait l'intention de la tuer puis de la déposer dans un cercueil avant de l'enterrer dans son jardin afin de se débarrasser d'elle une bonne fois pour toutes. Elle essaya de ne pas trop penser à cette éventualité. Bien qu'elle ait travaillé avec lui pendant des années en tant qu'assistante d'Edwin, puis depuis presque un an comme son agent littéraire, Kate ne le connaissait pas vraiment. Dans ses instants les moins charitables, elle avait essayé d'imaginer quel genre d'homme il pouvait bien être. La plupart de ses auteurs de romance étaient des femmes. En réalité, l'intégralité des autres auteurs dont elle s'occupait étaient des femmes. Lucern Argeneau, qui écrivait sous le nom de plume de Luke Amirault, était le seul homme. Quel genre d'homme pouvait bien écrire des romances ? De la bit-lit qui plus est ! Elle s'était dit qu'il devait être homo… ou bizarre. L'expression qu'il affichait en ce moment fit pencher Kate vers la seconde hypothèse. Bizarre, dans le genre tueur en série.

— Vous n'avez nullement l'intention de vous éclipser ? finit-il par demander.

Kate considéra la question pendant quelques instants. Un « non » péremptoire lui permettrait certainement d'entrer. Mais en avait-elle vraiment envie ? En profiterait-il pour la trucider ? Ferait-elle la une des journaux du lendemain en décidant de franchir cette porte ?

Coupant court à ces spéculations aussi effrayantes que stériles, Kate bomba le torse et déclara avec fermeté :

— M. Argeneau, j'ai pris l'avion de New York pour venir jusqu'ici. C'est important pour moi. Je dois absolument vous parler. Je suis votre agent littéraire.

Elle mit l'accent sur les derniers mots, au cas où la pertinence de cet état de fait lui aurait échappé. En général, cela permettait à Kate de jouir d'une certaine influence sur ses écrivains, même si jusqu'alors Argeneau n'avait pas paru le moins du monde impressionné.

Après cela, Kate, ne sachant plus quoi ajouter, resta simplement plantée à attendre une réponse qui ne vint jamais. Poussant un profond soupir, Argeneau se contenta de faire volte-face pour s'enfoncer dans un couloir sombre.

Plongée en plein doute, Kate contempla le dos qui s'éloignait. Il ne lui avait pas claqué la porte au nez cette fois-ci. Ce devait être bon signe. Peut-être même une invitation à entrer ? Décidée à ne pas laisser passer sa chance, Kate ramassa sa valise et son petit sac de voyage et franchit la porte. Même si la température n'était plus celle de la journée, il faisait encore chaud en cette soirée de fin d'été. En pénétrant dans la maison, Kate eut l'impression d'entrer dans un réfrigérateur. Par réflexe, elle referma la porte derrière elle pour éviter que l'air frais s'échappe, puis elle s'immobilisa le temps que ses yeux s'adaptent à l'obscurité.

L'intérieur de la maison était sombre. Lucern Argeneau n'avait pas pris la peine d'allumer la moindre lumière. D'où elle se tenait, Kate ne distinguait pas grand-chose d'autre qu'une faible lueur qui encadrait visiblement une porte à l'autre bout du long couloir. Difficile de savoir ce qui émettait cette lumière ; elle était trop faible et trop grise pour provenir d'un quelconque plafonnier. Kate n'était même pas sûre qu'en se dirigeant vers la lueur elle se retrouverait au côté de Lucern, mais c'était la seule source de lumière qu'elle discernait et elle était presque certaine qu'il s'était éloigné dans cette direction.

Déposant ses bagages près de la porte, Kate s'avança prudemment, se dirigeant vers le rectangle lumineux, qui lui parut soudain bien lointain. Elle ne savait absolument pas si la voie était dégagée ou pas – elle n'avait pas vraiment pris le temps d'examiner les lieux avant de refermer la porte –, mais elle espéra qu'il n'y avait rien dans quoi se prendre les pieds. En tout cas, elle serait fixée rapidement.

Lucern s'immobilisa au milieu de la cuisine et balaya la pièce du regard dans la faible clarté de la veilleuse. Il se demandait que faire. Il ne recevait jamais, ou du moins il n'avait pas reçu depuis des siècles. Qu'était-on censé faire avec des invités ? Après un bref débat interne, il s'approcha de la cuisinière, s'empara de la bouilloire posée sur un brûleur et l'emporta vers l'évier pour la remplir d'eau. Il la reposa ensuite sur le feu, tourna le bouton au maximum et s'empara de la théière, de sachets de thé et d'un plein bol de sucre. Puis il posa le tout en désordre sur un plateau.

Il allait offrir une tasse de thé à Kate C. Leever. Une fois que ce serait fait, il en aurait fini avec elle.

Poussé par la faim, il s'approcha du réfrigérateur. Lorsqu'il ouvrit la porte, la lumière se déversa dans la pièce, le forçant à cligner des yeux après l'obscurité qui y avait régné. Une fois que ses yeux se furent adaptés, Lucern se pencha pour prendre l'une des deux poches de sang posées sur la clayette du milieu. À part ces deux poches, il n'y avait rien d'autre dans le frigo. Le conteneur blanc était totalement vide. Lucern n'était pas particulièrement enclin à cuisiner. Son réfrigérateur était plus ou moins resté vide depuis la mort de sa dernière gouvernante.

Il ne s'embarrassa pas avec un verre. Au lieu de cela, la tête toujours dans le frigo, Lucern porta la poche de sang à sa bouche et y planta ses crocs. Le doux élixir de vie se répandit aussitôt dans son organisme, venant apaiser sa mauvaise humeur. Lucern n'était jamais aussi irritable que quand son sang s'appauvrissait.

— M. Argeneau ?

Surpris par la question qui filtra par la porte entrouverte, Lucern sursauta. La poche se déchira et lui envoya une giclée de liquide écarlate et froid qui lui ruissela sur les cheveux, puis sur le visage quand il se redressa brutalement et vint se cogner la tête contre le freezer. Lucern jura, lâcha la poche éventrée sur la clayette et porta une main à sa tête, claquant la porte du frigo de l'autre.

Kate Leever accourut à côté de lui.

— Oh, mon Dieu ! Oh ! Je suis désolée ! *Oh!*

Elle hurla en apercevant le sang qui lui maculait les cheveux et la face.

— Oh, mon Dieu ! Vous vous êtes ouvert la tête. Et visiblement, la plaie est profonde !

Lucern n'avait pas vu une telle expression d'horreur depuis le bon vieux temps où se nourrir impliquait de planter ses crocs dans la chaleur d'un cou délicat et non dans une vulgaire poche froide.

Ayant apparemment repris ses esprits, Kate lui saisit le bras et l'entraîna vers la table.

— Voilà. Vous feriez mieux de vous asseoir. Vous perdez beaucoup de sang.

— Je vais bien, marmonna Lucern tandis qu'elle l'installait sur une chaise.

Il était plutôt contrarié par ses attentions. Si elle était trop gentille avec lui, il pourrait se sentir obligé de se montrer agréable en retour.

— Où se trouve le téléphone ?

Elle tournait sur un pied, balayant la pièce du regard à la recherche dudit appareil.

— Vous avez besoin d'un téléphone ? demanda-t-il, plein d'espoir.

Peut-être allait-elle le laisser seul à présent, pensa-t-il furtivement, avant que la réponse de Kate vienne réduire cette hypothèse à néant.

— Il faut appeler une ambulance. Vous êtes salement amoché.

Voyant l'inquiétude s'accentuer sur les traits de Kate lorsqu'elle le contempla de nouveau, Lucern baissa le regard pour évaluer les dégâts. Sa chemise était imbibée de sang et il sentait le liquide visqueux lui dégouliner sur le visage. Il en percevait également l'odeur : forte, riche avec des notes métalliques. Sans réfléchir, il se pourlécha les lèvres. Puis ce qu'elle venait de dire se fraya un chemin jusque dans son esprit et il se redressa d'un coup. Même si cela l'arrangeait bien qu'elle croie à une blessure, il était hors de question qu'il se rende à l'hôpital.

— Tout va bien. Je n'ai pas besoin de médecin, déclara-t-il avec fermeté.

— Quoi ? s'exclama-t-elle en le dévisageant, incrédule. Il y a du sang partout ! Vous êtes gravement blessé.

— Les blessures à la tête saignent toujours beaucoup.

Il écarta sa remarque d'un geste dédaigneux et se dirigea vers l'évier pour se rincer. S'il ne se lavait pas rapidement, il ne manquerait pas de choquer la jeune femme en léchant le sang qui lui recouvrait les mains jusqu'aux coudes. Le peu qu'il avait eu le temps d'ingurgiter avant qu'elle le surprenne avait à peine entamé son appétit.

— Les blessures à la tête saignent peut-être beaucoup, mais là…

Lucern sursauta lorsque Kate se glissa soudain à côté de lui pour lui saisir la tête. Il était si surpris qu'il s'inclina docilement à sa demande… jusqu'à ce qu'elle dise :

— Je ne vois pas…

À peine se rendit-il compte de ce qu'elle essayait de faire qu'il se redressa pour se pencher au-dessus de l'évier où il glissa la tête sous le robinet afin d'éviter que Kate ne la lui saisisse et constate qu'il n'avait pas la moindre entaille.

— Je vais bien. Je cicatrise rapidement, dit-il tandis que l'eau froide se déversait sur son crâne et ruisselait le long de son visage.

Kate Leever ne répondit rien, mais Lucern savait qu'elle avait les yeux posés sur son dos. Puis elle vint se placer à côté de lui et il sentit son corps tiède se presser contre le sien lorsqu'elle se pencha pour examiner de nouveau son cuir chevelu.

Pendant quelques instants, Lucern resta paralysé. Il avait terriblement conscience du corps de Kate si proche, de la chaleur qui émanait d'elle et de son doux parfum. À ce moment, la confusion s'empara de son appétit. Ce n'était pas l'odeur du sang qui pulsait dans les veines de Kate qui lui emplissait les narines, mais un ensemble de notes fleuries et épicées mélangé avec ses propres effluves. Un mélange entêtant qui lui embrouillait l'esprit. Il sentit alors les mains de Kate glisser dans ses cheveux sous le robinet, à la recherche d'une plaie qu'elles ne trouveraient jamais, et il sursauta dans une tentative de s'écarter d'elle. Tentative interrompue par le robinet contre lequel vint buter l'arrière de son crâne. La douleur explosa en lui et il envoya de l'eau gicler un peu partout, poussant Kate à sauter en arrière dans un couinement.

En lâchant un juron, Lucern se dégagea de sous le robinet et s'empara de la première chose qui lui tomba sous la main : un torchon. Il se l'enroula autour de la tête, se redressa et désigna la porte.

— Sortez de ma cuisine. Maintenant !

Kate C. Leever cligna des yeux, surprise par le retour subit de la mauvaise humeur de Lucern, puis elle parut grandir de plusieurs centimètres à mesure qu'elle rassemblait son courage. Elle déclara alors d'un ton ferme :

— Vous avez besoin d'un médecin.

— Non.

Elle plissa les yeux.

— C'est votre seul mot de vocabulaire ?

— Non.

Elle leva les bras au ciel avant de les laisser retomber presque aussitôt, apparemment déjà détendue. Lucern semblait circonspect.

Kate C. Leever sourit et entreprit de finir la préparation du thé qu'il avait commencée.

— Voilà qui simplifie les choses, dit-elle.

— Quelles choses ? demanda Lucern en l'observant suspicieusement tandis qu'elle glissait deux sachets de thé dans la théière avant de verser l'eau chaude.

Elle haussa à peine les épaules et reposa la bouilloire.

— J'avais prévu d'essayer de discuter avec vous avant de me trouver un hôtel pour la nuit. Mais à présent que vous vous êtes blessé, et vu que vous refusez d'aller à l'hôpital… (Elle se retourna, laissant le thé infuser, et arqua un sourcil.) Vous n'allez pas changer d'avis ?

— Non.

Elle hocha la tête, se tourna de nouveau vers le thé et remit le couvercle de la théière en place. Le petit tintement qu'il émit sonna bizarrement satisfait tandis qu'elle expliquait :

— Je ne vais pas vous laisser seul après un tel choc. Les blessures à la tête ne sont pas à prendre à la légère. Je me vois obligée de rester ici.

Lucern ouvrait la bouche pour lui dire qu'il y avait peu de chances qu'elle reste là, lorsqu'elle s'approcha du réfrigérateur et demanda :

— Vous prenez du lait ?

Visualisant la poche de sang éventrée dans le frigo, il la dépassa en courant et vint brusquement se planter devant elle.

— Non !

Elle le dévisagea bouche bée jusqu'à ce qu'il se rende compte qu'il se tenait devant la porte du frigo, les bras en croix, dans une posture de panique. Il en changea aussitôt pour venir s'appuyer contre l'appareil, bras et jambes croisés dans une position qu'il espérait paraître plus naturelle. Puis il la regarda d'un œil mauvais pour parfaire sa mise en scène. Elle referma la bouche avant de dire d'une voix hésitante :

— Bon. En tout cas, moi j'en prends. Si vous en avez.

— Non.

Elle acquiesça lentement, mais l'inquiétude se dessinait sur ses traits et elle finit par poser doucement une paume sur le front de Lucern comme pour vérifier qu'il n'avait pas de température. Il inhala ses effluves et se sentit quelque peu plus détendu.

— Vous êtes certain de ne pas vouloir aller à l'hôpital ? reprit Kate. Votre comportement est un peu bizarre. Il ne faut pas prendre à la légère les blessures à la tête.

— Non.

La gravité de la voix avec laquelle il avait répondu inquiéta Lucern. Moins cependant que lorsque Kate sourit et demanda d'un ton espiègle :

— Tiens, comment se fait-il que je ne sois pas surprise par cette réponse ?

Lucern fut consterné de constater qu'il lui avait presque retourné un sourire. Se ressaisissant, il prit un air plus renfrogné encore et se maudit pour sa faiblesse passagère. Si Kate C. Leever, agent littéraire, se montrait attentionnée envers lui en ce moment, ce n'était que parce qu'elle attendait quelque chose de lui. Il ferait aussi bien de ne pas l'oublier.

— Bon, allons-y.

Lucern sortit de sa rêverie pour constater que son agent s'était emparée du plateau à thé et qu'elle se dirigeait vers la porte de la cuisine.

— Nous ferions mieux d'aller au salon, où vous pourrez vous asseoir un peu. Vous avez reçu un sérieux choc, ajouta-t-elle en franchissant la porte battante d'un coup de hanche.

Lucern fit un pas dans son sillage avant de s'immobiliser pour jeter un coup d'œil en arrière, en direction du réfrigérateur, obnubilé qu'il était par la seconde poche de sang pleine qui s'y trouvait. C'était la dernière qu'il lui restait avant la livraison du lendemain soir. Il avait terriblement faim, à tel point qu'il se sentait sur le point de tourner de l'œil. Voilà qui expliquait sans doute sa faiblesse face à l'approche de son rouleau compresseur d'agent. Peut-être une simple gorgée lui donnerait-elle assez de force pour affronter la conversation à venir. Il s'approcha du frigo.

— Lucern ?

Il se raidit en entendant son nom. Quand avait-elle cessé de l'appeler M. Argeneau ? Et pourquoi son prénom venant de ses lèvres était-il aussi sexy ? Il lui fallait vraiment se nourrir. Il ouvrit la porte du réfrigérateur et tendit la main vers la poche.

— Lucern ?

Cette fois-ci, la voix était teintée d'inquiétude et semblait plus proche. Kate revenait certainement sur ses pas. Probablement inquiète qu'il ait perdu connaissance à cause de sa blessure.

Il marmonna quelques mots de frustration et referma la porte du frigo. La dernière chose dont il avait besoin, c'était bien d'une autre catastrophe et de se retrouver de nouveau dégoulinant de sang. Il était déjà aux prises avec des problèmes insolubles, comme cette envie qu'avait la jeune femme de rester à ses côtés pour la nuit. Il avait voulu tuer l'idée dans l'œuf, mais Mlle Leever, en s'approchant du frigo, avait accaparé toute son attention. *Eh merde !*

Bon, il allait commencer par lui faire entendre raison sur ce point. Plutôt être maudit que de la laisser passer la nuit là et le harceler avec ses projets ineptes de promotion. Voilà ce qu'il allait faire. Il allait se montrer intraitable. Cruel même, si nécessaire. Elle ne resterait pas là cette nuit.

Lucern essaya bien de se débarrasser d'elle, mais Kate C. Leever avait tout du bouledogue une fois qu'elle s'était mis une idée en tête. Non, l'image du bouledogue n'était pas la bonne. Elle était plutôt comme un pitbull. Oui, il préférait cette comparaison. Un joli pitbull blond pendu à son bras, les canines résolument plantées dans ses poignets de chemise, refusant de lâcher prise. Ne pouvant pas la projeter contre le mur une fois ou deux, Lucern se retrouvait à court d'idées pour lui faire desserrer les mâchoires.

C'était dans l'ordre des choses. Bien qu'il ait vécu plusieurs centaines d'années, Lucern n'était jamais parvenu à se sortir d'aucune situation semblable. Les gens n'avaient jamais été pour lui qu'un fardeau, apportant le chaos avec eux. Les femmes en particulier. Il n'avait jamais su résister aux appels d'une demoiselle en détresse. Il était incapable de se souvenir de toutes les fois où, croisant le chemin d'une jeune femme aux prises avec un quelconque problème, il avait plongé sa vie dans la tourmente et s'était retrouvé à participer à une bataille, à un duel ou à une guerre pour elle. Bien sûr, il l'avait chaque fois emporté et avait résolu le problème. Et pourtant, il n'obtenait jamais les faveurs de la demoiselle. Au final, malgré tous ses efforts et tous les bouleversements que subissait sa vie, il finissait invariablement par regarder la jeune femme partir avec un autre.

Mais la situation actuelle n'avait rien de comparable. Kate C. Leever, agent littéraire, n'était pas une demoiselle en détresse. En réalité, c'était lui qu'elle pensait être en détresse. Elle ne restait que « pour son bien ». Elle lui rendait service, selon elle, et elle avait prévu de « le réveiller toutes les heures dès l'instant où il s'endormirait », pour le protéger de son entêtement à refuser de consulter un médecin. Elle lui fit cette déclaration lorsqu'ils furent assis dans le salon avant de retirer calmement les sachets de thé de la théière et de leur en servir une tasse chacun, tandis que lui la contemplait, bouche bée.

Il n'avait pas besoin de son aide. Il ne s'était pas cogné la tête violemment, et même si ç'avait été le cas son corps se serait rapidement régénéré. Mais ce n'était pas quelque chose qu'il pouvait dire à la jeune femme. Il finit par déclarer, d'un ton qu'il fit le plus inflexible et ferme possible :

— Je ne veux pas de votre aide, Mlle Leever. Je peux parfaitement me débrouiller seul.

Elle acquiesça posément, but une gorgée de son thé, puis afficha un sourire plaisant avant de répondre :

— J'aurais pris votre déclaration beaucoup plus au sérieux si vous ne portiez pas sur la tête un torchon fleuri, certes joli, mais couvert de sang… en guise de turban.

Lucern leva la main avec empressement et sentit sous ses doigts le torchon avec lequel il avait oublié s'être enrubanné la tête. Comme il commençait à le retirer, Kate ajouta :

— Ne l'enlevez pas pour moi. Il est tout à fait adorable sur vous et vous rend moins intimidant.

Lucern grogna. Il arracha le torchon fleuri d'un coup sec.

— Qu'est-ce que j'ai entendu ? demanda l'agent, les yeux écarquillés. Vous avez grogné.

— Non.

— Si, dit-elle en affichant un large sourire, visiblement ravie. Vous êtes si mignons, vous, les hommes.

Lucern comprit alors que la bataille était perdue. Aucun de ses arguments ne parviendrait à la faire partir.

Il lui restait toujours le contrôle mental…

Il mettait un point d'honneur à employer cette aptitude le plus rarement possible et ne l'avait pas exercée depuis bien longtemps. Elle avait fini par devenir globalement inutile puisque, comme les autres membres de sa famille, il avait à présent recours à une banque du sang pour se nourrir et non plus à la chasse. Mais il se trouvait là dans une situation qui exigeait qu'il l'utilise.

Tout en observant Kate boire son thé, il essaya de s'immiscer dans ses pensées pour en prendre le contrôle. Mais il fut violemment secoué en se heurtant à un mur invisible. L'esprit de Kate C. Leever lui était inaccessible, comme si une porte avait été fermée et verrouillée. Il insista pourtant pendant un moment, plus inquiet qu'il ne l'aurait cru de son impuissance.

Il ne s'interrompit que lorsqu'elle brisa le silence en évoquant la raison qui l'avait amenée :

— Peut-être pourrions-nous aborder la question de la tournée de dédicace ?

Lucern réagit comme si elle l'avait aiguillonné avec un fer rouge. Il abandonna toute tentative de prendre le contrôle de son esprit pour la faire partir et se leva d'un bond.

— Il y a trois chambres d'amis. Toutes trois se trouvent à l'étage. Sur la gauche. Ma chambre et mon bureau sont sur la droite. Restez-en à l'écart et choisissez la chambre d'amis qui vous plaira.

Il quitta ensuite le champ de bataille en toute hâte et regagna la cuisine à grandes enjambées.

Il pourrait la supporter une nuit, se dit-il. Dès le lendemain, une fois rassurée qu'il se portait à merveille, elle partirait. Il y veillerait.

Tout en essayant de ne pas repenser qu'il avait été tout aussi déterminé et sûr de parvenir à la congédier après son thé, Lucern s'empara d'un verre et de sa dernière poche de sang dans le frigo. Il se dirigea ensuite vers l'évier pour se servir son dîner. Il avait sans aucun doute le temps d'en avaler quelques gorgées pendant que Mlle Kate C. Leever était occupée à choisir une chambre.

Il s'était trompé. À peine avait-il commencé à verser le sang de la poche dans son verre que la porte de la cuisine s'ouvrit dans son dos.

— Y a-t-il des magasins ouverts toute la nuit en ville ?

Laissant tomber la poche et son verre, Lucern se retourna pour lui faire face et grimaça au son du verre qui se brisa dans l'évier.

— Je suis désolée, je ne voulais pas vous faire peur, je…

Elle s'interrompit lorsqu'il leva une main pour l'empêcher d'avancer.

— Laissez..., commença-t-il avant de poursuivre, désabusé : Que vouliez-vous savoir ?

Il n'écouta pas vraiment sa réponse. La douce odeur métallique du sang était riche dans l'air, même s'il doutait que Kate puisse la sentir d'où elle se trouvait, à l'autre bout de la pièce. Une odeur qui avait tout pour accaparer l'attention de Lucern, plus encore que le son de la poche de sang qui se vidait dans l'évier. Son dîner. Sa dernière poche.

Son esprit hurlait « Non ! » Son corps était tendu par l'envie de protester. Dans ces conditions, les mots de Kate C. Leever résonnèrent comme autant de « bla bla bla » tandis qu'elle s'approchait du réfrigérateur vide et jetait un coup d'œil à l'intérieur. Cette fois, Lucern ne prit pas la peine de l'en empêcher. À part le sang répandu plus tôt, le frigo était parfaitement vide. Il essaya de se concentrer sur les mots de Kate, se disant que plus vite il répondrait à sa question, plus vite il pourrait s'atteler à sauver son dîner. Cependant, il avait beau essayer, il ne parvenait pas à comprendre plus d'un mot de-ci de-là.

— Bla bla bla... pas mangé depuis le petit déjeuner. Bla bla bla... a vraiment rien ici. Bla bla bla... des courses ?

Le dernier groupe de « bla » se termina sur une note plus aiguë, informant Lucern qu'il s'agissait certainement d'une question. Il n'avait aucune idée quant à la nature de la question, mais pensa qu'un « non » ne manquerait pas de déclencher une dispute.

— Oui, dit-il, espérant ainsi se débarrasser de la jeune femme bornée.

À son grand soulagement, sa réponse parut la satisfaire et la renvoya dans le couloir.

— Bla bla bla... choisir ma chambre. (Il ressentait presque le goût du sang tant son parfum était lourd dans l'air.) Bla bla... mettre quelque chose de plus confortable. (Il mourait de faim.) Bla bla... reviens tout de suite et nous pourrons y aller.

La porte se referma derrière elle et Lucern se tourna en un éclair vers l'évier. Il gémit. La poche était quasiment vide. Elle était plate. Presque complètement. Se sentant plutôt désespéré, il la ramassa, l'inclina au-dessus de sa bouche et la comprima pour essayer d'en extirper les quelques dernières gouttes. Il en récupéra trois avant de baisser les bras et de jeter la poche dans la poubelle avec dépit. Si un quelconque doute avait subsisté, il était à présent totalement dissipé : Kate C. Leever allait à coup sûr faire de sa vie un enfer jusqu'à ce qu'elle s'en aille. Il en était persuadé.

Et, au fait, pour quoi venait-il de donner son accord ?

Chapitre 2

— Des courses !

Kate rit en entendant Lucern marmonner son indignation alors qu'ils pénétraient dans le magasin ouvert vingt-quatre heures sur vingt-quatre. Il n'avait cessé de répéter ces mots à quelques minutes d'intervalle depuis qu'ils avaient quitté son domicile. Au début, il prononçait les mots comme s'il ne parvenait pas à croire qu'il ait donné son accord. Puis, après les avoir conduits tous deux au magasin dans sa BMW, son désarroi s'était mué en indignation. À croire qu'il n'avait encore jamais fait de courses alimentaires de sa vie ! Au fond, à voir comme ses placards étaient vides, Kate jugea que ce pouvait réellement être le cas. Et quand, sur le trajet, elle avait évoqué l'absence de nourriture dans sa maison, Lucern avait grommelé quelque chose au sujet d'une gouvernante qu'il n'aurait pas encore remplacée. Kate supposa donc qu'il prenait ses repas à l'extérieur en attendant.

Elle n'avait pas pris la peine de demander ce qu'il était advenu de la gouvernante. Le caractère de Lucern suffisait à lui fournir une explication. La pauvre femme avait très certainement démissionné. C'est en tout cas ce que Kate aurait fait, sans l'ombre d'un doute.

Elle l'entraîna vers les rangées de caddies vides. Comme elle tirait sur l'un d'entre eux, Lucern marmonna quelque chose qui aurait pu être : « Laissez-moi faire » ou « Dégagez de là ».

Puis il s'empara du caddie.

Par expérience, Kate savait que les hommes préféraient toujours conduire – que ce soit une automobile, une voiturette de golf ou un caddie pour les courses. Elle soupçonnait qu'il s'agissait là d'une volonté d'être aux commandes, mais, quoi qu'il en soit, c'était bien pratique car ça impliquait qu'elle pouvait remplir la chose comme elle l'entendait.

Elle commença à établir mentalement une liste de ce qu'il lui fallait tout en ouvrant la voie en direction des produits laitiers. Elle s'assurerait de prendre des tas de fruits et de légumes pour Lucern. Il était certes musclé et imposant, mais bien trop pâle. Il ne faisait à ses yeux aucun doute qu'il manquait cruellement de légumes verts.

Peut-être amélioreraient-ils également son humeur ?

Lucern était en manque de sang. Telle était la pensée qui lui martelait la tête tandis qu'il suivait Kate C. Leever dans le rayon des produits laitiers, puis dans celui des surgelés et enfin dans celui des cafés. Le chariot se remplissait rapidement. Kate y avait déjà empilé un assortiment de yaourts, de fromages, des œufs et un monceau de plats cuisinés surgelés. Elle s'immobilisa alors devant les cafés, examina les différents emballages avant de se retourner pour demander :

— Est-ce que vous avez une marque préférée ?

Il la contempla, inexpressif.

— Quelle marque ?

— De café ? Laquelle est-ce que vous buvez habituellement ?

Lucern haussa les épaules.

— Je ne bois pas de café.

— Ah. Bon, et comme thé ?

— Je ne bois pas de thé.

— Mais vous… (Elle plissa les yeux.) Du chocolat chaud ? Des expressos ? Des cappuccinos ?

Le voyant secouer la tête à chacune de ses propositions, elle demanda avec exaspération :

— Eh bien, qu'est-ce que vous buvez alors ? Du cyanure ?

Un petit ricanement amusé attira l'attention de Lucern sur une jeune femme rondelette qui remontait dans leur direction en poussant son caddie. C'était la première cliente qu'il croisait depuis qu'ils avaient pénétré dans le magasin. Entre le fiasco des poches de sang, le thé au salon et le temps qu'avait pris Kate pour s'installer et se changer, il était à présent presque minuit. Le magasin n'était pas des plus grouillants à cette heure-là.

Après avoir attiré son attention avec son ricanement, la jeune femme battit des cils dans la direction de Lucern, lequel se surprit à lui sourire en retour, les yeux posés sur la veine qui pulsait à la base de son cou. Il s'imaginait y planter ses crocs pour se délecter de son sang, doux et chaud. Elle correspondait parfaitement à ses goûts en termes de nourriture. Les femmes dodues au teint rosé avaient généralement le sang le plus riche, le meilleur. Il était à la fois épais, enivrant et…

— M. Argeneau ? Allô, ici la Terre !

L'agréable vision de Luc vola en éclats. Il se retourna à contrecœur pour faire face à son agent.

— Oui ?

— Qu'est-ce que vous aimez boire ? répéta-t-elle.

Il posa de nouveau son regard sur la cliente.

— Euh… du café, c'est très bien.

— Mais vous avez dit que vous ne buviez pas de… Laissez tomber. Quelle marque ?

Lucern examina les choix possibles. Ses yeux s'arrêtèrent sur une boîte rouge sombre estampillée Tim Hortons. Il avait toujours cru que c'était le nom d'une chaîne de magasins de donuts, ou quelque chose comme ça. Mais c'était la seule marque qui lui évoquait quoi que ce soit, il désigna donc la boîte.

— La plus chère, évidemment, marmonna Kate en prenant une boîte du café finement moulu.

Lucern n'avait pas remarqué les prix.

— Arrêtez de vous plaindre. C'est moi qui paie les courses.

— Non. J'ai dit que je payais, je paierai.

Avait-elle vraiment dit qu'elle paierait quand elle avait lancé l'idée plus tôt ? se demanda-t-il. Il était incapable de s'en souvenir ; il n'avait pas été très attentif. Il pensait alors à d'autres choses. Comme au sang qui se déversait dans l'évier plutôt que dans sa gorge desséchée.

Il posa les yeux une fois de plus sur la jeune femme potelée à la veine pulsante qui le dépassa. Il supposa qu'il devait avoir l'air d'un type affamé devant lequel passe un buffet sur un chariot. Il éprouva la plus grande difficulté à ne pas se jeter dessus. Du sang frais, tiède… bien plus agréable que le liquide froid ensaché que lui et sa famille avaient pris l'habitude de s'administrer. Il ne s'était jusqu'alors pas rendu compte d'à quel point l'ancienne façon de se nourrir lui manquait.

— Lucern ?

Une pointe d'exaspération perçait dans la voix de Kate C. Leever, à qui Lucern répondit d'une grimace en se retournant. Elle n'était plus à l'endroit où elle s'était trouvée précédemment, mais elle avait progressé dans le rayon et l'attendait. Elle paraissait contrariée, ce qui le contraria à son tour. De quoi pouvait-elle se plaindre ? Ce n'était pas elle qui mourait de faim.

Il se souvint alors vaguement qu'elle avait dit ne rien avoir mangé depuis le petit déjeuner, et supposa qu'elle était aussi sans doute affamée et qu'elle avait tout autant que lui le droit d'être de mauvaise humeur. Il accueillit ce constat de mauvaise grâce.

— Je vais payer, déclara-t-il fermement tout en poussant le chariot. Vous êtes mon invitée. Je me dois de vous nourrir.

Et non pas de me nourrir sur vous, pensa-t-il, hypothèse qu'il aurait plus que tout voulu voir se réaliser. Enfin, pas véritablement plus que tout. Il aurait en fait préféré se nourrir sur la petite brune potelée qui se tenait derrière lui. Il avait toujours trouvé le sang des créatures blondes et élégantes comme Kate C. Leever pauvre et fade. Celui des femmes dodues avait meilleur goût, plus de saveur et plus de corps.

Évidemment, il était impossible qu'il se nourrisse sur quiconque. C'était devenu bien trop dangereux de nos jours, et, même s'il se sentait disposé à courir le risque, il refusait d'hypothéquer la sécurité de sa famille contre quelques instants de plaisir gastronomique.

Mais cela ne l'empêchait pas pour autant d'en rêver. Il passa ainsi de longues minutes à suivre Kate dans les rayons des conserves et des pâtes, acquiesçant sans entendre, absorbé qu'il était par la remémoration de repas qu'il avait particulièrement appréciés dans le passé.

— Vous mangez mexicain ? demanda-t-elle.

— Oh oui, chuchota-t-il, la question faisant resurgir le souvenir d'une jeune Mexicaine guillerette sur laquelle il s'était nourri à Tampico.

Elle avait été des plus savoureuses. Chaude dans ses bras, elle dégageait une douce odeur et de petits gémissements délicieux étaient sortis de sa gorge quand il l'avait pénétrée à la fois avec ses crocs et avec son corps… Oh oui, se nourrir était une expérience qui impliquait parfois tout le corps.

— Et italien ?

— Tout aussi succulent, dit-il, charmant, ses souvenirs se reportant immédiatement sur une jeune paysanne avenante rencontrée sur la côte amalfitaine.

Ç'avait été la première fois qu'il se nourrissait seul. Les hommes n'oublient jamais leur première fois. Le simple fait de repenser à sa douce petite Maria suffisait à lui donner chaud. Elle avait des yeux si sombres et si profonds, une longue chevelure ondulée, noire comme la nuit. Il se souvenait de ses cheveux dans lesquels il avait glissé les doigts, des profonds grognements de plaisir qu'elle lui avait soufflés à l'oreille tandis qu'il lui offrait sa virginité tout en se nourrissant de son sang. Ç'avait été une expérience vraiment délicieuse et inoubliable.

— Vous aimez le steak ?

Lucern fut de nouveau arraché à sa rêverie, cette fois-ci par une barquette de viande crue soudain apparue sous son nez et qui fit aussitôt taire ses souvenirs passionnés. C'était un steak, appétissant et saignant et, bien qu'il préfère normalement le sang humain – même stocké dans une poche plastique – au sang bovin, il trouva l'odeur de la viande sanguinolente très à son goût. Il se surprit à l'inhaler profondément avant d'expirer en un lent soupir.

La barquette disparut de sa vue.

— Ou est-ce que vous préférez la viande blanche ?

— Oh, non. Non. La viande rouge, c'est mieux.

Il s'approcha de l'étal de boucherie près duquel elle l'avait conduit et le balaya du regard, pris d'un intérêt non feint pour la première fois depuis qu'ils étaient arrivés au magasin. Il n'avait jamais été du genre à se repaître de viande creuse. Mais plutôt de viande saignante.

— J'en déduis que vous êtes plutôt un carnivore, commenta Kate en le voyant tendre la main vers une barquette particulièrement sanguinolente.

Le sang dégoulinait et il eut du mal à ne pas se passer la langue sur les lèvres. Puis, ayant peur de s'adonner à un quelconque acte consternant étant donné son état actuel, comme lécher la barquette par exemple, il la reposa et recula d'un pas. Il empoigna ensuite le caddie et commença à s'éloigner, espérant gagner un rayon moins tentant.

— Attendez, lança Kate.

Mais Lucern poursuivit sa route. Il gémissait presque lorsqu'elle revint à sa hauteur au pas de course, les bras chargés de barquettes de viande qu'elle laissa tomber dans le chariot.

Génial ! La tentation l'accompagnerait désormais partout où il irait. Il avait terriblement besoin de se nourrir. Il lui faudrait certainement appeler Bastien ou Étienne pour leur demander de le dépanner. Peut-être même pourrait-il faire un crochet par chez Bastien sur le chemin du retour. Il laisserait Kate et sa résolution dans la voiture avec les courses, entrerait chez son frère en quatrième vitesse, avalerait goulûment de quoi subsister et…

Nom de Dieu ! On aurait dit un junkie !

— Fruits et légumes, maintenant, annonça Kate à côté de lui. Vous avez visiblement des carences en vitamines. Vous n'avez jamais envisagé de fréquenter un salon de bronzage ?

— Je ne peux pas. J'ai une… euh, une maladie de peau. Et, de plus, je suis allergique au soleil.

— Ça ne doit pas être facile à vivre tous les jours, soupira-t-elle.

Puis, le regardant les yeux grands ouverts, elle demanda :

— C'est pour cette raison que vous vous montrez si réticent aux séances de dédicace et autres événements promotionnels ?

Il répondit d'un haussement d'épaules. La voyant prendre tout un assortiment de choses vertes, il grimaça.

Stratégiquement, il s'empara d'un sac de dix kilos de pommes de terre afin d'occuper le maximum d'espace dans le chariot, mais le sac disparut bien vite sous une couche verte : des petites boules vertes, des grosses boules vertes, des tiges vertes. Bon sang, mais cette femme faisait une fixation sur le vert !

Lucern se mit à déplacer le caddie un peu plus rapidement, obligeant ainsi Kate à se dépêcher alors qu'elle s'attaquait à d'autres couleurs. Des légumes orange, rouges et jaunes volèrent à leur tour dans le caddie, aussitôt suivis de fruits orange, rouges et violets avant que Lucern parvienne à entraîner l'agent jusqu'aux caisses.

À peine avait-il immobilisé le caddie que Kate entreprit de lancer les courses sur le tapis roulant. Il l'observait d'un œil absent lorsque la jeune femme dodue passa en poussant son caddie. Elle lui sourit de nouveau tout en battant des paupières avant de lui adresser un petit signe de la main. Lucern lui rendit son sourire, le regard rivé sur la veine qui pulsait dans son cou. Il entendait presque le « boum boum » de son cœur, le son du sang, le…

— Lucern ? M. Argeneau. Où allez-vous ?

S'immobilisant, Lucern cligna des yeux, ne se rendant compte qu'à la question de Kate qu'il s'était mis à suivre la cliente potelée comme un âne poursuivant sa carotte. Son dîner potentiel se retourna et lui adressa un nouveau sourire avant de disparaître dans le rayon des produits surgelés. Lucern lui emboîta le pas.

— Nous avons oublié les glaces.

— Les glaces ?

Il perçut la confusion qui transparaissait dans la voix de Kate, mais il aurait été incapable de s'arrêter pour lui répondre, même s'il l'avait voulu. Il accéléra et déboucha dans le rayon des surgelés où se trouvait un autre client en plus de sa chère rondelette. Il n'avait croisé personne à part elle de toute la soirée, et voilà que maintenant un autre client le privait d'une petite morsure rapide ! Gardant pour lui son soupir, Lucern s'approcha des glaces et examina d'un œil distrait les choix qui s'offraient à lui. Chocolat, cerise, marshmallows et éclats de noisette.

Il jeta un coup d'œil en direction de sa petite chérie dodue. Elle l'observait en lui lançant des sourires aguichants. On aurait dit un énorme steak souriant sur pattes. Maudite femme ! *Ce n'est pas gentil de jouer les séductrices*, pensa-t-il tristement en ouvrant davantage le congélateur sans détourner le regard.

Elle s'approcha, un large sourire sur les lèvres, tandis qu'il s'emparait d'une glace dans le congélateur. Elle ne dit rien, se contentant d'afficher un rictus allumeur et de le frôler du bras en le dépassant.

Lucern inspira profondément, l'odeur de la cliente lui faisant tourner la tête. Oh oui, que son sang était sucré ! Ou peut-être était-ce la glace qu'il tenait dans les mains ? Il saisit un autre emballage en observant la cliente disparaître à l'angle du rayon et laissa échapper un soupir. Il avait envie de la suivre. Il pourrait se servir de son don de contrôle mental pour l'entraîner au fond du magasin et s'offrir quelques gorgées. Mais, s'il se faisait prendre…

Soupirant de nouveau, il abandonna l'idée et s'empara d'une barquette de glace aux marshmallows et éclats de noisette. Il pouvait tenir encore un peu. Encore un petit moment, et il serait libre de se rendre chez Bastien ou chez Étienne. Kate C. Leever devait très certainement être épuisée après une journée de travail et un voyage en avion, et elle serait ravie d'aller se coucher au plus vite.

— Ma foi, vous semblez raffoler de glace, fit remarquer Kate lorsqu'il la rejoignit.

Lucern baissa les yeux sur les quatre paquets de glace qu'il avait rapportés et les laissa tomber sur le tapis roulant dans un haussement d'épaules. Il n'avait pas la moindre idée de ce à quoi correspondait le parfum de plusieurs d'entre elles et, distrait comme il l'avait été, il ne s'était pas rendu compte d'en avoir pris autant, mais cela n'avait aucune importance. Quelqu'un finirait bien par les manger.

Kate protesta quand il voulut payer, mais Lucern insista. C'était un truc d'homme. Sa fierté lui interdisait de laisser une femme payer pour de la nourriture destinée à finir chez lui. Kate ouvrit un paquet de galettes de riz pour les grignoter sur le trajet du retour. Elle lui en proposa, mais il lui répondit d'un sourire méprisant en secouant la tête. *Des galettes de riz. Mon Dieu.*

Lucern parvint à résister à l'envie de s'arrêter chez l'un de ses frères. Il était plutôt fier de son self-control. Avec Kate, ils transportèrent leurs achats à l'intérieur, puis Lucern insista pour qu'elle commence à cuisiner pendant qu'il les rangeait. Il passait ainsi pour serviable et utile là où, en réalité, il souhaitait seulement qu'elle se prépare son foutu repas, l'avale et aille se coucher pour qu'il puisse enfin partir en quête de ce dont il avait besoin. Non pas qu'il n'apprécie pas de manger. Un peu de nourriture ne lui poserait aucun problème, mais ce type d'aliments ne ferait rien pour satisfaire sa véritable faim. Ses semblables pouvaient survivre en se privant de nourriture, mais pas de sang.

Heureusement, Kate C. Leever avait visiblement une faim de loup ; elle se prépara un repas rapide, saisissant deux steaks et jetant dans un bol un paquet de trucs verts sur lesquels elle versa une espèce de sauce. Lucern n'avait jamais trouvé aucun intérêt aux salades. Les lapins mangeaient de la verdure. Les humains mangeaient de la viande, et Lucern se nourrissait de viande et de sang. Il n'avait rien d'un lapin. Il garda cependant ses opinions pour lui et termina de ranger les courses presque à l'instant où Kate finit de cuisiner. Ils s'assirent alors pour manger.

Lucern s'attaqua à son steak avec ferveur, ne prêtant pas la moindre attention au bol pour lapin. Il avait précisé qu'il voulait sa viande saignante, et il supposa qu'elle devait l'être pour la plupart des gens, mais saignante pour lui voulait dire crue. Elle était néanmoins tendre et juteuse, et Lucern eut vite fait de l'engloutir.

Il contempla Kate qui finissait sa part, mais fit « non » de la tête lorsqu'elle lui proposa de la salade.

— Vous feriez bien d'en manger, dit-elle d'un ton maternel en fronçant les sourcils. C'est plein de vitamines et de nutriments, et vous êtes encore affreusement pâle.

Il présuma qu'elle avait peur que sa pâleur soit due à sa prétendue blessure à la tête. Elle était dans tous les cas due à un manque de sang, ce qui rappela à Lucern qu'il ferait bien de vérifier si Bastien était chez lui. Il prit congé et gagna son bureau.

À son grand désarroi, personne ne répondit lorsqu'il appela chez son frère. Bastien était soit en charmante compagnie, soit occupé aux Entreprises Argeneau. Tout comme Lucern, Bastien préférait travailler la nuit, lorsque tout le monde dormait. Les habitudes vieilles de plusieurs siècles sont difficiles à changer.

Lucern regagna la cuisine où Kate, ayant fini son repas, avait déjà rincé presque tous leurs couverts et les avait placés dans le lave-vaisselle.

— Je vais m'en occuper, s'empressa-t-il de dire. Vous devez être à bout de forces et prête à aller vous coucher.

Kate regarda Lucern avec surprise. Il était difficile de croire qu'il s'agissait là du même homme que celui qui lui avait répondu par de brefs « non » à ses lettres et qui l'avait accueillie avec tant de goujaterie à son arrivée. Le fait qu'il l'aide à vider les courses ou son apparente bienveillance la rendaient suspicieuse. Son expression teintée d'optimisme n'arrangeait rien non plus. Quoi qu'il en soit, elle était épuisée. La journée avait été longue et elle finit par admettre à contrecœur :

— En effet, je suis éreintée.

L'instant d'après, elle sentit une main ferme lui saisir le bras et fut poussée hors de la cuisine.

— Alors au lit !

Cette perspective paraissait ravir Argeneau, qui la pressa dans le couloir puis dans l'escalier.

— Vous pouvez dormir aussi longtemps qu'il vous plaira. Je vais certainement passer le plus clair de la nuit à travailler, comme j'en ai l'habitude, et dormir une grande partie de la journée. Si vous vous réveillez avant moi, mangez ce que vous voulez, buvez ce que vous voulez, mais ne fourrez votre nez nulle part.

Ses derniers mots furent prononcés d'une voix sévère qui correspondait plus au rustre qu'elle connaissait en lui.

— Je n'ai nullement l'intention de fouiner, répliqua-t-elle en hâte, contrariée. J'ai apporté un manuscrit à réviser avec moi. J'y travaillerai jusqu'à ce que vous vous leviez.

— Bon, très bien. Bonne nuit.

Il la poussa dans la chambre d'amis jaune qu'elle avait choisie plus tôt et claqua la porte d'un coup sec.

Kate fit lentement volte-face, s'attendant presque à entendre le verrou se fermer. Elle fut soulagée de constater qu'il n'en fit rien. Faisant taire son esprit suspicieux d'un mouvement de tête, elle prit sa chemise de nuit dans sa valise et se dirigea vers la salle de bains attenante pour prendre une douche. Elle était en train de grimper dans son lit quand elle repensa à l'excuse qu'elle avait invoquée pour passer la nuit là. Elle s'immobilisa et balaya la pièce du regard.

Elle remarqua la petite horloge digitale posée sur la table de nuit, la saisit et la régla pour qu'elle sonne une heure plus tard. Elle était parfaitement déterminée à se lever pour aller vérifier que Lucern ne s'était pas endormi ou que, si c'était le cas, cela n'avait rien de définitif.

Kate reposa le réveil sur la table et se glissa sous les draps, repensant aux instants de panique vécus dans la cuisine. Elle inspira profondément par le nez, revoyant Lucern Argeneau qui se tenait devant elle, du sang lui coulant sur les cheveux et sur le visage. Bon Dieu, elle n'avait jamais été témoin d'aucune blessure à la tête auparavant. Elle avait évidemment entendu dire qu'elles saignaient parfois beaucoup et que, bien souvent, elles étaient plus spectaculaires que graves, mais il avait tout de même perdu beaucoup de sang.

Elle frissonna et déglutit pour se débarrasser de la boule d'anxiété qui lui nouait la gorge. Kate ne le connaissait pas vraiment et il n'avait fait que se comporter comme un goujat avec elle depuis son arrivée mais, même si c'était bien fait pour lui compte tenu de son attitude, elle souhaitait tout sauf le voir mourir. Comment ferait-elle alors pour impressionner sa boss ? Elle ne visualisait que trop bien la scène : « Non, Allison, je n'ai pas réussi à le convaincre de répondre aux questions des journalistes. Ni de participer à une quelconque émission de télé. Et… non, il n'assurera pas non plus de tournée de dédicace. En fait, je serais sans doute parvenue à le convaincre si je ne l'avais pas tué. Mais c'était un accident, Allison. Je sais qu'il est notre dernière poule aux œufs d'or et je n'avais pas la moindre intention de le tuer, malgré son caractère de rustre entêté… Non, vraiment, c'était un accident ! Oui, je peux comprendre que tu me vires. Non, je ne t'en veux pas de ne pas me fournir de lettre de recommandation. Et, si tu veux bien m'excuser, je vais aller pointer chez McDonald's de ce pas, maintenant que ma carrière dans l'édition est foutue. »

Elle soupira, secoua la tête sur son oreiller et ferma les yeux. Grâce à Dieu, Argeneau semblait se porter comme un charme, sauf qu'il était pâle. Elle se redressa et s'assit dans le lit, de nouveau rongée par l'inquiétude. Il était vraiment très pâle.

Et alors ? se demanda-t-elle.

Il semblait avoir perdu l'équivalent d'un litre de sang. Ou au moins un demi-litre. Peut-être ferait-elle mieux d'aller lui rendre visite sur-le-champ. Kate y réfléchit quelques instants. Elle était partagée entre l'envie de s'assurer qu'il allait bien et la peur qu'il l'envoie paître pour l'avoir interrompu dans ses activités, quelles qu'elles furent. Il ne manquerait certainement pas de lui hurler dessus à chacune de ses irruptions répétées tout au long de la nuit. Mais il avait tout de même été bien pâle après s'être cogné la tête.

D'un autre côté, elle avait déjà remarqué une certaine pâleur lorsqu'il l'avait accueillie sur le perron, avant même le choc. Ou est-ce qu'elle était due à l'éclairage ? La nuit était déjà tombée et les marches étaient éclairées par une saleté de néon. C'était peut-être simplement pour ça qu'il avait paru pâle.

Elle rumina ses pensées pendant un petit moment, puis commença à glisser ses pieds hors du lit pour aller lui rendre une petite visite avant de s'endormir, mais elle s'interrompit en entendant une porte se fermer. Se raidissant, Kate écouta les bruits de pas étouffés remonter le couloir, puis elle se força à se détendre et à se rallonger. L'écho de la démarche avait été léger, mais pas anormal. Lucern n'avait pas paru chanceler ni marcher trop lentement. Il se portait bien. Elle en resterait à sa première idée d'aller le voir dans une heure.

Se détendant, elle s'allongea et ferma les yeux. Elle ne dormirait sans doute pas beaucoup cette nuit, elle le savait. Au fond, elle aurait préféré se trouver dans un quelconque hôtel à dormir profondément. Ce qui aurait été le cas – blessure à la tête ou pas – si elle n'avait redouté que, une fois sortie de chez Lucern Argeneau, ce dernier se montrerait bien peu disposé à la laisser rentrer. Kate ne pouvait courir ce risque, il fallait absolument qu'elle le convainque de participer à un événement promotionnel. N'importe lequel ferait l'affaire. Elle craignait sincèrement que son poste d'agent littéraire en dépende.

— Tu plaisantes ? Elle a vraiment cru que tout ce sang venait d'une simple bosse à la tête ? demanda Étienne en partant d'un rire incrédule.

— Elle aurait quand même difficilement pu imaginer que le sang provienne d'une poche plastique qu'il gardait dans son frigo, fit remarquer Bastien, gloussant cependant lui aussi.

Lucern ne prêta pas la moindre attention à l'hilarité de ses frères et planta ses crocs dans la seconde poche de sang que lui avait apportée Rachel. Il en avait déjà terminé avec la première. Il avait insisté pour finir de l'ingérer avant de leur exposer la raison de son irruption chez Étienne en demandant à être nourri. La première poche lui avait permis de surmonter la surprise de tomber nez à nez avec Bastien. Ses frères en avaient également profité pour lui expliquer que Bastien était venu donner un coup de main pour s'affranchir de quelques problèmes de dernière minute posés par le mariage. Voilà pourquoi Lucern n'avait pas réussi à le joindre.

— Ce que je ne comprends pas, dit Bastien tandis que Lucern, en ayant terminé avec la seconde poche, rétractait ses crocs, c'est pourquoi tu ne t'es pas simplement immiscé dans ses pensées pour lui intimer de partir.

— J'ai essayé, admit Lucern, désabusé. (Il posa les deux poches sur la paume que tendait Rachel, puis l'observa quitter la pièce pour s'en débarrasser.) Mais je n'ai pas réussi à pénétrer dans son esprit.

Le poids du silence qui suivit n'avait rien à envier aux soupirs de stupeur qu'aurait proférés n'importe qui d'autre. Étienne et Bastien le dévisageaient, abasourdis.

— Tu veux rire ? finit par dire Bastien.

Voyant Lucern faire « non » de la tête, Étienne s'affaissa dans le fauteuil en face de son frère et déclara :

— Bon, dans ce cas, ne dis rien à maman si tu ne veux pas qu'elle tente de vous pousser dans les bras l'un de l'autre. À la seconde même où elle a appris que j'étais incapable de lire dans les pensées de Rachel, elle a décrété que nous étions faits pour former un couple. (Il s'interrompit pensivement.) Et, bien entendu, elle avait raison.

Lucern grogna de dégoût.

— Ma foi, Mlle Kate C. Leever n'est pas faite pour moi. Elle est aussi pénible qu'un moustique qui vous vrombit dans les oreilles. Têtue comme une mule, et agressive comme personne. Cette satanée femme ne m'a pas laissé la moindre seconde de répit depuis qu'elle a franchi le seuil de ma maison.

— C'est faux, rétorqua Bastien avec amusement. Tu as réussi à lui fausser compagnie le temps de venir ici.

— Uniquement parce qu'elle était fatiguée et qu'elle est partie se coucher. Elle…

Il se tut soudain et se redressa sur sa chaise, repensant à la promesse qu'elle avait faite de passer le voir toutes les heures pour s'assurer que sa blessure à la tête n'était pas plus sérieuse qu'il y paraissait. Allait-elle vraiment la tenir ? Il jeta un regard tendu à ses frères.

— Depuis combien de temps suis-je ici ?

Bastien haussa les sourcils sous le coup de la surprise, mais il regarda sa montre et déclara :

— Je n'en suis pas certain, mais je dirais une grosse demi-heure, trois quarts d'heure.

—Mince. (Lucern s'était levé en un clin d'œil et il se dirigeait vers la porte.) Il faut que j'y aille. Merci pour la nourriture, Rachel, lança-t-il à voix haute en direction de l'autre pièce.

—Attends. Qu'est-ce que… ?

Bastien et Étienne se levèrent pour le poursuivre de leurs questions, mais Lucern ne s'arrêta pas pour y répondre. Il avait verrouillé la porte de son bureau avant de quitter la maison ; Kate pourrait ainsi croire qu'il s'y trouvait, mais si elle passait effectivement le voir chaque heure et qu'elle n'obtenait aucune réponse en frappant à sa porte, cette satanée jeune femme risquait de conclure à sa mort et d'appeler la police ou une ambulance. Elle pourrait même aller jusqu'à défoncer la porte du bureau. Il était impossible de prévoir ce qui pourrait lui passer par la tête.

Alors qu'il se dépêchait de rentrer chez lui, deux ou trois scénarios catastrophes lui vinrent à l'esprit.

Heureusement, elle ne semblait avoir donné vie à aucun d'entre eux en son absence. Elle était levée et essayait de le réveiller – réalité qui lui sauta aux oreilles à l'instant où il ouvrit la porte d'entrée. Il l'entendait hurler et tambouriner à la porte de son bureau pourtant situé à l'étage. Roulant des yeux en réaction au vacarme qu'elle faisait et à la panique audible dans la voix qui criait son nom, Lucern enfourna ses clés dans sa poche et monta l'escalier quatre à quatre.

Nom de Dieu, cette femme ne faisait pas que manger de la nourriture pour lapin, elle portait également des pantoufles en forme de lapin !

Lucern contempla d'un œil ahuri les oreilles qui retombaient sur les chaussons en peluche rose, puis laissa son regard remonter sur l'épaisse – elle aussi rose et duveteuse – robe de chambre. S'il n'avait pas su qu'elle avait une silhouette fine, il n'aurait pas pu l'affirmer en ce moment. Il aperçut alors une de ses mèches et grimaça. Elle s'était mise au lit les cheveux mouillés et s'était visiblement agitée dans son sommeil car elle était tout ébouriffée.

Le bon côté des choses, c'était qu'elle n'avait apparemment pas l'intention de s'abaisser à le séduire pour qu'il accède à sa volonté effrénée de le voir participer à une quelconque forme de promotion. Si bizarre que cela puisse paraître, Lucern ressentit une pointe de regret devant cette constatation. Il ne comprit pas pourquoi. Ce n'était pas comme s'il appréciait la jeune femme. Et pourtant, il n'aurait pas refusé un peu de séduction.

— Bonsoir, dit-il lorsqu'elle cessa de crier pour reprendre son souffle.

Il se retrouva bouche bée une fois de plus quand Kate C. Leever se retourna pour lui faire face.

— Vous ! Mais je pensais que… (Elle pivota vers la porte du bureau avant de revenir à lui.) Cette porte est fermée. J'ai cru que vous étiez à l'intérieur, et, comme vous ne répondiez pas, j'ai…

Sa voix mourut progressivement à mesure qu'elle prenait conscience de l'expression qu'affichait Lucern. Se sentant soudain gênée, elle ramena devant elle les pans de sa vieille robe de chambre miteuse, comme pour l'empêcher d'apercevoir la chemise de nuit en flanelle qui dépassait au niveau de son cou.

— Quelque chose ne va pas ?

Lucern ne put se retenir ; il savait qu'il se conduisait comme un goujat, mais il ne put empêcher les mots de franchir ses lèvres :

— Bon Dieu, mais qu'est-ce que c'est que cette espèce de morve que vous avez sur le visage ?

Kate relâcha aussitôt sa robe de chambre pour se plaquer les deux mains sur le visage, sa bouche formant un « Oh » de détresse alors qu'elle venait de se souvenir du masque vert qu'elle essayait de dissimuler.

Il s'agissait là clairement d'un traitement de beauté, en déduisit Lucern, mais Kate ne prit pas le temps de lui expliquer en quoi il consistait précisément. Tournant les talons, elle courut se réfugier dans la chambre d'amis dont elle referma la porte derrière elle. Une fraction de seconde plus tard, elle lança d'une voix tendue :

— Je suis contente que vous alliez bien. Apparemment. J'étais inquiète que vous ne répondiez pas à mes coups sur la porte. Je repasserai vous voir dans une heure.

Le silence s'installa alors dans le couloir.

Lucern patienta quelques instants puis, n'entendant pas le moindre pas s'éloigner de la porte, il se dit qu'elle devait attendre une réponse. « Non » fut la première qui lui vint à l'esprit. Il ne voulait pas qu'elle passe le voir. Il ne voulait pas d'elle du tout. Mais il se trouva incapable de le lui dire. Elle avait paru être tellement embarrassée de se présenter comme ça devant lui, et il ne pouvait pas vraiment le lui reprocher ; elle était affreuse, à la manière d'un adorable lapin.

Il sourit pour lui-même en repensant à elle, se tenant là dans le couloir, ne ressemblant à rien. Kate était apparue laide, mais d'une façon si mignonne qu'il aurait eu envie de la prendre dans ses bras… Jusqu'à ce qu'il aperçoive le masque vert desséché sur son visage.

Lucern ne l'accabla pas plus avec un « non » qu'elle s'attendait sans doute à recevoir, mais lança plutôt un « bonne nuit » d'une voix désagréablement bourrue. Tandis qu'il s'approchait de son bureau pour l'ouvrir, il entendit un léger soupir de l'autre côté de la porte de la chambre d'amis, suivi d'un infime « bonne nuit » qui lui était adressé. Les pas de Kate s'éloignèrent. Elle allait se mettre au lit, pensa-t-il.

Un léger claquement se fit alors entendre et un rai de lumière apparut sous la porte. Lucern s'immobilisa.

Pourquoi avait-elle allumé la lumière ? Était-elle en train de régler le réveil pour qu'il sonne dans une heure ? Cette idiote avait donc vraiment l'intention de lui rendre une petite visite toutes les heures !

Secouant la tête, il entra dans son bureau et alluma les lumières. Il lui laisserait quinze minutes pour s'endormir avant d'aller éteindre le réveil. La dernière chose dont il avait besoin, c'était bien qu'elle le harcèle toute la nuit. Même s'il lui était venu à l'esprit que, si elle dormait peu cette nuit, elle rattraperait son sommeil le lendemain matin – ce qui lui laisserait moins de temps pour fourrer son nez à droite à gauche pendant que lui se reposerait.

Mais il se dit qu'elle n'en ferait rien. Elle lui avait promis qu'elle ne fouinerait pas et il la croyait.

Enfin presque.

Chapitre 3

Kate fouina.

Elle n'en avait pas eu l'intention. Elle avait même des projets pour la journée qui n'incluaient pas du tout de fourrer son nez dans les affaires de Lucern, mais bon, même les meilleurs plans avaient des failles.

Kate se réveilla à 10 heures. La première chose qui lui vint à l'esprit fut de se demander où elle se trouvait. La seconde – une fois qu'elle se fut rappelé où elle était et pourquoi – fut : « Oh, merde, le réveil n'a pas sonné. » S'asseyant dans le lit, elle tendit la main vers la petite horloge pour l'examiner. L'alarme était désactivée. Kate fronça les sourcils, persuadée de l'avoir déclenchée après sa première visite à Lucern. Elle se rappelait parfaitement avoir réglé l'heure et activé l'alarme. Mais elle était désactivée. Elle reposa l'horloge sur la table en fronçant un peu plus les sourcils. S'était-elle réveillée la seconde fois pour se retourner et l'éteindre ? Il n'y avait pas d'autre explication, comprit-elle, et elle grimaça.

— Bien joué, Leever ! L'unique raison que tu avais de rester ici, la seule chance que tu avais de gagner les faveurs de Lucern, tu viens de la faire voler en éclats.

Elle avait pensé qu'il n'oserait pas la chasser de chez lui après qu'elle aurait pris la peine de se lever toutes les heures de la nuit pour s'assurer qu'il allait bien. Mais, maintenant qu'elle avait failli à sa tâche, il la congédierait sans doute avant midi – s'il n'avait pas passé la nuit à écrire, comme il l'avait annoncé. S'il avait travaillé toute la nuit, il ne se réveillerait probablement pas avant 14 heures, voire 15 heures. Ce qui impliquait qu'elle quitterait les lieux vers 15 ou 16 heures.

— Formidable prestation, Katie.

Elle repoussa les draps et se glissa hors du lit. Elle devait à tout prix trouver une nouvelle bonne raison de rester jusqu'à ce qu'elle ait réussi à convaincre Lucern Argeneau de coopérer.

Kate analysa le problème sous sa douche, en se séchant, en s'habillant, en se brossant les dents, en se coiffant et en se passant un peu de fard sur le visage. Elle ne le relégua au rang des causes perdues qu'après avoir pris son petit déjeuner. Elle avait toujours les idées plus claires le ventre plein.

En sortant de la chambre d'amis, elle s'immobilisa dans le couloir et observa la porte qui faisait face à la sienne. Peut-être devrait-elle s'assurer que son hôte allait bien ? Elle ne l'avait pas fait de la nuit. Peut-être était-il allongé par terre dans son bureau, dans le coma.

Elle plissa les lèvres d'un air pensif en pesant le pour et le contre, puis elle secoua la tête. Non. Ce n'était pas une bonne idée, décida-t-elle. Elle avait délaissé sa mission nocturne ; la dernière chose qu'elle souhaitait, c'était de le réveiller avant d'avoir trouvé un moyen de se racheter.

Elle tourna les talons et, aussi silencieusement que possible, elle traversa le couloir et descendit l'escalier. Elle fit une première escale dans la cuisine, où elle alluma la cafetière et examina le contenu du frigo. Bien qu'elle en connaisse chaque élément, elle trouvait amusant de les regarder tous et de faire comme si elle allait se préparer quelque chose de gras et peu diététique comme des œufs au bacon. Bien entendu, elle n'en ferait rien. Elle opta plutôt pour un pamplemousse accompagné de céréales, moins satisfaisants, mais plus sains.

Elle se servit ensuite une tasse de café qu'elle but en regardant le jardin de Lucern par la fenêtre. C'était une vaste étendue de pelouse rase, impeccable et entourée d'arbres, le tout visiblement entretenu par des professionnels. Tout comme la maison, d'ailleurs.

Cette dernière respirait l'aisance et la classe, tant à l'intérieur qu'à l'extérieur. Elle était grande, meublée d'antiquités, mais c'était dehors que résidait le vrai luxe. Elle trônait au centre d'une immense propriété tout en pelouse et en arbres parfaitement entretenus et disposés de sorte à masquer l'imposante métropole voisine. Le lieu était somptueux et paisible. Kate en savoura l'atmosphère tout en dégustant son café.

Se servant une autre tasse, elle quitta la cuisine et arpenta le couloir, l'esprit occupé à concocter un plan qui la ferait rester dans la maison au moins une nuit supplémentaire. Il fallait absolument qu'elle parvienne à convaincre Lucern d'accorder ne serait-ce qu'un entretien. Kate se doutait qu'il n'accepterait jamais de participer à la tournée de dédicace et elle en avait abandonné l'idée, mais il finirait forcément par se laisser persuader de donner quelques interviews. Au pire, par téléphone ou via Internet. Plusieurs de ses auteurs l'avaient déjà fait par e-mails interposés. Le journaliste leur avait envoyé un message avec ses questions et les auteurs n'avaient eu qu'à renvoyer leurs réponses. Il y avait aussi les messageries instantanées ; elle avait entendu dire que certains écrivains s'en servaient pour donner des interviews. Merde, ça n'avait rien de bien compliqué. Lucern n'aurait même pas à sortir de chez lui.

Elle s'apprêtait à entrer dans le salon avec son café lorsqu'elle remarqua le carton posé sur la table dans le couloir. Kate le reconnut immédiatement. Elle l'avait rempli de lettres d'admirateurs et envoyé elle-même. Elle se ravisa et poursuivit sa route dans le couloir pour poser un œil noir sur le colis. Cela faisait trois mois qu'elle l'avait expédié ! Trois mois ! Et dire qu'il n'avait même pas pris la peine d'ouvrir la maudite boîte, sans parler de répondre aux lettres qu'elle contenait.

— L'enfoiré, marmonna-t-elle. Espèce d'ingrat, de stupide et de… *génial* personnage.

Lorsqu'elle finit sa phrase, un sourire étirait progressivement ses lèvres à mesure qu'elle entrevoyait une nouvelle bonne raison de rester là une nuit de plus.

— Oh, souffla-t-elle. Dieu soit loué pour votre stupidité et vos manières de rustre.

De la salsa. C'est ce qu'entendit Lucern en ouvrant l'œil. Il identifia le morceau comme étant un tube du moment. L'image d'un danseur latin, svelte, élégant et qui évoluait sur une scène, tout vêtu de noir, lui traversa brièvement l'esprit.

La musique lui permit de trouver Kate rapidement. Il suivit le son jusqu'à son salon pour s'immobiliser dans l'embrasure de la porte, bouche bée devant le chaos qui avait pris possession des lieux pendant son sommeil. La pièce, qui était propre et bien rangée lorsqu'il était parti se coucher, était à présent envahie de papier. Le moindre centimètre carré était recouvert de lettres ouvertes ou de piles d'enveloppes. Au milieu de toute cette pagaille, Kate C. Leever dansait autour d'une boîte en carton dans laquelle elle piochait des lettres, les décachetait, puis virevoltait vers une pile ou vers une autre pour y poser le courrier avant de recommencer son petit manège.

— Vous avez fouiné ! gronda-t-il.

Kate, qui venait d'offrir au colis à moitié vide un déhanché des plus explicites – déhanché particulièrement sexy, il faut bien le reconnaître –, laissa échapper un cri de surprise. Elle fit volte-face vers la porte, envoyant le colis valser par terre.

— Regardez ce que vous avez fait ! lâcha-t-elle, rouge d'embarras.

Elle se pencha pour ramasser le carton et son contenu.

— Vous avez fouiné, répéta Lucern.

Il s'arrêta juste devant elle, la surplombant de toute sa taille, tandis qu'elle récupérait les enveloppes éparpillées.

— Je…, dit-elle en levant les yeux vers lui.

La culpabilité qui se lisait sur ses traits céda bien vite la place à la colère. Kate se redressa et lui jeta à son tour un regard mauvais.

— Je n'ai pas eu à fouiner beaucoup. Le colis était posé sur la table, dans l'entrée. Je l'ai remarqué en passant.

— Je n'en suis pas certain, mais je crois bien qu'il est illégal d'ouvrir du courrier qui ne vous est pas adressé. Je crois même que ça tombe sous le coup de la loi fédérale.

— Je ne pense pas que cette loi s'applique quand il s'agit de courrier que vous avez vous-même envoyé, or c'est moi qui vous ai envoyé ce colis. Il y a trois mois ! ajouta-t-elle avec gravité.

— Mais vous n'avez pas écrit les lettres qui se trouvaient à l'intérieur.

Kate grimaça, puis elle entreprit de remettre dans la boîte les enveloppes encore scellées. Elle expliqua ensuite :

— En constatant que vous ne l'aviez pas encore ouvert, je me suis dit que, peut-être, je pourrais vous aider. Il m'a semblé évident que la quantité de lettres vous avait découragé.

— Ha ! Je n'avais aucune idée du nombre de lettres qui se trouvaient là-dedans, puisque je ne l'avais pas ouvert.

— Non, effectivement, concéda-t-elle après quelques instants.

Puis elle demanda :

— Est-ce que vous avez un problème avec le courrier ? Je n'ai jamais rencontré personne qui laissait traîner son courrier comme ça, pendant des mois. Pas étonnant que vous ayez mis longtemps à répondre à mes lettres.

Avant qu'il puisse dire quoi que ce soit, elle se retourna et ajouta :

— Et comment est-ce que vous avez pu laisser de côté toutes ces lettres, comme vous l'avez fait ? s'écria-t-elle en désignant d'un mouvement de la main les petites tours de papiers disséminées un peu partout dans la pièce. Elles viennent de vos lecteurs, de vos admirateurs ! Sans eux, vous n'êtes rien. Ils dépensent leur argent pour acheter vos livres et plus encore pour vous faire savoir qu'ils les aiment. Sans lectorat, vos livres ne seraient pas publiés. Comment pouvez-vous faire comme s'ils n'existaient pas ? Ils ont pris la peine et le temps de vous écrire. Ils disent des choses formidables de vos livres, de vous, de votre écriture ! N'avez-vous donc jamais admiré le travail de personne, jamais éprouvé le besoin de dire à quelqu'un que vous appréciiez ce qu'il fait ? Vous devriez être reconnaissant à vos lecteurs d'en avoir fait la démarche.

Lucern la dévisageait avec surprise. Totalement passionnée, le sang lui était monté aux joues et sa poitrine se soulevait en rythme. Une bien jolie poitrine, remarqua-t-il. Sa silhouette était des plus élégantes, même dans ce jean et ce tee-shirt amples qu'elle portait aujourd'hui.

Tout cela était certes fort intéressant, mais sans la moindre utilité sur le moment. Il se sermonna intérieurement et prit quelques instants pour s'éclaircir la voix avant d'ouvrir la bouche. Le problème, c'est qu'il ne savait pas ce qu'elle venait juste de dire, ni ce qu'il pourrait y répondre.

— Ha ! lâcha-t-elle avec un air de triomphe. Vous ne savez pas quoi répondre, hein ? Parce que j'ai raison. Vous vous êtes montré bien trop négligent en la matière et j'ai décidé, par pure générosité, de vous donner un coup de main. Non, ne me remerciez pas, ajouta-t-elle d'un ton quelque peu suffisant avant de saisir une lettre et de l'ouvrir.

Lucern sentit un rictus se dessiner sur ses lèvres à mesure qu'il l'observait. Il n'avait pas besoin de lire dans ses pensées pour savoir qu'elle n'agissait pas par pure générosité, mais qu'elle cherchait là un moyen de rester chez lui assez longtemps pour le convaincre de participer à la promotion de ses livres. Il décida, *par pure générosité*, de lui permettre de rester là le temps de s'occuper des lettres. Il n'avait pas eu l'intention d'y répondre. Il ne connaissait aucun des expéditeurs et c'était une tâche laborieuse, mais à présent… Eh bien, le discours de Kate l'avait touché. Du moins un peu.

— Très bien. Je ne vois aucun inconvénient à ce que vous m'aidiez avec ces lettres, annonça-t-il.

Kate secoua la tête devant la magnanimité de Lucern Argeneau.

— Waouh. Comme c'est généreux de votre part de me permettre de…

Elle s'interrompit. Ses derniers mots de mépris n'avaient servi à rien ; Lucern avait quitté la pièce. L'enfoiré ! C'était le plus frustrant, le plus énervant… Et pourquoi est-ce qu'il parlait toujours dans ce langage châtié ? Il utilisait une syntaxe datée et avait un léger accent qu'elle ne parvenait pas identifier. Et les deux commençaient gentiment à l'énerver.

Elle venait tout juste de se pencher de nouveau sur le colis pour continuer son classement des lettres par catégorie lorsqu'une série de tintements sonores retentirent dans toute la maison. Identifiant aussitôt la sonnette d'entrée, elle hésita, puis elle abandonna le courrier pour aller répondre. Elle ouvrit la porte sur un homme en uniforme qui tenait à la main une glacière estampillée B.S.A.

— Bonjour, dit-il en cessant de mâchouiller son chewing-gum juste assez longtemps pour lui sourire largement et afficher une impeccable denture. Vous devez être l'agent littéraire de Luc.

Kate arqua un sourcil.

— Euh, en effet. Kate. Kate C. Leever.

L'homme saisit la main qu'elle lui tendait et la serra chaleureusement.

— Tante Maggie avait raison. Vous êtes vraiment adorable.

— Tante Maggie ? demanda Kate, confuse.

— La mère de Luc, ma tante. Marguerite, ajouta-t-il en voyant Kate toujours aussi perplexe, mais cela ne faisait rien pour l'aider.

Elle n'avait jusqu'alors rencontré que deux personnes. Et la femme qu'elle avait croisée en descendant du taxi n'était certainement pas assez âgée pour être la mère de Luc – euh, de Lucern. Kate renonça à essayer de comprendre d'un haussement d'épaules, s'intéressant plutôt aux autres implications de ce qu'avait dit le jeune homme.

— Vous êtes le cousin de Lucern ?

— Absolument, madame. Son père et le mien sont frères.

Il la gratifia d'un sourire enjôleur, ne lui facilitant pas la tâche dans sa recherche de ressemblances. Certes, tout comme Lucern, il était plutôt grand et il avait les cheveux noirs, mais Luc ne souriait jamais, chose que le jeune homme n'avait pas cessé de faire depuis qu'elle lui avait ouvert la porte. Difficile de croire qu'ils puissent avoir un quelconque lien de parenté.

— Cela dit, je suis un peu plus jeune que lui.

— Vraiment ? répliqua-t-elle, dubitative.

Elle leur donnait à peu près le même âge.

— Eh oui, sourit-il. De plusieurs siècles.

— *Thomas.*

Kate jeta un regard par-dessus son épaule. Lucern avançait dans le couloir, l'air renfrogné tandis qu'il regardait tour à tour son cousin puis Kate. Elle soupira intérieurement en apercevant son évidente contrariété. Il lui en voulait visiblement d'avoir répondu à sa place. Bon Dieu, ce type était vraiment une plaie. Pourquoi est-ce que ce n'était pas Thomas, ici présent, qui avait écrit les romans sur les vampires ? Elle aurait pu en tirer quelque chose bien plus facilement, elle en était persuadée.

— Te voilà, cousin.

Thomas ne parut ni surpris, ni déstabilisé par l'expression qu'affichait Lucern. Il lui tendit la glacière.

— Bastien m'a demandé d'apporter ça ici illico. Il m'a dit que tu étais sérieusement en manque, ajouta-t-il avec un clin d'œil accompagné d'un nouveau rictus.

— Merci.

Lucern avait souri à son cousin, remarqua Kate avec surprise. Et pour autant son visage ne s'était pas fissuré, pas plus qu'il n'était tombé en miettes.

— Je reviens tout de suite, reprit Lucern.

Tandis qu'il se tournait vers l'escalier, il mit en garde son cousin :

— Et n'allume pas mon invitée. Elle sait se montrer… mordante.

Kate grimaça dans le dos de son hôte avant de sourire à contrecœur au gloussement de Thomas. Elle se tourna vers lui avec une moue narquoise et demanda :

— Il est toujours aussi irritable ou ça vient de moi ?

— Ça doit venir de vous, répondit Thomas.

En voyant la mine déconfite de Kate, il se mit à rire. Puis il eut pitié d'elle et lui dit la vérité :

— Non. Vous n'y êtes pour rien. Lucern est un peu revêche. Il est comme ça depuis des siècles. Même s'il paraît être plutôt de bonne humeur aujourd'hui. Vous semblez avoir une bonne influence sur lui.

— C'est ça que vous appelez être de bonne humeur ? s'écria Kate, incrédule.

Thomas se contenta de rire de nouveau.

— Et voilà, lança Lucern.

Il descendit l'escalier au pas de course et rendit la glacière à son cousin.

— Tu remercieras Bastien de ma part.

— J'y manquerai pas.

Thomas hocha ensuite la tête, adressa un sourire à Kate et se retourna avant de s'éloigner du perron.

Kate porta son regard vers l'allée où était garée la camionnette. Sur le côté, on pouvait lire « B.S.A. Livraison », le même sigle que sur la glacière, remarqua Kate. Lucern força Kate à se déplacer et referma la porte.

— Qu'est-ce que…, commença-t-elle avec intérêt, mais Lucern lui évita de faire étalage de toute son impolitesse et de sa curiosité mal placée ; il fit volte-face et remonta le couloir avant qu'elle ait le temps de poser les questions qui lui brûlaient les lèvres.

— Je me suis dit que, vu le nombre de lettres – il y en a vraiment trop pour y répondre individuellement –, nous pourrions les classer par catégorie, à chacune desquelles nous répondrions par une lettre type appropriée. Vous n'auriez alors plus qu'à ajouter une simple ligne au bas de ces réponses pour les rendre plus personnelles.

Lucern grogna et but une nouvelle gorgée du café que Kate avait préparé tout en cuisinant le déjeuner. Enfin, le déjeuner pour elle, car pour lui ç'avait été le petit déjeuner. En réalité, s'il comptait la poche de sang qu'il s'était administrée alors qu'il finissait de remplir le petit frigo dans son bureau avec ce que Thomas lui avait livré, il pouvait tout à fait considérer ce repas comme son déjeuner. Ils s'étaient ensuite rendus au salon où il était assis sur le canapé tandis qu'elle exposait ses plans pour le traitement du courrier.

— J'imagine que vous voulez dire par là que mon idée est brillante et que vous êtes d'accord pour participer, dit Kate en réponse à son grognement.

Puisque visiblement cela la contrariait et qu'il aimait la façon qu'elle avait de rougir quand elle était contrariée, Lucern grogna de nouveau.

Comme il s'y attendait, les joues de Kate se colorèrent en rose et ses yeux brillèrent de colère. Il décida alors que Kate pouvait être un joli petit bout de femme quand elle se mettait en rogne. Il se délectait de la vue.

Malgré son mécontentement à l'égard de Lucern, l'irritation quitta soudain ses traits et elle commenta :

— Vous avez repris des couleurs, aujourd'hui. Je suppose que votre blessure à la tête n'était finalement pas si grave.

— Je vous avais bien dit que j'allais bien, fit remarquer Luc.

— En effet, reconnut-elle avant de reprendre, visiblement mal à l'aise : Je suis désolée de ne pas être repassée vous voir après ma première visite. J'en avais l'intention, mais je n'ai pas entendu le réveil sonner. Je l'ai certainement éteint pendant mon sommeil.

Lucern repoussa ces excuses d'un geste de la main. C'était lui qui avait désactivé l'alarme, elle n'avait donc pas à s'excuser. Cependant, il ne pensait pas qu'elle serait particulièrement enchantée d'entendre qu'il s'était introduit dans sa chambre pendant qu'elle dormait. D'autant moins si elle apprenait qu'après, il était resté à côté de son lit pendant un moment à la regarder dormir, fasciné par l'innocence de son expression. Qu'il avait observé les lapins sur sa chemise de nuit en flanelle se soulever et retomber au rythme de sa respiration. Qu'il avait eu terriblement envie de repousser le col de cette mignonne petite chemise de nuit pour voir les veines pulser dans son cou. Non, elle n'avait certainement aucune envie d'apprendre tout cela ; il garda donc le silence et but une nouvelle gorgée de café.

Le breuvage avait beau être amer, il était aussi étonnamment goûteux. Lucern se demanda pourquoi il s'en était privé pendant toutes ces années. On l'avait certes averti que la caféine affecterait deux fois plus son organisme que celui des humains, mais il n'avait pour le moment encore ressenti aucun effet secondaire. Bien sûr, il n'avait bu que quelques gorgées. Peut-être ferait-il mieux de ne pas prendre plus de risque. Il reposa sa tasse.

— Alors, comment procède-t-on ? s'enquit-il brusquement afin que Kate ne s'appesantisse pas trop sur cette histoire de visites manquées la nuit dernière.

— Eh bien, j'ai classé les lettres en différentes catégories. Bon nombre d'entre elles abordent les mêmes thèmes et posent les mêmes questions, elles portent notamment sur la prochaine histoire que vous écrirez : sera-t-elle celle de Lucern ou celle de Bastien ? expliqua-t-elle. J'ai fait une pile avec toutes ces lettres-là, par exemple. Comme ça, vous n'avez plus qu'à formuler une réponse type pour chaque pile, ce qui réduit le nombre de lettres que vous aurez à écrire à environ une vingtaine, au lieu de plusieurs centaines. Bien sûr, ce serait parfait si vous pouviez lire chaque lettre et ajouter en conséquence une ou deux lignes plus personnelles à chacune de vos réponses, ajouta-t-elle, hésitante.

Lucern comprit que Kate avait peur de l'ennuyer en lui imposant tant de travail. Elle avait raison. Il ne put s'empêcher de grommeler :

— Je n'ai pas eu à endurer ce type de contrariétés avec mes autres livres.

— Vos autres livres ?

Elle cligna des yeux à plusieurs reprises sous le coup de la confusion, avant de reprendre :

— Oh. Vous voulez parler de vos textes historiques ? Mais ça n'a rien à voir. Ce ne sont pas des fictions. La plupart sont utilisés dans les universités. Les étudiants écrivent rarement des lettres de fans.

Lucern grimaça et avala une nouvelle gorgée de café. Il parvint ainsi à se retenir de lui dire que ses romans n'étaient pas non plus des fictions, mais qu'on les avait simplement étiquetés en tant que bit-lit.

— Quoi qu'il en soit, je pense que nous avons assez de catégories pour nous mettre au travail. Je pourrais vous dire à quoi correspond chacune d'elles, comme ça vous pourrez préparer autant de réponses pendant que je continue à trier le reste des lettres, proposa-t-elle.

Tout en acquiesçant, Lucern croisa les bras et attendit.

— Vous ne voulez pas prendre un stylo et une feuille de papier ? demanda-t-elle après quelques instants. Pour être certain de n'en oublier aucune ? Il y a au moins vingt catégories différentes et…

— J'ai une excellente mémoire, annonça Lucern. Allez-y.

Kate décrivit lentement un cercle sur elle-même, cherchant visiblement par où commencer.

— Bon Dieu, on croirait entendre le type chauve dans *Le Roi et Moi*, l'entendit-il murmurer.

Lucern savait qu'il n'était pas censé l'avoir entendue, mais il avait une ouïe extrêmement fine. Se délectant de l'exaspération de Kate, il commenta :

— Vous voulez dire Yul Brynner ?

Elle se retourna d'un bond et posa sur lui un œil inquiet.

— Il jouait le roi de Siam à merveille, reprit Lucern en hochant la tête.

Kate hésita puis, décidant qu'apparemment il n'était pas en colère, elle se détendit quelque peu et parvint même à sourire.

— C'est l'un de mes films préférés.

— Oh, ils en ont fait un film ? demanda-t-il avec intérêt. J'ai vu la pièce donnée sur scène un soir de première.

La voyant plutôt dubitative, il se rendit compte qu'en admettant avoir assisté à la comédie musicale de Rodgers et Hammerstein – laquelle avait, sauf erreur de sa part, débuté en 1951 –, il en disait beaucoup sur son âge. Vu son apparence de parfait trentenaire, pas étonnant que Kate paraisse abasourdie. En se raclant la gorge, il ajouta :

— Je parle évidemment de la reprise. Elle a dû commencer à Broadway en 1977, je crois.

Elle dressa un sourcil.

— Vous ne deviez alors pas avoir plus de… quoi ? Sept ? Huit ans ?

Refusant de mentir, Lucern se contenta de grogner. Puis il ajouta :

— J'ai une excellente mémoire.

— Oui. Apparemment.

Kate soupira et ramassa une lettre qu'elle lut à voix haute :

— Cher M. Argeneau. J'ai lu et j'ai adoré tous vos romans. Mais j'ai quand même préféré le premier. Vous avez un talent incroyable ! L'ambiance médiévale du livre était si présente et si réaliste que je croirais volontiers que vous y étiez vous-même.

Kate s'interrompit et leva les yeux.

— Toutes les lettres de ce tas sont du même ordre ; elles encensent le réalisme de vos écrits qui n'aurait pas été plus intense eussiez-vous réellement été là-bas.

Voyant que Lucern se contentait d'opiner légèrement, elle se renfrogna.

— Alors ?

— Alors quoi ? répliqua-t-il, surpris. Ce lecteur a raison.

— Ce lecteur a raison ? reprit-elle, bouche bée. C'est tout ce que vous allez lui répondre : « Cher lecteur, vous avez raison » ?

Lucern haussa vaguement les épaules, se demandant pourquoi elle se mettait à crier. Le lecteur avait raison. Ses livres se lisaient comme s'il avait vécu au Moyen Âge, parce qu'il y avait bel et bien vécu. Non pas au moment où ses parents s'étaient rencontrés, mais peu après et, en ces temps, les changements s'opéraient avec assez de lenteur pour que peu de choses aient différé.

Il observa son agent qui reposait sèchement l'enveloppe sur la pile avant de s'emparer d'une autre lettre. Elle ne cessait de marmonner qu'il n'était qu'un crétin arrogant, et le gratifiait également de quelques autres descriptions tout aussi peu flatteuses parmi lesquelles « insensible » et « dénué de tout sens social » n'étaient pas les pires. Lucern savait qu'encore une fois, il n'était pas censé l'avoir entendue.

Il n'en prit pas ombrage. Il avait vécu six cents ans. Un temps suffisant pour permettre à quelqu'un d'avoir confiance en lui. Lucern se disait d'ailleurs qu'il passerait pour un arrogant, voire pour un crétin, aux yeux de la majorité des gens. Insensible, il l'était certainement. Quant à ses talents relationnels, il les savait quelque peu rouillés. Étienne et Bastien avaient toujours été meilleurs que lui dans ce domaine. Qui plus est, après des années passées à vivre en écrivain reclus, il manquait cruellement d'entraînement en termes de mondanités, et il le savait.

Et pourtant, il ne voyait toujours aucune bonne raison d'améliorer ses rapports sociaux. Il en était arrivé à ce stade de la vie où impressionner quelqu'un n'était plus qu'une source d'ennui.

Une fois, il avait invité à dîner une serveuse qui avait expliqué, de façon plutôt habile, ce qu'il éprouvait. Elle avait dit : « Vous pouvez parfaitement y aller, faire votre boulot et que tout se passe bien. La plupart des clients sont plutôt sympas, même si de temps en temps il y en a un plus difficile que les autres. Mais parfois, il y a cette soirée où vous tombez sur un client exécrable, sur deux ou trois d'affilée même, et là ils vous entraînent au trente-sixième dessous, vous vous sentez mal et fatiguée, vous avez l'impression que toute l'humanité n'est composée que de connards. Et alors vous croisez un bébé qui gazouille et vous sourit ou un autre client qui vous demande "Dure soirée ?" avec un sourire compatissant. Alors votre moral remonte et vous vous dites qu'au fond, les gens ne sont peut-être pas aussi mauvais que ça. »

Lucern avait enduré quelques décennies désagréables, il se sentait las, déprimé et n'était pas loin de penser que toute l'humanité n'était composée que de connards. Il n'avait ni l'énergie ni l'envie de fréquenter qui que ce soit. Il voulait simplement qu'on lui fiche la paix. C'est pourquoi il s'était mis à écrire – un passe-temps solitaire qui l'occupait et l'emmenait dans des mondes bien plus agréables.

Il savait qu'il ne faudrait pas grand-chose pour tout changer, il suffirait que quelqu'un lui adresse un sourire en lui demandant : « Dure décennie ? » Quelqu'un comme Kate. Il commençait à apprécier sa compagnie autant qu'il avait redouté de devoir traiter avec elle au début. Elle avait même réussi à lui tirer plusieurs sourires.

Se rendant compte du chemin qu'empruntaient ses pensées et du fait qu'elles étaient plus chaleureuses que lui ne se sentait à l'aise avec son invitée indésirable, il y mit un terme et se renfrogna. Bon Dieu, mais à quoi avait-il pensé ? Kate C. Leever était une femme bornée et exaspérante qui n'avait rien fait d'autre que d'introduire le chaos dans une vie bien ordonnée. Il…

— « Cher M. Argeneau, » lut-elle gravement, tirant par la même occasion Lucern de sa rêverie. « J'ai lu vos romans sur les vampires, et je les ai grandement appréciés. J'ai toujours été fascinée par le vampirisme et je dévore tout ce qui paraît dans ce domaine. Je sais que les vampires existent et je suis persuadée que vous-même en êtes un. J'adorerais devenir une vampire. Auriez-vous la gentillesse de faire de moi l'une des vôtres ? » (Kate cessa de lire et leva les yeux au ciel avant de les reporter sur Lucern.) Et qu'est-ce que vous allez lui répondre, à celle-là ?

— Non, dit-il fermement.

Kate jeta la lettre par terre en reniflant.

— Pourquoi est-ce que je ne suis pas surprise par votre réponse ? J'imagine qu'il serait grotesque d'expliquer à quelqu'un de son espèce que vous n'êtes pas un vampire, qu'en réalité il n'existe rien de tel et qu'il vous est tout simplement impossible de faire d'elle « l'une des vôtres », n'est-ce pas ?

Elle rit et passa à la pile suivante. En posant le regard sur les premières lettres de ce tas, elle ajouta :

— Il serait plus avisé de votre part de lui conseiller de consulter le psychologue le plus proche pour qu'il essaie de l'aider à trouver une solution à sa perception de la réalité.

Lucern sentit ses lèvres lui démanger, mais il garda le silence, se contentant de patienter tandis que Kate passait au pli suivant.

— « Cher M. Argeneau, je n'ai pas encore lu le premier volume de votre série, mais je vais le faire, croyez-moi. Je viens tout juste de finir *L'amour m'a tuée*, que j'ai trouvé formidable. Étienne est si adorable, si drôle et si sexy que je suis tombée amoureuse de lui en même temps que Rachel. C'est l'homme de mes rêves. » (Kate s'interrompit et leva les yeux, pleine d'attente.) Que diriez-vous à ces fans ?

Voilà qui était plutôt simple.

— Qu'Étienne est pris.

L'agent leva les bras au ciel.

— Ce n'est pas une plaisanterie, Lucern ! Vous ne pouvez pas…

Elle se tut en entendant la sonnette d'entrée retentir, puis se détourna dans un soupir tandis que Lucern se levait à contrecœur pour aller ouvrir la porte. Il savait déjà qui se trouvait derrière elle. Thomas lui avait livré le sang, il ne restait donc plus que la seule autre compagnie qu'il avait jamais : sa famille. Et comme Étienne et Rachel étaient occupés avec les préparatifs de leur mariage, et que Bastien, Lissianna et Gregory travaillaient tous à cette heure-ci, la seule possibilité se reportait sur…

— Maman.

Son accueil était des plus froids lorsqu'il découvrit Marguerite Argeneau sur le perron. Il n'avait pas la moindre envie de voir sa mère et Kate Leever réunies dans la même pièce, cela donnerait à coup sûr des idées à la plus vieille des deux femmes. Et, comme il la suspectait d'avoir déjà en tête des projets en ce sens, il n'estimait pas bon de les encourager. Mais que pouvait-il faire ? C'était sa mère.

— Luc, mon chéri.

Marguerite lui donna deux bises avant de le dépasser et d'entrer dans la maison.

— Tu es tout seul, chéri ? Je me suis dit que j'allais passer prendre le thé.

Elle n'attendit pas qu'il réponde, mais suivit ses instincts maternels jusqu'à la porte du salon, où elle sourit radieusement en apercevant Kate.

— Eh bien, on dirait que j'arrive juste au bon moment. Il est clair que vous avez besoin de faire une pause, tous les deux.

Lucern referma la porte d'entrée en laissant échapper un soupir résigné tandis que sa mère s'aventurait courageusement dans le désordre de son salon. Elle ne passait jamais simplement pour prendre le thé. Elle avait toujours une raison. Et Luc avait bien peur de ne pas aimer du tout celle qui l'amenait aujourd'hui. Il remit ses espoirs à Dieu pour que sa mère ne se lance pas dans une de ses lubies d'entremetteuse avec Kate et lui.

Chapitre 4

— Ma foi, mais vous pourriez être la cavalière de Luc !

— Euh…

À la suggestion de Marguerite, Kate jeta un regard désemparé à Lucern, dont les yeux étaient fermés et le visage déformé par une expression de douleur. Elle le soupçonnait d'en appeler au sol pour qu'il s'ouvre sous ses pieds et l'engloutisse tout entier, ou même en morceaux, du moment qu'il l'engloutissait. Kate s'en sentit presque mieux. Il était agréable d'apprendre qu'elle n'était pas la seule dont les parents parvenaient à l'humilier en toute circonstance.

Et pourtant, Marguerite était vraiment différente. Kate venait de passer la presque totalité de la demi-heure qui s'était écoulée depuis l'arrivée de Marguerite à la regarder bouche bée. Cette créature magnifique et exotique était donc la mère de Lucern ? Oh, bien sûr, il y avait un air de ressemblance. Et il n'avait rien à lui envier en termes d'apparence, mais Marguerite Argeneau ne semblait pas avoir plus de trente ans. Comment pourrait-elle alors être la mère de Lucern – ou Luc, comme tout le monde semblait l'appeler ?

— Des gènes solides, avait répondu Marguerite au commentaire de Kate.

Kate laissa échapper un soupir désabusé, se demandant pourquoi sa famille ne jouissait pas, elle aussi, de tels gènes.

Après cela, elle s'était contentée d'observer Marguerite en acquiesçant vaguement à tout ce qu'elle disait, tout en cherchant à déceler les marques qu'aurait laissées un lifting. Elle aurait évidemment mieux fait de prêter un peu plus attention à ce qui se disait. Il était question du mariage du frère de Lucern. Kate fut incapable de savoir comment on en était arrivé à la dernière remarque qu'elle avait entendue.

— Cavalière ? répéta-t-elle d'une voix blanche.

— Oui, ma chérie. Pour le mariage.

— Maman, gronda Lucern en guise de mise en garde.

Kate osa un regard pour voir que Lucern avait les yeux ouverts et dardés sur sa mère.

— Eh bien quoi, mon chéri ? Tu ne vas quand même pas laisser cette jeune femme seule ici demain soir, pendant que, toi, tu assisteras à la cérémonie, dit Marguerite en riant, ne tenant visiblement aucun compte de la fureur de son fils.

— Kate doit rentrer à New York, fit-il valoir fermement. Elle ne sera plus ici demain…

— Ça pourrait être amusant ! l'interrompit Kate.

Lucern se tut et lui jeta un regard assassin, mais elle ne lui prêta pas la moindre attention. Il était hors de question qu'elle parte avant de lui avoir extirpé son accord pour donner au moins une interview à un des journaux qui en réclamaient. Reprendre la suggestion de Marguerite impliquait que, non seulement il ne pourrait pas la forcer à prendre l'avion pour New York, mais aussi, qu'au moment où la cérémonie se terminerait, il serait trop tard pour prendre le vol suivant. Ce qui lui laisserait jusqu'au dimanche pour le faire changer d'avis. Elle afficha un sourire radieux à cette pensée et remercia intérieurement la mère de Lucern.

La seule chose qui l'inquiéta fut que Marguerite paraissait ravie en retour. Kate eut soudain la sensation angoissante d'être tombée dans un piège. Elle pria pour que Marguerite n'ait pas en tête un quelconque projet de jouer les entremetteuses entre elle et Lucern. Elle devait certainement se rendre compte que son fils était un rustre acariâtre et qu'il ne pouvait plaire à Kate!

— Bon, très bien! s'exclama Marguerite.

Ne prêtant aucune attention à la grimace de Lucern, elle afficha l'air satisfait d'un chat devant un bol de lait, puis elle demanda:

— Vous avez quelque chose à vous mettre pour le mariage, ma chérie?

— Oh.

Le sourire de Kate s'évanouit. Elle avait pensé à emporter des vêtements pour toutes les occasions, excepté un mariage. Elle n'aurait jamais pu prévoir que les événements prendraient une telle tournure. Kate doutait que la robe noire moulante qu'elle avait emportée dans l'éventualité où elle aurait à sortir un soir puisse faire l'affaire.

— Ha, ha! lâcha Lucern qui, à son tour, semblait satisfait. Elle n'a rien à se mettre, elle ne peut donc pas...

— Nous allons faire un saut chez ma couturière, je pense, l'interrompit Marguerite avant de s'adresser à Kate d'un ton de confidence. Elle a toujours ce qu'il faut pour ce genre d'urgence. Une visite chez mon coiffeur, qui fera des merveilles avec vos cheveux, et le tour sera joué.

Kate se détendit. Elle aurait voulu serrer Marguerite dans ses bras. La formidable Marguerite. Bien trop exceptionnelle pour avoir un fils comme Lucern. Elle était intelligente et charmante, sa compagnie était un véritable délice. Pas comme un certain type revêche. Le regard de Kate glissa sur Lucern et elle eut du mal à retenir un rictus en voyant la détresse qui se lisait sur ses traits. Elle supposait qu'elle aurait dû se sentir coupable d'avoir imposé sa présence dans cette maison, mais il n'en était rien. Il avait sérieusement besoin d'aide. Ses aptitudes sociales manquaient cruellement d'entraînement et il passait visiblement beaucoup trop de temps seul. Elle lui rendait service, elle en était persuadée.

— Bien, maintenant que tout est réglé, je vais y aller.

Marguerite s'était levée aussitôt et sortait déjà de la cuisine, si vite que Kate faillit se faire une entorse des cervicales en la suivant des yeux.

Elle se leva pour lui emboîter le pas.

— Merci beaucoup, Mme Argeneau, cria-t-elle en parcourant le couloir à grandes enjambées.

La mère de Lucern n'avait pas seulement l'air jeune, elle était aussi diablement alerte pour une femme qui avait un fils d'au moins trente-cinq ans. Quel âge est-ce que cela lui faisait ? se demanda Kate. Au minimum cinquante-trois. *Impossible*, pensa-t-elle. Elle garda ses réflexions pour elle-même et se contenta d'ajouter :

— J'apprécie vraiment votre proposition généreuse de m'aider pour les achats et…

— Ne dites pas de bêtises, ma chérie. C'est moi qui vous suis reconnaissante de bien vouloir accompagner Luc.

Marguerite marqua une pause, permettant à Kate de la rattraper.

— Mon Dieu, vous auriez dû voir le pauvre homme au mariage de sa sœur. Je n'ai jamais vu Luc courir si vite, ni se cacher autant. À cause des femmes, vous voyez. Elles ont tendance à le poursuivre de leurs assiduités.

Kate arqua ostensiblement les sourcils sous le coup de l'incrédulité.

Marguerite laissa échapper un rire sonore.

— Difficile à croire quand Luc se montre aussi grincheux, hein ? Mais je crois que c'est l'instinct de chasse qui les pousse. Il leur fait clairement savoir qu'il n'est pas intéressé et elles réagissent comme une meute derrière un renard. Avec vous pour cavalière, il sera détendu et pourra profiter de la cérémonie, cette fois-ci. Et, dès qu'il l'aura compris, il vous sera reconnaissant pour votre présence, lui aussi.

Kate ne prit pas la peine de dissimuler son doute quant à la capacité de Lucern Argeneau de se montrer reconnaissant pour quoi que ce soit. Le qualificatif de grincheux était bien faible en comparaison de ce qu'elle pensait de lui.

— Il peut parfois paraître rugueux en surface, ma chérie, déclara solennellement Marguerite, lisant apparemment dans les pensées de Kate. Mais il est comme un marshmallow grillé, doux et tendre à l'intérieur. (Laissant Kate réfléchir à sa déclaration, Marguerite s'approcha de la porte et l'ouvrit.) Je passerai vous prendre après le déjeuner. À 13 heures. Ça vous va ?

— Oui, bien sûr. Mais est-ce que nous aurons assez de temps pour tout faire ? demanda Kate avec inquiétude.

D'après ce qu'elle savait des mariages, ceux-ci commençaient en général vers 14 ou 15 heures.

Marguerite Argeneau semblait calme.

— Oh oui, bien assez, ma chérie. Le mariage n'aura lieu qu'à 19 heures.

— Mais, est-ce que ce n'est pas un peu tard ? s'étonna Kate, surprise.

— Les mariages tardifs font fureur en ce moment. J'ai entendu dire que Julia Roberts avait épousé son caméraman après minuit.

— Vraiment ? Je ne le savais pas, repartit faiblement Kate.

— Si, si. Elle a lancé la mode. À demain, donc, termina gaiement Marguerite.

Elle referma ensuite la porte derrière elle, laissant à Kate, plantée dans le couloir, l'impression d'avoir survécu au passage d'une tornade.

Elle se tenait depuis plusieurs minutes immobile dans le couloir, le regard rivé sur la porte, son esprit passant en revue tout ce qu'elle avait à faire afin d'être prête pour le mariage, quand Lucern ouvrit la porte de la cuisine et s'enfuit à toute allure.

—Je serai dans mon bureau.

Son ton était sec et son expression fermée lorsqu'il la dépassa pour gagner l'escalier.

Kate, toujours alerte lorsqu'il était question de sa survie, garda le silence et se contenta de le regarder disparaître à l'étage. Il était furieux, bien entendu. Il n'y avait rien d'étonnant à cela, mais elle espérait que ça lui passerait.

Une porte claqua à l'étage. Violemment.

Bon, peut-être qu'il ne se calmerait pas ce soir, mais sûrement demain. Du moins l'espérait-elle. Avec un peu de chance, peut-être. Elle se retourna et posa les yeux sur le désordre qui régnait dans le salon. Il était clair qu'elle ne parviendrait pas à tirer quoi que ce soit de lui ce soir. Ce qui était probablement une bonne chose. Elle commençait à craindre que les réponses de Lucern offensent ou effraient les lecteurs au lieu de les ravir. Elle lui rendrait service en rédigeant elle-même les lettres types qu'il n'aurait plus qu'à signer.

Cette pensée lui arracha une grimace. Cela signifiait beaucoup de travail pour elle et n'impliquait pas forcément que les lecteurs soient satisfaits. Mais ils le seraient toujours plus à la suite de son intervention qu'en recevant une lettre du style :

> « Cher lecteur,
> Non.
> Cordialement,
> Lucern Argeneau »

Bizarrement, Kate gloussa à cette idée. Il était vraiment amusant par certains aspects, son auteur. Le problème, c'était qu'il ne le faisait pas exprès.

Laissant échapper un soupir, Kate entra dans le salon pour s'atteler à la tâche.

Lucern préleva une poche de sang qu'il avait placée plus tôt dans le petit réfrigérateur de son bureau, puis il se mit à arpenter la pièce comme un lion en cage. Il fit les cent pas pendant près d'une heure avant qu'un début de fatigue lui permette de se détendre assez pour s'asseoir. Il ne savait pas laquelle de sa colère ou de la caféine était à l'origine de son état de nerfs. Mais il s'en fichait.

Il grogna, se laissa aller contre le dossier de son fauteuil de bureau et se passa les mains sur le visage. Sa mère venait de le condamner à supporter deux nuits de plus la présence de Kate Leever. Et cette dernière n'avait rien arrangé en donnant son accord si rapidement. Cette femme était comme du lichen. Comme une saleté sur laquelle vous auriez marché et qui refuserait de quitter la semelle de votre chaussure. Comme – bon, la plupart des images qui lui venaient à l'esprit n'avaient rien d'alléchant et, si pénible qu'elle puisse être, Kate Leever n'en demeurait pas moins séduisante ; Lucern renonça donc à ses analogies. Il essayait en général de se montrer aussi juste que possible dans ses comparaisons.

Laissant retomber ses mains, il se tourna pour examiner l'ordinateur qui trônait sur son bureau. Il voulait éviter Kate pour quelque temps. Il était tellement irritable qu'il ne manquerait pas de la blesser fût-il à proximité d'elle, et il n'avait pas la moindre envie de la heurter...

— Eh bien ! Voilà que tu t'inquiètes de ce qu'elle ressent, à présent ? se dit-il à voix haute.

Ça n'allait pas du tout. Il essaya de se montrer ferme envers sa conscience et la sermonna :

— Cette femme est ton agent. Elle aura recours à la manipulation, à des ruses subtiles et à toutes les armes qu'elle jugera utiles pour obtenir de toi ce qu'elle veut. Évite de te montrer trop doux ou de faire preuve de sentiment. Tu n'as pas envie d'elle sous ton toit. Tu veux juste qu'on te laisse tranquille et travailler en paix.

Le problème, c'était qu'il n'avait rien sur quoi travailler. Il n'avait rien entamé de nouveau depuis qu'il avait fini d'écrire l'histoire d'Étienne et de Rachel – laquelle était parue depuis déjà un mois. Et Lucern n'avait aucune idée de ce à quoi il pourrait s'attaquer. Il savait que Kate et les Éditions Roundhouse voulaient un autre roman de bit-lit, mais Bastien semblait assez peu disposé à aider son frère en tombant amoureux.

Bref, songea Lucern dans un haussement d'épaules, ce n'était pas comme s'il avait besoin d'argent. Les investissements qu'il avait faits au fil des ans avaient toujours été rentables. Il pouvait tout à fait prendre son temps s'il le souhaitait. Roundhouse n'aurait qu'à attendre qu'il se décide à leur présenter quelque chose.

Son regard se posa sur le boîtier du jeu vidéo posé sur un coin du bureau – *Blood Lust II*. C'était la toute dernière création d'Étienne. Le premier épisode avait connu plusieurs ruptures de stock et remporté de nombreux prix. Son succès n'avait pas surpris Lucern. Le jeu était amusant, il jouissait de graphismes magnifiques et regorgeait d'action, d'ennemis à exterminer, d'énigmes à résoudre et le tout était servi par un scénario bien ficelé. Lucern n'était pas le seul membre de sa famille capable d'écrire des histoires. *Blood Lust II* était censé rencontrer un succès encore plus immense, à sa sortie.

Avec un grand sourire, Lucern retira le sceau de l'emballage et sortit le CD de son boîtier. Il avait joué aux quelques premiers niveaux de la version bêta, avant même que le jeu soit fini, et il avait reçu, tout comme Bastien, l'une des deux premières copies fraîchement gravées. Il y avait certains avantages à être le frère du concepteur.

Lucern glissa le jeu dans le lecteur et s'apprêta à prendre du bon temps. Il dissiperait un peu de sa colère en massacrant quelques méchants. Et il resterait par la même occasion à l'écart de Kate. Il avait trouvé la solution idéale.

Il jouait depuis plusieurs heures et était vraiment entré dans le jeu lorsqu'il entendit frapper à la porte. À son « Quoi ? » lancé distraitement, la porte s'ouvrit et Kate entra dans la pièce, un plateau dans les mains.

— J'ai pensé que, peut-être, vous auriez faim.

Ses mots hésitants, couplés à l'odeur de la nourriture détournèrent l'attention de Lucern. Il renifla avec avidité, se disant qu'en effet il se laisserait bien tenter. À l'instar du reste de sa famille, il mangeait de la nourriture traditionnelle en plus d'ingérer du sang. Autrement, ils n'auraient tous que l'apparence de spectres rachitiques.

— Qu'est-ce que c'est ? demanda-t-il avec curiosité.

— Eh bien, je savais que j'allais avoir pas mal de pain sur la planche – je m'occupe des lettres, l'informa-t-elle. Donc, une fois votre mère partie et vous dans votre bureau, j'ai mis le rôti que nous avons acheté au four avec quelques pommes de terre, de sorte qu'il cuise pendant que je travaillais. Vous m'avez dit que vous aimiez manger saignant. J'espère que ça valait aussi pour le rôti, car celui-ci l'est particulièrement.

— Parfait.

Lucern s'empara du plateau, qu'il posa sur son bureau, remarquant au passage qu'il y avait deux assiettes pleines accompagnées de deux verres d'eau. Elle avait paré à toute éventualité.

Il commençait tout juste à se détendre lorsqu'elle approcha une chaise du bureau pour se joindre à lui et déclara :

— J'espérais que nous pourrions discuter de…

Elle était sur le point de remettre ses histoires de promotion sur le tapis. Lucern sentit aussitôt la tension le gagner ; mais alors le regard de Kate se posa sur l'écran de l'ordinateur.

— On dirait *Blood Lust*.

— C'est *Blood Lust II*, la corrigea-t-il.

— Vous êtes sérieux ? Vraiment ? Mais il n'est censé sortir que lundi prochain. Je l'ai réservé.

— Je connais le concepteur, admit Lucern à contrecœur. J'ai eu une copie en avant-première.

— C'est pas vrai ? Comme vous avez de la chance ! Il est aussi bon que le premier ?

— Meilleur.

Lucern commençait à se détendre de nouveau tandis que Kate gardait les yeux rivés sur l'écran. Il reconnaissait facilement un joueur invétéré quand il en croisait un. Les discussions autour de la promotion de ses livres étaient sans doute enterrées pour la nuit.

Il posa un regard sur le moniteur et constata que son personnage était mort pendant qu'il avait la tête ailleurs. Le jeu attendait que Lucern indique sa décision pour la suite. Il pouvait soit arrêter soit recommencer depuis le début. Il réfléchit quelques instants avant de demander :

— Vous voulez faire une partie ? On peut jouer à deux sur celui-ci.

— Vraiment ? s'écria-t-elle, visiblement excitée. Oh oui, avec plaisir. J'adore *Blood Lust*, et je mourais d'impatience que la suite sorte, dit-elle en approchant encore un peu sa chaise. C'est génial !

Lucern sourit intérieurement et choisit d'entamer une nouvelle partie. Il reconnaissait à Kate C. Leever au moins une qualité : elle avait bon goût. Elle aimait ses livres et le jeu d'Étienne.

Elle se révéla en outre une excellente joueuse. Le dîner qu'elle avait préparé resta sur le bureau tandis qu'ils progressaient dans les niveaux qu'il avait déjà traversés seul, avant de s'aventurer dans les suivants, œuvrant de concert pour se débarrasser des ennemis et secourir la demoiselle en détresse. Chaque fois qu'ils passaient un niveau, Kate réagissait avec une excitation tout enfantine et, pendant le temps de chargement du niveau suivant, ils se tapaient dans la main ou effectuaient une petite danse de la victoire.

Ils jouèrent durant des heures, jusqu'à ce que le repas finisse ratatiné et gélatineux, jusqu'à ce que la douleur se fasse sentir dans leurs nuques comme dans leurs mains, jusqu'à ce que Kate se mette à piquer du nez sur sa chaise. Lorsque Lucern suggéra à contrecœur qu'elle ferait peut-être mieux d'aller se coucher, elle reconnut, avec tout aussi peu d'enthousiasme, que si elle ne dormait pas maintenant, elle serait incapable de se lever pour faire du shopping avec Marguerite le lendemain.

Assez bizarrement, une fois qu'elle eut quitté la pièce, elle manqua à Lucern. Il poursuivit la partie seul et traversa un nouveau niveau, mais c'était différent sans Kate pour partager la joie de la victoire. Plus de tapes dans les mains ni de danse de la victoire, lesquelles, constata-t-il avec surprise, lui manquaient également. Ce qu'il y avait de plus étonnant encore c'était que, pour la première fois depuis des années, Lucern se sentait seul.

Même si elle s'était couchée tard, Kate était debout et fin prête à 13 heures. Elle attendait avec anxiété sur le pas de la porte que Mme Argeneau fasse son apparition. Lorsqu'une limousine s'avança dans l'allée, Kate dévala les marches du perron avant de s'immobiliser et de se retourner vers la porte, en proie au doute. Elle l'avait déverrouillée pour sortir et ne savait absolument pas si elle devait la refermer à clé. Oserait-elle la laisser ouverte ? Ou devait-elle réveiller Lucern pour qu'il se charge de la refermer à clé ?

— Tout va bien, Kate. Ne vous en faites pas pour la porte, lança Marguerite, qui avait baissé la vitre arrière. Venez, nous avons du pain sur la planche.

Haussant intérieurement les épaules, Kate se retourna pour s'approcher de la limousine. Le temps qu'elle atteigne la voiture, le chauffeur en était sorti pour lui tenir la portière ouverte. Kate lui murmura un « merci » en se glissant à l'intérieur. Elle n'en crut pas ses yeux en voyant la mère de Lucern. Cette dernière était emmitouflée comme pour traverser une tempête de neige. Elle portait un chemisier à manches longues, des gants, un pantalon et un foulard sur la tête qui lui couvrait la moitié du visage ; l'autre était masquée par des lunettes de soleil panoramiques. Le seul morceau de peau apparent était son nez, lequel était badigeonné d'une crème blanche que Kate suspecta être de l'écran total.

— Laissez-moi deviner. Vous êtes allergique au soleil, comme Lucern, avança Kate.

La bouche de Marguerite se tordit en un sourire narquois.

— De qui croyez-vous qu'elle lui vienne ?

Kate laissa échapper un rire et s'adossa contre la banquette de la limousine, détendue, prête à courir dans les magasins et à se faire bichonner toute la journée. Et c'est exactement ce qui se passa : une course effrénée pour trouver la robe parfaite et la faire ajuster à ses mesures, suivie de quelques heures à se faire dorloter au spa où exerçait le coiffeur de Marguerite. Kate savoura pleinement ces moments.

Lucern dormit mal. Gagné par un ennui profond, il était allé se coucher peu de temps après Kate, mais n'avait pu trouver le sommeil. La jeune femme ne s'était pas seulement introduite dans sa maison, elle avait également envahi ses rêves. Voilà qui avait suffi à le rendre terriblement grincheux à son réveil et c'était un Lucern de mauvaise humeur qui avait descendu l'escalier d'un pas lourd, le samedi après-midi. Sa mauvaise humeur gagna encore en intensité lorsqu'un bref tour de la maison lui apprit que Kate n'était pas encore rentrée de sa petite expédition commerciale.

Marmonnant dans sa barbe, il se dirigea vers la cuisine et, par la force de l'habitude, ouvrit le frigo à la recherche de sang. Ce ne fut qu'une fois la porte ouverte qu'il se rappela avoir entreposé ses réserves dans le petit réfrigérateur de son bureau afin que Kate ne tombe pas dessus par hasard. Il envisagea de remonter prendre une poche de sang, mais il n'en avait pas vraiment envie. Il n'avait pas non plus vraiment envie de nourriture traditionnelle, bien qu'avec Kate ils aient sacrifié leur dîner au profit de *Blood Lust II*. Il savait par ailleurs que le mariage serait l'occasion de manger richement, il était donc préférable de mettre de côté toute idée de repas pour le moment.

Décidant qu'il prendrait une poche de sang plus tard, avant de partir pour le mariage, Lucern déambula sans but hors de la cuisine, puis dans le couloir, jusqu'au salon. Il grimaça aussitôt. Kate avait fini de classer les lettres par catégorie et plusieurs réponses types n'attendaient plus que sa signature.

Curieux, Lucern s'assit sur le canapé et entreprit de les parcourir. Elles étaient très agréables, vivantes, écrites sur un ton à la fois gracieux et charmant, et qui ne lui ressemblait pas du tout. Kate savait écrire. Elle avait fait un travail formidable et Lucern se dit qu'il lui faudrait la remercier. Il se dit également qu'il serait peut-être mieux qu'à l'avenir, il engage un assistant pour ce genre de tâches. Malheureusement, il savait qu'il n'en ferait rien. L'idée qu'un étranger évolue chez lui et farfouille dans ses affaires n'avait rien de réjouissant. C'était d'ailleurs pour cette raison qu'il n'avait toujours pas remplacé sa gouvernante, Mme Johnson.

Elle était morte pendant son sommeil en 1995. Ce qui faisait déjà huit ans, se rendit-il compte avec surprise.

Depuis, Lucern faisait appel à une société de nettoyage pour venir s'occuper de sa maison une fois par semaine. Il prenait généralement ses repas à l'extérieur ou les commandait dans un restaurant gastronomique établi un peu plus loin dans la rue. Il avait pensé fonctionner ainsi le temps de trouver une remplaçante à la malheureuse Mme Johnson, chose qu'il n'avait jamais pris le temps de faire. Il lui suffisait de penser à tous les problèmes que cela impliquait pour abandonner l'idée. À quoi bon passer tant de temps et faire tant d'efforts pour que la personne qu'il emploie, quelle qu'elle soit, finisse par lui claquer entre les doigts après dix ou vingt ans, comme l'avaient fait tous deux Mme Johnson et Edwin ?

Y repenser le fit marmonner dans sa barbe. On ne pouvait vraiment pas compter sur les humains pour cela. Ils vous abandonnaient systématiquement à peine leur formation terminée.

Il ruminait cette fâcheuse habitude des humains lorsque la porte d'entrée claqua. Kate était de retour de son expédition shopping. Il se passa la main dans les cheveux, tira sur son tee-shirt et essaya de se rendre présentable. Il se redressa et posa les yeux sur la porte du salon, l'attendant… mais il ne fit qu'entrapercevoir Kate qui fonçait vers l'escalier. Du moins, il supposa qu'il s'agissait de Kate car il n'avait rien vu d'autre qu'un monstrueux amas de sacs portant les noms de différents créateurs, et des pieds.

Évidemment. Elle était allée faire du shopping. L'indignation le fit s'affaisser dans le canapé. Elle n'avait même pas remarqué sa présence. Les femmes !

Une cacophonie lui parvint par l'escalier : le claquement de la porte de la chambre d'amis, suivi de toutes sortes de bruits sourds et de chocs. C'était comme si la jeune femme sautait partout en jetant des objets dans tous les sens.

Le petit manège dura assez longtemps pour inquiéter Lucern. Puis un silence absolu s'installa soudain. Luc se leva et remonta le couloir jusqu'à l'escalier, dans lequel il risqua un regard anxieux. Une porte s'ouvrit et se referma, puis il entendit le cliquetis de chaussures à talons hauts sur le parquet du couloir et Kate apparut en haut des marches.

Quelle vue ! Une véritable apparition. Sa chevelure dorée était ramassée sur sa tête et de fines anglaises venaient encadrer son joli visage rose. La robe qu'elle portait était d'un vert émeraude profond. Elle était longue avec un col en crêpe et faite d'une matière visiblement douce qui scintillait légèrement en enveloppant gracieusement les courbes et les galbes du corps de Kate. Elle était somptueuse. Un ange. La plus jolie que Lucern ait vue de toute sa vie, ce qui n'était pas peu dire. Il restait muet d'éblouissement. Il ne put que la regarder avec admiration emprunter l'escalier.

Elle en avait à peine descendu la moitié lorsqu'elle l'aperçut. Elle s'immobilisa aussitôt, cligna des yeux et se renfrogna.

— Vous n'êtes pas prêt !

Ce fut au tour de Lucern de cligner des yeux. Son ange était en train de hurler. Il était également hystérique. La paisible apparition avait disparu.

— Lucern ! (Elle lui jeta un regard mauvais, incrédule.) Le mariage commence à 19 heures ! Et il est 18 h 15. Nous devons y aller. Vous n'êtes même pas douché, ni rien. Mais qu'est-ce que vous avez fait pendant tout ce temps ? (Elle se couvrit la bouche, horrifiée.) On va être en retard ! Je déteste être en retard aux mariages. Ils seront tous assis à leur place dans l'église et ils vont nous regarder et…

— Du calme ! (Lucern leva les mains pour essayer de l'apaiser tout en gravissant les premières marches de l'escalier.)

Tout va bien. Je suis rapide. Je serai prêt. Laissez-moi seulement dix minutes. On ne sera pas en retard, lui assura-t-il en la dépassant lentement. Croyez-moi. Je vous le promets.

Kate regarda Lucern disparaître dans l'escalier d'un œil exaspéré. Une fois qu'il fut hors de vue, elle laissa ses épaules s'affaisser tristement. Malgré tous ses efforts, il ne lui avait même pas fait le moindre compliment sur son apparence.

Déçue, elle descendit les dernières marches et se dirigea vers le salon pour attendre. Elle piaffait tant d'impatience, qu'elle aurait pu percer un trou dans le plancher. Mais elle n'en eut pas le temps. Dix minutes après l'avoir laissée dans l'escalier, Lucern était de retour, fin prêt. Ses cheveux étaient encore humides et plaqués en arrière, et un costume de tailleur reposait élégamment sur ses larges épaules.

Dix minutes, pensa Kate dégoûtée. Dix minutes et il était éblouissant. Ça lui avait pris toute la journée pour ressembler à quelque chose alors que lui n'avait eu besoin que de dix minutes ! Elle le fusillait du regard tout en le rejoignant dans le couloir.

— Vous voyez ? Je vous avais dit que je serais rapide, proclama Lucern d'un ton apaisant tandis qu'il ouvrait la porte d'entrée. On ne sera pas en retard. Nous y serons pile à l'heure.

Toujours énervée qu'il lui ait fallu si peu de temps, Kate fit vaguement la moue et le précéda hors de la maison.

Lucern lui ouvrit courtoisement la portière passager de sa BMW – ce que Kate apprécia – avant de déclarer :

— Vous êtes ravissante.

Il referma la portière avant qu'elle ait eu le temps de répondre, mais Kate sourit à pleines dents en l'observant faire le tour de la voiture pour prendre place au volant. Son moral repartait à la hausse. En règle générale, Kate n'aimait pas les mariages, sans parler du fait que passer pour la cavalière de Luc la mettrait très mal à l'aise, mais, malgré tout, la soirée ne s'annonçait pas si mal.

Chapitre 5

Ce fut horrible. Certes, pas totalement, reconnut Lucern pour lui-même. La cérémonie à proprement parler avait été magnifique. Et, à sa grande surprise, sa peste d'agent entêtée avait eu les larmes aux yeux lorsqu'Étienne et Rachel avaient échangé leurs vœux. Quand il lui tendit le mouchoir qu'il avait placé avec tant de précaution dans sa pochette, elle se justifia en disant :

— Ils ont l'air tellement heureux. On voit tout de suite qu'ils s'aiment profondément.

Lucern grogna vaguement. Il espérait que la cérémonie ne durerait pas aussi longtemps que celle de sa sœur, Lissianna, l'année précédente. C'était le seul mouchoir qu'il possédait.

Heureusement, le pasteur de Rachel n'était pas aussi verbeux que l'avait été celui de la famille Hewitt. Et pourtant, à peine la cérémonie achevée, Lucern poussa presque Kate hors de l'église au pas de course. Ou du moins essaya-t-il. Ils furent bloqués dans leur fuite par le goulot d'étranglement qui s'était formé au niveau de la porte par les convives qui souhaitaient tous assurer Étienne et Rachel de leurs vœux de bonheur. Les jeunes mariés avaient quitté l'église en premier, comme l'exigeait la tradition. Ils se tenaient à présent sur le perron pour échanger quelques mots avec leurs invités.

Bien évidemment, Kate insista pour les féliciter et leur souhaiter elle aussi le meilleur, ce que Lucern trouva ridicule. Elle ne les connaissait même pas ! Mais la jeune femme ignora l'insistance de Lucern à lui faire descendre les marches et s'arrêta pour souhaiter beaucoup de joie au couple.

Rachel et Étienne ne furent bien entendu pas surpris de voir Kate à leur mariage. L'arbre généalogique de la famille n'avait jamais été aussi vivace. Et, au grand dam de Lucern, Rachel faisait partie de ces personnes sociales qui aiment tout le monde et adorent bavarder. Étienne était lui aussi atteint de la même affection, impossible donc qu'ils se contentent de remercier Kate et de la laisser partir. Non. Il fallait qu'ils discutent avec elle et lui demandent si elle appréciait son séjour à Toronto.

Lucern sentit la tension s'emparer de lui alors que Kate s'apprêtait à répondre. Il fut vaguement surpris de l'entendre rire et dire :

— Oh, oui.

Étienne sembla lui aussi étonné.

— Vous voulez vraiment dire que mon frère vous reçoit comme il faut ?

Comme si Lucern était une espèce de barbare, incapable de s'occuper de ses invités.

— Oui, acquiesça gaiement Kate. Lui et votre mère aussi. Marguerite m'a emmenée faire du shopping, puis au spa, aujourd'hui. Et la nuit dernière, Lucern et moi avons joué à *Blood Lust II*, jusqu'au petit matin.

— Oh ! s'exclama Rachel. Ce jeu est merveilleux, n'est-ce pas ? Étienne a tellement de talent. Même si j'ai bien cru qu'il allait me rendre folle avec ce jeu quand il travaillait sur la scène finale. Elle lui a posé beaucoup de problèmes.

— Étienne ?

Le regard de Kate passa fébrilement de Rachel à Étienne.

— Oui, c'est son jeu, expliqua Rachel avant de porter son attention sur son beau-frère, surprise. Tu ne lui as pas dit qu'Étienne en était le concepteur ?

— Si, bien sûr que…

— Non, vous ne me l'avez pas dit ! explosa Kate en lui donnant une légère claque sur le bras. Mais bon sang ! Pourquoi est-ce que vous ne m'avez rien dit ?

Lucern grimaça. Mais son agent ne le vit pas ; elle s'était déjà retournée vers le jeune marié.

— Je n'arrive pas à le croire ! J'adore *Blood Lust*, les deux. Ils sont incroyables !

Elle continua à se perdre en compliments pour Étienne, d'une façon que Lucern jugeait pénible, puis elle s'interrompit soudain en émettant un petit cri de surprise avant de reprendre :

— Oh ! Je viens de me rappeler que les personnages principaux du dernier livre de Luc s'appellent Rachel et Étienne. Et qu'Étienne est lui aussi créateur de jeux vidéo. Oh, ça alors !

Elle laissa échapper un rire avant de se tourner vers Rachel, toute souriante.

— Et maintenant, vous allez me dire que vous êtes médecin légiste, comme le personnage du livre.

Lucern, Étienne et Rachel échangèrent de nombreux regards, visiblement mal à l'aise.

Devant leur silence, Kate écarquilla les yeux.

— Ce n'est pas le cas, quand même ?

— J'aime ancrer mes histoires le plus possible dans la réalité, dit Lucern pour rompre le silence.

— Mais vous écrivez de la bit-lit, répliqua Kate, qui paraissait abasourdie.

— Voilà, dans les limites du raisonnable, concéda-t-il en lui saisissant fermement le bras. Venez. Nous bloquons le passage.

Lucern entraîna Kate vers sa voiture, la fit entrer, monta à son tour et alluma aussitôt la radio. Il augmenta le volume afin d'empêcher toute conversation et les conduisit jusqu'à la salle de réception où se tiendrait le repas du mariage. Dans son empressement pour gagner l'endroit, où il espérait que Kate aurait autre chose à faire que de penser à l'étrange ressemblance entre ses personnages et les membres de sa famille, Lucern ne se soucia guère des limitations de vitesse. Ils arrivèrent sur place les premiers.

À son grand soulagement, Kate n'aborda plus le sujet. Ils s'assirent tous deux à une table où Marguerite, sa sœur Lissianna et son mari Greg les rejoignirent bientôt. Bastien était assis à la table principale, tandis qu'eux cinq occupaient une tablée prévue pour six, juste à côté.

Lucern passa les quelques premières minutes à triturer le verre de vin qu'on avait rapidement posé devant lui, jetant de brefs coups d'œil à Kate tandis qu'elle discutait avec Marguerite et Lissianna. Les trois femmes le rendaient terriblement nerveux. Leurs têtes étaient proches les unes des autres, et il lui semblait entendre de nombreux rires et gloussements au milieu de leurs paroles chuchotées. Il mourait d'envie de savoir ce qu'elles se racontaient, mais il était incapable d'en entendre la moindre bribe, même en se concentrant, étant donné le bruit et les bavardages inhérents à l'arrivée des convives qui échangeaient leurs saluts.

— Lissianna !

Lucern se raidit en entendant l'exclamation de son agent, qui se tourna ensuite vers lui.

— Votre sœur s'appelle Lissianna ! C'est le nom de la femelle vampire dans votre deuxième livre.

— Euh… en effet.

Il jeta un coup d'œil en direction de sa mère et de sa sœur. Essayaient-elles délibérément de lui compliquer la vie ?

— Étienne et Rachel dans le dernier livre, Lissianna et Greg dans le précédent. Et Marguerite ! éructa Kate en se tournant vers la mère de Lucern. Votre mari s'appelait Jean-Claude, n'est-ce pas ?

— Ça se prononce avec un « o » fermé, comme dans « beau » et non un « o » ouvert comme dans « moche », la corrigea gentiment Marguerite avant d'acquiescer : oui, effectivement, mon mari et le père de mes enfants s'appelait bien Jean-Claude.

— Oh.

Kate garda le silence pendant quelques instants, mais elle était visiblement en train de réfléchir, de chercher d'autres similitudes.

— Et votre nom de famille, c'est Argeneau, également. Non, attendez, se reprit-elle. Dans les romans, c'est Argentus, du latin *argentum* pour « argent », à cause des reflets argentés qui brillent dans les yeux bleus du patriarche. Comme dans les vôtres !

Elle se tourna brusquement pour plonger son regard dans celui de Lucern.

— Oui.

Lucern changea de position sur sa chaise ; il se sentait terriblement mal à l'aise, incapable de trouver une explication. Mais, au final, il n'eut aucune justification à fournir.

— Je trouve adorable de votre part d'avoir nommé vos personnages d'après les membres de votre famille, comme vous l'avez fait, dit Kate.

Lucern la contemplait, béat de surprise. Adorable ? Il n'était pas adorable. Qu'est-ce que…

— Il est évident qu'ils vous sont très chers.

— Euh…

Lucern se sentait étrangement pris au piège, lorsqu'une tape sur son épaule lui fit tourner la tête. Il découvrit

Bastien et Étienne. Le soulagement de cette diversion lui tira un large sourire, ce qui ne manqua pas de surprendre ses frères.

— On aurait besoin que vous nous donniez un coup de main, tous les deux.

Le regard de Bastien englobait à la fois Lucern et Greg.

— Oh. Oh, oui, bien sûr.

Luc se tourna vers Kate tandis que Greg se levait.

— Ils ont besoin de nous. On doit y aller, expliqua-t-il.

Kate opina avec solennité.

— Un truc de mecs, c'est ça ?

— Euh… oui, voilà.

Luc se leva, lança un regard de mise en garde à sa sœur et à sa mère, de peur qu'elles disent quelque chose qui fasse naître des idées bizarres dans la tête de Kate, puis il emboîta le pas à ses frères et s'éloigna de la table.

Le groupe des quatre traversa la salle de réception, disparut par une porte à demi dissimulée derrière une poutre décorée, remonta un long couloir étroit et ressortit enfin par une autre porte qui donnait sur le parking, à l'arrière du bâtiment. Bastien dépassa toute une série de voitures stationnées pour atteindre sa camionnette. Lucern ne comprit ce qui se passait qu'au moment où Bastien ouvrit les portières arrière de son véhicule pour en sortir une glacière de l'armée.

— Je ne sais pas pour vous, les gars, mais avec tous les préparatifs je n'ai pas trouvé le temps de me nourrir aujourd'hui. Je me suis dit que je ne serais sans doute pas le seul dans ce cas ; je nous ai donc préparé un pique-nique.

Bastien souleva le couvercle de la glacière.

Lucern sourit à la vue des poches de sang entourées de glace. Ce bon vieux Bastien. Toujours paré. Il aurait pu être scout dans son enfance, si le concept avait existé à cette époque.

— Oh, Dieu soit loué !

Étienne saisit la première poche que leur tendait Bastien.

— J'étais tellement occupé à courir dans tous les sens que je n'ai pas eu un instant pour me nourrir. Je suis sûr que Rachel non plus n'a rien pris.

— J'en ai assez pour tout le monde, le rassura Bastien.

Il tendit ensuite des poches à Lucern et à Greg.

— J'irai chercher les femmes dès que nous en aurons fini. J'ai pensé qu'il était préférable qu'on ne sorte pas tous en même temps. Les Argeneau comprendraient, mais cela aurait rendu les Garrett perplexes.

— Tu as parfaitement raison, mon ami, dit Greg en appuyant ses propos d'un mouvement de la tête. Je ne suis moi-même pas encore complètement habitué à tout ça, poursuivit-il en désignant la poche qu'il tenait à la main, puis il la souleva et planta ses crocs dedans.

Lucern sourit et l'imita. Pour quelqu'un qui prétendait le contraire, son beau-frère semblait plutôt à l'aise avec son nouveau statut. Cela dit, il aurait pu en être tout autrement si le médecin avait eu à mordre quelqu'un pour se nourrir, comme au bon vieux temps.

Tous les quatre se turent et terminèrent leur première poche de sang. Bastien sortit ensuite des gobelets en plastique de sa camionnette et partagea deux nouvelles poches, que les quatre hommes burent en discutant. La conversation tourna bien vite autour de l'invitée non souhaitée de Lucern. Étienne fut le premier à aborder le sujet, en disant qu'il la trouvait plutôt jolie.

Lucern renifla.

— Ne te fie pas aux apparences. Cette femme est têtue comme une mule. Elle est comme une de ces tiques qui s'enfouissent sous ta peau et qui y restent. Elle s'est introduite chez moi et refuse d'en partir !

Les autres rirent et Greg suggéra :

— Pourquoi est-ce que tu ne prends pas simplement le contrôle de ses pensées, comme essaie de me l'enseigner Lissianna ? Tu pourrais t'immiscer dans sa tête et lui donner l'envie de s'en aller.

— Luc est incapable d'accéder à son esprit, annonça Étienne avec un rictus.

— Mais tu as essayé ? demanda Greg à Lucern, surpris.

— Bien sûr que j'ai essayé. Dès le premier soir.

Luc prit un air renfrogné et secoua la tête.

— Mais c'est comme si elle résistait à la persuasion. Je n'arrive même pas à lire ses pensées. L'esprit de cette femme est comme un coffre-fort, soupira-t-il. Vous n'imaginez pas à quel point c'est frustrant !

— Ouais. Et n'en parle surtout pas à maman, lui rappela Étienne.

— Pourquoi ça ? voulut savoir Greg.

Bastien expliqua :

— Maman pense que dans un couple, il est préférable de ne pas pouvoir lire les pensées de l'autre, et donc que chaque fois que tu croises quelqu'un dont l'esprit t'est inaccessible – ce qui est plutôt rare –, il faut que tu sois bien attentif car il pourrait s'agir là d'une partenaire potentielle.

Étienne acquiesça.

— Et si elle apprend que Lucern ne peut…

— … elle sera déterminée à nous voir ensemble, termina Lucern à sa place.

Il se sentit aussitôt déstabilisé. La dernière chose dont il avait besoin, c'était que sa mère joue les entremetteuses pour les forcer, lui et son agent entêtée, à former un couple. D'un autre côté, Kate était vraiment une joueuse hors pair. Et jolie, qui plus est. D'autant qu'elle devenait de moins en moins pénible à mesure qu'il apprenait à la connaître.

Il commençait même à s'habituer à l'avoir chez lui. Si jamais on devait l'obliger à se marier...

— Donc, si j'étais toi, je ne lui en parlerais pas, dit Bastien.

— Je ne peux qu'être d'accord avec Bastien et Étienne sur ce sujet, décréta Greg en regardant Lucern. Avec tout le respect que je peux avoir pour ta mère, il est vrai qu'elle se montre parfois un peu insistante quand elle a une idée en tête. Et si tu ne veux pas qu'elle s'en mêle et essaie de vous mettre ensemble, toi et Kate, je ne dirai pas un mot sur ton incapacité à lire ses pensées.

— Trop tard.

Tous les quatre sursautèrent et affichèrent un air coupable au son de cette brève intervention chantonnée. Ils se retournèrent pour tomber nez à nez avec Marguerite. Lucern grogna en découvrant le regard acéré de sa mère. Elle avait évidemment tout entendu. Et, à en juger par son expression, elle élaborait déjà un stratagème.

C'est du moins ce que Lucern pensait ; il fut donc surpris lorsque, saisissant la poche de sang que lui tendait Bastien avant de se tourner vers lui, un sourire sur les lèvres, Marguerite déclara :

— Luc, mon chéri. Si tu tiens tellement à te débarrasser de cette jeune femme, pourquoi est-ce que tu n'acceptes pas simplement de participer à un des événements de promotion qu'elle te propose ? Dès que tu lui donneras ton accord, elle s'en ira.

— Parce que je n'en ai aucune envie, répondit-il, grimaçant presque en entendant le ton puéril qu'avait pris sa voix.

— Et moi, je n'ai aucune envie de t'entendre geindre mais, dans la vie, on ne fait pas toujours ce que l'on veut.

À ces mots, tous se turent, puis Marguerite planta ses crocs dans la poche et la vida. Quand elle eut fini, elle se tourna vers Lucern et reprit :

— Kate n'a pas plus envie d'être ici à te harceler que toi de devoir la supporter. Cela étant, son poste dépend directement de sa capacité à te convaincre de participer à un de ces événements. Elle aime son boulot. Elle ne veut pas le perdre. Elle ne partira pas tant que tu n'auras pas dit oui pour au moins une date.

Remarquant la réaction horrifiée de son fils, Marguerite lui tapota affectueusement la joue.

— Je te suggère le *R.T.* D'après ce qu'elle m'a dit au spa aujourd'hui, c'est apparemment le mieux pour vous deux.

— Le *R.T.*, c'est quoi ? grogna Lucern, suspicieux.

— C'est le *Romantic Times*, explicita sa mère. Dis-lui simplement que tu vas le faire.

Marguerite se détourna ensuite et remonta le long de la file de voitures.

— Hmm. Je me demande comment elle a appris que le poste de Kate dépendait de ta participation à un de ces événements, murmura Bastien en regardant sa mère s'éloigner.

Greg haussa les épaules.

— Elle est particulièrement douée pour extirper des gens des choses qu'ils n'auraient jamais voulu dire. Elle aurait fait un bon psy.

Lucern resta silencieux et tous rendirent leur gobelet vide à Bastien. Il ne savait pas comment sa mère avait appris ce qu'elle savait, mais il ne doutait pas une seconde que c'était la vérité. Ce qui le plongea immédiatement dans une profonde détresse, sachant maintenant pour de bon qu'il ne serait jamais débarrassé de la jeune femme. Elle était désespérée, et les gens désespérés sont aussi tenaces qu'imprévisibles.

— Ah, mais vous êtes tous là !

Les quatre mâles se détournèrent de la camionnette de nouveau pour, cette fois, découvrir Kate C. Leever. Elle afficha un sourire malicieux en voyant leur expression coupable et leur tentative de dissimuler quelque chose dans leur dos.

— Rachel se demandait où vous étiez passés. Je lui ai dit que je vous avais vus sortir et que j'allais vérifier, leur expliqua-t-elle, le regard amusé. Elle a essayé de m'en empêcher en me disant qu'elle s'en occuperait, mais c'est son mariage, je ne pouvais donc pas la laisser abandonner ses invités pour partir à la poursuite de quatre dépravés.

Lucern et les autres échangèrent un regard. Tous ne savaient que trop bien que Rachel avait voulu s'éclipser le temps d'un bref coup de crocs, comme l'avait fait Marguerite. Mais Kate, dans sa grande sollicitude, l'en avait empêchée.

— Pourquoi nous traitez-vous de dépravés ? demanda Greg.

Kate fit un geste désinvolte et rit.

— À cause de ce que vous venez faire ici, dehors.

Tous les quatre échangèrent de nouveau un regard et resserrèrent les rangs, s'assurant que l'arrière de la camionnette et la glacière qui s'y trouvait lui soient invisibles, puis Lucern reprit :

— Et que venons-nous faire ici ?

— Oh, comme si ce n'était pas évident, renifla-t-elle. À vous glisser discrètement à l'extérieur, vous regrouper autour de la camionnette.

Elle secoua la tête et leur adressa un regard condescendant.

— J'ai peut-être grandi dans le Nebraska, mais j'ai vécu à New York assez longtemps pour savoir comment vous fonctionnez, vous autres artistes.

Les œillades qu'ils échangèrent étaient à présent teintées de perplexité. Des artistes ? Lucern était écrivain, Étienne développeur, Bastien homme d'affaires et Greg psy.

Des artistes ? Et, de toute façon, que croyait-elle que faisaient les artistes ? La seule façon de le savoir, c'était de lui demander. Lucern s'en chargea.

— Et que croyez-vous exactement que nous soyons en train de faire ?

Elle laissa échapper un soupir de résignation.

— Vous fumez des pétards d'herbe.

Tous les quatre la regardèrent, bouche bée. Puis Étienne partit d'un rire incrédule.

— Quoi ?

Kate le coupa d'un claquement de langue exaspéré.

— De l'herbe, de la marijuana. Vous vous êtes éclipsés pour fumer un debbie.

— Euh… Je crois qu'on appelle ça un bédo, intervient Greg.

— Peu importe. C'est bien ce que vous étiez en train de faire, non ?

— Oui. Tu as raison. Nous fumions un debbie, reconnut Étienne.

— Un bédo, le corrigea Greg.

— Oui, acquiesça Bastien. Nous vous en aurions bien proposé, mais… euh…

— Nous avons tout fumé, termina Étienne.

Les deux hommes employaient un ton de repentir qui écœura Lucern. Bon Dieu.

— Oh, ce n'est pas grave. Je ne fume pas du tout, répliqua-t-elle en leur adressant un sourire en coin. D'autant que le dîner est sur le point d'être servi. Je crois que c'est pour cette raison que Rachel vous cherchait.

— Dans ce cas, nous ferions mieux de rentrer.

Faisant un pas en avant, Lucern saisit fermement Kate par le bras et l'entraîna vers le bâtiment. À peine s'étaient-ils éloignés qu'il entendit les portières de la camionnette se refermer et les autres mâles leur emboîter le pas. *Fumer des debbies. Bon Dieu.*

Lucern ne toucha presque pas à son assiette de tout le repas – qui, à en croire les commentaires de Kate, était excellent – car il n'avait pas d'appétit. Il avait la tête ailleurs, obnubilé par la déclaration de sa mère lui apprenant que le poste de son agent littéraire dépendait de sa capacité à le convaincre de coopérer. Lucern ne savait pas pourquoi, mais cela le contrariait vraiment. Beaucoup.

— … danser, Luc.

Lucern se retourna, confus. Il n'avait entendu que les derniers mots de sa mère tant il était plongé dans ses pensées. Il la dévisagea d'un œil interrogatif.

— Quoi ?

— J'ai dit que tu devrais inviter Kate à danser. Pour accompagner Étienne et Rachel. Quelqu'un doit inciter les autres convives à rejoindre le mouvement.

Lucern jeta un coup d'œil à la piste de danse et fut surpris de constater que les jeunes mariés y évoluaient déjà. Le dîner était terminé et la première danse avait commencé. Il était censé, en tant qu'aîné de la famille, être le suivant à gagner la piste. La tradition voulait qu'il prenne sa mère, la matriarche, pour cavalière afin d'encourager les invités à se mettre à danser, mais un simple regard en direction de Marguerite lui suffit pour comprendre qu'elle avait pris son rôle d'entremetteuse très au sérieux. Elle n'allait certainement pas danser avec lui.

Laissant échapper un soupir, il recula sa chaise et tendit la main à Kate. L'agent parut terriblement hésitante lorsqu'elle glissa ses doigts dans la main tendue et se leva – ce qui contraria Lucern au plus haut point pour une raison qu'il ne comprenait pas et n'avait aucune intention d'analyser plus en profondeur. Se disant qu'il agissait pour la bonne cause et que sa mère ne pourrait pas le forcer à danser de nouveau avec Kate, Lucern entraîna son agent sur la piste et la prit dans ses bras.

Ce fut une grave erreur. Kate C. Leever épousa la forme de ses bras comme si elle avait été modelée pour lui. Sa tête arrivait juste sous le menton de Lucern, sa main était petite et douce dans la sienne et des effluves de son parfum, appétissant et vaguement excitant, flottaient jusqu'à son nez. Sans même s'en rendre compte, il la serrait contre lui, comme pour fondre son corps avec celui de Kate, la frottant de ses jambes et de son torse à chaque pas.

Lucern était habitué à la faim ; elle s'emparait de lui chaque matin au saut du lit. Durant son sommeil, son corps métabolisait le sang qu'il avait ingurgité pour panser les blessures de la journée, le laissant déshydraté et en sérieux manque. En fonction des jours, la faim pouvait être insoutenable ou assez faible pour le laisser s'intéresser à d'autres choses, comme ç'avait été le cas le matin même. Toujours est-il que Lucern connaissait bien la faim. Il savait ce qu'avoir soif voulait dire. Il vivait au quotidien avec une envie viscérale, qui pouvait devenir si intense que son corps se retrouvait perclus de crampes. Et pourtant, cette…

Il baissa la tête et inhala l'odeur du shampooing de Kate mélangée à la douceur épicée de son parfum. Elle sentait vaguement la vanille, comme un dessert riche et succulent ou comme un bol de glace, et il eut soudain follement envie de lui lécher la nuque et de…

Reprenant ses esprits, Lucern se redressa soudain. Lui lécher la nuque ? Autant la lui mordre. Bon Dieu, qu'il avait besoin de sang ! Il s'était montré plutôt négligent sur les quantités qu'il absorbait ces derniers temps. Entre la présence de Kate et tout le reste, il ne s'était pas administré ses habituels quatre litres quotidiens, mais plutôt l'équivalent de deux – ce qui expliquait son étrange appétit du moment. Il prenait sa faim de sang pour un désir envers Kate.

Profondément soulagé, il adressa un large sourire à Kate lorsqu'elle murmura son nom. Visiblement un peu surprise par sa réaction, elle demanda, incertaine :

— Est-ce que quelque chose ne va pas ? Vous avez arrêté de danser.

Lucern balaya la salle du regard, étonné de constater que, sous le coup de la révélation qu'il venait d'avoir, il s'était immobilisé. Il se tenait simplement au beau milieu de la piste de danse avec Kate serrée dans ses bras. Étroitement serrée. Ses seins, plaqués contre le torse de Lucern, menaçaient de jaillir de sa robe. De très jolis seins. Galbés et d'une couleur rose chair, ce qui était un signe de bonne santé. Lucern eut envie de parcourir ces orbes avec sa langue et…

— Il faut que je voie Bastien, haleta-t-il. Tout de suite.

Relâchant son étreinte, il se dirigea vers l'endroit où évoluait Bastien avant de se rendre soudain compte de ce qu'il était en train de faire. Il fit volte-face vers une Kate abasourdie qui était restée plantée immobile au milieu de la piste, tel un bébé abandonné, lui prit le bras et l'entraîna vers leur table. Il contourna ensuite la piste de danse et fut soulagé d'entendre que la musique cessa à l'instant même où il atteignit son frère.

— Bastien, une fois que tu auras reconduit ta cavalière à sa table, j'aurai besoin de te parler dehors. À la camionnette, précisa-t-il à dessein.

— Sans problème, lui répondit son cadet. Je t'y rejoins tout de suite.

Lucern acquiesça et Bastien reconduisit la sœur de Rachel, qui n'était autre que la demoiselle d'honneur, à la table principale.

— Est-ce que j'ai bien entendu ? Vous allez faire un tour à la camionnette ?

Lucern se retourna et trouva Lissianna derrière lui. Avec Greg, ils avaient rejoint Lucern et Kate sur la piste de danse, où ils avaient attendu le début de la chanson suivante. Pas étonnant que Lissianna ait entendu ce qu'il avait dit.

Il lui répondit d'un hochement de tête et ressentit le besoin de se justifier :

— Je ne me nourris pas assez depuis que Kate est arrivée.

Lissianna acquiesça, compréhensive.

— On va se joindre à vous, avec Rachel. Elle me disait qu'à cause des préparatifs pour le mariage et de tout le reste, elle…

— Très bien, très bien, l'interrompit Lucern.

Il n'avait aucun besoin d'une explication. Il était content que les deux femmes se joignent à eux.

— Va la chercher, dans ce cas. Bastien nous… Oh. Il l'amène avec lui.

Bastien entraînait leur belle-sœur à travers la salle.

— Je garde un œil sur Kate pour éviter qu'elle sorte essayer de vous surprendre un debbie à la main, glissa Greg sur un ton léger lorsque la jeune mariée et Bastien arrivèrent.

Il s'éloigna ensuite pour inviter l'agent littéraire à danser.

— D'accord, d'accord.

Lucern ne sourit même pas. Il se contenta de le remercier d'un mouvement de tête et poussa les trois autres hors de la salle de réception.

Kate se détendit dans les bras de Greg lorsqu'ils se mirent à bouger, ce qu'elle n'avait pas réussi à faire dans ceux de Lucern. Elle avait vu l'écrivain s'éclipser avec sa sœur, Rachel et Bastien et les soupçonnait d'être sortis pour fumer de nouveau. À son humble avis, ça ne lui ferait pas de mal. Ça l'aiderait à se relaxer, certainement. Il avait été tendu tout au long du repas et… Enfin, elle supposait qu'il était contrarié – non pas que cela la dérangeât. Elle avait été occupée à discuter avec la mère et la sœur de Lucern, et à écouter les incroyables histoires qu'elles lui avaient racontées sur la jeunesse de son écrivain.

Si elle en croyait les deux femmes, Lucern était, au fond, quelqu'un de vraiment sensible sous une carapace bourrue et grincheuse. Ayant lu ses romans, Kate se dit que c'était tout à fait possible. Dans ses livres, la façon dont il décrivait ses couples était teintée d'une forme d'envie, une faim qui dépassait la soif de sang des vampires et même le désir sexuel. Ses personnages se sentaient profondément seuls et ne cherchaient qu'à trouver l'âme sœur avec laquelle ils pourraient partager leur longue existence. Kate se demandait à présent s'il ne s'agissait pas là d'un reflet de ses propres sentiments, s'il n'était pas en quête d'amour.

Greg la fit tournoyer et elle lui sourit. Le mari de Lissianna était un danseur bien plus détendu que Lucern. Luc émettait quasiment des vibrations de tension lorsqu'ils avaient évolué sur la piste de danse, et il avait déteint sur Kate, l'emplissant d'une nervosité bourdonnante des plus désagréables. En dépit de toute cette tension, cependant, elle s'était surprise à se couler dans ses bras, reposant la tête sur son épaule et glissant les doigts sur sa nuque, pour y effleurer ses cheveux. Elle s'était sentie soulagée, bien qu'abasourdie lorsqu'il avait rompu la danse et s'était éloigné.

Bon, d'accord, elle avait été plus abasourdie que soulagée. Elle était restée plantée à le regarder, bouche bée, incapable de croire qu'il retombe dans sa muflerie caractéristique au beau milieu de la piste de danse, sous les yeux de tous. S'il n'avait pas aussitôt fait volte-face pour la reconduire à leur table, elle lui aurait certainement couru après pour lui coller un bon coup de pied aux fesses. Oui, c'était tout aussi bien qu'il soit sorti fumer. Ça l'aiderait certainement à se détendre.

— Je crois que tu devrais simplement lui dire oui, suggéra Bastien.

Bien entendu et comme chaque fois, Kate avait été au centre de la conversation depuis qu'ils avaient atteint la camionnette. Et, au grand désarroi de Lucern, chacun semblait vouloir y aller de son conseil.

— Pourquoi est-ce que tu ne lui dirais pas que tu vas faire l'une de ces interviews ? Comme ce *R.T.* que maman proposait ? poursuivit Bastien. Ou alors, tu lui dis que tu vas participer à un des événements promotionnels, sauf la tournée de dédicace. Et tu la laisses choisir celui qui sera le plus susceptible de sauver sa carrière. Comme ça, elle sera ravie et partira.

— La laisser choisir ? éructa Lucern, effaré à l'idée de lui donner autant de marge de manœuvre. Et si elle choisit une des interviews télévisées ?

Lissianna lâcha un gloussement d'impatience.

— Ça ne va pas te tuer de passer une demi-heure devant une caméra, Luc.

— Mais…

— Pose le problème en ces termes, ajouta sa sœur. Une demi-heure devant une caméra pour une interview, ou Kate qui campe sur le pas de ta porte.

Bastien rit.

— Si jamais tu parviens à lui faire franchir la porte. (Lucern lui lança un regard noir, que son frère accueillit d'un haussement d'épaules.) Tu t'es visiblement attendri à notre contact, Luc, poursuivit Bastien. Il y a à peine un siècle, tu n'aurais pas hésité à l'envoyer valser sur son joli petit derrière en forme de cœur.

— Tu as regardé ses fesses ? demanda Lucern, outré.

— Évidemment, pourquoi je m'en serais privé ? Elle est célibataire. Moi aussi, constata-t-il en haussant les épaules. Ça te pose un problème ?

Lucern grimaça. Ça n'aurait pas dû lui en poser et il le savait. Mais, pour une raison ou pour une autre, il n'aimait pas du tout que Bastien reluque Kate.

— Mon pauvre Luc, dit Lissianna.

Il tourna un regard interrogatif vers elle, et elle lui tapota le bras comme s'il avait besoin d'être apaisé.

— Six cents ans et incapable de savoir que faire des sentiments que Kate éveille en toi. Ne t'en fais pas, avec l'âge, tu gagneras en sagesse.

— J'ai bien l'impression que les hommes restent maladroits avec leurs émotions toute leur vie, si longue soit elle, commenta sèchement Rachel.

Lucern garda le silence, mais ses pensées étaient en plein tumulte. Lissianna venait d'insinuer qu'il ne se rendait pas compte qu'il en pinçait pour la jeune femme. Elle avait tort. Il en avait conscience. Mais il n'avait pas à aimer cet état de fait, pas plus qu'il n'avait à s'y soumettre. Quant à l'appétit qu'il éprouvait pour elle, Lucern reconnaissait à présent que ce qu'il avait ressenti sur la piste de danse n'était pas une soif de sang, mais bien un désir sexuel. Il désirait Kate C. Leever, agent littéraire. Et c'était une complication dont il se serait bien passé. Si ses pensées ne lui avaient pas été inaccessibles, il aurait pu se laisser tenter et profiter de son corps comme il en avait envie. Il n'avait certainement pas vécu une vie de moine pendant six cents ans. Mais l'esprit de Kate lui était fermé, ce qui rendait de tels actes dangereux.

Il secoua la tête et repartit en direction de la salle de réception, abandonnant les autres à côté de la camionnette. D'après lui, il n'était victime que d'un simple coup de cœur – conséquence parfaitement normale d'une promiscuité imposée avec autrui. Il s'en débarrasserait facilement dès que Kate C. Leever serait partie. Il lui suffisait de la faire partir.

Chapitre 6

Marguerite était seule à la table lorsque Lucern regagna sa place. En balayant rapidement la piste de danse des yeux, il constata que Kate et Greg y évoluaient toujours. Ils avaient l'air terriblement bien. Kate semblait détendue et souriait dans les bras de Greg Hewitt – chose qu'elle n'avait pas faite dans les siens – et ils bougeaient de façon parfaitement synchrone, comme s'ils dansaient ensemble depuis des années.

Gregory paraissait même atrocement mielleux là-bas, sur cette piste. Lucern n'avait jamais vu en son beau-frère un homme à femmes, mais il en portait à présent le costume à merveille. La logique rappela à Lucern que Greg aimait profondément Lissianna et qu'il ne constituait donc aucune menace à l'endroit de Kate. Sans parler du fait que, se souvint rapidement Lucern, lui-même n'était pas intéressé par une relation avec la jeune femme. Mais son corps restait insensible aux arguments de sa raison. Une partie primitive de sa personne n'avait que faire de la logique. Et, tandis qu'il regardait Greg faire virevolter Kate sur la piste de danse, Lucern sentait ses muscles se contracter et tressauter. Un grondement sourd se réveilla dans sa poitrine alors qu'il observait le couple s'incliner et se redresser.

— Tu devrais les interrompre.

Lucern se raidit en entendant les mots de sa mère. Il jeta un coup d'œil dans sa direction pour voir qu'elle le considérait d'un œil plein de pitié. Il se détourna d'un coup sec, se débattit brièvement avec lui-même avant de se lever d'un bond et de se diriger à grands pas vers la piste de danse. S'il y avait bien quelque chose que Lucern détestait, c'était d'être pris en pitié. Il était hors de lui.

Greg le vit approcher, remarqua son expression, puis il hocha solennellement la tête et quitta la piste de danse.

Kate se retourna, confuse, lorsque Greg relâcha son étreinte et s'éloigna. Sans savoir pourquoi, elle ne fut pas surprise de voir que Lucern était là. Mais l'expression qui se lisait sur ses traits la déstabilisa quelque peu. Son apparence froide et grincheuse avait à présent cédé la place à une intensité tout animale. Il avait certes l'air sévère et en colère, mais pas froid. Bien au contraire. Ses yeux avaient tourné à l'argent pur, sans plus la moindre trace de bleu. Elle comprit alors ce qu'il avait voulu dire lorsqu'il avait décrit Jean-Claude dans son premier roman : « Un regard inébranlable, animé par les flammes de l'enfer, qui laissait ses adversaires tremblants. » Elle n'aurait pas cru que des yeux bleu argenté puissent dégager tant de férocité, mais des feux vermillon brûlaient en eux, prêts à jaillir de ses iris comme les étincelles d'un fer à souder.

Et pourtant, Kate ne ressentait pas la moindre crainte. Un sourire se dessina même sur ses lèvres et elle aurait été incapable d'empêcher les mots de sortir de sa bouche, eût-elle essayé.

— Apparemment, ça ne vous détend pas tant que ça de fumer des debbies.

Lucern réagit comme s'il venait de buter contre un mur invisible. Sa marche déterminée s'interrompit aussitôt et il contemplait Kate avec un masque vide de toute expression, la fièvre sauvage des instants précédents totalement évaporée. Il fit alors la chose la plus étonnante qui soit : Lucern Argeneau, cet entêté stupide et ignorant, laissa échapper un violent éclat de rire. En toute franchise, Kate n'aurait jamais cru une telle chose possible. Ce type était tellement…

Elle perdit le fil de ses pensées lorsqu'il la prit dans ses bras et l'entraîna dans la danse. Il continuait à rire doucement, son torse vibrant contre la poitrine de Kate. Il la serra plus fort. Quand Kate leva timidement les yeux pour regarder son visage, il lui sourit et dit :

— Vous êtes une femme diabolique, Kate C. Leever.

Elle se surprit à lui rendre son sourire. Elle avait trouvé que Lucern était bel homme dès le premier coup d'œil mais maintenant, avec les étincelles rieuses qui luisaient dans son regard et qui soulevaient le coin de ses lèvres, il l'était plus encore. D'une beauté à couper le souffle. Littéralement. Kate éprouva réellement des difficultés à respirer quand elle croisa ses yeux. De la chaleur irradiait de chaque endroit où leurs corps se touchaient. Elle voulait poser la tête sur son épaule et se laisser fondre en lui. Elle voulait sentir les mains de cet homme courir sur sa peau. Elle voulait…

Rentrer chez elle. Kate avait terriblement envie de rentrer chez elle. Ou plutôt, elle avait envie de se trouver n'importe où, mais loin de lui. Elle ne voulait pas ressentir ce qu'elle ressentait, elle n'avait simplement pas envie d'avoir envie de lui. Bon sang, elle n'appréciait même pas l'individu.

Bon, d'accord, reconnut-elle avec honnêteté, même si l'admettre lui était douloureux, elle s'était beaucoup amusée à jouer à *Blood Lust II* avec lui et il était capable de se montrer agréable quand il s'en donnait la peine. Elle en était certaine. Non pas qu'il ait déjà fait l'effort, mais tout le monde doit pouvoir être agréable avec un peu de bonne volonté, n'est-ce pas ? Oui, se rassura-t-elle. D'ailleurs, il se montrait agréable envers elle en ce moment même. Enfin, d'une certaine façon.

Kate soupira intérieurement. Que la danse était plaisante ! Avec Lucern la tenant dans ses bras de la sorte, elle en oubliait presque quel mufle borné il pouvait être. Mais – et c'était un « mais » de taille – elle n'avait strictement aucune intention d'avoir une relation avec l'un de ses auteurs. Elle était une professionnelle. Et elle agirait en tant que telle, même si, au fond, elle n'avait d'autre envie que de lui arracher son costume et de se plaquer contre son corps nu.

Ohhhh. Ce n'était pas bon du tout.

Lucern arrêta soudain de danser et déclara.

— Je suis fatigué.

N'obtenant pas de réponse, il ajouta :

— Vous êtes prête à partir ?

— Oui, rétorqua-t-elle à la vitesse de l'éclair.

Elle était ravie qu'il lui offre la possibilité de s'éloigner ; elle n'aurait plus à endurer son contact.

Lucern ressentait visiblement la même chose. Il lui saisit immédiatement le bras et l'entraîna hors de la piste de danse puis à travers la salle de réception. Il ne marqua qu'un seul bref arrêt, à la table principale, pour annoncer à son frère et à sa nouvelle belle-sœur qu'il partait.

Kate remarqua que Marguerite Argeneau fronça les sourcils en les apercevant depuis la table qu'elles avaient partagée, et elle comprit que la mère de Lucern n'était pas contente de les voir partir si tôt. Elle eut des remords mais, au fond, ce n'était pas son problème. C'était celui de Lucern. Kate devait, elle, s'occuper de maintenir un caractère professionnel à leur relation tout en convainquant son auteur de participer à la promotion de ses livres. Et il ne lui restait plus qu'un jour pour y parvenir.

Lucern ne dit pas un mot sur le chemin du retour, ses pensées s'embrouillaient un peu. Il n'était pas certain de ce qui l'avait poussé à partir tôt, mais…

Oh, de qui se moquait-il ? Il n'avait pensé qu'à Kate seule chez lui et, si possible, nue. Il l'avait dans la peau et sa famille le lui avait fait admettre. Bastien lui avait assené le premier coup avec sa remarque sur les fesses de Kate, accompagnée d'un sourire entendu lorsqu'il avait demandé si le fait qu'il la reluque pose un problème. Puis Lissianna avait renchéri avec son « mon pauvre Luc ». Si la vue de Kate dans les bras de Greg n'avait fait que réveiller la bête en lui, la pitié qu'il avait lue dans les yeux de sa mère lui avait porté l'estocade. Il avait alors compris qu'il avait beau se mentir à lui-même, il ne trompait personne d'autre. Et, bon Dieu, ça ne prenait même pas sur lui-même.

Il l'appréciait. Même si Kate était une femme moderne, entreprenante voire agressive quand c'était nécessaire et incapable de rester à sa place, il l'appréciait. Même si elle ne semblait avoir aucun dragon à terrasser, à part peut-être lui et son manque de coopération, il l'appréciait. Et, bon Dieu, qu'il avait envie d'elle !

Lucern était un mâle en bonne santé de six cent douze ans. Le nombre de femmes qu'il avait fréquentées en tout ce temps… En fait, il était même incapable d'en évaluer le nombre. Et pourtant, toutes disparaissaient de sa mémoire lorsqu'il tenait Kate dans ses bras.

Mais elle n'était pas dans ses bras en ce moment, elle était assise à la place passager, les bras défensivement croisés sur sa poitrine et le regard rivé sur un point invisible dans la nuit, tandis qu'ils roulaient. Elle ne lui prêtait délibérément aucune attention, prenait ses distances. Ce qui, d'une certaine façon, aida Luc à faire le point. Kate était son agent. Il serait amené à travailler avec elle. Coucher avec elle serait la pire des erreurs. Il se sentait las au-delà des mots lorsque la voiture remonta l'allée.

Tous deux descendirent de la voiture en silence. Kate fut la première à prendre la parole. Elle regardait le ciel étoilé tandis qu'ils remontaient le chemin et murmura :

— C'est une nuit merveilleuse.

Lucern manqua de vaciller en entendant la mélancolie de son ton. Elle semblait ne pas vouloir que la nuit s'achève, lui non plus, d'ailleurs. Lucern savait qu'il ne devait pas céder à son désir pour Kate, mais il répugnait à prendre congé d'elle.

— Elle est effectivement merveilleuse, confirma-t-il. Que diriez-vous de nous asseoir sur le perron avec un verre de vin ?

Il retint son souffle pendant qu'elle hésitait.

— Est-ce que je peux plutôt avoir un café ? demanda-t-elle. J'ai déjà largement dépassé mon quota d'alcool habituel pour la soirée.

Lucern expira en un sifflement.

— Évidemment. Asseyez-vous, je vais…

— Je vais vous aider, proposa-t-elle en souriant pour la première fois depuis qu'ils avaient quitté la réception. Ne le prenez pas mal, mais je n'ai pas l'impression que vous ayez souvent préparé le café.

Lucern ne le prit pas mal. Il était simplement heureux que la soirée ne soit pas terminée et que Kate C. Leever sourie.

Ils s'affairèrent dans la cuisine en gardant un silence complice, Kate préparant le café tandis qu'il disposait des boules de glace dans deux bols. Puis ils emportèrent leurs victuailles sur le perron.

Kate observait les étoiles dans le ciel. La nuit était parfaitement paisible, magnifique, et Kate appréciait réellement la compagnie de Lucern. Oh, qu'elle l'appréciait !

Son personnage irascible, cassant, était absent. Elle ne savait pas si c'était grâce à l'alcool ou aux debbies qu'il avait fumés mais, pour la première fois, il semblait détendu en sa présence. Certes, il s'était montré gentil la veille au soir lorsqu'ils avaient joué ensemble, mais là, c'était différent. La nuit précédente, il était excité et prêt à tuer des ennemis virtuels. Mais, ce soir, il était incroyablement calme et agréable à côtoyer. Ils restèrent assis pendant un long moment, buvant, mangeant leur glace et discutant à voix basse du mariage, tout en prenant soin de ne pas se regarder. Enfin, Kate tout du moins évitait de croiser son regard. C'était indispensable car, chaque fois qu'elle posait les yeux sur le sourire qui jouait sur les lèvres de Lucern, elle avait envie de les embrasser.

Quelle idiote tu fais! se dit Kate. Son attirance pour Lucern Argeneau était dangereuse et elle ne devrait pas le laisser l'alimenter par sa gentillesse et son amabilité. Il était un de ses écrivains. Elle était comme une mère poule pour ses auteurs. Mais les sentiments qu'elle éprouvait en ce moment pour Lucern n'avaient rien de maternel. Et plus l'épisode sur le perron durait, plus elle trouvait difficile de résister à l'envie de s'approcher de lui, de le toucher tandis qu'il parlait, de se pencher vers lui, de l'embrasser…

Coupant court à ces pensées sur-le-champ, elle se redressa et chercha quelque chose qui lui occuperait l'esprit, quelque chose qui mettrait un terme à cet interlude. La solution la plus évidente résidait dans la raison de sa présence. Kate prit une profonde inspiration avant de lâcher:

— Luc, je sais que vous ne voulez pas en parler, mais j'aimerais vraiment que vous réfléchissiez à la tournée de dédicace.

L'écrivain se contracta aussitôt, toute douceur quittant immédiatement ses traits.

— Non. Je refuse de participer à une quelconque tournée de dédicace.

— Je connais votre position, Luc. Mais… vos livres rencontrent un tel succès et…

— La tournée de dédicace n'est donc pas si utile que ça.

— Mais les lecteurs veulent vous voir, ils…

— Non, répéta-t-il fermement.

— Luc, je vous en prie, l'implora Kate d'une voix rauque.

Lucern l'observa en silence, souhaitant de tout son cœur qu'elle le supplie pour tout autre chose. *Luc, je vous en prie, embrassez-moi. Luc, je vous en prie, emmenez-moi dans votre lit. Luc, je vous en prie…* Mais ce n'était pas ce qu'elle réclamait. Elle parlait travail. De son envie de le voir prendre part à la promotion de ses livres afin de faire gagner plus d'argent à sa maison d'édition. Elle voulait qu'il bouleverse sa vie, qu'il prenne le risque de souffrir de la dévastatrice lumière du soleil en pleine journée, qu'il s'enrôle dans une tournée de dédicace. Lucern regretta d'avoir jamais écrit ces maudits romans à succès.

Il se leva et vida d'un geste le reste de son café sur la pelouse avant de se diriger vers la porte.

— J'ai du travail. Bonne nuit.

— Non, attendez. Lucern ! (Elle s'était levée d'un bond et lancée à sa poursuite.) Il faut que nous en discutions. Ça fait trois jours que je suis ici et je n'ai pas progressé d'un pouce. (Lucern ne lui prêta pas la moindre attention. Il entra simplement dans la maison en direction de l'escalier.) Luc, je vous en prie ! Aucun écrivain n'aime les séances de dédicace, mais elles sont tellement efficaces en termes de publicité, et les lecteurs adorent rencontrer leurs auteurs. Ils veulent voir qui se cache derrière les histoires qu'ils aiment tant. Une toute petite tournée fera l'affaire, tenta-t-elle de l'amadouer, voyant qu'il ne répondait pas. Une demi-douzaine de dates, pas plus. Je pourrais vous accompagner pour m'assurer que tout se passe comme vous le voulez. Si seulement vous acceptiez…

Lucern gagna la porte de son bureau. Il entra dans la pièce et referma derrière lui dans un petit claquement, à peine plus audible que le verrou qui s'enclencha.

Kate garda les yeux posés sur la porte. Les portes qui claquent semblaient être une thématique récurrente dans leur relation. Elle commençait à les avoir en horreur.

Les épaules affaissées, Kate s'adossa contre la porte et ferma les yeux. Elle était d'un naturel plutôt optimiste en général et pensait que l'on pouvait toujours atteindre les objectifs que l'on s'était fixés, pour peu que l'on s'en donne vraiment la peine, mais c'était avant qu'elle rencontre l'inébranlabilité faite homme : Lucern. Il était aussi têtu que… aussi têtu qu'elle, en fait. Peut-être même plus.

Kate s'imagina abandonner, faire ses bagages et retourner à New York, la queue entre les jambes, mais c'était contre sa nature. Elle détestait devoir lui empoisonner la vie et aurait rêvé de pouvoir le laisser retrouver son existence paisible, mais, aux yeux de Roundhouse, il n'y avait rien de saugrenu à l'idée que Lucern accepte de participer à la promotion de ses livres. Ils dépensaient de grosses sommes pour les faire connaître ; la moindre des choses que lui pouvait faire était de participer ne serait-ce qu'un peu. Bon sang, au point où elle en était, elle estimait que parvenir à lui arracher son accord pour quelques interviews téléphoniques serait une grande victoire.

Kate se redressa lentement. Ça pouvait marcher. Elle s'était focalisée sur la tournée de dédicace, mais peut-être qu'elle aurait plus de succès avec les entretiens.

— Luc ? appela-t-elle. (Malgré le silence qui lui répondit, Kate ne se découragea pas.) Écoutez, je sais que vous refusez de faire une tournée de dédicace, et je vous comprends.

Mais pourquoi ne donneriez-vous pas quelques interviews, s'il vous plaît ?

Elle attendit dans le silence quelques instants avant d'ajouter :

— Réfléchissez-y au moins, d'accord ?

Décidant de ne pas insister plus cette nuit, Kate fit volte-face et se dirigea vers la porte de la chambre d'amis. Il lui fallait trouver des arguments. Réfléchir à un plan pour le convaincre. Elle reviendrait à l'attaque le lendemain matin.

Lucern sut quand Kate se résigna et s'éloigna. Il ressentit son absence tout autant qu'il entendit la porte de la chambre d'amis s'ouvrir et se refermer. Il resta longtemps assis devant son bureau à écouter Kate se déplacer et se préparer à se mettre au lit, puis le bruit de la nuit une fois Kate couchée.

Il envisagea de jouer à *Blood Lust II*, mais ce serait différent sans elle. Il pensa à écrire, mais ne se sentait pas d'humeur. Il resta donc assis dans l'obscurité silencieuse, à tendre l'oreille aux sons de la nuit. Les cris des oiseaux nocturnes, le chant des criquets, le chuchotement du vent, le souffle de… Kate, se rendit-il compte. Ce léger sifflement endormi venait de Kate. Lucern parvenait à l'entendre en tendant simplement un peu plus l'oreille. Il parvenait également à la sentir. Le parfum de Kate semblait rôder autour de lui. Repensant aux instants de la danse pendant lesquels elle s'appuyait contre lui, il baissa la tête et renifla sa veste. Le parfum y était fort. Troublant.

Lucern se leva, retira sa veste et la lança sur le dossier de son fauteuil, mais c'était comme si l'odeur lui collait à la peau. Ou peut-être l'air en était-il simplement chargé. Peut-être le parfum avait-il envahi sa maison comme Kate l'avait fait ? Abandonnant l'idée de se débarrasser de ces effluves, Lucern s'avança vers la porte de son bureau pour la déverrouiller et l'ouvrir. Il resta ensuite immobile et ferma les yeux. En se concentrant, il parvenait à ne plus entendre les autres bruits de la nuit pour se focaliser sur ceux que produisait Kate : le frottement des draps quand elle changeait de position dans le lit, les brefs soupirs qu'elle laissait échapper en rêvant, quelques murmures sporadiques, et surtout sa respiration, calme et apaisante, inspiration, expiration, encore et encore.

Il sentait presque le souffle de Kate contre sa peau, un flux d'air chaud et humide. Puis il s'aperçut qu'il le ressentait réellement, doux et tiède contre sa paume. Il se tenait à côté du lit de Kate, ses jambes l'avaient conduit à l'endroit où son corps voulait qu'il se trouve – le tout à l'insu de son cerveau.

Lucern l'observa dans le clair de lune, il sourit à la façon enfantine qu'elle avait de dormir. Kate était couchée sur le flanc, en position fœtale, les mains coincées sous le menton. Puis ses yeux glissèrent du visage de Kate vers son corps. La nuit était douce et la climatisation semblait être moins efficace dans les pièces de l'étage que dans celle du rez-de-chaussée. Kate avait repoussé les draps ; elle portait une fine nuisette en coton qui s'était enroulée autour de ses cuisses. Le regard de Lucern évolua le long de ses jambes graciles et repliées. Il parvint à se retenir de faire doucement courir ses doigts sur la blancheur nacrée de la peau dénudée, mais imagina parfaitement ce qu'il aurait ressenti en le faisant ; une douce caresse tiède.

Un soupir léger comme une plume quitta les lèvres de Kate, qui se tourna sur le dos dans son sommeil. Une de ses mains glissa lentement sur sa poitrine pour venir reposer contre le matelas. Les yeux de Lucern suivirent le parcours de la main, avant de remonter en sens inverse pour finalement s'arrêter au niveau du col de la nuisette. Des boutons couraient jusqu'à sa taille. Les deux premiers étaient défaits et le troisième sur le point de quitter sa boutonnière, laissant une large portion de peau apparente.

Le regard de Lucern se riva au niveau de la naissance des seins de Kate, d'une blancheur laiteuse et il les observa se soulever puis redescendre au rythme de sa respiration. Monter, redescendre. Il imagina ôter le troisième bouton pour dévoiler plus de peau, puis le suivant et encore un autre pour enfin dénuder complètement cette poitrine.

Il les imaginait ronds et pleins dans le clair de lune. Galbés. Il savait qu'il ne pourrait résister à les toucher, les caresser, prendre un téton dans sa bouche pour le faire durcir et suçoter sa douceur.

Kate se cambra dans son lit et laissa échapper un gémissement du fond de sa gorge. Son parfum était plus fort encore à cet endroit, il se mélangeait à l'odeur de son savon, de son shampooing et à ses propres effluves. Le résultat était enivrant. Il le sentait sur ses lèvres. À l'exception de la sensation de toucher, l'illusion était parfaite : il suçotait, léchait, se frayait un chemin avec sa langue d'un sein à l'autre.

Lucern ferma les yeux pour laisser plus de place à son imagination. Il pouvait presque sentir la chaleur de sa peau entre ses lèvres. En pensées, il laissa ses mains glisser le long de la nuisette, passer en dessous pour caresser doucement l'extérieur de ses cuisses. Il la sentit tressaillir sous ses doigts, bouger frénétiquement les jambes tout en laissant échapper un nouveau gémissement. Elle se cambra davantage, offerte, indiquant qu'elle avait envie de lui, lui demandant de la satisfaire, de la rendre entière pour juguler le feu qu'il avait allumé.

Lucern s'exécuta avec plaisir. Il autorisa ses mains imaginaires à évoluer sur ses jambes, à remonter le léger tissu de la nuisette puis à écarter doucement les douces cuisses pour lécher la veine qui se trouvait là. Il s'imaginait la toucher, la caresser, embrasser sa chair luisante avant de pénétrer son corps chaud et accueillant. Il la sentait presque se contracter autour de lui, haletant et gémissant dans son oreille, son souffle léger contre sa peau et ses ongles lui griffant les épaules et le dos.

Kate aurait gémi de plaisir à mesure qu'il accentuerait ses va-et-vient, puis elle se serait mise à trembler et frissonner sous lui, ses muscles internes se serrant et se desserrant.

—*Lucern.*

En entendant son nom franchir les lèvres de Kate, il ouvrit les yeux et baissa le regard pour découvrir le visage de la jeune femme ; le portrait même de l'extase dans son sommeil. Elle avait le souffle court, elle transpirait et ondulait sur les draps. Elle avait les mains crispées de chaque côté de la tête à maltraiter l'oreiller tandis qu'elle se contorsionnait de plaisir. Ce n'est qu'en apercevant ce spectacle que Lucern comprit que, même si l'esprit de Kate lui était inaccessible quand elle était éveillée, il lui était aussi ouvert que celui de n'importe qui pendant qu'elle dormait. Elle venait de ressentir tout ce qu'il avait imaginé, l'avait reçu directement de l'esprit de Lucern comme si tout s'était réellement produit.

Cette révélation était presque douloureuse. Il pouvait l'avoir s'il le souhaitait. Elle l'accueillerait volontiers. Lucern respirait fort sous le coup de l'envie, le désir pulsait en lui, il souffrait de ne pouvoir s'introduire en elle. À cet instant, il aurait voulu planter ses crocs dans le cou de Kate et satisfaire à la fois sa soif de sang et son appétit sexuel. Il savait que ce serait l'expérience la plus fantastique de toute sa vie. Mais il ne pouvait pas. S'il la prenait maintenant, Kate ne l'accueillerait que parce qu'il projetait en elle son propre désir.

Il secoua la tête pour forcer les images érotiques qui s'y dessinaient à disparaître, puis il s'éloigna du lit en chancelant et sortit de la chambre. Il ne s'arrêta pas, mais continua à tituber comme un alcoolique dans le couloir jusqu'à atteindre l'escalier. Kate occupait toutes ses pensées. Il fallait qu'il s'en aille. Il était submergé par le désir de la prendre.

Il quitta la maison en claquant la porte et monta dans sa voiture. Il n'avait aucun plan en tête lorsqu'il démarra le moteur, mais il fallait simplement qu'il s'éloigne de Kate et de la tentation qu'elle représentait. Il se retrouva à conduire pendant quasiment une heure avant de finir dans l'allée devant chez Bastien. La maison de son frère était plongée dans le noir et dans le silence. Lucern pouvait sentir que personne ne s'y trouvait. Il était sur le point de faire marche arrière quand la camionnette de Bastien s'immobilisa à côté de lui.

Lucern sortit de sa voiture, soulagé, et alla trouver son frère devant les véhicules où il lui fit part de ses problèmes avec Kate. Ça lui prit un assez long moment pour en terminer avec son histoire. Il n'épargna aucun détail à son jeune frère.

Lorsqu'il eut terminé, Bastien demanda simplement :

— Que comptes-tu faire ?

Lucern garda le silence pendant quelques instants. Vider son sac ne l'avait pas éclairé pour autant. La confusion l'habitait toujours. Il détestait la confusion. Il détestait toute forme de bouleversement susceptible de surgir dans sa vie. La réponse était relativement évidente : se débarrasser de cette confusion.

— Je vais faire en sorte qu'elle prenne un avion demain, décida-t-il.

Voilà. Parler avec son frère l'avait finalement éclairé.

Kate bâilla et s'étira dans son lit ; un sourire courait sur ses lèvres. Elle n'avait pas dormi de la sorte depuis des années. Et elle ne s'était jamais réveillée en se sentant aussi bien. Elle était parfaitement détendue, comme assouvie.

Clignant des yeux de surprise, elle se rendit compte que c'était bien le cas – elle se sentait assouvie. Son corps était un corps heureux, échauffé et prêt à répondre favorablement à toutes ses demandes.

Elle se leva et se dirigea vers la douche. Ce ne fut qu'une fois sous le jet à fredonner tout en se savonnant qu'elle se souvint de son rêve. Ses mains ralentirent leurs mouvements et ses pupilles se dilatèrent à mesure que les images lui revenaient en mémoire : Lucern la caressant, lui suçotant les seins, la pénétrant.

Un picotement lui fit baisser les yeux sur ses seins et elle laissa retomber ses mains avec embarras en constatant qu'elle s'était inconsciemment mise à les caresser. Ses tétons étaient durs et dressés. Pire encore, elle sentait que son entrejambe devenait humide, ce qui n'était en rien dû à l'eau qui lui ruisselait dans le dos. Se replaçant sous le jet, elle posa les paumes contre le mur de la douche sous le pommeau et laissa l'eau couler sur son corps. Mais le souvenir du rêve refusait de s'estomper, c'était le rêve le plus réel qu'elle se rappelait avoir fait.

Pendant quelques instants, Kate craignit même que ce ne fût pas un rêve, que cela se soit réellement produit et qu'elle ne prenait les événements pour un rêve que parce qu'elle avait somnolé. Mais elle secoua la tête à cette pensée saugrenue. Si de telles choses avaient vraiment eu lieu, elle aurait réclamé qu'il l'embrasse, ce qu'il n'avait pas fait une seule fois. Elle l'aurait empoigné par les cheveux pour le tirer à sa bouche si nécessaire, mais il aurait fini par l'embrasser. Elle adorait qu'on l'embrasse.

Non, rien de tout cela ne s'était produit, pensa-t-elle en ricanant à mesure que le soulagement la gagnait. Ça n'avait rien été d'autre qu'un rêve merveilleusement sexy. Un rêve humide.

Riant intérieurement, Kate finit de se laver et sortit de la douche pour se sécher. Rêve ou pas, elle se sentait extrêmement bien. Elle éprouvait même une espèce de reconnaissance à l'égard de son hôte pour le plaisir qu'il lui avait procuré. Peu importait qu'il n'y soit pour rien, il avait tenu le premier rôle du rêve, un rêve qui lui avait offert un immense plaisir. Ouais. C'était un type bien.

Avec un large sourire sur les lèvres, Kate s'habilla, se brossa les cheveux, puis elle sortit de sa chambre et se rendit dans la cuisine en trottinant. Elle allait préparer le petit déjeuner pour Lucern. Un petit déjeuner copieux. Elle lui annoncerait ensuite qu'elle avait renoncé à l'idée de le voir participer à une tournée de dédicace. Peut-être serait-il alors si soulagé qu'il accepterait de donner une ou deux interviews.

Elle mit les petits plats dans les grands : un steak plus que saignant, des œufs au plat, des galettes de pommes de terre, du pain grillé et du café. Puis elle se trouva face à un dilemme. Que faire ? Lucern ne donnait aucun signe de vie, mais tout était prêt. Devait-elle aller frapper à sa porte au risque de l'énerver ? Cela ne jouerait certainement pas en sa faveur. Devait-elle emporter le petit déjeuner sur un plateau et le lui servir au lit ? Voilà qui avait tout de la fausse bonne idée. Après son rêve de la nuit dernière, elle aimait autant rester à l'écart des lits en compagnie de Lucern – autrement, elle risquait de lui sauter dessus en espérant que la réalité puisse être à la hauteur de son imagination.

Soupirant, Kate contempla la table qu'elle avait dressée puis elle jeta un coup d'œil au four dans lequel elle avait placé le petit déjeuner pour qu'il reste chaud. Les différents éléments pourraient y rester quelques minutes, mais pas plus. Elle entreprit de ranger le bazar qu'elle avait mis dans la cuisine de Lucern, et, s'il n'était toujours pas levé quand elle aurait fini, elle braverait sa mauvaise humeur et irait le réveiller.

Remarquant une radio sur le plan de travail, elle l'alluma et se mit au travail, dansant au son d'une station rock.

Lucern fut tiré du sommeil par le hurlement strident d'un animal mourant. C'est du moins à quoi cela ressemblait. Il se mit brusquement en position assise lorsque le son le réveilla puis il resta immobile et tendit l'oreille aux bruits de la maison.

Quelqu'un s'agitait dans la cuisine et il percevait les notes aiguës de la musique qui résonnait en bas. Mais le cri qui l'avait réveillé n'avait rien à voir avec ces sons. Avait-ce été un hurlement de douleur de Kate ? se demanda-t-il, soudain tendu. S'était-elle fait attaquer par un forcené qui s'en prenait maintenant à sa cuisine ?

— Roooooooo-xanne !

Lucern écarquilla des yeux horrifiés en entendant retentir de nouveau la voix stridente qui lui vrilla les nerfs comme une craie qui crisse contre un tableau noir. Nom de Dieu, c'était Kate qui essayait de chanter.

Il se laissa retomber sur son lit en lâchant un grognement d'indignation, soudain rattrapé par la fatigue. Il ne s'était pas endormi avant l'aube. Il n'était absolument pas disposé à se lever maintenant.

— Roxanne ! résonna de nouveau la voix de crécelle.

Visiblement, Kate, elle, était disposée à ce qu'il se lève.

Marmonnant dans sa barbe, Lucern sortit de son lit et se dirigea vers la douche d'un pas chancelant. Là, il essaya de se débarrasser du sommeil et de sa mauvaise humeur. Il ne cessa pas de se répéter qu'il en aurait fini avec elle aujourd'hui et qu'il pourrait se recoucher après. Mais rien n'y fit. Il était d'humeur incroyablement bougonne quand il descendit l'escalier en titubant.

Kate entendit Lucern dans les marches et arrêta aussitôt de chanter. Elle virevolta vers la cuisinière, s'empara de maniques, ouvrit rapidement la porte du four et entreprit d'en sortir le petit déjeuner. Elle venait de placer l'assiette de galettes de pommes de terre sur la table quand il entra dans la cuisine.

— Bonjour, chantonna-t-elle joyeusement.

Lucern grimaça et grogna, puis son regard se posa sur la table et son expression revêche fut en partie remplacée par de la surprise.

— C'est vous qui avez préparé tout ça ?

— Oui, souffla Kate.

Elle laissa échapper un soupir de soulagement. Il n'allait pas être trop dur avec elle pour l'avoir réveillé. Juste un peu.

— Asseyez-vous et mangez avant que ça refroidisse.

Il s'assit et passa en revue les offrandes, puis il se servit. Kate leur versa à tous deux une tasse de café avant d'accompagner Lucern. Elle le laissa manger en paix, décidant qu'elle aborderait le sujet des interviews une fois qu'il serait repu et satisfait.

Mais, à sa grande surprise, elle n'eut même pas à s'en donner la peine.

Lorsque Lucern eut fini son repas et repoussé son assiette, Kate se leva et s'empara du café pour remplir leurs tasses de nouveau. Elle reposait la cafetière en réfléchissant à ce qu'elle allait lui dire quand Lucern déclara tout de go :

— Un seul.

Kate se retourna vers la table, confuse :

— Un seul ?

Lucern opina.

— Puisqu'il n'y a pas d'autre moyen pour se débarrasser de vous, Kate C. Leever, je suis d'accord pour participer à un événement de promotion.

— Vraiment ?

Elle essayait de contenir l'espoir qui bondissait dans sa poitrine. Elle attendait de savoir ce que cela cachait.

— Oui. Mais voici le marché : je participe à un événement et un seul. Après quoi vous me laissez tranquille.

— D'accord.

Lucern lui lança un regard suspicieux.

— Vous ne m'appellerez ni ne me harcèlerez plus ? Plus de lettres en express ? Plus de camping devant chez moi ?

— Non, je vous le promets, dit Kate solennellement.

— Très bien, soupira-t-il. Un événement. Et de préférence celui du *R.T.*, ou je ne sais quoi, dont ma mère m'a parlé.

Les yeux de Kate jaillirent presque de leurs orbites.

— Celui du *R.T.* ?

— Oui. Cela suffira-t-il à satisfaire vos supérieurs ?

— Oh, que oui ! souffla Kate, parvenant difficilement à croire en sa chance.

Elle avait parlé de la convention à Marguerite pendant le mariage et reconnu qu'elle aimerait convaincre Lucern d'y participer, mais elle n'aurait jamais cru qu'il puisse accepter. Visiblement, sa mère avait pris les choses en main. Kate décida qu'elle aimait Marguerite Argeneau. Marguerite était une femme formidable.

— Très bien. Vous pouvez donc l'organiser. Je ferai cette interview pour le *R.T.* Maintenant, quand est-ce que vous allez me laisser en paix ?

Kate jeta un coup d'œil à l'horloge de la cuisine. Il était presque midi. Elle avait appelé plus tôt et appris qu'il y avait des vols à 13 heures, 15 heures et 17 heures. Elle s'était dit qu'elle prendrait un des deux derniers, ce qu'elle pouvait toujours faire si elle souhaitait passer plus de temps avec lui. Mais alors ses mots provoquèrent un déclic. « *Très bien. Je ferai cette interview pour le* R.T. » Le magazine n'avait encore demandé aucune interview. Le seul événement du

R.T., c'était la convention. Sa mère l'avait-elle fourvoyé ? Délibérément ?

— Euh… Luc, qu'est-ce que vous a dit exactement votre mère à propos du *R.T.* ?

Il haussa les épaules.

— Elle a dit : « Je te suggère de lui dire que tu feras le *R.T.* » Elle pensait que ce serait certainement la meilleure solution pour nous deux.

— Et c'est tout ce qu'elle a dit ? demanda prudemment Kate.

Lucern acquiesça avant d'ajouter :

— Oh, elle a dit aussi que c'était un magazine.

Kate réfléchit à ce qu'il venait de lui apprendre. Marguerite avait clairement trompé son fils. Et, la seule explication qu'elle voyait, c'était que Marguerite avait voulu lui rendre service à elle. Kate éprouva une pointe de remords.

Quelques instants plus tard, elle décida de ne pas s'en faire. Marguerite ne ferait rien qui puisse nuire à son fils. Elle pensait certainement qu'il devait y aller et que ce serait bon pour lui. Kate n'avait aucune intention d'interférer. Il avait dit qu'il participerait à « l'événement » du *R.T.* et elle n'irait pas chercher plus loin.

Elle allait également ficher le camp de chez lui avant qu'il comprenne qu'il s'agissait d'une convention, et pas d'une interview, et qu'il essaie de se rétracter.

— Oh ! Je ne m'étais pas rendu compte qu'il était si tard, dit-elle, les yeux posés sur sa montre et feignant la surprise.

Puis elle sourit gentiment à Lucern.

— Vous m'avez demandé quand j'allais vous laisser en paix. Eh bien, il y a un vol à 13 heures que je peux attraper si je me dépêche.

Sur ces mots, elle fit volte-face et sortit de la cuisine en trombe.

Lucern contemplait bouche bée la porte à battants. Il voulait la voir partir, mais son empressement à s'exécuter était quelque peu désarçonnant. Il inclina la tête et grimaça en direction du plafond quand un fracas de coups et de chocs se mit à résonner à l'étage. Elle était apparemment en train de courir dans tous les sens. C'était comme si elle n'avait d'autre envie que celle de quitter la maison au plus vite. Il lui sembla également que ses bagages avaient dû être quasiment prêts car il ne s'écoula que peu de temps avant qu'il l'entende traverser le couloir à toute allure.

Il sortit de la cuisine juste à temps pour la voir débouler de l'escalier. Un Klaxon retentit devant la maison à l'instant même ou elle franchissait la dernière marche.

— Oh !

Kate se retourna vers la cuisine, puis elle s'immobilisa. Affichant un sourire de soulagement en apercevant Lucern, elle lança :

— Vous êtes là ! Tant mieux ! Mon taxi est arrivé et je ne voulais pas partir sans vous avoir dit au revoir.

— Votre taxi ? répéta Lucern, incrédule.

— Oui. Je l'ai appelé dans ma chambre pendant que je faisais mes bagages. Ils sont vraiment rapides par ici, hein ?

Voyant que Lucern se contentait de la regarder, inexpressif, elle hésita. Finalement, soulevant sa valise, elle ajouta :

— Bon. Merci pour tout. Je sais que vous ne m'attendiez pas, mais ç'a été un séjour plutôt agréable, en définitive. Et j'apprécie vraiment... Oh, mince ! marmonna-t-elle lorsque le taxi klaxonna de nouveau.

— Attendez ! lança Lucern tandis que son agent, qui s'était retournée, ouvrait la porte d'entrée.

Kate hésita, puis elle indiqua d'un geste au taxi qu'elle arrivait avant de faire volte-face. Lucern n'avait rien de particulier à dire, il était simplement peu enthousiaste de la voir partir. Après s'être creusé la tête pour trouver quelque chose – n'importe quoi – à dire, il déclara finalement :

— À propos de l'interview, quand allez-vous l'organiser ? Vous voulez peut-être mon numéro de téléphone pour me prévenir une fois que tout sera arrangé ? Et mon adresse e-mail, également ? ajouta-t-il, soudain frappé par l'idée.

— Euh…, grimaça-t-elle avant d'admettre : Votre mère m'a donné les deux, votre adresse e-mail et votre numéro de téléphone.

— Elle a fait ça ?

Il fut surpris, tout en sachant qu'il n'aurait pas dû l'être. Pas avec une mère qui se mêle de tout.

— Oui.

Kate se faufila un peu plus hors de la maison. Elle affichait une expression fascinante : elle paraissait prise entre deux feux. Comme si elle savait qu'elle devait lui dire quelque chose, mais qu'elle n'en avait pas vraiment envie. L'étonnement de Lucern monta d'un cran supplémentaire lorsque Kate fit un nouveau pas en crabe en lâchant :

— Ce n'est pas une interview que veut le *R.T.*

— Ah bon ?

— Non. L'événement organisé par le *R.T.* et dont votre mère vous a parlé, c'est une convention.

Elle eut l'air chagrinée. Puis, tandis que Lucern essayait d'assimiler l'information, elle ajouta :

— Mais ne vous inquiétez pas. Vous n'aurez pas à le regretter. Je serai avec vous et m'occuperai de tout, tout le temps.

Elle continua sa marche en crabe et avait presque franchi la porte lorsqu'elle ajouta en balbutiant :

— Je vous enverrai toutes les informations, ainsi que vos billets d'avion et je viendrai vous chercher à l'aéroport et tout. Vous n'avez vraiment pas à vous en faire ! (Le taxi choisit cet instant pour donner un troisième coup de Klaxon impatient.) Faut que j'y aille ! lança Kate avant de refermer la porte d'un coup sec.

Le claquement se répercuta dans toute la maison, suivi par le bruit de ses pas rapides sur les marches du perron. Puis le silence s'installa.

Lucern resta paralysé d'horreur. C'était comme s'il venait de se faire transpercer d'un coup de hallebarde. Une convention ? Sa mère ne lui avait jamais parlé d'une convention. Elle lui avait dit que le *Romantic Times* était un magazine. Un club du livre. Des gens qui voudraient une interview. Kate devait faire erreur. Bon Dieu, pourvu qu'elle fasse erreur.

Il se précipita vers la porte et regarda à travers la vitre teintée pour voir le taxi s'éloigner. Il l'observa.

Il resta planté là pendant quelques instants, les mots de Kate tournoyant dans sa tête, puis il fit volte-face et gravit l'escalier. Le *R.T.* Elle faisait certainement erreur. Il allait faire une recherche sur le *Romantic Times* sur Internet pour s'assurer qu'elle se trompait effectivement.

À peine trois minutes plus tard, le hurlement de Lucern résonna dans toute la maison.

Chapitre 7

— Je n'irai pas, annonça Lucern, la fureur perceptible en filigrane sous sa déclaration calme.

— Si, tu iras.

Marguerite inscrivit un nouveau mot sur sa grille de mots croisés quotidienne. Elle n'avait pas daigné la mettre de côté depuis que Lucern était arrivé.

Marguerite détestait le bruit et l'odeur de la ville. Le père de Lucern, Jean-Claude, avait partagé le même point de vue. De plus, vivre en ville impliquait devoir déménager tous les dix ans pour éviter d'attirer une attention non désirée sur le fait qu'ils ne vieillissaient pas. Les parents de Lucern s'étaient affranchis de ces complications en acquérant plusieurs lopins de terre, à environ une heure de Toronto, sur lesquels ils avaient construit leur maison. Ainsi, aucun voisin à proximité duquel s'inquiéter et aucun besoin de déménager s'ils souhaitaient rester sur place. Du moins, ils n'avaient pas été contraints de le faire depuis la construction de la maison, trente ans auparavant.

Lucern se trouvait en ce moment dans la demeure familiale, où il observa sa mère compléter un nouveau mot. Il ne comprenait pas pourquoi elle s'embarrassait encore avec ces foutus mots croisés ; des siècles d'existence combinés à une excellente mémoire les rendaient tout sauf difficiles. Il haussa les épaules et lança un regard noir à sa mère en répétant.

— Je n'irai pas.
— Tu iras.
— Non.
— Si.
— Non.
— Si.
— C'est bon, tous les deux. Arrêtez, intervint Bastien.

Il avait accouru à la maison des Argeneau après que Lucern l'avait appelé, divaguant de façon inintelligible, disant qu'on l'avait piégé et hurlant qu'il allait tordre le précieux cou de leur mère. Bastien n'avait pas cru que son frère mettrait sa menace à exécution, mais la curiosité l'avait poussé à se précipiter à la demeure pour voir comment les choses allaient évoluer. Il était arrivé juste après Lucern, était entré dans la demeure sur les talons de son frère et ne savait toujours pas pourquoi ce dernier était hors de lui.

Il brûlait de savoir. C'était assez rare de voir Lucern avec de telles flammes dans le regard. Grincheux, revêche, impatient ? Oui, Luc l'était souvent. Emporté par une rage passionnée ? Non. Kate C. Leever avait réveillé en lui un feu tel que Bastien n'en avait jamais vu en cinq cents ans d'existence. Et Bastien était persuadé qu'il était à présent question de l'inestimable agent. Luc avait hurlé son nom comme s'il s'agissait d'une insulte plusieurs fois tandis qu'il tempêtait au téléphone. C'était d'ailleurs un des rares mots que Bastien était parvenu à identifier.

Se tournant vers son frère, il demanda :

— Bon, Luc, quel est le problème, exactement ? J'avais cru comprendre que tu étais prêt à accepter une interview pour le *Romantic Weekly* afin de te débarrasser de Kate. Comment se fait-il que tu aies changé d'avis ?

— C'est le *Romantic Times*, le corrigea sèchement Luc. Et ce n'est pas d'une foutue interview dont il est question, voilà ce qui a changé. C'est une putain de convention !

— Une convention ? reprit Bastien en glissant un regard suspicieux en direction de sa mère. Est-ce que tu le savais ?

Marguerite Argeneau haussa vaguement les épaules, ce qui revenait à un aveu complet pour elle.

— Je ne vois pas où est le problème. Il est simplement question de passer quelques jours dans un hôtel en compagnie de lecteurs.

— Cinq jours, maman, éructa Lucern. Cinq jours dans un hôtel au milieu de cinq mille fans. Sans parler des bals, des séances de dédicace, des…

— La séance de dédicace, l'interrompit sa mère. Une seule séance de dédicace parmi plusieurs centaines d'autres écrivains. Tu ne seras pas sous le feu des projecteurs. Tu pourras même t'estimer heureux si quelqu'un s'intéresse à toi.

Il en fallait plus pour apaiser Lucern.

— Et les bals, les soirées de remise de prix, les…

— Le tout se passera à l'hôtel. Tu n'auras pas à affronter le soleil. Et…

— Je n'aurai pas à affronter le soleil parce que je n'irai pas, gronda Lucern. Je ne peux pas y aller.

— Tu iras…, commença fermement Marguerite, mais Bastien lui coupa la parole.

— Et pourquoi est-ce que tu ne peux pas y aller ?

— Cela se déroule aux États-Unis, déclara gravement son frère. Je ne pourrai jamais passer les douanes à l'aéroport avec du sang. Et je ne peux certainement pas partir pour cinq jours sans emporter de sang.

Il aurait pu, en réalité, mais la situation n'aurait rien eu de confortable. Il aurait été perclus de crampes et son corps aurait commencé à s'autodigérer.

Bastien fronça les sourcils.

— Je pourrais te faire parvenir du sang, une fois que tu seras là-bas. Ce ne sera pas la première fois que l'on fait une chose pareille.

— Tiens. Tu vois ! croassa leur mère, triomphante. Tu y vas.

— Merci, frangin, dit Lucern à son jeune frère dans un sourire de mépris avant de lancer un regard assassin à sa mère. Je n'irai pas ! répéta-t-il.

— Tu as donné ta parole.

— On m'a piégé quand je l'ai donnée. Tu m'as fait croire qu'il s'agissait d'une interview.

— Je n'ai jamais parlé d'interview, répliqua Marguerite. Tu t'es engagé à y aller, donc tu y vas, insista-t-elle.

— J'ai peut-être donné ma parole, mais je n'ai pas signé de contrat ni rien. Je n'irai pas.

Marguerite se leva d'un bond comme s'il l'avait giflée. Puis elle assena lentement et froidement :

— Depuis toujours, la parole d'un homme est ce qui le lie.

Lucern recula, mais il grogna :

— Depuis toujours, mais les temps ont changé. Dans le monde d'aujourd'hui, tant que rien n'est couché sur papier, personne n'est véritablement tenu de faire ce qu'il a dit.

— C'est vrai pour cette époque, reconnut-elle en plissant les yeux qu'elle avait posés sur lui. Mais ce n'est pas de cette façon que tu as été éduqué, Lucern Argeneau. N'es-tu plus un homme de parole ?

Lucern serra les dents sous le coup de sa fureur, que venait renforcer son impuissance. Sa mère avait sorti l'artillerie lourde, remettant en cause son honneur et l'appelant par son nom complet pour lui montrer la honte qu'elle éprouvait de le voir ne serait-ce qu'envisager de ne pas respecter sa parole. Pouvait-il vraiment la décevoir ?

Kate se rongeait l'ongle du pouce en faisant les cent pas dans le hall des arrivées. Son avion avait atterri en avance et celui de Lucern Argeneau avait du retard, ce qui faisait qu'elle l'attendait depuis près de deux heures. D'autant qu'elle ne savait même pas si Lucern avait bien embarqué.

Elle lui avait envoyé ses billets accompagnés de toutes les informations relatives à la convention du *Romantic Times* le lendemain de son départ de Toronto. Elle n'avait depuis reçu aucune lettre lui indiquant que Lucern ne viendrait pas, mais elle n'avait pas non plus reçu de confirmation de sa venue. D'après elle, il pouvait parfaitement ne pas avoir ouvert son courrier. Comme d'habitude. Elle aurait pu l'appeler – elle avait son numéro –, mais elle avait soudain été prise d'une crise de lâcheté. Elle n'avait pas appelé de peur qu'il lui dise où elle pouvait se mettre ses billets d'avion.

Elle grogna, fit volte-face et repartit en sens inverse. Cela faisait quatre semaines et trois jours qu'elle avait quitté Toronto. Depuis, on n'avait cessé de la féliciter et de la complimenter dans les bureaux des Éditions Roundhouse. Allison avait été époustouflée que Kate réussisse là où Edwin avait échoué – léger détail qu'ils avaient oublié de lui préciser. Son poste n'avait visiblement pas été en danger, après tout, mais le fait qu'elle parvienne à convaincre Lucern de se rendre à la convention lui avait permis de grimper dans leur estime. Allison affirmait à présent que Kate était « la femme de la situation ». Elle n'avait rien à craindre pour sa place.

À moins d'une grosse boulette, ajouta-t-elle pour elle-même. Comme la non-venue de Lucern après tous les frais engagés pour l'inscrire à la convention, lui acheter des billets en première classe et réserver la suite royale à l'hôtel pour laquelle elle avait insisté. Elle avait expliqué à Allison qu'elle s'était engagée auprès de Lucern. Ce que d'une certaine façon elle avait fait ; elle lui avait promis, avant de partir de chez lui, qu'il n'aurait pas à regretter d'être venu et qu'elle serait à ses côtés tout le temps pour s'assurer que tout se passait pour le mieux.

Dans son vol de retour vers New York, elle avait réfléchi à la meilleure manière de le satisfaire, et elle avait poursuivi ses plans une fois arrivée chez elle, le soir. Elle s'était dit que si, en arrivant au bureau lundi, elle tombait sur un message de Lucern lui indiquant qu'il refusait de venir, elle pourrait toujours mettre en avant ces différentes dispositions afin de le convaincre. Au final, elle n'avait pas eu à le persuader, mais elle n'en avait pas moins respecté les plans qu'elle avait établis.

Elle serait sur ses talons près de vingt-quatre heures sur vingt-quatre, et quand elle ne pourrait y être – quand par exemple il irait aux toilettes ou qu'elle devrait y aller –, quelqu'un d'autre prendrait le relais. Elle avait enrôlé Chris Keyes, un des deux agents littéraires mâles de chez Roundhouse, pour l'assister dans son entreprise.

Elle s'était préparée à le supplier, le soudoyer ou même le faire chanter pour qu'il l'aide mais, au final, l'agent confirmé avait accepté sans faire d'histoires. Bien que Chris doive accompagner un grand nombre de ses écrivains qui participaient à la convention, il lui avait aussitôt offert de l'aider.

Kate supposait que le fait de disposer de sa propre chambre dans une suite royale, plutôt que de devoir partager une simple chambre avec Tom, le vice-président en charge de la publicité, n'était pas étranger à sa décision. Mais C.K., comme elle l'appelait parfois, était aussi un grand admirateur des romans de Lucern. Il lui avait posé des tonnes de questions sur son auteur à son retour de Toronto, mais elle s'était contentée de lui répondre :

— Tu vas bientôt le rencontrer. Patiente un peu.

Elle avait eu terriblement peur qu'en lui disant la vérité, il refuse de lui venir en aide.

Une augmentation du volume sonore ambiant tira Kate de ses pensées et elle aperçut une masse de passagers qui traversaient le hall. L'avion était enfin arrivé et elle n'allait plus tarder à savoir si Lucern avait embarqué. Elle pria pour que sa mère l'y ait contraint à force de harcèlement, mais elle n'était même pas certaine que cette formidable femme y soit parvenue.

Les poings serrés contre ses flancs, Kate examina les visages de la foule qui approchait. La convention débuterait officiellement mercredi, mais elle avait réservé un vol pour Lucern ce mardi soir afin qu'il n'utilise pas son allergie au soleil comme prétexte pour ne pas venir. Elle avait pris l'avion en compagnie de Chris plus tôt dans la journée pour accueillir l'auteur quand il atterrirait. Leurs vols devaient arriver avec une heure d'intervalle, ce qui ne laissait pas à Kate assez de temps pour se présenter à l'hôtel avant de venir retrouver Lucern. Mais Chris avait gentiment proposé de s'occuper de leurs bagages et de récupérer les clés de la suite pendant que Kate attendrait le vol de son auteur.

Cela dit, si elle avait su que l'avion de Lucern aurait tant de retard, elle aurait certainement accompagné Chris, puis se serait arrêtée boire un coup, ou deux, ou trois, avant de revenir à l'aéroport. Elle était tellement tendue à propos de la convention qu'elle en avait des aigreurs d'estomac. Peut-être même développait-elle un ulcère ? Elle avait entendu dire que c'était une affection courante dans le monde de l'édition.

Les pensées de Kate se tarirent brusquement lorsque son regard se posa sur un homme au fond de la foule. Elle aurait reconnu entre mille cette carrure musculeuse et ce port de tête royal. *Lucern.* Il fonçait sur elle, et ses longues jambes le firent rapidement remonter au niveau des premiers passagers débarqués.

— Merci, Marguerite, chuchota-t-elle, ne s'inquiétant même pas du fait qu'il avait l'air plus revêche que jamais.

Elle n'en espérait pas moins de sa part. Il était là et c'était tout ce qui importait. Un sourire de soulagement lui étirait les lèvres lorsqu'elle s'approcha pour l'accueillir.

— Vous êtes venu.

Elle n'avait pas eu l'intention de dire cela, pas plus que de laisser transparaître son soulagement, mais ce fut plus fort qu'elle.

Lucern se renfrogna.

— J'avais dit que je viendrais. Je n'ai qu'une parole.

Le sourire de Kate s'élargit encore. Elle posa les yeux sur la valise, le sac de voyage, la serviette et l'ordinateur portable qui l'accompagnaient.

— Laissez-moi vous aider.

Elle lui prit la serviette et l'ordinateur des mains avant qu'il puisse l'en empêcher. Il parut ne pas apprécier le geste.

— Je peux parfaitement porter mes affaires seul, je vous remercie, dit-il.

Il avait parlé d'un ton sévère et essayé de lui reprendre les bagages. Kate ne prêta aucune attention à son geste mais fit simplement volte-face pour ouvrir la voie vers la sortie tout en jacassant d'une voix volontairement enjouée :

— Chris nous a précédés à l'hôtel pour récupérer les clés, nous n'avons donc plus qu'à nous y rendre et défaire nos bagages. J'ai fait en sorte de vous prendre un vol ce soir car je me suis rappelé que vous étiez allergique au soleil. Le mieux que j'ai trouvé, c'était de vous faire partir en fin d'après-midi pour que vous arriviez en début de soirée, car je me suis dit qu'il était préférable de vous éviter de voyager de jour. Ce qui semble avoir été une bonne option, puisque maintenant nous avons toute la nuit pour nous reposer avant que les gens débarquent demain.

Lucern contemplait le dos de Kate d'un air renfrogné – ou plutôt son derrière en forme de cœur, pour être honnête – mais, à ses mots, il planta ses yeux dans la nuque de Kate et grimaça. Il s'était demandé pourquoi elle lui faisait prendre l'avion le soir qui précédait le début de la convention, mais avait supposé que c'était ce que tout le monde faisait. Maintenant, il savait qu'elle l'avait fait parce qu'elle s'inquiétait pour lui. Ou, plus vraisemblablement, parce qu'elle s'inquiétait qu'il refuse de voler en plein jour à cause de son « allergie ». Quelle plaie ! À présent, il était obligé de se montrer reconnaissant.

— Nous y voilà.

Lucern était en train de se demander s'il devait souligner la bienveillance de Kate à le faire voler de nuit, mais il abandonna l'idée en apercevant la voiture à côté de laquelle elle s'était immobilisée. C'était une berline noire, une petite limousine. Elle tendit le portable et la serviette au chauffeur en lui souriant avant de se retourner vers Lucern et d'essayer de lui prendre son sac de voyage en attendant que le conducteur place les bagages dans le coffre. Lucern fronça les sourcils et évita les mains de Kate. Il s'approcha du coffre et y mit lui-même ses affaires. Cette idiote essayait de l'aider, mais Lucern était habitué à ce que les choses se fassent dans l'autre sens. À l'époque où il avait grandi et acquis ses manières, c'était lui qui était censé l'aider, elle, à porter son fardeau, et non le contraire.

Le chauffeur referma le coffre et se dirigea vers la portière arrière à côté de laquelle se tenait Kate. Visiblement, elle n'appréciait pas la galanterie de Lucern, qui avait consisté à refuser qu'elle l'aide. Ce qui était tout aussi exaspérant aux yeux de Lucern. Il faudrait que quelqu'un explique à cette idiote que les hommes se voyaient octroyer la force physique afin de porter les poids de la vie. Tandis que les femmes étaient dotées de beauté afin de satisfaire les hommes. Décidant de ne lui prêter aucune attention, il la suivit sur la banquette arrière lorsque le chauffeur leur ouvrit la portière, puis il afficha une expression digne qui signifiait « tu n'existes pas à mes yeux » en regardant droit devant lui.

À l'instant même où la portière fut refermée, un nuage de parfum terriblement tentant l'enveloppa. Il ne savait pas ce qu'elle portait, mais il aurait fallu l'accompagner d'un avertissement du genre : « Entêtant et susceptible d'engendrer un état de confusion chez ceux qui le respirent. » Lui-même souffrait précisément de confusion en ce moment même.

L'agacement s'empara de lui. Cela faisait quatre semaines qu'il se sentait trahi. Depuis l'instant où elle avait quitté sa maison en trombe, il n'avait cessé d'alimenter cette colère. Pourtant, à présent, tandis qu'il baignait dans le parfum de Kate, sa fureur laissait la place à un sentiment bien différent, mais tout aussi violent.

Les hommes étaient victimes d'un terrible handicap, décida-t-il, dégoûté de sentir que son désir sexuel surpassait sa colère. Le plus étonnant de tout, c'était qu'il lui avait fallu six cents ans pour admettre cet état de fait.

— J'ai fait tout ce que j'ai pu pour que le séjour vous soit le plus agréable possible, dit Kate, qui attira son attention. J'aimerais à présent vous exposer les arrangements que j'ai pris. Ensuite, si vous avez des suggestions, je pourrais peut-être m'en charger dès ce soir, comme ça nous serons tous prêts quand les gens arriveront demain. Qu'est-ce que vous en pensez ?

Lucern lui signifia son assentiment d'un grognement, chose qu'il regretta aussitôt lorsqu'elle extirpa un dossier de son volumineux sac à main et s'approcha de lui afin qu'il puisse la voir l'ouvrir. Il n'avait vraiment aucune envie qu'elle se rapproche. Son parfum menaçait déjà bien assez son aplomb sans que le toucher vienne s'en mêler…

Lucern inspira profondément avant de soupirer quand, en ouvrant le dossier, Kate lui frôla involontairement le bras avec le sien. Puis ses yeux se posèrent sur la première page du programme. Il fronça les sourcils.

— À en croire ce papier, la convention a débuté dimanche.

— Non, répondit Kate, avant de se reprendre. Enfin, si. Des événements étaient organisés pour ceux qui voulaient venir plus tôt, mais le commencement officiel n'aura lieu que demain.

— Hmm.

Lucern décida de garder le silence. Il aurait dû se montrer reconnaissant envers Kate pour ne pas lui avoir imposé cette saloperie de préconvention en plus.

— Donc, reprit l'agent d'un ton de nouveau résolument enthousiaste. La journée de demain commencera avec le défilé des mannequins pour couverture. Il y aura ensuite un brunch…

— Un défilé de mannequins pour couverture ? Qu'est-ce que c'est que ce truc ? l'interrompit Lucern.

Il avait consulté le programme, bien entendu – à la fois celui en ligne et celui qui figurait parmi les documents qu'elle lui avait envoyés –, mais il n'avait trouvé nulle part de description des différents événements prévus.

— Euh… en fait, je ne sais pas vraiment, admit-elle.

Elle s'éclaircit la voix, son sourire se crispa légèrement.

— Mais c'est sans importance, vous n'êtes pas obligé d'y assister.

— Vraiment ?

Il la dévisagea d'un œil suspicieux. Un événement auquel elle ne voulait pas qu'il assiste ? Voilà qui paraissait bizarre. Il s'était figuré qu'elle le traînerait à l'intégralité des manifestations, sans exception.

— Oui. Les premiers événements où vous serez officiellement présent seront le brunch de bienvenue et la remise des trophées *R.T.*

Lucern opina. Ceux-là ne lui semblaient pas si terribles. Il y aurait à manger. Même si la cérémonie de remise des prix promettait d'être ennuyeuse.

— Ensuite il y aura la réception avec les lecteurs suivie d'une séance de questions-réponses, poursuivit-elle. Allison et Chuck souhaitent que vous y participiez.

— Qui sont Allison et Chuck ?

— Allison est directrice éditoriale, c'est ma supérieure, expliqua Kate. Et Chuck est le directeur général de la maison d'édition. Ils insistent vraiment pour que vous soyez présent à cette réception.

Lucern grimaça.

— Et en quoi consiste-t-elle ?

— C'est…

Elle parut perdue pendant un moment.

— Eh bien, chaque éditeur – ou, du moins, la plupart – réserve une salle de convention dans l'hôtel pour que les auteurs et leurs agents puissent échanger avec les lecteurs qui s'y présentent.

— Vous voulez que je parle à des gens ? demanda-t-il, horrifié.

Nom de Dieu, il aurait mieux fait d'accepter la tournée de dédicace ! Cela aurait représenté moins de contraintes de simplement avoir à griffonner son nom.

— Évidemment que je veux que vous parliez à des gens, rétorqua Kate avec exaspération. Vous savez le faire. Je vous ai vu parler.

Elle retomba dans le silence et le dévisagea, l'inquiétude s'accentuant petit à petit sur ses traits. Elle se mordit la lèvre.

— Ou, peut-être, pouvez-vous vous dispenser d'y aller. Non, Allison et Chuck feraient une crise. Il faut que vous y alliez. (Elle soupira violemment.) Oh, bon sang. Ça ne va pas du tout.

— En effet, confirma Lucern en hochant la tête.

Puis il se tourna d'un bond lorsque la portière s'ouvrit soudain. Apparemment, ils étaient arrivés à destination. Sans qu'il s'en rende compte, leur voiture s'était immobilisée et le chauffeur attendait à présent qu'il en descende. Le remerciant d'un mouvement de la tête, Lucern s'extirpa du véhicule et se retourna pour prendre la main de Kate lorsqu'elle lui emboîta le pas.

— Nous allons devoir vous préparer, ce soir, déclara Kate en se redressant à côté de lui.

Lucern se raidit et lâcha sa main.

— Me préparer ?

— Oui. Vous préparer, répéta Kate.

Ils entrèrent dans l'hôtel à la suite de leurs affaires. Celles-ci se trouvaient sur un chariot pris en charge par un groom en uniforme. Le chauffeur s'était visiblement occupé de leurs bagages avant de leur ouvrir la portière.

— Je n'ai pas besoin de « préparation », reprit Lucern avec irritation alors qu'ils attendaient l'ascenseur.

— Si, Lucern. Croyez-moi.

Kate sourit gentiment au groom lorsque les portes s'ouvrirent et qu'il leur fit signe d'entrer.

— Non, insista Luc, la suivant et se collant contre elle pour faire de la place au chariot à bagages.

— On peut parler de ça plus tard ?

Kate adressa un hochement de tête impatient au groom et appuya sur le bouton correspondant à leur étage. Du moins, de l'étage que Lucern supposait être le leur. Elle lui avait dit que « Chris » les avait précédés à l'hôtel et il s'imaginait déjà devoir faire face à un autre agent littéraire. Il se demanda si Chris serait aussi pénible que Kate l'était.

Il jeta un coup d'œil en direction du groom, surpris par la volonté de Kate de remettre la discussion à plus tard. Le groom n'était rien de plus qu'un domestique, il pouvait difficilement constituer un sujet d'inquiétude. Cela dit, il n'avait pas non plus envie de se disputer.

— Non. La discussion est close. Je n'ai pas besoin que d'aucuns me préparent.

— Si, vous en avez besoin, répéta Kate. Et je vais vous expliquer pourquoi sur-le-champ.

— Il n'y a rien à expliquer.

— Oh, que si, lâcha-t-elle sèchement.

Le groom laissa échapper un léger gloussement, ce qui lui valut une œillade assassine de Lucern. Il fut un temps où les domestiques savaient rester à leur place et endosser un rôle de sourd-muet dans le cadre de pareilles disputes. Ce temps était visiblement révolu. Lucern avait tendance à oublier à quel point le monde d'aujourd'hui était devenu impoli.

Les portes de l'ascenseur s'ouvrirent et le groom leur fit remonter un long couloir jalonné d'innombrables portes, tout en poussant le chariot à bagages devant lui. Il s'arrêta au bout du couloir, sortit une carte-clé, ouvrit la porte et fit entrer le chariot.

— Dans quelle chambre dois-je mettre les bagages, madame ? demanda-t-il en s'immobilisant au milieu d'une vaste pièce aménagée en salon.

Sa question arracha une nouvelle grimace à Lucern. C'était lui l'homme, c'était donc à lui que le groom aurait dû adresser sa question.

— Je ne sais pas. Laissez-les ici. Nous nous débrouillerons, merci.

Kate échangea la carte-clé qu'il lui tendait contre un pourboire, ce qui força Lucern à grimacer de nouveau, mais pour lui-même cette fois-ci. C'était lui l'homme, c'était donc à lui de verser un pourboire au garçon d'étage. Il aurait dû être plus vigilant. Sa seule excuse résidait dans le fait que la journée avait été longue. Son vol était prévu pour

15 heures, mais il avait dû se rendre à l'aéroport à 13 heures pour franchir les différents points de contrôle. Il portait alors un costume, des lunettes de soleil et un chapeau, s'était couvert d'écran total, mais bien sûr la lumière du soleil l'avait quand même affecté. Son corps avait subi des dommages que son sang s'employait déjà à réparer. Il se sentait vidé et avait besoin de se nourrir – un état qu'il commençait à associer à Kate Leever.

Le cliquetis de la porte qui se refermait attira son attention sur Kate, et Lucern reprit aussitôt leur dispute là où ils l'avaient laissée.

— Je n'ai besoin d'aucune préparation.

— Lucern, commença son agent d'une voix lasse avant de perdre soudain son calme et de poursuivre gravement. Écoutez, vous portez le nom d'une marque de produits laitiers, on dirait que vous avez dévalisé la penderie d'Angel et vous parlez comme une pâle imitation de Béla Lugosi. Vous avez besoin d'être préparé.

— Waouh, Kate !

Lucern se retourna pour apercevoir un grand blond athlétique entrer dans la pièce. Il frappait lentement dans ses mains et arborait un rictus impressionné.

— Faudra que tu me donnes des cours sur la manière de traiter les écrivains. Je n'ai jamais vu personne s'y prendre de cette façon.

— Oh. Chris, soupira Kate sans la moindre joie.

— C'est lui, Chris ? interrogea Lucern, désemparé.

Son agent se raidit, mais répondit simplement :

— Oui.

— Mais vous ne m'aviez pas dit que c'était un homme. Congédiez-le.

Kate posa sur Lucern un regard assassin qui déborda bien vite d'une fureur brûlante.

— Écoutez, Lucern…

— Non, intervint Chris, les mains décrivant un mouvement de conciliation. Kate, il ne s'exprime pas comme Béla Lugosi. Il lui manque les inflexions mielleuses.

La colère de Kate se reporta sur son collègue.

— Ce que je voulais dire, c'est qu'il utilise des mots démodés.

Chris dressa vaguement un sourcil avant d'ajouter, quelques instants plus tard :

— Et ses cheveux sont trop sombres pour faire de lui une imitation d'Angel.

— Tais-toi ! Reste en dehors de ça !

L'agent se contenta de rire, visiblement pas le moins du monde offensé.

— Et dire qu'Allison et Chuck doutaient de ta capacité à gérer ce type.

— Qui est cette personne ? demanda Lucern à Kate d'une voix sévère.

Si elle lui répondait qu'il s'agissait de son mari, de son compagnon ou de son amant, Lucern craignait d'avoir recours à la violence.

— Chris Keyes, lui retourna Kate. C'est un agent littéraire qui travaille pour Roundhouse, tout comme moi. Chris Keyes, je te présente Lucern Argeneau, alias Luke Amirault, écrivain.

— Enchanté, monsieur Argeneau.

Le grand échalas fit un pas en avant et offrit sa main en guise de bienvenue.

Lucern la lui serra mécaniquement, mais il poursuivit :

— Vous êtes agent littéraire ?

Chris acquiesça.

— Dans quel domaine ?

— La bit-lit, tout comme Kate.

Lucern opina lentement avant de demander, plein d'espoir :

— Êtes-vous homosexuel ?

Chris Keyes écarquilla les yeux, sous le choc.

— Lucern !

Lucern lança un regard d'agacement à Kate. Elle ressemblait à sa mère quand elle aboyait comme ça. Apercevant la façon dont son agent rougissait et pâlissait alternativement, il décida de garder cette révélation pour lui.

Un soudain éclat de rire attira de nouveau son attention sur Chris. L'expression d'étonnement du jeune homme avait à présent cédé la place à un rire sonore. Lucern attendit patiemment qu'il se remette.

Une fois l'hilarité de Chris morte dans un dernier gloussement, l'agent demanda :

— Pourquoi est-ce que vous me posez une telle question ?

— Vous travaillez dans le domaine de la romance. C'est un travail de femme.

— Ah, dit Chris dans un rictus. Mais vous en écrivez, êtes-vous gay ?

Lucern l'observa pendant un moment, puis il sourit, pris à son propre jeu.

— Joli coup.

Tout cela n'amusait pas Kate. Se plaçant entre les deux hommes, elle lança un regard mauvais à Lucern.

— Chris a gentiment accepté de m'aider à m'occuper de vous pendant ce week-end. Je vous remercie de bien vouloir vous comporter convenablement avec lui.

Elle se renfrogna avant d'ajouter :

— Enfin, au moins aussi convenablement que d'habitude.

Lucern lui rendit son froncement de sourcils.

— Je n'ai pas besoin que l'on s'occupe de moi.

— Vous…

— Kate, l'interrompit Chris. Il se fait tard. Si tu veux toujours assister à la soirée d'inauguration de Bobby, tu ferais peut-être mieux de…

— Oh, merde ! lâcha Kate en regardant sa montre.

Elle parut soudain oublier jusqu'à l'existence de Lucern et demanda à son collègue :

— Où as-tu mis mes affaires ? La soirée a pour thème le western. Il faut absolument que je me change.

— J'ai tout mis dans cette chambre-là, répondit Chris en indiquant une porte sur leur droite. Je me suis dit que, si elle ne te plaisait pas, on pourrait toujours échanger plus tard.

Kate acquiesça vaguement. Se précipitant dans la chambre en question, elle claqua la porte derrière elle. Chris ne put s'empêcher de secouer la tête.

Lucern lança une grimace dans le dos de Kate. Si elle s'attendait à ce qu'il la suive à cette soirée, elle se trompait lourdement. Il n'avait pas la moindre intention de participer à une soirée déguisée ayant pour thème le western alors qu'il venait tout juste d'atterrir.

— J'imagine que ça signifie que nous allons passer la soirée tous les deux, Luc, dit Chris avec enthousiasme.

Lucern envisagea soudain de se rendre à cette soirée. Kate y serait. Et pas ce type.

— Pourquoi êtes-vous venu ici ? demanda-t-il à l'agent.

Chris sourit.

— Je suis censé vous protéger. Lorsque Kate n'est pas dans les parages. Comme ce soir.

— Me protéger ? répéta Lucern. De quoi ?

Chris fit la moue et réfléchit. Puis il afficha un rictus.

— Vous n'avez jamais participé à une convention du *Romantic Times*, je me trompe, Luc ?

Lucern fit « non » de la tête. Il sursauta de surprise lorsque Chris lui posa une main sur l'épaule pour le pousser vers le bar situé dans l'angle de la pièce.

— Prenons un verre pendant que je vous explique. Vous allez en avoir besoin.

L'inquiétude gagnait Lucern tandis qu'il l'observait lui servir le verre de scotch qu'il avait demandé. Il commençait à se dire que cette convention allait être encore pire que ce qu'il avait craint.

— Tenez.

Chris lui tendit son verre. D'un geste, il l'invita ensuite à s'asseoir sur le canapé placé contre la fenêtre.

Lucern s'en approcha, s'apercevant soudain de la faim qui le rongeait.

— A-t-on livré un paquet à mon nom ?

— Non, pas à ma connaissance. Je suis sûr qu'on m'en aurait informé quand j'ai récupéré les clés.

Chris s'assit dans l'unique fauteuil de la pièce, laissant le canapé à Lucern.

— Cela dit, je ne sais pas si votre nom a été mentionné pour cette suite.

Lucern se raidit. N'était-il donc censé être l'homme dans aucune de ces situations ?

La porte de la chambre dans laquelle avait disparu Kate s'ouvrit soudain et cette dernière en sortit en trombe. Lucern se leva spontanément en la voyant pénétrer dans la pièce, oubliant tout de ses espoirs quant à la livraison de sang. Il resta bouche bée devant la jeune femme. Elle portait le jean moulant le plus étroit qu'il ait jamais vu. Pour compléter sa tenue, elle avait enfilé des bottes de cow-boy qui lui remontaient jusqu'aux genoux, une chemise à damier, une veste à franges en daim et un chapeau de cow-boy qui semblait en avoir vu de toutes les couleurs. Elle était diablement sexy.

— Katie, lança Chris. As-tu donné le nom de Lucern pour la suite ?

Kate le regarda avec surprise.

— Bien sûr que non. J'avais peur que quelqu'un fasse le rapprochement entre Lucern Argeneau et Lucern Argentus et comprenne que c'était sa suite. C'est d'ailleurs bien pour cette raison que nous avons pris une suite ; pour qu'aucun de ses fans ne puisse le trouver. Pourquoi ?

— Luc attendait un paquet. J'imagine qu'ils ont dû le renvoyer, pensant que Lucern ne séjournait pas dans cet hôtel.

Kate tourna un regard plein d'excuse vers son auteur.

— Je suis désolée. Passez un coup de fil et dites-leur de le livrer à mon nom. D'accord ?

Lucern acquiesça lentement, tout en la dévorant du regard. Elle rougit sous le coup de son insistance avant de dire :

— J'essaierai de ne pas rentrer trop tard. Chris va s'occuper de vous jusqu'à mon retour. Si vous avez besoin de quoi que ce soit, adressez-vous à lui, d'accord ? (Lucern acquiesça de nouveau. Il avait la langue collée contre son palais.) Chris, dit-elle en se tournant vers son collègue. Fais-lui regarder la télé. Peut-être qu'il modernisera sa façon de parler en la regardant.

L'agent littéraire rit.

— Katie, ma chérie, si la télé n'a rien fait pour améliorer son vocabulaire jusqu'à maintenant, ce n'est pas une soirée qui va changer quoi que ce soit.

— Il n'a pas de télé, expliqua-t-elle sèchement. Ou, du moins, je n'en ai pas vu.

Elle posa un regard interrogateur sur Lucern.

— Est-ce que vous en avez une ?

Il secoua la tête. Selon lui, la télévision vous rongeait le cerveau.

— C'est bien ce qu'il me semblait, dit-elle, satisfaite, avant de répéter ses instructions à son collègue. Fais-lui regarder la télé. Je vous vois plus tard.

Les deux hommes restèrent silencieux jusqu'à ce que la porte se referme sur Kate. Lucern se rassit sur le canapé.

— Pourquoi est-ce que vous vous êtes levé ? demanda Chris avec curiosité.

— Une femme est entrée dans la pièce, répondit distraitement Lucern.

Il était obnubilé par la vision de Kate en cowgirl. Il préférait habituellement que les femmes portent des tenues plus féminines mais, dans son déguisement, Kate était tout sauf masculine.

— Vous plaisantiez, à propos de la télé, pas vrai ? poursuivit Chris. Ou est-ce que vous n'en avez pas pour de vrai ?

— Je n'en ai pas. Je n'en ai jamais eu.

— Putain !

Chris s'empara de la télécommande posée sur la table. Lucern identifia immédiatement l'objet ; il en avait un identique pour sa chaîne stéréo chez lui. Celle-là commandait la télévision. L'agent l'alluma et sourit.

— Laissez-moi vous faire ce cadeau, Luc. Vous allez adorer la télévision.

Lucern grimaça. Il était vraiment sceptique sur ce point. Il était plutôt du genre à aimer le théâtre. Les vieilles habitudes ont la peau dure.

Chapitre 8

Lucern adora la télévision. Il se demandait pourquoi il avait laissé ses préjugés l'empêcher d'essayer ne serait-ce qu'une seule fois. La télé était une invention formidable. C'était comme une miniscène avec des acteurs. Et quels acteurs ! Au cours des trois dernières heures, il avait regardé un film fait par un certain Monthy Python… à moins qu'il s'agisse là du nom d'un des personnages ?

Quoi qu'il en soit, c'est ce qu'ils avaient regardé en premier. Une fois le film fini, Chris avait parcouru le programme télé et s'était écrié :

— Cool ! Une intégrale de *La Vipère noire* !

Et c'était ce qu'ils regardaient depuis lors. C'était du grand spectacle ! Formidable et amusant. Lucern n'avait pas autant ri depuis des années.

— Ils prennent de sérieuses libertés avec l'Histoire, mais c'est très drôle, déclara-t-il tout en tendant la main vers la table basse pour attraper une des bières fraîches du pack posé dessus.

Chris éclata de rire, puis il s'interrompit brusquement, les yeux écarquillés.

— Oh, mince ! Kate va me tuer !

Lucern dressa les sourcils.

— Pourquoi ?

— Parce que j'étais censé vous faire regarder des émissions représentatives de la télé américaine moderne, pour essayer d'améliorer votre discours. (Il réfléchit pendant quelques instants avant de finalement hausser les épaules.) Oh, et puis qu'est-ce que ça peut faire ? Il est un peu tard pour essayer de changer la façon dont vous parlez, de toute façon.

Lucern opina distraitement. L'évocation du nom de Kate le replongea dans les accusations qu'elle lui avait adressées un peu plus tôt. Elle avait dit qu'il s'exprimait de façon archaïque. Il supposa qu'elle devait avoir raison ; on ne changeait pas aussi facilement ses habitudes de langage. Il était né en Suisse en 1390. Ses parents avaient beaucoup déménagé à cette époque, mais c'était là-bas qu'il avait été conçu et qu'il était né. Par la suite, ils étaient venus s'installer en Angleterre et lui avaient appris à parler l'anglais du roi. En dépit des nombreux pays dans lesquels il avait vécu depuis lors et les nombreuses langues qu'il avait apprises et parlées, il s'exprimait toujours, et le ferait probablement jusqu'à la fin de ses jours, avec un léger accent et il avait tendance à se rapprocher de la façon de parler qu'on lui avait initialement apprise.

Qu'avait-elle dit d'autre ? Il se souvenait de quelque chose à propos d'un ange. Qu'il voulait ressembler à un ange ? Qu'avait-elle entendu par là, exactement ? Elle avait été trop hargneuse pour qu'il s'agisse d'un compliment. Son regard passa de l'écran de la télé à Chris.

— Vous trouvez que je cherche à ressembler à un ange ?

Chris tourna vers lui un regard inexpressif.

— Hein ?

— Kate a dit que je m'habillais comme si je cherchais à ressembler à un ange, lui rappela Lucern.

La compréhension illumina aussitôt les traits de l'agent littéraire.

— Ah, non. Pas un ange, Angel. De Buffy et Angel. La tueuse de vampires et le vampire. Oh, c'est vrai. Vous ne regardez pas la télé, vous ne devez donc pas connaître, dit-il finalement. Eh bien, Angel est un vampire, vous voyez. Et il est, ou plutôt était, le petit ami de Buffy, la tueuse de vampires. Mais il a sa propre série aujourd'hui.

— Tueuse de vampires ? répéta Lucern, consterné.

En existait-il toujours ? Bon Dieu, il pensait que cet engouement était passé de mode environ un siècle plus tôt. La vie était alors difficile. Sa famille et lui avaient dû se montrer terriblement prudents – plus encore que d'habitude. Ils avaient toujours eu à prendre leurs précautions. Leur nature particulière avait fait d'eux une cible à de nombreuses reprises au fil des siècles. Durant l'Inquisition, plusieurs avaient connu le bûcher comme autant de sorcières et, lorsque Stoker s'était fait connaître avec son foutu livre, les tueurs de vampires avaient poussé comme des champignons. Ç'avait été un véritable poison. Effrayant, de surcroît. Sa famille n'avait vraiment commencé à se détendre qu'avec l'essor des banques du sang. Elles avaient contribué à réduire la chasse pour les vampires, à la fois en tant que chasseur et que gibier. Mais, à présent, tout cela lui apparaissait comme une sécurité de façade. Des tueurs de vampires sévissaient encore.

Bon, il ne pouvait rien y faire pour le moment, même s'il aurait voulu avertir sa famille. Il en glisserait un mot à Bastien quand celui-ci appellerait.

Lucern passa au reproche suivant que lui avait fait Kate.

— Pourquoi a-t-elle dit que je tirais mon nom d'un produit laitier ?

— Oh, répondit Chris en faisant la grimace. Lucern est le nom d'une compagnie laitière ici, aux États-Unis.

— Une compagnie laitière ?

— Oui, vous savez, le lait, le fromage blanc, les glaces, expliqua Chris avec agacement.

— Je sais ce que sont les produits laitiers, répliqua Lucern d'un ton irrité. Mais ce n'est pas d'eux que vient mon nom.

— Et il vient d'où, alors ?

— D'un lac, en Suisse, où j'ai été conçu.

Chris opina.

— Je crois que je connais. Mais le nom du lac s'écrit avec un « e » final, non ?

— Certes, mais… je crois que ma mère trouvait que le « e » faisait trop féminin. C'est pour cela qu'elle l'a enlevé.

— Ah, acquiesça de nouveau Chris. C'est cool, comme nom. Ne laissez pas la remarque de Kate vous contrarier. Elle est plutôt irascible ces derniers temps. Sans doute parce qu'elle travaille trop, dit-il avant de désigner le carton de pizza sur la table basse. Il en reste ?

Lucern se pencha pour constater qu'il restait deux parts de la « spéciale carnivore » qu'ils avaient commandée. Il en prit une et tendit le carton à Chris.

Au même titre que la télévision, la pizza était pour lui une grande première. Ce n'était pas le genre de plat que l'on trouve à la carte des restaurants gastronomiques qu'il fréquentait. Lucern commençait à se dire que ses habitudes bourgeoises le faisaient passer à côté de nombreux plaisirs qu'il aurait pu réellement apprécier. Il n'avait jamais été un grand buveur de bière, mais il fallait avouer qu'elle se mariait parfaitement avec la pizza. Et mieux encore avec les cacahuètes que Chris était sorti acheter. Lucern avait même trouvé plutôt amusant de devoir en briser les coques, envoyant des éclats un peu partout au passage.

Il observait la table basse avec intérêt. Elle était recouverte de canettes de bière vides, d'éclats de coque de cacahuète, de serviettes et d'assiettes en papier sales. Au début, il avait essayé de nettoyer à mesure qu'ils mangeaient, sa nature méticuleuse le rappelant à l'ordre, mais Chris lui avait demandé d'arrêter car il l'empêchait de voir la télé.

Et maintenant, Lucern se trouvait plutôt à l'aise au milieu de tout ce chantier.

Son regard glissa ensuite avec curiosité vers son compagnon. L'agent et ami de Kate était un type intéressant ; il avait plutôt bon caractère dans l'ensemble, avec quelques saillies caustiques en décalage avec son jeune âge. Lucern avait appris que Chris approchait de la trentaine – un bébé en comparaison de son âge avancé, même si l'agent littéraire lui en voudrait de penser de la sorte. Mais, en dépit de tout ça, Lucern appréciait sa compagnie.

Il s'était cependant surpris à regarder le cou de son compagnon à de nombreuses reprises au cours de la dernière heure. À présent qu'il avait mangé et satisfait la plus naturelle de ses faims, l'autre, celle que la livraison manquée n'avait rien fait pour arranger, commençait à le tenailler. Il avait appelé Bastien de sa chambre deux fois, mais son frère n'avait pas décroché. Il n'était jamais chez lui ! Mais c'était dans sa nature.

Bastien travaillait dur, s'amusait beaucoup et appréciait les horaires décalés. Il bravait parfois le jour pour aller travailler et passait d'autres fois des nuits entières dans l'entreprise familiale. Bastien était celui des enfants qui avait repris les rênes des Entreprises Argeneau après la mort de leur père. Cela n'avait jamais attiré Lucern. Lui avait toujours préféré les arts, passant alternativement de l'écriture à la peinture depuis déjà plusieurs siècles.

Bastien, au contraire, avait toujours adoré manœuvrer dans le monde des affaires. Il avait travaillé au sein de la compagnie familiale pendant la majeure partie de sa vie d'adulte, et il était doué. C'est lui qui avait convaincu leur père de passer de l'agriculture et de la navigation à la production, au cours du XVIIIe siècle. Lui aussi qui avait décidé qu'il était préférable d'avoir recours aux banques du sang pour se nourrir. Bastien avait toujours une pensée d'avance.

Il était également impossible de le suivre à la trace. L'exploitation familiale l'entraînait souvent dans des expéditions imprévues à l'étranger pour des durées indéterminées. Il n'était pas rare que Lucern ne sache pas où se trouvait son jeune frère, ni quand il serait de retour. Bastien pouvait tout aussi bien être simplement sorti dîner lorsque Lucern avait appelé, ou en route pour l'Europe afin de s'occuper d'un problème au siège de la société. Quoi qu'il en soit, il finirait bien par écouter le message de Lucern et il rappellerait tôt ou tard. Mais Lucern commençait à se sentir vraiment affamé.

Son regard se posa de nouveau sur la gorge de Chris. L'agent avait un pouls régulier, signe d'une parfaite santé. Lucern pourrait certainement lui prélever un demi-litre de sang sans risquer de lui faire le moindre mal. Bien sûr, ce serait du sang saturé d'alcool, se rendit-il tristement compte. D'autant que le sien l'était déjà, lui aussi. Il se renfrogna, sans pour autant détacher son regard du cou de son compagnon. Chris éclata de rire au dernier sketch de *La Vipère noire*. Lucern ne tourna pas les yeux vers la télévision ; il mourait de faim.

Son appétit pour le sang n'avait rien de comparable avec celui pour la nourriture. Il s'approchait plus de la soif, sans pour autant se résumer à une sensation de gorge sèche. Il affectait son organisme tout entier. Lui donnait l'impression que sa peau se desséchait, rendue douloureuse par le besoin de nutriments.

Il savait que la situation n'aurait pas été aussi grave s'il n'avait pas eu à affronter le soleil. Le trajet de la voiture à l'aéroport avait certes été court, mais le terminal était tout en verre et il avait voyagé côté couloir. Impossible donc de rabattre le pare-soleil sur le hublot. Il s'était retrouvé coincé, les rayons du soleil dardant directement sur lui. Le soleil représentait un vrai danger pour ses semblables. Il provoquait bien évidemment des dégâts chez tout le monde, humains comme vampires. Mais son organisme, son sang, œuvrait constamment pour réparer ses dégradations ainsi que toutes les autres, et celles provoquées par les rayons du soleil étaient profondes ; elles consumaient ses réserves à un rythme élevé, le laissant dangereusement déshydraté, faisant naître en lui une soif qu'aucune quantité d'eau ne saurait étancher. Seul le sang le pouvait.

— Qu'est-ce que vous faites ?

La question de Chris lui fit se rendre compte qu'il s'était levé pour se placer derrière le jeune homme. L'agent littéraire s'était retourné dans son fauteuil pour scruter Lucern avec curiosité.

Rien. Je suis assis sur le canapé. Regarde ton émission, lui intima Lucern, qui s'était sans difficulté glissé dans l'esprit du jeune homme et en avait pris le contrôle.

— Regarde ton émission, répéta l'agent en se retournant.

Lucern sourit. Il n'avait rien perdu de son aptitude à s'immiscer dans les pensées d'autrui pour les contrôler. Son incapacité à l'exercer sur Kate lui avait fait craindre d'avoir oublié comment procéder. Ce n'était évidemment pas le cas. Ce qui faisait de Kate un de ces individus dotés d'une force mentale et d'une volonté de fer dont sa mère prétendait qu'ils étaient…

Lucern chassa cette pensée. Le fait d'évoquer Kate à ce moment précis réveilla en lui un sentiment de culpabilité. Il était sur le point de se nourrir sur son collègue, et savait que cela ne l'enchanterait pas.

Lucern regarda l'homme assis devant lui en plissant les yeux, puis il passa rapidement au crible les pensées de l'agent à la recherche de quelque chose concernant Kate. Il fut soulagé de ne rien trouver d'autre que de l'amitié et de l'affection. Chris et Kate n'avaient jamais eu de relation d'aucune sorte. Tant mieux. Lucern appréciait le jeune homme. Il en serait allé tout autrement s'il avait appris qu'il éprouvait des sentiments pour Kate.

Lucern entreprit de faire le vide dans la tête de Chris, le forçant à se concentrer sur *La Vipère noire*. Il ne s'apercevrait pas de la présence de Lucern, qui lui posa une main sur le sommet de la tête pour la lui faire incliner afin de se dégager un accès à la carotide.

Lucern se pencha en avant. Il n'allait faire que le mordiller, prélever uniquement les quelques gorgées qui lui permettraient d'étancher le pire de sa soif. Juste un peu.

Kate sortit de l'ascenseur et s'engagea dans le couloir, soulagée. Elle venait de passer plusieurs heures à parler boutique, à encourager, rassurer, louer ses différents auteurs présents à la soirée. Toutes étaient des femmes formidables, mais qui n'avaient que peu de contact avec elle ; elles profitaient donc de la chance qui leur était donnée de la rencontrer pour compenser ce manque. Bien qu'agréables, ces rencontres étaient mentalement et émotionnellement épuisantes, et Kate n'avait qu'une hâte, celle de retourner à la suite pour se reposer enfin.

Elle pensa à Lucern. Elle ôta son chapeau et se passa tristement les mains dans les cheveux. Elle avait été inutilement méchante avec lui plus tôt, pour la seule raison qu'elle était fatiguée et frustrée. Frustrée car, maintenant qu'elle était parvenue à le convaincre de venir assister à la convention, elle craignait que sa présence soit plus néfaste que bénéfique. Et fatiguée car elle avait travaillé tard tout le mois dernier afin de prendre de l'avance pour que son absence d'une semaine ne pose aucun problème. Qui plus est, elle s'était sentie nerveuse tout ce temps, inquiète de savoir si Lucern se présenterait ou pas.

Elle soupira intérieurement et fouilla dans sa poche à la recherche de la carte-clé de sa chambre. Elle allait se montrer particulièrement gentille avec lui afin de compenser son irritabilité passée. Après tout, ce n'était pas sa faute s'il portait le nom d'une compagnie laitière, s'il était pâle comme la mort la moitié du temps et s'il parlait de façon si archaïque. On l'avait piégé pour qu'il donne sa parole et il l'avait respectée. Il n'était pas si mauvais, au fond. C'était…

Un pervers! Ce fut la première pensée qui vint à l'esprit de Kate lorsqu'elle ouvrit la porte de la suite. Elle n'en croyait pas ses yeux. Elle n'était même pas certaine au premier coup d'œil de ce à quoi elle assistait. Chris était assis dans le fauteuil, et on aurait pu croire qu'il regardait la télévision si Lucern ne s'était pas tenu penché sur lui, un bras passé sur l'épaule de l'agent et retombant sur son torse, le visage enfoui dans le cou du jeune homme.

Kate resta bouche bée devant l'horreur de la scène. Lucern Argeneau était gay ; et il était en train de flirter avec son collègue !

— Nom de Dieu, mais qu'est-ce que vous faites ?

Lucern se redressa brusquement et se tourna en direction de la porte où se trouvait Kate, toujours bouche bée. Sa première pensée fut : « Uh-oh. » La seconde fut que c'était bien dommage qu'elle résiste au contrôle mental, car il y aurait volontiers recouru. C'est alors que le téléphone se mit à sonner.

Lucern prit quelques instants pour renforcer sa mainmise sur le cerveau de Chris, de sorte qu'il ne voie ni n'entende ce qui se passait. L'écrivain préférait ne pas le libérer tant qu'il n'avait pas trouvé comment expliquer la situation. Ensuite, et puisque Kate semblait incapable de faire le moindre mouvement, il la laissa plantée à côté de la porte et se dirigea vers sa chambre pour décrocher le téléphone. Il espérait que ce serait Bastien au bout du fil.

Comme il l'avait souhaité, il entendit la voix de son frère. Mais le timing n'aurait pu être pire. Si son frère avait appelé une demi-heure plus tôt, Lucern aurait sans doute réussi à contenir sa soif de sang et évité par la même occasion le spectacle de la pièce voisine. Comment diable allait-il expliquer cela à Kate ?

— Lucern ? *Lucern !*

Il laissa tomber et reporta son attention sur Bastien.

— Où es-tu ? lui demanda-t-il.

— En Europe. J'ai bien reçu ton message, mais tu n'y précisais pas quel était le problème. Qu'est-ce que…

— Raccrochez ce téléphone.

Kate était soudain apparue à côté de Lucern. Il aurait dû penser à fermer la porte. Elle s'était visiblement remise du choc et, à en juger par son expression, elle n'était pas vraiment folle de joie.

— Une minute, Kate, lui lança Lucern en fronçant les sourcils. Allez attendre dans la pièce à côté.

— Non. Il faut que je vous parle. Tout de suite.

Elle tenta de saisir le combiné, mais Lucern se tourna, le plaçant hors de sa portée.

— Écoute, Bastien. Je…

Il s'interrompit et posa les yeux sur le combiné qu'il tenait à la main après avoir entendu un clic.

— Qu'est-ce que vous faisiez à Chris ?

Lucern fit volte-face.

— Vous avez raccroché ! aboya-t-il.

— Un peu, que j'ai raccroché, siffla-t-elle.

Elle jeta un coup d'œil en direction de la porte qui donnait sur le salon. On entendait au travers les rires enregistrés en fond sonore de *La Vipère noire*. Elle se retourna et lança dans un chuchotement sec et accusateur :

— Je vous laisse à peine quelques heures pour vous retrouver en train de faire du rentre-dedans à mon collègue ?

Pour votre gouverne, il n'est pas gay, vous perdez votre temps. Je n'aurais jamais cru que vous puissiez agir de la sorte, mais j'attends vos explications maintenant.

Lucern recula comme si elle l'avait frappé.

— Je n'étais pas du tout en train de faire du rentre-dedans à votre ami. Pour quel type d'homme me prenez-vous ?

— À vous de me le dire. Vous n'avez jamais montré le moindre signe d'intérêt à mon égard et je vous retrouve dans les bras de Chris !

Lucern la regarda pendant un moment, puis il reposa brutalement le combiné dans son emplacement. La saisissant violemment par le poignet, il l'attira dans ses bras. Elle eut juste le temps de laisser échapper un souffle de surprise avant que Lucern plaque sa bouche contre la sienne.

Le baiser fut tout sauf léger et timide. Lucern avait quelque chose à prouver. De plus, il avait envie d'elle depuis si longtemps qu'il aurait été incapable de se montrer doux, l'aurait-il voulu. Ce baiser avait tout d'une prise de pouvoir – il s'inséra dans sa bouche, la forçant à écarter les lèvres, glissant sa langue à l'intérieur. Le corps de Lucern se crispa lorsque le goût de Kate lui parvint. Elle était aussi douce et chaude qu'il l'avait imaginé.

Et elle répondait à son baiser. Certes, pas au début. Pendant les premiers instants, elle était restée raide et inerte entre ses bras mais, après avoir laissé échapper un gémissement en signe de reddition, elle s'était coulée contre lui, son corps adoptant la forme de celui de Lucern, comme un doux pull-over. Ses seins frôlèrent le torse de Lucern lorsqu'il lui saisit le cou avec sa main libre et qu'il lui inclina doucement la tête pour que le baiser qu'elle lui rendait soit plus agréable encore.

Le baiser ne fit qu'attiser le désir de Lucern. Oubliant tout de sa motivation initiale de démontrer qu'il n'était pas gay, il relâcha le poignet de Kate et glissa son bras autour de la taille de la jeune femme. Il laissa ses mains glisser dans son dos, en direction de son derrière en forme de cœur, il les plaça ensuite en coupe sous les deux courbes rebondies et souleva Kate contre lui jusqu'à ce que leurs tailles se rencontrent. Puis il se déhancha doucement pour renforcer le contact. Kate était un véritable rayon de soleil brûlant entre ses mains, elle se cambrait et ondulait contre lui tout en gémissant. Elle ouvrit la bouche davantage et l'embrassa presque frénétiquement.

— Lucern, souffla-t-elle d'un ton de reproche lorsqu'il fit une pause pour balayer la pièce du regard.

Mais Lucern n'allait pas s'arrêter. Il n'avait aucune intention de s'arrêter ; il voulait simplement savoir où se trouvait le foutu lit. Il voulait la caresser. Il voulait la prendre. Et il ne pouvait le faire tant qu'ils se tiendraient debout.

Remarquant le lit juste derrière elle, il la poussa dessus. Suivant le mouvement, il plaqua son corps avec insistance contre celui de son agent et baissa la tête pour reprendre leur baiser. Kate se détendit aussitôt. Elle promenait ses mains sur le dos, le flanc, les bras de Lucern. Puis il la sentit tirer sur sa chemise, cherchant consciemment ou inconsciemment à la sortir de son pantalon, et fut soudain bien content d'avoir ôté sa veste et sa cravate plus tôt dans la soirée. C'était toujours ça de moins à retirer.

Kate, bien entendu, portait beaucoup trop de vêtements. Il décida d'y remédier, mais, lorsqu'il menaçait d'interrompre leur baiser, elle protestait en grognant et en plantant ses ongles dans le bas de son dos pour le maintenir en place.

Lucern gloussa silencieusement, ravi de la voir si passionnée. Il lui donna un nouveau baiser profond, envahissant la bouche de Kate avec sa langue avant de la retirer ; une analogie de ce qui allait suivre. Il rompit le baiser et la mordilla en descendant vers son menton puis vers sa gorge tout en s'attaquant aux boutons de sa chemise. Il hésita lorsque ses lèvres trouvèrent la jugulaire de Kate et s'y attardèrent. Il sentait l'excitation qui coulait dans cette veine, il parvenait presque à en percevoir le goût. Il avait envie de la mordre. De se nourrir. Mais il allait attendre. Il lui prendrait son sang en même temps que le reste de son corps. Ils atteindraient tous deux le septième ciel de cette façon. Ce n'en serait que meilleur d'avoir attendu.

Lucern laissa sa bouche poursuivre son chemin, embrassant la peau douce de Kate jusqu'à atteindre la naissance de ses seins. Il n'avait pas perdu de temps. La chemise était déboutonnée et n'était plus retenue que par le jean de Kate. Lucern se redressa, les genoux posés de part et d'autre des hanches de Kate, et il libéra la chemise, qu'il ouvrit largement et laissa retomber de chaque côté de la jeune femme. Celle-ci était étendue, la poitrine nue à l'exception d'un petit soutien-gorge en coton.

Lucern avait vu de nombreuses femmes plus ou moins dévêtues. Certaines en corset qui l'avaient émoustillé jusqu'aux orteils, d'autres en déshabillé moulant qui lui avaient coupé le souffle, des petits morceaux de rien que l'on pouvait difficilement qualifier de vêtements – mais il ne se souvenait pas d'avoir jamais vu quoi que ce soit d'aussi sexy que Kate dans son soutien-gorge en coton. Son chapeau de cow-boy avait dégringolé et reposait à présent à côté d'elle, ses cheveux pendaient en mèches emmêlées sur ses joues empourprées et ses yeux étaient à moitié clos par le désir. Il avait envie de la dévorer. Envie de l'intégrer à son propre corps et de l'y garder pour l'éternité. Il avait envie de Kate.

Elle s'agitait frénétiquement sous lui, ses mains passées sous sa chemise pour effleurer son ventre, et Lucern cessa de la regarder, à contrecœur. Se penchant en avant, il la prit par les bras pour la redresser en position assise, puis il l'embrassa de nouveau tout en glissant les mains dans son dos pour dégrafer le soutien-gorge. Il aurait tout aussi bien pu simplement le lui arracher, mais cela aurait impliqué de ne jamais la revoir dedans, ce qui aurait été bien dommage.

Kate n'était pas restée inactive tandis qu'il s'affairait. Elle avait fini de tirer sa chemise hors de son pantalon et promenait ses mains sous le tissu, sur son dos musclé puis à la découverte de son torse.

Lucern sourit contre sa bouche. Il défit la dernière attache et sentit le tissu glisser. Écartant d'un geste la chemise des épaules de Kate, il repoussa son agent contre le lit et dégagea le frustrant morceau de coton afin de pouvoir la contempler pleinement.

— Parfait.

Le mot avait franchi ses lèvres tandis qu'il prenait les seins de Kate dans ses paumes. Elle gémit et cambra le dos, se pressant contre ses mains. Lucern n'eut pas besoin de plus d'encouragement ; il glissa sur le corps de Kate afin de pouvoir se pencher et prendre dans sa bouche un téton dur et parfait. Il ferma les yeux de plaisir en suçotant le mamelon et le sentant durcir davantage sous le coup de l'excitation. Kate le laissa s'attarder sur sa poitrine pendant quelques instants avant de l'attraper par les cheveux pour lui faire remonter la tête avec avidité.

Lucern obéit docilement. Changeant de position pour l'embrasser, il glissa une jambe entre celles de Kate. Il avança ensuite sa cuisse qui vint se presser contre le sexe de Kate, tout en continuant à l'embrasser. Elle réagit avec passion, lui caressant le dos en retour et tira violemment sur sa chemise. Plusieurs boutons cédèrent. Lucern, qui se retrouva brusquement chemise ouverte, s'appuya contre elle afin que leurs peaux entrent en contact. Les tétons de Kate effleurèrent les poils de son torse, puis sa peau, ce qui lui donna des frissons. Il sentit la main de Kate glisser doucement sur son ventre vers son entrejambe.

Lucern laissa sa fougue s'exprimer. Il rua contre elle, se frottant contre son corps, la main de Kate prisonnière de leur étreinte. Le téléphone se mit à sonner. Lucern l'entendit, mais c'était un son lointain, un problème secondaire dont il ne se soucia pas. Kate occupait toutes ses pensées. Elle était tout ce qu'il voyait ou entendait – ses légers soupirs, ses gémissements, son odeur, sa peau. Elle l'absorbait. La fin du monde aurait pu menacer qu'il ne s'en serait pas inquiété. Kate était avec lui et il voulait qu'elle y reste pour toujours.

Délaissant sa bouche, il dirigea ses baisers vers le cou de sa partenaire. Là, il trouva sa veine et planta les crocs dans sa chair. Elle cria, rejeta la tête en arrière et Lucern ferma les yeux, appuyant son bassin plus encore contre celui de Kate. Le fluide vital de cette dernière lui emplissait la bouche. Bien que Kate soit svelte, son sang était sucré. Lucern avait toujours préféré les femmes plus rondes, trouvant que leur sang était plus épais, plus riche et plus satisfaisant. Mais, même si celui de Kate était différent, il n'en était pas moins enivrant. Il sentait la chaleur le gagner à mesure qu'il se repaissait.

— Hé, Lucern ! C'est un certain Bastien… Oh ! Oups, désolé.

Lucern se redressa brusquement, se mettant à genoux sur le lit. Il fit volte-face pour apercevoir la silhouette de Chris qui s'éloignait rapidement de la porte ouverte. Il resta quelques instants immobile, hagard, incapable de croire qu'il s'était laissé tellement emporter qu'il avait négligé de fermer la porte, et plus abasourdi encore de constater qu'il avait perdu le contrôle au point de relâcher son emprise sur l'esprit de Chris. Pire encore, il avait laissé l'agent littéraire les surprendre ensemble, Kate et lui. Il ne craignait pas que Chris se doute qu'il était en train de se nourrir, mais les autres conclusions auxquelles il aboutirait étaient tout aussi catastrophiques. Kate n'accueillerait certainement pas la nouvelle avec joie. Et Lucern n'avait pas la moindre envie de la mettre mal à l'aise vis-à-vis de son collègue.

Mais alors les mots de l'agent retrouvèrent leur sens et Lucern se souvint d'avoir entendu le téléphone sonner. Bastien était au bout du fil, il rappelait ! Bondissant hors du lit, Lucern se rua vers la porte juste à temps pour voir Chris raccrocher.

— Oh, s'exclama l'agent, l'apercevant dans l'embrasure de la porte. Je lui ai dit que vous étiez occupé.

Lucern jura dans sa barbe. Alors qu'il ouvrait la bouche pour sermonner le jeune homme, il s'interrompit en remarquant que ce dernier évitait de le regarder. Keyes avait de surcroît les joues férocement empourprées. Lucern baissa les yeux et grimaça en constatant que Kate ne s'était pas contentée d'ouvrir sa chemise, mais qu'elle s'était également attaquée à son pantalon. La ceinture était défaite, de même que le bouton ; son pantalon lui tombait à mi-cuisse.

Cependant, il ne pensait pas que c'était ce qui dérangeait le jeune homme. Il était plus vraisemblablement décontenancé d'avoir surpris Kate en flagrant délit avec un de ses écrivains.

Lucern réfléchissait à ce qu'il allait faire quand on le poussa par-derrière. Il se décala sur le côté et se tourna pour voir Kate quitter la chambre en un éclair. Sa chemise était de nouveau en place et son chapeau posé sur sa tête. Le visage qu'il entraperçut était écarlate d'embarras.

Il essaya de lui attraper la main, mais elle était déjà hors de portée. Kate dit quelque chose d'inintelligible où il discerna le mot « lit », puis elle disparut dans sa chambre. La porte se referma dans un claquement suivi du cliquetis du verrou. Elle avait visiblement envie d'être seule.

Lucern soupira tristement en se passant une main dans les cheveux. Il avait tout gâché.

— Eh bien, je pense que… euh… je vais aller me coucher, moi aussi, déclara Chris.

Il disparut à son tour.

Secouant la tête, Lucern se dirigea vers le bar. Il se servit un verre bien tassé qu'il rapporta dans sa chambre, puis il referma la porte derrière lui.

— Maintenant que ça n'a plus aucune importance, murmura-t-il en s'approchant de son lit.

Il venait de tout gâcher et il le savait.

Que pouvait-il faire, à présent ? Il n'avait pas la moindre idée de ce que pensait Kate. S'était-elle aperçue qu'il l'avait mordue ? Habituellement, les gens ne s'en rendaient pas compte, mais il faut dire que, d'habitude, il contrôlait leur esprit pendant la manœuvre et les alimentait du plaisir que lui recevait en se nourrissant. C'était généralement une expérience hautement érotique pour eux. Pour les femmes, en tout cas. Il ne prenait pas autant de précautions avec les hommes et se contentait simplement d'effacer les événements de leur mémoire. Ils repartaient avec deux minuscules trous et pas la moindre idée d'où ils venaient. Lucern avait ouvert son esprit à Kate tandis qu'il la mordait, mais il n'était pas certain qu'elle ait confondu son plaisir avec celui qu'elle ressentait. Avait-elle ressenti la morsure ? Avait-elle souffert ? Ou Kate avait-elle éprouvé du plaisir et de la joie ?

Si elle avait ressenti une quelconque douleur lorsqu'il l'avait mordue, elle le prendrait très certainement pour une espèce de tordu. Elle penserait qu'il écrivait des histoires de vampires parce qu'il se prenait lui-même pour l'un d'eux. Elle se demanderait ce qu'elle avait entre les mains. Ou, pire, elle devinerait la vérité. Mais Lucern opta plutôt pour l'hypothèse du détraqué. Une femme sensée et moderne comme Kate ne pouvait pas croire aux vampires.

Chapitre 9

À son réveil, Kate se sentait affreusement mal. Elle ne comprit pas tout de suite pourquoi. Puis les souvenirs lui revinrent en tête comme un coup de massue. Lucern penché sur Chris, à son retour. Son déplacement vers sa chambre pour répondre au téléphone. Elle le suivant, consumée par la fureur. *Comment ose-t-il être gay ?* avait-elle pensé alors. *Comment ose-t-il ?* Cette idée suffisait à l'abasourdir. Elle éprouvait une certaine attirance pour lui. Elle avait même fait des rêves érotiques à son sujet. Il n'avait pas le droit d'être gay !

Et, apparemment, il ne l'était pas. Elle sentait encore les lèvres de Lucern contre les siennes.

Sa première réaction à l'assaut sensuel de Lucern avait été la stupeur, puis sa colère s'était rapidement muée en soulagement et tout aussi vite en désir.

Il savait embrasser. Elle repensait à ses baisers, tout en repoussant les couvertures pour se glisser hors du lit. Il embrassait mieux que n'importe lequel de ses anciens partenaires. Ses baisers s'étaient immiscés jusque dans son âme, d'où ils avaient extrait toute envie, tout désir, et jusqu'au dernier soupçon de luxure qui résidait dans son corps, pour les ramener en surface. Elle avait eu envie de lui. Et le désirait d'ailleurs encore. Ses tétons s'étaient dressés à la simple évocation de ce souvenir. Et lui aussi avait été excité, sans le moindre doute possible. C'était comme s'il avait eu une barre de fer dans le pantalon quand elle y avait glissé la main.

Tout cela était parfait. Sauf qu'elle était son agent littéraire et que la taille de son membre ne la concernait en rien. Sans parler de son collègue qui les avait surpris en fâcheuse posture !

Elle gagna la salle de bains en grognant, ouvrit le robinet d'eau froide de la douche et se glissa sous le jet. Elle n'avait pas la moindre idée de comment elle pourrait de nouveau se présenter devant eux. Mais elle aurait de toute façon à le faire. Devait-elle se comporter comme si rien ne s'était passé ? Devait-elle en parler à Chris ? Devait-elle leur en parler à tous les deux ? Et, si elle décidait de leur parler, que leur dirait-elle ? Elle savait ce qu'il aurait fallu qu'elle dise à Lucern. Elle aurait dû lui expliquer que c'était là une erreur qui ne se reproduirait pas. Mais elle n'en avait pas envie. Quant à Chris, elle n'avait aucune idée des propos qu'elle pourrait lui tenir. Il n'y avait vraiment rien à dire.

En soupirant, elle referma le robinet et attrapa une serviette. Elle se l'enroula sur la tête comme un turban avant d'en prendre une seconde pour se sécher. Elle s'empara ensuite du peignoir en tissu éponge que l'hôtel mettait à disposition des clients, s'y enveloppa et s'approcha du miroir par le biais duquel elle s'adressa une grimace. Elle devait se sécher les cheveux, se maquiller, s'habiller, puis sortir à la rencontre de Chris et de Lucern. *Aïe.*

Kate tendait la main vers la serviette qui lui ceignait la tête et qui était censée absorber le plus possible d'eau avant qu'elle ait recours au sèche-cheveux quand elle remarqua les marques dans son cou. Elle interrompit son geste et observa son reflet pendant quelques instants. Puis, s'approchant du miroir et inclinant la tête sur le côté, elle observa son cou du coin de l'œil.

Elle resta à contempler les deux petites marques de morsure pendant une éternité, l'esprit traversé par toutes sortes de pensées : les livres de Lucern qui fourmillaient de personnages portant le même nom que les membres de sa famille, la soirée du mariage ; l'allergie de Lucern et de sa mère au soleil ; sa blessure à la tête qui avait saigné si abondamment mais qu'elle avait été incapable de localiser et qui n'avait pas le moins du monde gêné Lucern, une fois le sang nettoyé ; la façon dont il se tenait penché sur Chris quand elle avait débarqué dans la pièce, sa bouche posée sur le cou de son collègue ; le fait que Chris ne paraissait même pas avoir conscience de la situation, pas plus qu'il n'avait réagi à l'arrivée de Kate.

Et pourtant, elle ne se rappelait pas Lucern la mordant, la veille au soir. Ou s'en souvenait-elle ?

Oh. Une image d'elle à demi nue dans les bras de Lucern lui revint en mémoire. Sa poitrine frottait contre le torse solide de l'écrivain tandis qu'il se plaquait contre elle et lui mordillait le cou. Elle avait alors cru qu'il lui faisait un suçon, peut-être, mais elle ne s'en était pas souciée ; c'était tellement agréable. « Bon Dieu », avait-elle gémi. Et : « Continue. » Elle avait même penché la tête pour lui faciliter l'accès.

Ses mains retombèrent contre ses flancs. Il l'avait mordue. Non seulement Lucern était un vampire, mais, en plus, il avait eu le culot de la mordre, *elle* !

Tournant les talons, elle quitta la salle de bains au pas de charge.

— Tu m'as mordue !

Lucern ouvrit aussitôt les yeux et se redressa d'un coup pour observer la jeune femme qui se tenait dans l'embrasure de sa porte. Il avait les yeux bouffis de fatigue. Il avait très mal dormi et pas assez longtemps, loin s'en fallait. On ne change pas six cents ans d'habitude de dormir le jour aussi facilement. Il était resté allongé dans son lit, éveillé la majeure partie de la nuit, à se demander si Kate lui en voulait et quand il lui serait de nouveau donné l'occasion de la tenir dans ses bras. À en juger par l'expression qu'elle affichait en ce moment, ce ne serait pas demain la veille.

Il soupira et se laissa retomber sur le lit en grognant. Il n'avait pas la force d'affronter Kate pour le moment. Il n'avait eu le temps que de boire quelques gorgées à la veine de son collègue avant qu'elle fasse irruption et à peine quelques-unes de plus à la sienne. Putain, qu'il avait faim !

— Ne fais pas comme si je n'existais pas, Lucern Argeneau ! assena Kate en pénétrant dans sa chambre en trombe. Tu m'as mordue.

Ses mots se frayèrent un chemin dans l'épais brouillard de sommeil qui embrumait le cerveau de Lucern. Ce dernier ouvrit de nouveau les yeux à force de clignements. Merde. Elle s'en était aperçue. Il la regarda approcher, puis remarqua Chris qui errait, visiblement inquiet, de l'autre côté de la porte.

— Ferme cette putain de porte, éructa-t-il.

Kate se retourna, surprise. Apercevant Chris, elle regarda son cou. Lui aussi portait des marques.

Les sourcils de Chris se soulevèrent devant l'expression de colère affichée par sa collègue. Il attrapa la poignée de la porte et commença à la refermer.

— Je m'en occupe.

— Une seconde. Laisse-moi regarder ton cou, demanda Kate.

Elle fut à la porte en un clin d'œil et lui inclina la tête sur le côté. Elle observa sa gorge pendant de longs instants avant de se retourner vers Lucern, furieuse.

— Espèce de fils de pute.

— Putain, Kate. Prends plutôt un calmant. Lucern n'y est pour rien. Je me suis coupé en me rasant.

Elle fit volte-face vers Chris, choquée. Il refermait déjà la porte derrière lui en s'éloignant.

La chambre fut replongée dans l'obscurité pendant un moment avant que Lucern allume sa lampe de chevet. Kate s'avança vers lui.

— Qu'est-ce que tu lui as fait ? Comment est-ce que tu as pu lui faire croire qu'il s'agissait d'une coupure de rasoir ?

Elle faisait preuve d'une imprudence stupide. Elle se tenait trop près et, en un tournemain, Lucern se redressa sur son lit, lui saisit les bras et la tira vers lui jusqu'à ce qu'elle s'affale sur le matelas. La seconde d'après, il bougeait déjà pour la couvrir de son corps.

— Descends de là.

Elle avait eu l'intention de donner à sa phrase les intonations d'un ordre. Au lieu de quoi, sa voix avait été faible et haletante. Kate se rembrunit pour essayer de donner plus de poids à ses mots. Elle n'avait pas à proprement parler peur, mais elle avait chevroté. Les yeux de Lucern avaient adopté leur couleur argentée, même si la colère n'était pas responsable de ce changement de teinte. On aurait dit un prédateur et Kate se faisait tout l'effet d'être la proie. Le problème résidait dans le fait qu'elle n'était pas certaine de ne pas vouloir endosser ce rôle. Son corps réagissait déjà au contact de celui de Lucern qui se pressait contre elle.

Lucern hésita, puis ses paupières s'abaissèrent. Il ressemblait à un lion somnolent. Ce qui n'était pas vraiment mieux.

— Je suis désolé, dit-il avec son accent distingué – un indice de plus quant à sa réelle identité de vampire, pensa Kate tristement.

Il était sans doute très vieux.

— À propos de quoi ? demanda-t-elle après un long silence.

— De t'avoir mordue, répondit-il aussitôt avant d'ajouter : sans ta permission.

Kate se renfrogna.

— Et pour Chris ?

— Je l'ai à peine mordillé, protesta-t-il en haussant les épaules. Et c'est toi-même qui m'avais dit de compter sur lui si j'avais besoin de quoi que ce soit.

— Ça ne voulait pas dire que tu pouvais le mordre ! explosa Kate.

Lucern eut le culot de sourire.

— Et qu'étais-je censé faire ?

— Tu aurais pu…

Voyant qu'elle retombait dans un silence embarrassé, il reprit :

— Quoi ? Lui dire : « Oh. Dites-moi, Chris, pourriez-vous me rapporter un demi-litre de sang en même temps que les cacahuètes ? J'ai un poil soif, là. »

Il grimaça.

— Vous n'avez pas enregistré la suite à mon nom, du coup, le sang qui devait m'y être livré est reparti. J'avais faim, expliqua-t-il simplement.

Kate avait les yeux rivés sur lui et la bouche sèche. Lucern était bien un vampire. Elle se rendit soudain compte qu'elle n'y avait jusqu'alors pas vraiment cru. Mais, à présent, si. Enfin, presque. Changeant de position sous lui, elle demanda :

— Montre-moi tes dents.

Il s'exécuta. Kate les trouva parfaitement normales. Ses canines étaient certes pointues, mais pas particulièrement longues. Elle chuchota :

— Pas de canines acérées et pointues…

— Oh, ces dents-là.

Lucern ouvrit de nouveau la bouche. Horrifiée, Kate regarda ses canines s'allonger hors de sa gencive, telles les griffes d'un chat.

— Oh, mon Dieu, gémit Kate.

Il rétracta ses crocs aussitôt.

— Ne t'en fais pas, Kate. Je ne te ferai jamais aucun mal.

— Mais tu m'as mordue ! cria-t-elle.

Puis elle se lança dans une litanie de « Oh, mon Dieu ! Oh, mon Dieu ! Oh, mon Dieu ! » qu'elle semblait incapable d'interrompre.

— Mais cela ne t'a pas fait mal, l'interrompit-il. Si ?

— Oh, mon Dieu ! Descends de là, descends de là, descends de là !

Elle s'était mise à se débattre sous lui, mais ses efforts étaient vains. Il était bien plus corpulent qu'elle. Et plus fort, aussi. Elle cessa de s'agiter, essaya de se calmer, puis ajouta :

— S'il te plaît.

Lucern la dévisagea pendant un moment, suspicieux, puis refusa d'un signe de tête.

— Je ne peux pas. Pas tant que je n'aurais pas ta promesse de ne toucher un mot de tout cela à personne.

Elle ouvrit la bouche, mais il la devança en ajoutant :

— Je dis cela pour ton bien, Kate. Les gens te prendraient pour une folle.

Elle se rendit compte qu'il avait probablement raison. Tous penseraient qu'elle avait fini par perdre les pédales à force de travailler si dur. Un mouvement au niveau de son ventre attira son attention sur le fait que quelque chose avait bougé, et ce n'était pas Lucern. Enfin, si, mais pas en entier. Nom de Dieu, il avait une érection. Elle le sentait grossir et se presser contre elle. Elle se racla la gorge.

— Hmm, Lucern ?

— Tu peux m'appeler Luc, lui proposa-t-il en affichant un sourire malicieux. Lucern, ça fait un peu formel, et nous avons légèrement dépassé ce stade.

Kate ne lui rendit pas son sourire. Elle s'éclaircit de nouveau la voix.

— Luc. Mais, si tu es mort…

— Je ne suis pas mort, l'informa Lucern en roulant les yeux.

— Ah bon ?

Voyant qu'il faisait solennellement « non » de la tête, elle poursuivit :

— Mais alors, tu n'es pas non plus dépourvu d'âme ? (Un sourire malicieux lui déforma les lèvres.) Et le reste de ta famille… ?

De nouveau il secoua solennellement la tête.

Kate digéra l'information et en déduisit que les livres historiques qu'il avait écrits avant ses romans de bit-lit étaient factuels. Elle repensait au fait que les personnages de son premier roman tiraient leurs noms de ses parents, que le suivant parlait de Lissianna et Gregory – une assistante sociale et un psychologue, tout comme les vrais Lissianna et Gregory – et que le troisième avait pour personnages principaux Rachel et Étienne, un médecin légiste et un programmeur de jeux vidéo. Il lui était à présent clair qu'il n'avait cessé de reporter des faits historiques dans ses écrits.

— Quel âge as-tu ?

— Six cent douze ans, répondit-il avec calme.

Comme s'il s'agissait là d'un âge normal. *Seigneur*, pensa Kate devant l'évidence. Elle avait perdu les pédales pour de bon. Elle commença à sangloter.

— Du calme, Kate, lui dit Luc en lui dégageant les cheveux du visage. Je sais que ça fait beaucoup d'un seul coup, mais tout va bien.

— Comment est-ce que ça pourrait aller bien ? Tu es un vampire. Et tu m'as mordue.

Elle ne parvenait toujours pas à croire qu'il lui ait fait ça. Et pourquoi est-ce que ç'avait été aussi agréable ?

— Je t'ai à peine mordillée.

Au regard assassin qu'elle lui lança, il reprit :

— Je suis désolé de t'avoir mordue, mais j'avais faim… et tu sens si bon.

Tandis qu'il parlait, ses yeux se posèrent sur le cou de Kate et le désir de la mordre illumina son visage. Elle sentit l'inquiétude la parcourir et elle couvrit son cou avec ses deux mains.

Lucern se mit à glousser, ce qui ne fit qu'irriter Kate un peu plus. Son torse tremblait contre la poitrine de la jeune femme.

— Ce n'est pas drôle, lâcha-t-elle. Je me demande si ça te plairait de n'être qu'un pavé de veau.

— Ma chère Kate. Tu n'as rien d'un pavé de veau.

Se forçant à retrouver une expression solennelle, il ajouta :

— Disons plutôt un steak.

Elle demeura bouche bée d'horreur. Lucern profita de cet avantage passager pour poser ses lèvres sur celles de Kate. Au grand dam de cette dernière, la passion qu'il avait réveillée en elle la nuit précédente renaquit aussitôt de ses cendres. Visiblement, son corps ne s'inquiétait pas du fait que Lucern soit un démon suceur de sang. Ça semblait lui convenir parfaitement. Voire un peu plus. À présent, Kate devait lutter non seulement contre Lucern, mais aussi contre elle-même. C'était une bataille perdue d'avance. Un bref moment s'écoula avant qu'elle s'abandonne en émettant un profond gémissement et en glissant ses bras autour du cou de Lucern.

Ce dernier n'en attendait visiblement pas plus car, une fraction de seconde plus tard, elle constata que le drap qui était glissé entre eux avait disparu et que son peignoir était largement ouvert. Ce qui, en plus de la faire apparaître nue sous lui, l'informa du fait que Lucern Argeneau dormait dans le plus simple appareil.

Elle écarquilla les yeux. Il dormait nu et dans un lit. Lorsqu'il rompit leur baiser pour lui mordiller l'oreille, Kate demanda dans un souffle :

— Et ton cercueil ?

— Je l'ai laissé chez moi.

Sa voix était un grondement de velours entrelacé de rire.

Kate fut incapable de savoir s'il plaisantait ou pas, mais elle cessa de se poser la question dès que la main de Lucern se referma doucement sur l'un de ses seins. Elle gémit et se cambra pour accentuer la brûlante caresse, puis elle ouvrit brusquement les yeux.

— Pourquoi est-ce que tu n'es pas froid ? Je croyais que les vampires étaient froids.

— Je te l'ai dit, je ne suis pas mort, lui rappela Lucern.

— Ah, oui, murmura Kate.

Luc prit alors de nouveau possession de ses lèvres. Descendant contre le corps de Kate, il prit un de ses seins dans sa bouche chaude et humide. Il le téta comme un nourrisson affamé, jouant avec le mamelon du bout de sa langue. Kate ne vit soudain plus le moindre inconvénient à lui servir de dîner. Ce qui la poussa à demander :

— Et pour l'ail ?

— J'adore ça, dit-il en passant à l'autre sein. Un jour je t'en enduirai le corps et je le lécherai tout entier pour te le prouver.

L'érotisme de l'image poussa Kate à se tortiller avant de se rendre compte que la scène ne serait pas si différente de celle qu'elle était en train de vivre. Elle était nue, il la léchait. *Nom de Dieu!* Elle perdit toute lucidité en sentant la main de Lucern se glisser entre ses cuisses.

— Luc, souffla-t-elle.

À son grand étonnement, il s'interrompit, laissa échapper un soupir et s'allongea à côté d'elle.

— Très bien. Finissons-en avec ça. Nous n'avancerons pas tant que nous n'en serons pas débarrassés, gronda-t-il, exaspéré.

Comprenant qu'il avait cru qu'elle allait lui poser une nouvelle question, Kate ouvrit la bouche pour le reprendre, mais elle se ravisa. Elle avait vraiment envie de comprendre.

— Mon arrière-arrière-grand-père venait de ce que vous appelez l'Atlantide.

Kate eut un mouvement de recul. C'était bien la dernière chose qu'elle s'attendait à lui entendre dire. Il parlait comme s'il était fou.

Lucern ne prêta aucune attention à sa réaction.

— Comme certains l'ont deviné, l'Atlantide était très en avance sur le plan scientifique. Mon arrière-arrière-grand-père était un chercheur. Juste avant l'engloutissement de la ville, il avait développé ce que les gens appellent aujourd'hui des nanos – de minuscules gadgets électroniques. Je ne vais pas te jouer tout le couplet, mais sache seulement qu'il avait combiné les nanotechnologies avec la microbiologie pour créer des nanos infiniment petits et comparables à des virus car, une fois injectés dans un organisme, ils étaient capables de vivre et de proliférer. Ce sont des espèces de parasites, expliqua-t-il. Ils puisent dans leur hôte de quoi survivre, mais en retour ils participent à son entretien et à sa régénération. Ce qui permet à l'hôte, et donc aux nanos, de rester jeune et en bonne santé pour une durée indéterminée.

— Un virus ? répéta Kate avec dégoût.

— Ça ne se transmet ni par le toucher ni par les baisers.

— Et par la morsure ? demanda-t-elle en portant inconsciemment les mains à son cou.

— Non. Pas non plus par la morsure. Les nanos doivent soit être directement injectés dans le sang, soit ingérés.

— Comme quand Dracula s'entaille le poignet et le presse contre la bouche de Mina ?

— Dracula ! (Lucern laissa échapper un profond soupir.) Le personnage de Bram est inspiré d'un connard prétentieux, cruel et barbare. Et s'il avait pu se la fermer en buvant, Bram Stoker n'aurait jamais écrit ce foutu bouquin – qui d'ailleurs était en grande partie erroné du fait que son informateur a rapidement été réduit au silence avant de pouvoir trop en dire. (Kate le dévisageait, les yeux écarquillés, ne sachant pas si elle devait le croire ou pas. Peut-être avaient-ils tous deux perdu la raison.) Je suis vivant, pas mort. J'ai une âme. Je peux sentir, toucher et même manger de l'ail. Les croix n'ont aucun effet sur moi et je peux fréquenter les églises, et tu le sais très bien puisque tu as assisté au mariage de mon frère.

— Mais tu ne peux pas t'exposer à la lumière du soleil, dit Kate.

— Je peux le faire, la corrigea-t-il. C'est simplement que le soleil provoque de lourds dommages à la chair, ce qui implique que les nanos ont besoin d'un surplus de sang pour les réparer. Le bronzage n'est pas une bonne chose. Il accélère le vieillissement de la peau. Nos organismes ne bronzent pas et les nanos œuvrent pour renouveler la peau vieillie, consommant ce faisant une grosse quantité de sang. L'importance de la surface de peau exposée et la durée de l'exposition influent directement sur la quantité de sang requise. À l'époque, les banques du sang n'existaient pas, nous étions donc obligés d'avoir recours aux humains pour satisfaire nos besoins, augmentant d'autant le risque d'attirer l'attention. Il était plus simple d'éviter de s'exposer au soleil et de limiter ainsi nos prélèvements de sang. D'autant qu'il était également plus facile de chasser une fois la nuit tombée.

— Et tu chassais des « humains » ? (Il acquiesça.) Donc, tu n'es pas « humain » ?

— Eh bien, dit-il en fronçant les sourcils. Je suis atlante. Je suis de la même espèce, mais d'une origine différente.

— Oh.

Elle soupira et resta allongée immobile en assimilant tout ce qu'elle venait d'entendre. Puis ses yeux glissèrent sur la jambe de Lucern. Sa jambe extrêmement pâle. Elle supposa que toute idée de salon de bronzage était à écarter et repensa au fait que Lucern était parfois terriblement livide tandis qu'à d'autres moments, les couleurs avivaient son visage.

— Alors, quand tu es très pâle, c'est parce que…

— Parce que je suis en manque et que je dois me nourrir, termina-t-il à sa place. Parce que je suis déshydraté et que le sang se concentre autour de mes organes vitaux pour leur permettre de continuer à fonctionner. Lorsque je retrouve des couleurs, c'est que je suis repu.

— Déshydraté, répéta-t-elle en hochant la tête. Est-ce que tu ne pourrais pas simplement boire des litres d'eau ? Pourquoi faut-il absolument que ce soit du sang ?

— Les nanos l'utilisent pour se régénérer et se reproduire. Le corps ne parvient pas à produire du sang à un rythme assez élevé. Les nanos déclenchent la sensation de soif de sang quand ils sont en manque, par le biais d'une espèce de réaction chimique dans l'organisme.

— Et tes crocs ?

— C'est ce qu'ils créent en premier. Via une sorte de code génétique.

Il laissa échapper un soupir de lassitude.

— Kate, je viens de mettre entre tes mains ma vie et celle des membres de ma famille en te racontant tout cela. Si jamais tu venais à en parler… Eh bien, les gens te prendraient certainement pour une folle. Mais il est possible que quelqu'un te croie, et une seule personne suffirait à mettre mes semblables en danger.

— Combien êtes-vous encore ?

— À peine cinq cents.

Elle ne cacha pas sa surprise.

— Si peu ?

— Oui. Ce serait dangereux d'être trop nombreux. Nous n'avons le droit qu'à un enfant chacun par siècle afin que notre population reste réduite.

— Mais vous devriez quand même être plus nombreux. Si vous êtes cinq cents aujourd'hui et que vous avez tous des enfants…

— Ce nombre de cinq cents regroupe les hommes, les femmes et les enfants. Parmi eux, il y a peut-être une centaine de couples. Et puis, nous comptons aussi quelques morts dans nos rangs chaque siècle.

Kate fut de nouveau surprise.

— Mais je croyais que vous ne pouviez pas mourir ?

— Nous ne vieillissons pas. Mais tout finit par mourir, expliqua-t-il patiemment. Les maladies et les virus n'ont aucun effet sur nous – les nanos s'en chargent –, et nous ne vieillissons pas. Mais il y a bien d'autres façons de mourir. Par exemple, bon nombre des nôtres ont péri par les flammes pendant l'Inquisition.

— Et le coup du pieu dans la poitrine ? (Lucern acquiesça.) Et la balle en plein cœur ?

Il fit « non » de la tête.

— Les nanos panseraient rapidement la blessure.

— Alors, pourquoi est-ce qu'un pieu te tuerait ?

— Eh bien, pour ça, il faudrait le laisser en place assez longtemps. Les nanos essaieraient de réparer le cœur autour, mais ils ne pourraient pas forcer le pieu à ressortir. Le cœur cesserait de battre, interrompant par la même occasion l'acheminement de sang frais et des nanos, qui finiraient par mourir, au même titre que l'organisme.

—Oh. Je vois.

Kate baissa les yeux et se surprit à observer le pénis flasque. Toutes ces explications avaient eu raison de l'humeur du moment – et c'était bien dommage. Elle s'éclaircit la voix et leva de nouveau les yeux vers le visage de Lucern.

—Du coup… Bastien te fait parvenir du sang, mais comme j'ai enlevé ton nom de la réservation, le colis est reparti et, maintenant, tu…

Elle hésita. Il était pâle comme la mort. Elle aurait été effrayante si elle avait pâli autant que lui. Mais lui paraissait toujours aussi fort et sexy. C'était vraiment injuste.

—Qu'est-ce qui se passe si tu ne prends pas de sang?

—Les nanos s'attaquent à mes tissus pour obtenir les nutriments dont ils ont besoin, admit-il à contrecœur.

Les yeux de Kate s'écarquillèrent sous le choc.

—Mais ça doit faire un mal de chien.

—C'est le cas, dit-il simplement.

—Et tu peux en mourir?

—À terme, oui, mais ça impliquerait d'abord beaucoup de souffrance.

—Et moi qui ai raccroché au nez de Bastien, hier soir, se rendit-elle compte avec horreur. Est-ce que tu as eu le temps de lui demander d'en renvoyer avant que…

—Non.

Le ton de Lucern parut soudain quelque peu irrité.

—Tu l'as rappelé?

—Je ne sais pas où il est. Il a juste eu le temps de dire qu'il se trouvait en Europe avant que tu raccroches.

—Oh, bon sang, gémit-elle faiblement. Combien de temps avant que ça te fasse souffrir?

— Depuis 4 heures, ce matin.

Kate ferma les yeux. *Génial !* Ça signifiait que les nanos étaient déjà en train de le ronger de l'intérieur. Elle se retrouvait avec un vampire affamé sur les bras. Tellement affamé qu'il souffrait le martyre. Le tout dans un hôtel où plusieurs milliers de fans de bit-lit étaient prêts à se jeter sur eux. Ce serait comme amener un lion dans un élevage de porcs. Kate soupira. Tout était sa faute, évidemment. Elle se dit que c'était à elle d'y remédier.

— Bon, très bien. De combien de sang as-tu besoin le temps que nous trouvions un moyen de t'en procurer plus ?

Lucern parut surpris.

— Un demi-litre devrait me suffire pour tenir la journée, peut-être. Mais j'ai besoin…

— Un demi-litre ! hurla Kate. *Seigneur.* Un demi-litre ? Mais c'est l'équivalent d'une bouteille de lait.

— Oui, en gros.

Kate réfléchit sérieusement à la question. Elle n'avait ressenti aucune douleur, la nuit précédente. Ç'avait même été plutôt agréable. Mais un demi-litre ?

— C'est ce qu'ils te prélèvent quand tu fais un don de sang, lui dit-il gentiment.

— Vraiment ?

Elle n'avait jamais donné son sang. Mais elle avait vu des reportages aux infos, chaque fois qu'une tournée passait, sur des gens qui donnaient le leur. Elle pensa qu'il disait sans doute la vérité.

— Oui, vraiment, lui assura-t-il. J'aurais réellement besoin de beaucoup plus, mais en prélever davantage entraînerait des effets secondaires. Et ça me suffirait pour tenir quelques heures.

Soupirant de nouveau, Kate tendit le bras, son poignet positionné à l'aplomb de la bouche de Lucern.

— Vas-y.

Lucern cligna des yeux ; les ailes de son nez tremblaient légèrement. Elle se demanda s'il était capable de sentir son sang. L'idée qu'elle puisse avoir pour lui l'odeur d'un dîner était quelque peu démoralisante.

— Vas-y, répéta-t-il, dubitatif.

— Vas-y, mords-moi, dit-elle impatiemment.

Elle détourna la tête et plissa les yeux, au cas où cette ponction serait douloureuse. C'était son poignet après tout, et non son cou. Peut-être aurait-elle dû lui proposer sa carotide.

Elle se raidit quand il prit ses doigts dans les siens. Kate retint son souffle en attendant la morsure. Son cœur cessa de battre et elle faillit retirer brusquement sa main à l'instant où les lèvres de Lucern entrèrent en contact avec la peau sensible de son poignet. Mais il n'y eut pas la moindre douleur déchirante ; c'était plutôt comme s'il se contentait de la mordiller.

Bon, pensa-t-elle tandis que la sensation remontait le long de son poignet, ce n'était pas si pénible. C'était même, à n'en pas douter, bien mieux que de faire un don à la banque du sang. Bien mieux. Et même excitant. Elle se tortilla légèrement lorsque les mordillements gagnèrent la zone particulièrement sensible au creux de son coude. Il était évident qu'il ne l'avait pas encore mordue. Ou alors s'était-il déjà exécuté ? Entrouvrant un œil, elle regarda dans sa direction. Tout ce qu'elle pouvait voir, c'était la tête de Lucern penché sur son bras. Il avait de beaux cheveux. Épais, noirs et…

— Oh, souffla-t-elle quand il lui pinça la peau.

Elle n'avait pas souffert, juste été surprise d'une façon plutôt érotique. Mais elle ne pensait pas qu'il avait bu son sang, ni rien. Il poursuivait déjà son chemin le long de son bras. La veine ne devait pas être satisfaisante, pensa-t-elle vaguement en observant la tête de Lucern progresser toujours plus haut. Lorsqu'il atteignit la face interne de son bras, au niveau de sa poitrine, il se décala brusquement sur le côté et s'attaqua à son sein. Elle fit un petit bond de surprise. Elle protesta presque même, mais, tandis qu'il aspirait sa peau délicate, elle se dit que c'était peut-être mieux qu'il la morde à cet endroit, de toute façon. Ça ne se verrait pas. Il la léchait, la suçotait, puis l'aspirait dans sa bouche et Kate décida alors que, s'il était en train de la mordre, il pourrait bien recommencer quand bon lui semblerait.

Lucern fit remonter sa main le long du ventre de Kate pour s'emparer de son sein libre. Elle se laissa lentement retomber sur le lit, se persuadant que c'était pour éviter de s'évanouir après la ponction d'un demi-litre, mais la réalité était que son corps était parcouru de violents tremblements ; ses muscles tressautaient sous le coup de l'excitation. Elle savait qu'elle n'aurait pas pu rester assise sous son assaut sensuel même si elle l'avait voulu.

Lucern l'accompagna dans son mouvement et se cala sur un coude tout en continuant à la satisfaire. Kate ferma les yeux et laissa ses mains s'enfoncer dans les cheveux de Lucern. Elles s'y emmêlèrent et tirèrent de leur propre chef. Elle n'avait pas l'intention d'interrompre son repas, mais elle se trouva soudain aux prises avec un autre type d'appétit – elle avait ardemment envie qu'il l'embrasse. Lorsqu'il leva la tête de sa poitrine, Kate constata que sa peau était intacte. Pas la moindre trace de morsure. Le processus de ponction demandait visiblement une totale implication. Elle aurait dû s'en douter. Lucern n'était pas du genre à manger sur le pouce.

Il approcha lentement sa bouche de la sienne, comme elle l'avait souhaité, et Kate se laissa aller au baiser en soupirant. Elle laissa également ses mains descendre le long de son dos pour se poser sur les fesses de son auteur et l'attira à elle tout en se cambrant à sa rencontre. Il ondula des hanches sans la pénétrer pour autant, gravissant visiblement les degrés de l'excitation au même rythme qu'elle. Son baiser se fit plus passionné, sa bouche plus impatiente.

Kate gémit quand elle sentit ses lèvres s'éloigner vers sa gorge. D'une certaine manière, elle avait compris que la morsure approchait et ne put s'empêcher de se crisper par anticipation. Elle se laissa ensuite distraire par la façon qu'il avait de bouger sur elle, de l'exhorter à écarter les jambes. Il se positionna au creux de ses cuisses, et elle sentit qu'il était dur.

— J'ai envie de toi, lui chuchota-t-il.

Puis il lui mordilla le lobe de l'oreille, faisant doucement courir une canine acérée à la surface de sa peau.

Kate eut soudain une idée saugrenue : vu qu'elle ne s'était jamais fait percer les oreilles, il aurait pu s'en charger.

— Kate ?

Elle s'efforça de se concentrer. Il lui demandait sa permission. Elle ne savait pas vraiment à quel sujet. Pour la mordre, ou pour plonger en elle ? Sans doute les deux. Kate ouvrit la bouche pour lui dire vaguement qu'il pouvait y aller lorsqu'on frappa à la porte.

— Hé ? Oh ! Vous deux ! cria Chris, de l'autre côté de la porte. Écoutez, je suis désolé de vous déranger, mais le brunch de bienvenue et la remise des récompenses du *R.T.* débutent dans à peu près un quart d'heure. Vous êtes prêts ?

Chapitre 10

— Est-ce que Lucern va bien ? Il est affreusement pâle.

Au commentaire d'Allison, Kate jeta un coup d'œil inquiet à Lucern. Il était effectivement affreusement pâle. C'était aussi ce qu'elle avait pensé en le voyant dans sa chambre mais, sous l'éclairage de la vaste salle de réception où se tenait le brunch de bienvenue, c'était pire encore. Elle aurait dû insister pour qu'il la morde.

Elle avait essayé, bien sûr. Elle lui avait dit de le faire, mais Chris frappait impatiemment à la porte et Lucern avait refusé. Il avait craint qu'elle se sente faible et il ne voulait pas qu'elle doive se préparer en étant victime de vertiges voire de pertes d'équilibre. D'autant qu'ils ne disposaient pas d'assez de temps, lui avait-il dit. Il se nourrirait plus tard.

Mais maintenant qu'elle voyait à quel point il était livide, elle aurait pu se gifler pour ne pas avoir insisté davantage.

— Kate ?

Elle se retourna et afficha un sourire de façade à l'intention de sa supérieure.

— Il souffre du décalage horaire. Ça va passer.

Allison crut le mensonge et s'intéressa de nouveau à son repas, laissant Kate s'inquiéter pour Lucern. Dès qu'ils quitteraient le brunch, elle le forcerait à la mordre ; ils pourraient parfaitement faire un saut rapide dans leur chambre avant de se rendre dans la salle dédiée aux lecteurs. Il lui faudrait ensuite trouver un moyen de lui procurer un véritable ravitaillement en sang. Elle réfléchit à la question car, même s'ils réussissaient à joindre Bastien aujourd'hui, elle était persuadée qu'il ne pourrait faire expédier un colis que le lendemain.

Kate se rembrunit en pensant que Bastien était peut-être en train de téléphoner en ce moment même, et qu'il n'y avait personne dans leur suite pour décrocher. Et qu'il en irait de même toute la journée. Voire toute la soirée, s'ils assistaient à la rencontre avec les mannequins pour couverture. Peut-être pourraient-ils s'en affranchir. Les fans seraient absorbées par les mannequins mâles et elles ne remarqueraient sans doute même pas l'absence de Lucern. Ce qui, en revanche, ne serait pas le cas d'Allison ni de Chuck. Allison ne serait pas contrariée, mais Chuck, lui, le serait. De son point de vue, les Éditions Roundhouse avaient payé pour que Lucern soit présent, et il voulait en avoir pour son argent.

— Est-ce qu'il parle ?

Kate leva immédiatement les yeux en entendant la question acide de Chuck. Elle s'était arrangée pour que Lucern soit en permanence flanqué de Chris d'un côté, et d'elle de l'autre. Allison était assise à sa droite et Chuck à la droite d'Allison. Mais le président était penché sur la directrice éditoriale reposant pratiquement le menton sur la poitrine de cette dernière en parlant. Allison bouillonnait de colère et Kate la comprenait parfaitement. Chuck était une espèce de porc, il faisait du rentre-dedans à toutes les femmes de la maison d'édition et plongeait sans cesse les yeux dans leurs décolletés. Le personnel ne l'appréciait guère et tous attendaient impatiemment qu'il soit remplacé. Chez Roundhouse, la règle voulait que l'on change de président tous les ans, environ. Kate espérait simplement que Chuck Morgan n'y fasse pas exception. Personne n'avait été ravi de le voir remplacer George Sassoon. Ce dernier avait été un homme extraordinaire qui venait de la radio et de la télévision et qui avait fait bénéficier la maison de toute sa ruse acquise alors. Il avait accompli des choses formidables pour Roundhouse. Personne n'avait été surpris d'apprendre qu'une société plus importante l'avait débauché. Chuck Morgan était un piètre remplaçant en comparaison.

Le regard de Kate glissa du visage méprisant de son président à Jodi Hampton, l'écrivain qui était assise à côté de lui. Cette dernière lançait des regards empreints de curiosité en direction de Lucern. Ce qui ne surprit pas Kate. Outre le fait qu'il était plutôt séduisant, Lucern se voyait traité avec tous les égards réservés aux VIP. Les employés, comme les agents des Éditions Roundhouse, étaient censés se répartir entre plusieurs tables afin que l'ensemble de leurs auteurs se sentent inclus. Mais, étant donné que Chris et Kate allaient passer la semaine collés à Lucern et qu'Allison et Chuck avaient voulu rencontrer le mystérieux M. Argeneau, tous se retrouvaient à la même table que lui. Il ne restait ainsi plus que Deeana Stancyk et Tom Duchamp, le vice-président en charge de la publicité, pour évoluer parmi les trente autres auteurs de chez Roundhouse présents dans la salle.

— Je t'ai demandé s'il parlait.

Le regard de Kate revint se poser sur Chuck. Il était un de ces rares hommes chez qui les traits reflétaient fidèlement sa nature désagréable. Il avait le visage grêlé, rougeaud, une moustache grise tombante, des lunettes, et le crâne chauve.

Kate réfléchit à sa question. Malheureusement, Lucern était, au mieux, taciturne. Pour le moment, il restait muet comme une tombe. Elle ouvrit la bouche pour s'excuser du mutisme de son auteur, mais se ravisa aussitôt. Ils avaient voulu qu'il vienne ; elle l'avait fait venir. Peut-être que s'ils n'appréciaient pas la prestation de l'écrivain, ils n'obligeraient plus Kate à le harceler, à l'avenir. Elle se contenta donc de hausser les épaules en répondant :

— Pas beaucoup.

Chuck n'apprécia visiblement pas la réponse, mais Kate n'en avait que faire. C'était la vérité et personne ne pouvait la tenir pour responsable de la nature de Lucern. Elle posa les yeux sur lui. Chris était en train de parler et Lucern hochait faiblement la tête. Elle distingua des marques de tension sous les yeux de son auteur qui la préoccupèrent. Elle se demanda s'il souffrait beaucoup. Elle réfléchit aussitôt à un moyen de lui fournir du sang – plus de sang que le demi-litre qu'elle pouvait, selon lui, lui donner en toute sécurité. Elle envisagea brièvement de lui trouver une brochette de victimes qu'il pourrait mordre mais, elle avait beau trouver l'idée de mettre Chris en première ligne séduisante, elle n'avait envie de le voir se nourrir sur personne d'autre.

Kate réfléchissait encore au problème lorsque les assiettes furent débarrassées et que la cérémonie de remise des récompenses débuta. Elle écouta d'une oreille les listes de nominés pour chaque catégorie, suivies des noms des lauréats. Elle applaudit en même temps que les autres, mais elle était perdue dans ses pensées.

— Et le dernier nominé est : *L'amour m'a tuée* de Luke Amirault.

Kate bondit sur sa chaise en entendant prononcer le pseudonyme de Luc. Elle ne fut pas le moins du monde surprise de constater que Lucern avait réagi de la même façon. Elle avait oublié de lui préciser que son livre était nominé dans trois catégories différentes. Elle grimaça lorsqu'il la transperça d'un regard accusateur.

— Tu es simplement nominé. Ça ne veut pas dire que tu vas gagner, fit-elle remarquer d'un ton apaisant.

— Et le vainqueur est… Luke Amirault pour *L'amour m'a tuée* !

— Et merde, marmonna Lucern.

— Merde, lâcha Kate en écho.

Elle hésita quelques instants puis, voyant que Lucern n'esquissait pas le moindre geste, elle se pencha vers lui pour lui expliquer :

— Tu dois aller sur scène récupérer ta récompense.

— Je n'en ai pas envie.

Kate sentit son cœur se serrer en entendant la réplique infantile. Six cents ans et il se comportait encore comme un bébé. Les hommes étaient tous les mêmes, quelle que soit leur espèce… ou est-ce que c'était leur origine ? Peu importe. Lui saisissant le coude, elle se leva brusquement, l'entraînant avec elle.

— Moi non plus. On va donc y aller ensemble.

À son grand soulagement, il la laissa le tirer de sa chaise et jusque sur la scène à l'autre bout de la salle. Les gens applaudissaient en lançant des félicitations, certains criant même qu'ils avaient adoré les livres de Lucern. Ce dernier parut imperméable à tout cela. Il avait les traits tirés, presque empreints de douleur, alors qu'il marchait d'un pas déterminé. Kate fut incapable de savoir si cela était dû à la faim ou si c'était sa réaction face à autant d'attentions. Elle se doutait qu'il devait détester ce genre de situation. Elle avait appris à connaître son goût pour la solitude, à Toronto. Et, au cas où ces trois jours ne lui auraient pas suffi pour s'en apercevoir, la mère et la sœur de Lucern avaient comblé ses lacunes sur le sujet, lors du mariage.

Kathryn Falk, Lady Barrow – la femme qui était à l'origine du *Romantic Times*, de la convention et de bien d'autres entreprises –, attendait sur scène pour leur remettre personnellement le trophée. Elle afficha un large sourire tandis que Kate et Lucern montaient les marches donnant sur l'estrade, puis l'inquiétude traversa furtivement son visage lorsqu'elle remarqua leur étrange comportement.

Kate tenta de rendre son sourire plus radieux encore afin de la rassurer, mais elle aurait, elle aussi, bien eu besoin d'être rassurée. Lucern n'était pas un homme de discours, or on attendait de lui qu'il prenne la parole.

— Félicitations, M. Amirault, clama Lady Barrow en lui remettant le trophée. J'ai beaucoup aimé votre série sur les vampires.

Lucern grogna, empoigna la récompense et s'apprêta à quitter la scène. Kate resta d'abord bouche bée, puis elle marmonna en silence et se lança à sa poursuite pour l'attraper par le bras.

— Tu dois remercier, siffla-t-elle en le repoussant vers Lady Barrow sur l'estrade.

— Je n'en ai pas envie.

Kate se renfrogna en percevant la faiblesse qui avait percé dans sa voix. Elle préférait presque ses « Non » et se demanda à quel point le manque de sang l'affectait mentalement. Si elle ne lui en procurait pas rapidement, pourrait-il perdre complètement les pédales et devenir fou ? La pensée lui fit froid dans le dos.

— Dis simplement « merci », lui intima-t-elle d'un ton grave tout en le guidant sur la scène.

— Est-ce que tout va bien ? demanda Lady Barrow dans un souffle tandis que Lucern se postait devant le micro.

Il posait sur la marée de visages un regard vide. Kate se demanda si la foule lui apparaissait comme un étal de steaks, puis elle hocha la tête.

— Le décalage horaire, mentit-elle.

— Vous êtes certaine qu'il n'y a rien d'autre ?

Le ton dubitatif de Kathryn poussa Kate à ajouter :

— Il a peut-être également une légère gastro-entérite. (Puis elle finit par admettre.) Il ne se sent pas très bien.

— Oh, mince, chuchota Lady Barrow.

— Nous espérons que ça va passer rapidement, reprit Kate d'une voix qui se voulait rassurante. Nous allons certainement rater le défilé des mannequins pour couverture afin d'aller chez le médecin.

— Le médecin ? Ce soir ?

— Nous n'avons pas pu obtenir de rendez-vous plus tôt, mentit Kate.

— Oh.

Lady Barrow hocha la tête, puis elle parut soudain se rendre compte que Lucern se tenait depuis un long moment silencieux devant le micro. La salle était plongée dans un calme plein d'attente.

Kate s'approcha de lui et lui donna un discret coup de coude.

— Dis « merci ».

— Merci, obéit-il dans ce qui avait tout d'un grognement ingrat.

Il recula aussitôt de quelques pas. Kate se fit toute petite, mais Lady Barrow leur sauva la mise en s'interposant entre eux pour prendre Lucern par le bras. Elle le fit s'avancer légèrement, puis s'empara du micro et déclara :

— Mesdames… et messieurs, ajouta-t-elle avec un sourire adressé à la table des mannequins pour couverture, seuls hommes présents à l'exception de la poignée d'employés des maisons d'édition et de quelques maris d'écrivains. Comme vous pouvez le voir à sa pâleur, M. Amirault ne se sent pas très bien, mais il a insisté pour être présent à cette cérémonie afin de vous remercier tous pour votre soutien.

Elle laissa quelques secondes s'écouler, le temps que l'assistance assimile ses propos, puis elle poursuivit :

— Je lui suis extrêmement reconnaissante d'être venu ce soir. Je vous prie de bien vouloir l'applaudir et le remercier pour ses merveilleuses histoires. Merci, Luke.

Kathryn Falk se retourna pour lui donner l'accolade, et les applaudissements retentirent dans la salle.

Le soulagement déferla en Kate. Lady Barrow venait de leur sauver la mise ! Mais alors, elle remarqua à quel point les narines de Lucern étaient dilatées et elle le vit baisser la tête à la rencontre du cou offert. Plus inquiétant encore était le reflet argenté que renvoyaient ses yeux. Ses lèvres semblaient parcourir la peau de Lady Barrow à la recherche d'une veine.

Les yeux de Kate s'écarquillèrent sous le coup de l'horreur. Il était sur le point de mordre Lady Barrow devant tout le monde, au beau milieu de cette foutue scène !

— Non !

Le cri sortit de la bouche de Kate lorsqu'elle vit les crocs de son auteur s'allonger. Ce fut un cri strident. La salle entière plongea dans un silence stupéfait. Mais Kate ne s'en préoccupa pas ; Lady Barrow avait bondi des bras de Lucern et s'était retournée, abasourdie. Lucern adressa une grimace à Kate pour l'avoir privé d'un repas.

— Euh…, dit Kate dans le silence assourdissant.

Puis, s'approchant du micro, elle ajouta :

— Non. Ce n'est… euh… pas la peine de le remercier. Lucern vous est… il vous est reconnaissant de… euh… d'avoir pu vous remercier tous. Euh… merci.

L'assistance reprit ses applaudissements, mais Kate les entendit à peine. Lucern s'était rapproché de l'insouciante Lady Barrow, le regard toujours aussi affamé. Plaquant sur ses lèvres un sourire de circonstance, Kate lui attrapa le bras et l'entraîna hors de la scène.

— Tu allais la mordre, l'accusa-t-elle.

— Je voulais simplement goûter, répondit-il d'une voix maussade.

— Simplement goûter ? s'exclama-t-elle. Sur cette estrade, à la vue de tout le monde ?

— Ils auraient pensé à une mise en scène, se défendit-il.

Puis il soupira avant de reconnaître piteusement :

— Je n'ai pas pu m'en empêcher. Elle a le sang riche, sucré.

Kate le dévisagea.

— Tu n'as quand même pas…

— Non, tu m'as arrêté juste à temps. Mais je le sais grâce à son odeur.

Kate grimaça. Puis elle remarqua que les rides qui soulignaient les yeux de Lucern s'étaient approfondies et que d'autres lui ceignaient également la bouche, à présent.

— Tu n'as pas trop faim ?

C'était une question stupide. Il avait été à deux doigts de mordre Lady Barrow sur scène. La faim devait être insoutenable. Mais, ce qu'elle voulait savoir en réalité, c'était :

— Tu n'as pas trop mal ? (Il hocha gravement la tête.) Le peu de lumière du soleil que tu as reçue hier a causé tant de dégâts que ça ? demanda-t-elle.

Si tel était le cas, les vampires étaient par certains aspects plus faibles que les humains, selon elle. Plus fragiles, en tout cas.

— La brève exposition à la lumière du soleil hier, le type enrhumé assis à côté de moi dans l'avion et qui n'arrêtait pas de tousser dans ma direction, le…

— Le fait de se trouver à proximité de quelqu'un de malade entraîne une surconsommation de sang ? s'enquit Kate, inquiète.

Ils se trouvaient dans un hôtel au milieu de plusieurs milliers de personnes – les germes devaient inévitablement être légion. Pas étonnant qu'il soit si casanier.

— Oui, lui confia Lucern. Apparemment, les nanos encerclent les éléments pathogènes et les détruisent, mais cela demande un surplus de…

— … sang, acheva tristement Kate.

— Oui. Et il y a aussi la lumière du soleil ici, aujourd'hui.

Kate balaya la salle du regard, surprise. Les murs étaient épais et sans la moindre fenêtre, mais des puits lumineux étaient aménagés dans le plafond. Ils étaient en verre dépoli et elle n'avait pas cru qu'ils puissent constituer une source de gêne. Elle aurait dû s'en douter. Son regard se déplaça jusqu'à la table où ils étaient assis et elle grogna presque en constatant que cette dernière était positionnée à la verticale d'un des puits.

— Sans parler de l'alcool d'hier soir, qui n'a rien arrangé non plus, poursuivit Lucern. Il accentue la déshydratation.

Kate fronça les sourcils. Elle avait aperçu les canettes de bière écrasées, le carton à pizza vide et les restes de cacahuètes sur la table basse du salon, ce matin. Signe que Chris et Lucern avaient passé une bonne soirée entre mecs. Mais Luc en payait maintenant le prix fort. Son état semblait résulter de tout un tas de raisons. La dernière, cependant, était bien sa faute à elle.

Ils avaient presque regagné leur table, mais Kate l'entraîna sur le côté, en direction d'une des sorties.

— Viens.

— Où allons-nous ? demanda-t-il, perplexe.

— Te trouver à manger.

Elle sortit de la salle de réception et inspecta les alentours. Ils n'avaient absolument pas le temps de retourner dans leur suite. Il leur fallait trouver un endroit plus proche. Elle le poussa vers les toilettes pour hommes.

— Rentre et dis-moi s'il y a quelqu'un, lui proposa-t-elle. Si c'est le cas, fais-les sortir. Tu peux faire ça, non ? Tu sais, prendre le contrôle de leur esprit et…

— Oui. Mais…

— Vas-y, insista Kate.

Lucern secoua la tête, mais franchit néanmoins la porte. Quelques instants plus tard, un homme la dépassa en sens inverse. Kate l'identifia comme étant l'un des mannequins.

Elle lui sourit nerveusement, mais il ne lui rendit pas son sourire – il ne parut même pas remarquer sa présence. Il avait le regard vitreux, le visage inexpressif.

Elle le regarda s'éloigner, puis se glissa dans la pièce, soulagée d'y trouver Lucern seul.

— Très bien, dit-elle en s'approchant de lui d'un pas déterminé. Allons-y.

Lucern fit « non » de la tête en la voyant lui tendre son poignet.

— Je ne peux pas.

— Comment ça, tu ne peux pas ? lui retourna-t-elle, exaspérée. Tu nous as déjà mordus une fois Chris et moi ; évidemment que tu peux. Tu as juste à sortir tes crocs.

— Kate, je ne peux pas. Ça va te faire souffrir.

— Je n'ai pas souffert, hier soir, lui fit-elle remarquer.

— C'est parce que tu étais emportée par le désir sexuel.

Kate rougit, mais elle ne prit pas la peine de nier. Elle avait effectivement été particulièrement excitée, et ça la contrariait.

— Je ne vois pas le rapport, dit-elle en plissant les yeux. Chris, lui, n'était pas…

— Bien sûr que non, coupa-t-il, visiblement de plus en plus impatient. Mais, lui, je peux contrôler son esprit.

— Eh bien, contrôle le mien.

— Je ne peux pas, Kate. Le tien est trop fort.

— Vraiment ?

Elle sentit la satisfaction déferler en elle. Son esprit était trop fort. Oh, se rendit-elle soudain compte, plus fort même que celui de Chris car, d'après ce qu'elle avait vu la veille au soir, Lucern n'avait pas eu la moindre difficulté à prendre le contrôle de ses pensées. Elle avait envie d'exulter à cette nouvelle, mais Lucern était encore en train de parler.

— Les seuls moments où je peux m'immiscer dans ton esprit, c'est quand tu dors, ou quand la passion te submerge.

Du moins, je crois. Tu n'as ressenti aucune douleur hier, quand je t'ai mordue, n'est-ce pas ?

Kate secoua la tête.

— Non. Pas la moindre.

Il opina.

— J'en déduis que tu m'as suffisamment ouvert ton esprit pour que je puisse le saturer de plaisir.

— Hmm, fit Kate en digérant l'information. Et comment tu sais que tu peux t'introduire dans mes pensées pendant mon sommeil ? (La culpabilité se lut un instant sur le visage de Lucern, et Kate se rappela soudain le rêve érotique qu'elle avait fait chez lui.) Tu n'as quand même pas…

Il recula quelque peu devant l'accusation, puis leva les mains en signe d'apaisement.

— Je venais simplement voir… si tout allait bien. Et tu semblais si douce et tellement sexy que je me suis mis à penser à ce que j'aimerais te faire, mais je ne me rendais pas compte que tu recevais mes pensées jusqu'à ce que tu… euh… (Il haussa les épaules, visiblement mal à l'aise.) J'ai arrêté immédiatement.

Kate lui lança un regard assassin. Elle se sentait à la fois vulnérable et exposée. Le rêve qu'elle avait fait chez lui n'avait en réalité rien d'un rêve. Ou alors si ? Son fantasme ? Son rêve à lui ? Un rêve éveillé ? En tout cas, ça n'avait pas été le sien.

La porte des toilettes s'ouvrit et tous deux jetèrent un coup d'œil dans sa direction pour voir un homme d'âge mûr pénétrer dans la pièce. Lucern prit un air menaçant et ses yeux brûlaient d'un feu argenté. *Pars.*

L'homme s'immobilisa brusquement, son regard perdit tout éclat, puis il fit volte-face et ressortit docilement.

À la seconde où ils se retrouvèrent de nouveau seuls tous les deux, Kate prit Lucern par la main et le força à entrer dans une cabine –, elle pouvait difficilement le laisser continuer à envoûter quiconque entrerait dans les toilettes. La cabine était exiguë, mais elle supposa que ce serait bien suffisant pour ce qu'ils avaient à faire.

— Vas-y, Luc. Tu as besoin de sang. Tu commences à ressembler à un mort-vivant.

— Je ne veux pas te faire de mal.

Elle poussa un soupir d'exaspération mais, intérieurement, elle appréciait qu'il se montre si réticent à l'idée de la faire souffrir. D'autant qu'il endurait visiblement un martyre auquel elle pouvait mettre un terme. Elle n'aurait pas plus mal que lors d'une prise de sang. Du moins, elle espéra que ce ne serait pas pire.

— Et si je t'ouvrais mon esprit ? proposa-t-elle sans pour autant avoir la moindre idée de la marche à suivre. (Elle se dit qu'il lui suffirait de penser ouvertement.) Essayons, d'accord ? Je t'ouvre mon esprit et…

— Kate, l'interrompit Lucern.

Elle sut alors qu'il allait refuser. Elle se trouvait dans les toilettes pour hommes – dans une foutue cabine, même – en train de proposer son sang à cet imbécile, comme atteinte du syndrome de Renfield, et lui n'avait rien trouvé de mieux que de se réfugier dans une galanterie tout antique. Il devait véritablement être très vieux. Son expérience lui avait appris que les hommes d'aujourd'hui prenaient ce qu'on leur offrait sans se soucier des conséquences sur la femme. Bon sang, il leur arrivait même parfois de prendre ce qui ne leur était pas offert.

— Bon Dieu, Luc, l'interrompit-elle avec impatience.

Elle saisit le col de sa robe échancrée et le retourna pour révéler l'épingle qu'elle utilisait pour maintenir son soutien-gorge en place.

— Que fais-tu ? demanda-t-il, de nouveau renfrogné.

Bien, pensa-t-elle, irritée. Elle ne se sentait pas particulièrement de bonne humeur. Elle pensait que seuls les bébés avaient besoin d'être nourris à la cuiller. Elle ouvrit l'épingle, la libéra du soutien-gorge et se piqua brusquement l'extrémité d'un doigt avant de le presser fermement jusqu'à ce qu'une goutte bien ronde se forme à sa surface. Elle lui plaça ensuite résolument le doigt sous le nez.

— Est-ce que tu as faim ? lança-t-elle.

Elle le suivit lorsqu'il recula contre la paroi de la cabine en essayant d'esquiver son doigt, puis elle le lui agita sous le nez. Un sentiment de triomphe déferla en elle quand elle vit les narines de Lucern se dilater.

— Allez. Tu meurs de faim. Goûte. Juste un peu. Si tu n'aimes pas, on te trouvera quelqu'un d'autre. Et si tu aimes, une petite morsure rapide dans mon cou te permettra de te sentir mieux. Allez, Lucern, prends donc un peu de Kate pour ton petit déjeuner et…

Ses mots moururent dans un souffle de surprise lorsqu'il lécha le sang sur le bout de son doigt. Ce fut un coup de langue si fugace qu'elle le ressentit à peine mais, à sa grande satisfaction, les yeux de Lucern avaient adopté leur éclat argenté. Elle le tenait.

Elle inclina la tête sur le côté et plissa les yeux dans l'attente de ce qui allait suivre, puis elle repensa à l'ouverture de son esprit. *Mon esprit est ouvert. Lucern peut y entrer. Mon esprit est ouvert. Lucern peut y entrer*, se répéta-t-elle.

Apparemment, il n'était pas si facile d'ouvrir son esprit. Elle sentit les mains de Lucern sur ses bras, puis le frottement de ses lèvres dans son cou, suivi d'une douleur intolérable lorsqu'il commença à y planter ses crocs.

— Aïe, aïe, aïe.

Malgré elle, Kate commença à se débattre. Lucern s'écarta aussitôt. Il continuait cependant à lui tenir les bras, il respirait bruyamment et le feu argenté de ses yeux s'était mué en fournaise tandis qu'il luttait pour contrôler sa soif.

Kate se mordit tristement la lèvre, honteuse de constater qu'elle était une chochotte. Mais c'était trop douloureux. Bien pire que n'importe quelle prise de sang. Cela dit, rares étaient les aiguilles de la taille des crocs de Lucern. Elle porta une main à son cou.

— Je ne sais visiblement pas comment ouvrir mon esprit.

Lucern retira ses mains.

— Tu ferais mieux de partir. Je ne pense pas pouvoir me contrôler encore longtemps.

Kate hésita, puis elle se pencha en avant et passa ses bras sur les épaules de Lucern.

— Que fais-tu ? demanda-t-il sèchement.

— Eh bien, si je dois être sexuellement excitée pour que tu puisses me mordre sans que je souffre, tu ferais mieux de t'atteler à la tâche dès maintenant, dit-elle.

— Kate, nous sommes dans une cabine de toilette. Ce n'est pas vraiment l'endroit idéal pour...

— Tu n'es pas d'un naturel très aventureux, on dirait. Oublie où nous sommes et mets-toi au boulot. Ce sont des toilettes publiques – n'importe qui pourrait entrer d'un moment à l'autre, souligna-t-elle.

Elle se pencha et posa ses lèvres sur la bouche de Lucern. Elle n'eut pas à en faire davantage. Lucern lui rendit immédiatement son baiser et la serra étroitement dans ses bras, comme s'il s'était agi de deux arceaux métalliques.

Kate supposa que ce qui suivit était l'équivalent du cinq à sept chez les vampires. Rien de comparable avec les moments passionnés qu'ils avaient partagés dans la suite. Elle n'aurait su l'expliquer, mais chaque geste semblait calculé, comme si Lucern n'était pas complètement impliqué, mais qu'il procédait à une suite d'actes destinés à l'exciter suffisamment pour qu'il puisse enfin la mordre. Il semblait, d'une certaine façon, distant. Détaché. Ses baisers n'en étaient pas moins experts et excitants mais, alors même qu'elle y répondait en gémissant et en s'offrant, elle était consciente qu'il n'était pas vraiment impliqué. Du moins, elle en fut consciente au début. Mais, lorsque la langue de Lucern se glissa dans sa bouche, elle ne se préoccupa plus de rien.

Lucern défit les boutons qui couraient sur le devant de sa robe avant de glisser une main sous le tissu jusqu'à son soutien-gorge pour prendre dans sa paume fraîche un de ses seins. Kate gémit contre sa bouche. Elle frissonna lorsque son pouce joua avec l'extrémité de son téton.

Il passa ensuite une jambe entre les siennes, forçant le bas de sa robe à remonter jusqu'à ce que, avec le haut de sa cuisse, il vienne frotter contre l'intimité même de Kate. Elle haleta et l'embrassa avec frénésie. Lorsque Lucern rompit le baiser, elle gémit et rejeta la tête en arrière tout en se cambrant et bougeant contre sa jambe, désireuse de plus. Elle sentit les lèvres de Lucern remonter dans son cou, mais tout était si agréable qu'elle murmura simplement son plaisir en inclinant davantage la tête pour qu'il puisse évoluer plus aisément. Puis elle le sentit boire à sa gorge. Cette fois-ci elle savait qu'il n'était pas en train de lui faire un suçon, bien qu'elle ne ressente pas la moindre douleur… Jusqu'à ce que son cerveau embrumé lui indique ce que Lucern faisait et qu'elle aurait dû avoir mal. Son excitation s'évanouit alors.

À l'instant où Kate ressentit le premier élancement de douleur, Lucern parut prendre conscience de la situation et détourna son attention. Il glissa une main sous la robe de Kate, remonta en frôlant l'intérieur de sa cuisse, forçant ses jambes à s'écarter un peu plus. Il repoussa ensuite le tissu délicat de sa culotte et entreprit de la caresser. Kate fit aussitôt abstraction de ce qui se passait dans son cou. Elle haleta et exprima son plaisir en susurrant, ondulant sous la caresse, puis elle poussa un cri lorsqu'il glissa un doigt en elle.

— Oh, Luc.

Elle avait le souffle court, elle passait ses mains dans les cheveux de Lucern et lui maintenait fermement la tête contre la sienne comme si lui seul pouvait l'empêcher de sombrer dans la folie. Elle gémit tout en chevauchant sa main, son corps bourdonnait d'une excitation telle qu'elle ne sentait plus ses jambes. Elle ouvrit les yeux pour essayer de lui dire qu'elle perdait le contrôle de ses jambes, mais elle fut déstabilisée de constater que tout était recouvert d'un voile flou. Elle aurait également voulu l'en informer, mais cela lui aurait demandé un effort surhumain. Une étrange torpeur s'emparait d'elle.

La paroi de la cabine vibra dans son dos quand la porte du cabinet voisin fut ouverte brutalement. Kate supposa qu'il y avait quelqu'un d'autre avec eux dans la pièce. Cela ne la dérangeait pas outre mesure, mais Lucern releva la tête et fronça les sourcils. Il posa ensuite les yeux sur Kate, visiblement contrarié.

En jurant à voix basse, il affermit sa prise et déplaça Kate, l'aidant à s'asseoir sur les toilettes. Il ne dit pas un mot, mais son expression était grave tandis qu'il ajustait les vêtements de Kate et refermait les boutons de sa robe. Après s'être occupé d'elle, il ouvrit la porte de la cabine, jeta un coup d'œil à l'extérieur et l'aida à se lever. Il passa le bras de Kate sur son épaule et il lui fit quitter la pièce en la portant à moitié. Kate n'avait vu personne, mais la cabine voisine de celle où ils s'étaient trouvés était fermée, et elle pouvait voir des pieds sous la porte. Quelqu'un était bien entré, comprit-elle avec un vague intérêt.

— Vous êtes là ! Je vous ai cherchés partout.

Kate regarda alentour et remarqua Chris qui s'approchait d'eux. Il avait l'air tendu, et l'urgence perçait dans sa voix.

— Chuck est livide. Lucern a remporté les deux autres catégories dans lesquelles il était nominé et il n'y avait personne pour aller récupérer le… Bon sang, Kate, tu te sens bien ? Ça n'a pas l'air d'aller du tout.

— Elle ne se sent pas très bien, expliqua Lucern tout en s'admonestant intérieurement.

Il lui avait prélevé trop de sang ; il avait été incapable de se restreindre. Une fois que le fluide tiède et sucré avait commencé à se déverser sur sa langue desséchée puis dans sa bouche, il s'était laissé emporter. Si personne n'était venu le rappeler à la réalité, il ne savait pas où cela aurait pu les mener. Son regard inquiet repassa au visage blême de Kate et il se réprimanda de nouveau. Heureusement, il ne lui avait pas ponctionné assez de sang pour provoquer de graves dégâts, mais Kate allait se sentir faible et…

— Je croyais que c'était vous qui ne vous sentiez pas bien, dit Chris, confus.

Il s'approcha de Kate pour la prendre par le bras et délester Lucern d'une partie de son poids.

— C'est contagieux, marmonna Lucern en entraînant les deux agents vers les ascenseurs.

— Génial, soupira Chris. Comme ça, je suis certain d'être le prochain sur la liste. (Il sembla se dérider quelque peu.) Mais on dirait que vous vous remettez. Vous avez repris des couleurs. Au moins, ça a l'air de passer rapidement.

La culpabilité fit tressaillir Lucern. Le retour de ses couleurs, il le devait au sang de Kate. C'était également pour cette raison qu'elle était à présent si faible. Lui se sentait un peu mieux. Un tout petit peu. Il supposa qu'avec quelques litres de sang supplémentaires, il retrouverait son état normal.

— Où est-ce que vous allez ? demanda Chris tandis qu'il attendait l'arrivée de l'ascenseur.

— Je l'emmène en haut s'allonger quelques heures.

— Non. (Kate s'efforça brusquement de se redresser. Elle y parvint, mais chancelait faiblement.) Nous devons aller à la rencontre des lecteurs.

— Tu n'es pas en état de participer à une quelconque foutue réception, lui opposa Lucern. Tu as besoin de sucre et de repos. Pour refaire…

Il s'interrompit, ne voulant pas en dire davantage en présence de Chris.

— Je m'assiérai là-bas. Il y aura des rafraîchissements, insista Kate avant de se tourner vers Chris. Ils en ont bientôt fini avec la remise des trophées ?

— Oui. Encore une demi-heure, à mon avis.

L'agent regarda en direction de Lucern lorsque les portes de l'ascenseur s'ouvrirent, puis ils aidèrent tous deux Kate à entrer.

— Elle sera bien dans la salle de réception. Nous pourrons garder un œil sur elle. Chuck va faire une crise s'il ne l'y voit pas.

Lucern garda le silence tandis que Chris appuyait sur un des boutons de l'ascenseur. La décision ne le satisfaisait pas, mais il n'avait aucune envie de mettre en péril l'emploi de Kate. Et il la surveillerait.

Chapitre 11

Kate vida les sacs et observa tout ce qu'elle avait acheté se déverser sur le lit, puis elle s'attela au tri. S'emparant du pull noir et du bonnet de laine noire, elle courut jusqu'à la penderie où elle prit son pantalon noir. Elle enfila ses vêtements rapidement, à l'exception du bonnet qu'elle glissa dans sa poche. Elle retourna ensuite auprès du lit en vitesse pour jeter ses achats dans son tout nouveau sac à dos noir. Une fois qu'elle eut fini, elle regarda sa montre.

Kate avait passé la majeure partie de l'après-midi assise à côté de Lucern, dans la salle de réception réservée par Roundhouse, à manger tout ce qu'il lui tendait et boire consciencieusement le jus d'orange qu'il avait envoyé Chris chercher. Cela lui avait paru interminable. Elle avait rapidement commencé à se sentir mieux, après quelques bouchées et quelques gorgées de jus d'orange, tout du moins physiquement, mais Lucern n'avait pour autant cessé de veiller sur elle. Il s'était conduit comme une véritable mère poule.

Lucern respirait également la culpabilité, ce pour quoi Kate l'aurait volontiers giflé. Il n'avait aucune raison de se sentir coupable ; c'était pratiquement elle qui l'avait forcé à boire à sa veine. Et, oui, ça l'avait passagèrement affaiblie mais, au final, il ne lui avait fait aucun tort. Pour autant, elle n'avait nullement envie de figurer au menu du dîner. Même si dans l'ensemble l'expérience avait été plutôt agréable, elle préférait éviter de s'offrir de nouveau en tant que repas. Elle avait donc cogité tout l'après-midi pour trouver un moyen de nourrir Lucern.

Kate avait déjà participé à de nombreuses conventions, mais elle n'avait jamais vu la salle de réception réservée par Roundhouse aussi bondée. Les fans étaient arrivés en masse, avaient déferlé dans la salle à l'en faire exploser ; leur flot débordait même dans le couloir. Chuck avait paru pleinement satisfait. Allison, Tom et Deeana avaient passé leur temps à répondre aux questions et à distribuer aux lecteurs de petits porte-clés en forme de livre miniature. Chris avait dû abandonner Lucern et Kate à plusieurs reprises afin de s'entretenir avec ses auteurs, mais tout s'était bien passé, ils s'en étaient très bien tirés. Avec Lucern, les fans s'étaient montrés merveilleusement attentionnés. Peut-être à cause de l'annonce faite par Lady Barrow au sujet de son état de santé, ou peut-être parce que, même s'il ne ressemblait plus à un cadavre ambulant, Lucern était alors encore pâle et visiblement fragile. Quoi qu'il en soit, les fans, dont Kate avait craint qu'ils submergent Lucern, avaient tous fait preuve de douceur et de bienveillance. Ils avaient également assuré la quasi-totalité de la conversation, faisant part à Lucern de leur goût pour son travail et semblant ne pas remarquer qu'il leur répondait à peine.

C'était dans cette salle de convention que Kate avait fini par élaborer un plan. Ce serait risqué, dangereux, une folie totale, mais elle n'avait rien pu trouver de mieux. Sachant que Lucern se montrerait réticent, elle ne lui en avait rien dit et avait demandé à Chris d'accompagner l'auteur au dîner qui précéderait le défilé des mannequins pour couverture, tandis qu'elle s'était éclipsée afin de se procurer ce dont ils auraient besoin. Elle s'assurait à présent que rien ne manquait et regarda de nouveau sa montre.

Elle avait indiqué à Chris de ramener Lucern à la suite sitôt le dîner terminé, sans se soucier du reste de la soirée. Ils n'allaient plus tarder. Son regard se posa sur la fenêtre. Le soleil s'était couché pendant qu'elle s'affairait à sa tâche ; il faisait nuit à présent. Un bon point. L'obscurité serait leur alliée.

Des rires lui provenant de l'extérieur de la chambre apprirent à Kate que les hommes étaient de retour. Curieuse quant à la raison de leur légèreté, elle se glissa dans le salon. Elle dressa les sourcils en apercevant l'air chagriné de Lucern qui contrastait avec l'hilarité de Chris.

— Vous vous êtes amusés ? demanda-t-elle doucement.

Sa curiosité gagna encore en intensité lorsque Chris éclata de nouveau de rire.

— Tu ne le croiras jamais, Kate, s'exclama ce dernier. Je n'ai jamais rien vu de tel. Écoute, tu sais comment peuvent être les femmes, à s'agglutiner autour des rares hommes présents comme des abeilles autour d'une fleur, mais là, c'était de la folie. Je te jure, une femme a littéralement bondi sur les genoux de Lucern et l'a demandé en mariage devant tout le monde. J'ai bien cru qu'il allait prendre ses jambes à son cou, raconta-t-il en riant de plus belle. Luc avait l'air terrifié.

Il grimaçait tandis que Chris continuait à relater plusieurs autres avances qu'il avait dû éluder. Ç'avait à proprement parler été de la folie, là-bas. Lucern détestait les femmes modernes et leurs façons de prendre les devants – à part Kate, évidemment, qui, elle, était entreprenante dans le meilleur sens du terme. Mais les femmes auxquelles il venait d'échapper en compagnie de Chris… Bon Dieu ! Lucern n'avait pas eu aussi peur depuis la fois où, alors qu'il n'était qu'un enfant, les villageois avaient attaqué le château, torches et fourches en main.

Il frissonna quand Chris raconta l'épisode de la femme qui avait sauté dans l'ascenseur à leur poursuite. Elle avait demandé le plus sérieusement du monde à Lucern de lui faire un enfant, déclarant qu'elle souhaitait à tout prix avoir un fils aussi talentueux que lui. Malgré la rondeur de la jeune femme et sa poitrine prodigieuse, Lucern n'avait eu aucune difficulté à décliner la généreuse proposition. En revanche, il avait éprouvé le plus grand mal à résister à l'envie de goûter au sang de la demoiselle. Si Chris n'avait pas été avec eux, il se serait très certainement laissé aller, en dépit du risque. Les effets bénéfiques du sang que lui avait offert Kate plus tôt n'avaient pas duré longtemps. Son corps était dans un état de manque trop avancé. Il ressentait de nouveau le besoin de se nourrir de toute urgence. La faim était si terrible qu'il avait décidé de s'isoler dans sa chambre pour pouvoir se glisser directement dans le couloir par sa porte personnelle afin de se trouver un en-cas. Voire plusieurs. Il lui faudrait simplement veiller à boire modérément, pas comme avec Kate, plus tôt. Son père et sa mère lui avaient appris, bien des années auparavant, qu'il ne fallait jamais tuer la vache qui vous fournit en lait.

— J'y retourne.

Lucern se reconcentra sur ce qui se passait autour de lui. Chris se dirigeait vers la porte.

— Tu te sens l'envie d'affronter ces furies de nouveau ? le titilla Kate.

Un sourire se forma sur les lèvres de son collègue.

— Je dois m'entretenir avec plusieurs de mes auteurs. D'autant que ce n'est pas après moi qu'elles en avaient. Pas avec Lucern dans les parages. Mais maintenant qu'il n'est plus là, peut-être, ajouta-t-il avec un clin d'œil.

Mais à peine eut-il ouvert la porte qu'il fut quasiment piétiné.

Lucern resta bouche bée devant l'horreur de la scène ; il se retrouva brusquement entouré d'une horde de femmes déchaînées et bruyantes. Toutes le poussaient et l'attiraient à elles, tour à tour. Lucern recula tant qu'il put, mais il rencontra bien vite un mur et la foule continuait à grossir et à avancer, à se presser contre lui, la douce odeur du sang accaparant toute son attention. Il percevait bien des morceaux de phrases et des mots ici et là, mais rien d'intelligible.

— … adore vos livres…

— … ne peux pas assister à la convention, mais je vis ici…

— … attendu dans le hall…

— … vous ai reconnu d'après la photo au dos du livre…

— … suivi jusqu'à votre chambre…

— … vous aime !

— … vous en prie, mordez-moi. Transformez-moi en vampire…

— … signer mes seins.

— *Dehors !* (Lucern entendit clairement, et comprit même, le hurlement de Kate. Il entendit également les mots stridents qu'elle prononça ensuite.) Un petit peu de ton *aide spéciale* serait la bienvenue, Luc !

Lucern sourit. Il aimait quand elle l'appelait Luc. Mais alors, il comprit ce qu'elle avait voulu dire. Elle voulait qu'il utilise ses facultés de contrôle mental pour persuader ces femmes de quitter les lieux. Il espérait simplement être capable de se concentrer assez pour y parvenir. Faisant de son mieux pour ne pas penser à sa faim, Lucern essaya de se concentrer. Il envoya aux femmes un message destiné à les convaincre de partir.

Kate et Chris lui prêtèrent main-forte en empoignant chacun deux femmes par le bras et en les poussant vers la porte. Lucern se chargea des dernières en prenant le contrôle de leur esprit, pour ne les relâcher qu'une fois la porte refermée derrière elles.

— Putain, marmonna Chris en enclenchant le verrou. « Mordez-moi » ? « Transformez-moi en vampire » ? Il faut expliquer à ces femmes la différence entre réalité et fiction. (Lucern et Kate échangèrent un regard silencieux tandis que Chris s'approchait de la porte de sa chambre.) Je crois que je vais sortir par ma chambre. Avec un peu de chance, elles ne surveilleront pas cette sortie-là. Je ferai un crochet par la réception pour leur demander d'envoyer des agents de sécurité pour chasser ces femmes du couloir.

— D'accord. Merci, dit Kate en le saluant d'un mouvement de la main.

Lucern et elle gardèrent le silence en attendant d'entendre la porte de Chris s'ouvrir et se refermer.

Une fois Chris sorti, Kate soupira. Elle se tourna ensuite vers Lucern, habitée d'une détermination qui, en dépit de son état de faiblesse, n'augurait rien de bon, il le savait. Ses premiers mots ne firent rien pour le rassurer.

— J'ai un plan.

— Qu'as-tu dans ce sac ? demanda Lucern avec perplexité tandis qu'ils s'éloignaient de l'hôtel.

— Des trucs, répondit un peu sèchement Kate.

Elle n'était pas bien disposée à son égard car il n'avait pas adopté son plan sur-le-champ. Il l'avait écoutée l'exposer, une expression incrédule sur le visage, avant d'essayer de la dissuader. Il avait également fait de son mieux pour la convaincre de le laisser mordre quelques convives, trouvant que ce serait là un plan bien plus sensé, mais elle avait paru offensée d'apprendre qu'il envisage une telle éventualité.

Il se demanda brièvement si la contrariété de Kate pouvait être due au fait qu'elle n'aimait pas l'idée qu'il partage avec d'autres femmes les mêmes délices qu'avec elle, mais il écarta cette hypothèse. Elle savait, depuis qu'elle l'avait surpris en train d'essayer de se nourrir sur Chris, qu'il n'avait pas besoin de s'embarrasser de toutes ces précautions. Il se dit qu'elle se sentait certainement blessée au nom de l'humanité tout entière. Les humains n'avaient aucun scrupule à tuer de jeunes veaux pour en faire des steaks, mais ils semblaient ne pas apprécier d'être à leur tour considérés comme de la nourriture.

— Si c'est trop lourd, je serai ravie de le porter, comme je te l'ai dit à l'hôtel, ajouta Kate, les dents serrées.

Face à l'irritation de Kate, Lucern sentit un sourire monter en lui. Il le refoula aussitôt. Il souriait rarement. Il identifia son hilarité passagère comme un symptôme de son état de manque et changea le sac de Kate de main. Elle ne le lui avait pas abandonné aisément. Après plus de une heure de discussion il avait finalement accepté son plan. En grande partie parce qu'il mourait de faim, qu'elle était obstinée, et que c'était là le seul moyen de sortir de leur suite. Il ne savait que trop bien qu'elle n'arrêterait pas de le harceler jusqu'à ce qu'il finisse par céder.

Mais ce n'était pas parce qu'il avait cessé de lutter et accepté de donner une chance au plan de Kate pour lui trouver un repas qu'il en oubliait pour autant la courtoisie. Lorsqu'elle avait exhibé son « sac à malice », comme elle le désignait elle-même, Lucern avait immédiatement insisté pour le porter. Kate avait visiblement vécu ce geste comme un affront à sa force. Elle pouvait parfaitement porter ses propres sacs, merci beaucoup. Mais Lucern n'avait rien voulu entendre.

Bon sang, pensa Lucern. *Les femmes modernes sont vraiment une plaie.*

— On y est, annonça Kate en l'entraînant vers un taxi.

Elle donna une adresse au chauffeur et Lucern monta dans la voiture à sa suite. Apparemment, elle avait fait des recherches. Elle croyait visiblement aux vertus de la planification – tout comme Bastien.

Malgré la douleur qui sourdait en lui, Lucern sentit ses lèvres tressaillir d'amusement. Il ne pouvait s'en empêcher ; Kate était tout simplement trop mignonne.

La course ne fut pas longue. Lorsque le taxi s'immobilisa et que Lucern en descendit, il constata qu'on les avait déposés, à sa grande surprise, devant un restaurant. Il resta planté à observer le bâtiment avec effarement, tandis que Kate sortait à son tour de la voiture.

— Kate, je ne pense pas que nous soyons au bon endroit, dit-il alors que le taxi s'éloignait. Je ne vois pas…

— Par ici.

Elle le prit par le bras et l'entraîna un peu plus loin dans la rue.

— Je ne voulais pas que le taxi nous dépose juste devant, au cas où les journaux de demain parleraient de notre petite escapade. Le chauffeur aurait pu se souvenir de nous avoir pris et déposés là-bas, et ils auraient alors facilement pu remonter notre piste jusqu'à l'hôtel. Mais maintenant, on n'a plus à s'en soucier.

Elle avait parlé d'une voix fragile. Bien qu'il s'agisse là de son idée, elle paraissait extrêmement tendue.

— Ah. Bien vu, murmura Lucern.

Il s'abstint de lui faire remarquer qu'avec les tenues qu'ils portaient – sans parler des cliquetis métalliques qui s'échappaient du sac à dos –, ils passeraient difficilement inaperçus, où qu'ils aillent. Qui plus est, le fait d'être descendus à quelques rues de leur objectif ne leur serait pas d'un grand secours. Quoi qu'il en soit, ils n'auraient pas à s'en inquiéter. Lucern y veillerait. Il n'avait aucune envie de mettre Kate en danger.

Il aperçut le bâtiment qu'ils visaient, mais Kate lui attrapa le bras et l'entraîna au-delà. Il était sur le point de lui demander des explications quand elle s'engagea soudain dans une ruelle qui longeait l'arrière de l'édifice.

— Je suis venue examiner les lieux avant d'aller faire mes emplettes, chuchota-t-elle tout en se déplaçant furtivement dans la ruelle et en le tractant derrière elle, une main crispée sur son bras, telle une serre.

Elle marchait d'une façon très étrange, presque accroupie, comme si elle pensait être moins visible ainsi.

Lucern observa ce comportement bizarre avec perplexité et se demanda ce qu'il était advenu de son esprit habituellement si rationnel. Elle devait bien se rendre compte que le fait de marcher de la sorte ne la rendait pas moins visible, mais qu'il indiquait également qu'elle se préparait à commettre un méfait. Apparemment pas.

Il soupira lorsque le bout de sa chaussure butta contre un pavé et le fit trébucher, ce qui fit trébucher Kate à son tour. Elle se mit alors soudain à courir, le tirant derrière elle jusqu'à ce qu'ils atteignent une benne à ordures, au milieu de la ruelle. Elle entraîna Lucern derrière le conteneur puis s'accroupit en scrutant les lieux d'un œil apeuré.

— Tu as entendu comme moi, chuchota-t-elle, inquiète. Je crois que j'ai entendu quelque chose. Mais je ne vois personne. C'était peut-être juste un chat.

— Ou un rat, lui glissa Lucern dans l'oreille en se penchant en avant.

Il était bien conscient que c'était là un comportement mesquin, d'autant que lui savait ce qu'elle avait réellement entendu. Mais il n'avait pu se retenir. Il était si facile de la faire marcher. Il ne s'était pas autant amusé depuis… Eh bien, depuis des siècles, se rendit-il compte avec surprise.

— Un rat !

Kate se releva brusquement, assenant par la même occasion un coup de tête dans le menton de Lucern.

Ce dernier fit un bond en arrière. En grimaçant, il se frotta la mâchoire à l'endroit de l'impact, tandis que Kate, de son côté, se prit la tête à deux mains en lâchant un cri de douleur. Elle coupa le son presque aussitôt, bien entendu, mais Lucern ne put cependant pas s'empêcher de penser qu'il leur faudrait certainement miser sur autre chose que la furtivité pour mener à bien leur entreprise. Kate n'était pas très douée pour le banditisme.

— Chut, lança-t-elle sévèrement, comme si c'était Luc qui avait laissé échapper le cri.

Il garda ses remarques pour lui et l'observa plutôt avec intérêt alors qu'elle tirait deux bonnets de laine de sa poche. Elle en enfila un, se l'enfonçant sur le crâne puis le déroulant sur son visage. En fait de bonnets, il s'agissait de cagoules. Une fois les trous ajustés au niveau de ses yeux et de ses lèvres, Kate tendit la seconde cagoule à Lucern.

— Enfile ça, lui ordonna-t-elle.

S'emparant du sac à dos qu'il tenait, elle le déposa sur le sol dans un fracas métallique.

— Il est hors de question que j'enfile ça, dit-il avec dédain.

Kate soupira impatiemment.

— Enfile-la, Lucern. Je n'ai pas envie de me retrouver nez à nez avec ton visage blême demain en ouvrant les journaux.

— Et comment…

— Les caméras de sécurité, l'interrompit-elle sèchement.

Lucern renifla.

— Il y a peu de risques qu'ils aient des caméras de sécurité dans…

— Il y a des caméras de sécurité partout, de nos jours. Ça permet de réduire les franchises d'assurance, je crois.

Marmonnant dans sa barbe, Lucern finit par obéir. Enfilant le satané morceau de laine, il se sentit ridicule, et fut bien content qu'aucun membre de sa famille ne soit présent pour le voir dans cet accoutrement. Étienne, en particulier, l'aurait chambré pendant des décennies. Le fait de savoir que Kate ne voyait pas son visage ne l'empêcha pas de lui adresser une grimace particulièrement hideuse. Elle n'en remarqua rien ; elle était occupée à farfouiller dans le sac, quel que puisse en être le contenu. Les bruits métalliques donnaient la réplique aux claquements.

Qu'avait-elle bien pu emporter ? se demanda-t-il avec irritation.

— Dans ta vie, commença-t-elle d'une voix tendue, j'imagine que tu n'as rien appris au sujet du cambriolage, je me trompe ?

— Une ou deux choses, admit-il.

— Bien, dit-elle, visiblement soulagée. Parce que moi, tout ce que j'en connais, c'est ce que j'ai vu à la télé.

Lucern dressa un sourcil, puis, se souvenant qu'elle ne voyait pas son visage, il ajouta d'un ton solennel :

— Qui l'eût cru ?

— Je t'assure, renchérit-elle, enthousiaste. J'adore les séries policières et je m'en suis inspirée. J'espère qu'il ne nous manquera rien. Je ne savais pas trop, alors je suis allée à la quincaillerie et j'ai pris tout ce qui me paraissait utile.

Ah. Voilà qui expliquait son absence à la soirée des mannequins pour couverture. Lucern s'agenouilla à côté d'elle et jeta un coup d'œil dans le sac. Il discerna tout d'abord plusieurs outils longs et pointus. On aurait dit des tournevis, mais avec une extrémité acérée. Il y en avait tout un assortiment de tailles.

— Des alènes ? Pour quoi faire ?

— Ils utilisent toujours des trucs pointus et acérés pour leurs effractions, à la télé, expliqua Kate. Pour forcer les serrures. (Elle s'interrompit, le visage pensif.) Ou alors des cartes de crédit. (Elle fronça les sourcils quelques secondes avant de jurer.) Je savais que j'aurais dû prendre mon sac à main.

Lucern ne lui prêtait pas vraiment attention ; il parcourait le contenu du sac.

— Une clé à tuyau ? demanda-t-il en extrayant le volumineux et pesant outil de plombier.

Kate se mordit la lèvre et changea de position, visiblement mal à l'aise.

— Je m'étais dit que, peut-être, si tu ne parvenais pas à forcer la serrure, tu pourrais toujours casser une vitre.

Lucern dressa un sourcil, puis il extirpa un rouleau de…

— Corde ? De la corde, Kate ? Tu veux bien me dire pourquoi tu as apporté une satanée corde ?

— Au cas où tu aurais à escalader une fenêtre à l'étage pour entrer ou pour ressortir, expliqua-t-elle, sur la défensive.

— C'est un bâtiment de plain-pied, lui fit-il remarquer.

— Ah, effectivement.

Elle scruta l'édifice, visiblement mécontente, comme si elle le soupçonnait d'avoir rétréci d'un étage pendant qu'elle ne le regardait pas.

— Je croyais que tu avais repéré les lieux.

— J'ai repéré les lieux. C'est juste que…

Elle agita les mains violemment.

— Bon, d'accord, tu n'auras aucune fenêtre à escalader. Mais tu auras peut-être à ligoter quelqu'un, qui sait ?

— Hmm. (Lucern sortit du sac un nouvel objet.) Du ruban adhésif? s'enquit-il en exhibant un rouleau argenté.

En dépit de la cagoule et de l'obscurité, Lucern crut la voir rougir.

— Mon père avait l'habitude de dire que, quelle que soit la tâche à laquelle on s'attelle, un rouleau d'adhésif peut toujours se révéler utile, expliqua-t-elle gauchement.

Puis elle releva les épaules et ajouta :

— Tu peux par exemple en recouvrir la vitre avant de la briser. Afin de réduire le bruit et de limiter la quantité de verre au sol. Ou, si on doit ligoter quelqu'un, l'adhésif est impossible à déchirer.

— Je croyais que nous avions la corde pour ligoter nos victimes ?

— Parfait, rétorqua-t-elle avec irritation. Tu te sers de la corde pour les attacher et tu les bâillonnes avec l'adhésif.

Lucern faillit éclater d'un rire sonore, mais il parvint à se retenir. Elle avait apparemment paré à toutes les éventualités. Sauf une. Il n'avait besoin d'aucune de ces bricoles. Enfournant dans le sac tous les outils, Lucern le referma et se releva.

— Attends ici, lui ordonna-t-il.

Puis il remonta la ruelle jusqu'à la porte secondaire du bâtiment.

Comme d'habitude, la jeune femme n'écouta pas et lui emboîta le pas. La panique était perceptible dans sa voix lorsqu'elle demanda :

— Qu'est-ce que tu vas faire ?

— Ce pour quoi nous sommes venus. Cambrioler la banque du sang.

Il frappa à la porte. Kate avait du mal à en croire ses yeux. En fait, elle n'en croyait pas ses yeux. L'idée de Lucern pour s'introduire dans la banque du sang était simplement de frapper à la porte ? Il fallait vraiment qu'il se procure une télévision, pour améliorer son sens de la réalité. On ne faisait pas un casse en frappant à la porte.

Peut-être avait-il perdu l'esprit, pensa-t-elle tristement. Elle s'attarda sur cette idée, la considéra sérieusement. C'était tout à fait possible. La faim et la douleur nées de son manque de sang avaient parfaitement pu lui faire perdre les pédales. Il n'était peut-être plus qu'un fou furieux, à présent, se dit-elle. Elle lui fit part de sa réflexion.

— Tu es fou, murmura-t-elle dans le silence qui suivit ses coups sur la porte. La soif de sang t'a fait perdre les pédales. Tu…

Elle se tut instantanément en voyant la porte s'ouvrir. Kate fut tellement surprise qu'elle ne put que contempler bouche bée l'homme qui venait de faire son apparition. Il avait les cheveux blond-roux et approximativement le même âge qu'elle, il portait une blouse et arborait une expression interrogative comme si cela n'avait rien de bien extraordinaire que des gens viennent frapper à la porte de service pendant les heures de fermeture.

Kate ne s'était pas attendue à ce que quiconque réponde, mais, même si cela avait été le cas, la dernière personne sur laquelle elle aurait misé aurait été un employé de la banque du sang. Ils auraient dû être rentrés chez eux, non ? Elle aurait pu, à la limite, imaginer voir apparaître un agent de sécurité ou un membre de l'équipe d'entretien.

Elle fut détournée de ses réflexions quand l'employé sembla remarquer qu'ils portaient une cagoule. Elle aurait juré que c'était là la cause de la panique qui s'inscrivit soudain sur les traits du jeune homme. Voyant qu'il s'apprêtait à refermer la porte, elle jeta un coup d'œil à Lucern en lui donnant un coup de coude. Visiblement, elle avait eu tort de s'inquiéter. La seconde suivante, l'employé se figea. Lucern était déjà en train d'œuvrer sur son esprit.

Le silence se fit tandis que Lucern semblait simplement observer le jeune homme, dont le visage se vidait progressivement de toute expression. Lucern lui demanda gentiment :

— Êtes-vous seul ?

— Oui.

L'employé s'était exprimé d'une voix monocorde, comme sous l'emprise de la drogue.

— Avez-vous des caméras de surveillance, ici ? demanda Lucern.

Kate fut rassurée quant au bien-fondé de son insistance à les faire porter des cagoules en entendant l'employé acquiescer. Lucern, en revanche, paraissait tout sauf enchanté. Elle supposa qu'il avait espéré pouvoir ôter son passe-montagne.

— Auriez-vous l'amabilité de bien vouloir nous guider jusqu'à l'endroit où vous entreposez le sang ?

Kate roula des yeux devant cette courtoisie venue d'un autre âge. Mais Lucern se comportait visiblement de la sorte en toute circonstance. Même lorsqu'il braquait une banque.

Quand l'employé fit volte-face pour s'engager dans le couloir, Lucern jeta un coup d'œil à Kate.

— Attends ici. Je reviens tout de suite.

— Mais bien sûr, rétorqua-t-elle.

Elle hissa le sac sur son épaule et suivit Lucern à l'intérieur. C'était son idée. Plutôt être damnée que de devoir l'attendre dans la ruelle, à se triturer les doigts comme une héroïne de roman mollassonne.

Lucern lui adressa un regard noir. Qu'elle lui rendit. S'avançant pour suivre le jeune homme en blouse, elle laissa Luc lui emboîter le pas.

Elle scrutait nerveusement les alentours en traversant l'entrée. Le silence qui régnait dans la banque du sang était si absolu qu'on se serait cru à l'intérieur d'un tombeau. Une pensée lugubre, se dit-elle, mais qui lui évoqua l'image d'un cercueil sur laquelle elle s'attarda. Il était clair que Lucern n'avait pas besoin d'être dans une bière pour dormir. Même s'il avait renforcé l'obscurité dans sa chambre en doublant les rideaux d'une couverture, il ne dormait pas dans un cercueil. Elle supposa que c'était là encore une erreur à mettre au compte de Stoker. En effet, d'après Lucern, il n'avait besoin d'aucun cercueil car il n'était pas mort. Simplement vieux.

Kate grimaçait quand Luc, leur guide et elle pénétrèrent dans une salle remplie de réfrigérateurs faits de verre et de métal. Luc était très vieux. En général, elle préférait flirter avec des hommes de son âge. Mais Lucern n'entrait pas dans cette catégorie. Elle pouvait, sans risque de se tromper, dire qu'il était l'homme le plus âgé qu'elle ait jamais fréquenté. Peut-être même l'homme le plus âgé que personne ait jamais fréquenté.

Elle s'immobilisa sitôt après avoir franchi la porte et observa simplement Lucern la dépasser pour s'approcher d'un des frigos. Il l'ouvrit, révélant des rangées bien nettes du liquide rouge dont il avait tant besoin.

Kate jeta un coup d'œil curieux au jeune homme en blouse. Il avait l'air complètement absent, un zombie sous le contrôle de Lucern, et elle fut bien contente l'espace de quelques instants d'avoir une sacrée force d'esprit. Autrement, Luc aurait pu exercer ses talents sur elle et lui faire faire tout ce qu'il voulait. Pensée effrayante s'il en était.

Elle reporta son attention sur Lucern et le regarda avec intérêt choisir une poche de sang et y planter ses crocs. La manœuvre s'était déroulée sans la moindre effusion. Il parvenait visiblement à aspirer le liquide directement par le biais de ses dents, comme s'il s'agissait de pailles, car il se tenait là, les crocs plantés dans la poche, et le volume de sang diminuait. C'était relativement rapide. Et pourtant, Kate se surprit à jeter plusieurs coups d'œil nerveux dans le couloir en attendant qu'il ait fini.

Lucern répéta la même opération sur huit poches de sang. L'une après l'autre. Quand il eut fini la dernière, il commença à refermer la porte du réfrigérateur. Kate se jeta sur lui pour l'en empêcher.

—Que fais-tu ? lui demanda-t-il tandis qu'elle ouvrait son sac à dos.

Elle entreprit d'y empiler des poches de sang.

— J'en emporte quelques-unes. Il t'en faut pour demain, lui fit-elle remarquer. Et je ne veux pas avoir à revenir ici.

Lucern acquiesça.

— Récupère également les poches vides, indiqua-t-il.

Il s'approcha ensuite de l'employé et lui chuchota quelque chose que Kate ne put entendre.

— Qu'est-ce que tu lui as dit ? demanda Kate alors qu'ils retraversaient rapidement le couloir par lequel ils étaient arrivés.

— Je lui ai ordonné de changer les registres pour qu'il n'y ait pas de différence, et que personne ne remarque qu'il manque du sang.

— Oh.

Kate se tut en mettant un pied à l'extérieur. L'air frais sur son visage, qu'elle venait de débarrasser de la cagoule, était vraiment agréable et elle sentit une partie de la tension qui l'habitait se dissiper. Mais elle ne se relâcha pas complètement, pas même quand ils furent à bord d'un taxi, de retour vers l'hôtel. Elle était remontée comme une pendule et l'avait été toute la journée. Elle n'en revenait pas que cela ait pu être aussi facile. Frapper à la porte ? *Sans déconner.*

La main de Lucern se referma sur la sienne et Kate le regarda avec surprise. Il souriait. En quelque sorte. En tout cas, son habituel air renfrogné avait disparu. Ce qui, venant de lui, équivalait à un sourire, pensa-t-elle, remarquant au passage que le rose lui était revenu aux joues et que les marques de douleur s'étaient effacées. Elle n'arrivait pas à croire qu'il ait pu boire autant de sang, mais cela semblait lui avoir fait du bien. Il paraissait en meilleure santé qu'elle ne l'avait jamais vu.

Elle baissa les yeux sur la main qui recouvrait les siennes avant, à son tour, d'enserrer celle de Lucern. Elle savait que Lucern avait perçu sa tension et qu'il essayait de lui faire comprendre sans dire un mot que tout allait bien. Mais elle se faisait l'impression d'une adolescente qui tient les mains de son petit ami pour la première fois. Elle fut triste lorsqu'ils arrivèrent devant l'hôtel et que Lucern rompit l'étreinte pour payer la course.

Tous deux pénétrèrent dans le bâtiment et prirent l'ascenseur jusqu'à leur étage sans échanger le moindre mot. Kate se demandait s'il allait l'embrasser et la remercier pour son aide une fois qu'ils l'auraient atteint. Elle l'espérait. Elle espérait même qu'il ferait plus que ça. Mais elle comprit qu'il n'en serait rien quand ils entrèrent dans la suite et entendirent la télévision allumée. Chris était de retour, il se reposait sur le canapé.

— Oh, hé ! Je me demandais où vous étiez passés tous les deux. Un colis est arrivé en votre absence.

Il désigna d'un mouvement de la main un gros carton posé sur la table près de la fenêtre.

— Il est adressé à Lucern Argeneau, chez Kate C. Leever. J'imagine que votre frère a dû le réexpédier. Il aura certainement fait la lumière sur la situation tout seul. (En disant ces mots, il fronça les sourcils.) Cela dit, il est peu probable qu'il ait déjà reçu le premier colis, il n'a été renvoyé qu'hier. (Il haussa les épaules.) Il vous a peut-être simplement envoyé autre chose.

Kate n'écoutait pas. Elle observait, bouche bée, le carton posé sur la table. Elle n'en croyait pas ses yeux. Il était estampillé « B.S.A. ». Banque du Sang Argeneau ? Nom de Dieu. Tout ce stress et toute cette inquiétude pour rien.

Chapitre 12

Lucern jeta un regard à l'autre bout de la salle de réception où Kate était en train de s'entretenir avec Deeana Stancyk. Difficile de ne pas remarquer Kate dans sa jupe jaune vif et sa veste assortie, étincelante de vitalité, souriante, le visage vivant, les mains animées tandis qu'elle parlait et riait. Elle était belle. Le simple fait de la regarder suffisait à réveiller une douleur dans la poitrine de Luc. Une douleur qui aurait tout aussi bien pu être due à une indigestion, pensa-t-il en se rappelant le petit déjeuner bien gras qu'il avait ingurgité le matin même.

Kate était restée particulièrement silencieuse depuis qu'ils avaient regagné leur suite la veille au soir et découvert le colis qu'avait envoyé Bastien. Elle ne l'avait même pas accompagné dans sa chambre pour s'assurer du contenu de la boîte, se contentant simplement de lui tendre le sac à dos rempli des six poches de sang qu'ils avaient dérobées, de lui souhaiter bonne nuit à mi-voix, puis de disparaître dans sa propre chambre. Ce qui avait ruiné la nuit de Lucern.

Il avait ouvert le colis dans sa chambre et entreposé le sang – à la fois celui qu'ils avaient récupéré lors de leur petite expédition et celui envoyé par Bastien – dans le minibar. Il avait d'abord dû le vider. Il avait posé les canettes de soda, les mignonnettes d'alcool et les différents en-cas sur la commode. Puis il avait erré dans le salon et s'était laissé tomber sur le canapé pour regarder la télé avec Chris quelques instants, en espérant que Kate ressortirait de sa chambre. Elle n'en avait rien fait.

L'envie d'aller la voir avait été des plus tentantes. À présent que sa soif de sang était étanchée, Lucern devait faire face à d'autres appétits, le premier d'entre eux étant de se trouver en compagnie de Kate. Bizarrement, en sa présence, il se sentait plus léger, plus jeune. Comme s'il n'avait pas déjà vécu six cents ans et commencé à se lasser de la vie. La jeune femme avait semé la pagaille dans son psychisme.

Après avoir regardé un très mauvais film de vampire – bon Dieu, pourquoi fallait-il toujours que le vampire soit le méchant de l'histoire ? –, Lucern avait pris congé de Chris et s'était mis au lit. Il s'était réveillé tôt, avait consommé quelques poches de sang, accroché de petits écriteaux « Ne pas déranger » à la poignée de sa porte qui donnait sur le couloir et à celle qui communiquait avec le salon, de sorte que la femme de ménage ne tombe pas sur le sang dans le minibar et ne fasse pas une crise, puis il avait retrouvé Chris et Kate pour aller prendre le petit déjeuner.

Ils avaient mangé tous les trois dans le restaurant principal, et avaient été rejoints par une poignée d'auteurs de chez Roundhouse. Lucern n'avait pas dit grand-chose au cours du repas, se contentant surtout d'écouter avec intérêt ce que Chris et Kate échangeaient avec les autres. C'est alors qu'il s'était rendu compte qu'il monopolisait une grande partie de leur temps. Ils le gardaient comme de véritables baby-sitters. Lucern s'était presque senti honteux.

Son amour-propre s'était alors réveillé et, lorsqu'ils avaient gagné la salle de réception, Lucern avait insisté pour que Kate aille discuter avec ses autres auteurs, lui expliquant qu'il pouvait parfaitement s'occuper de lui-même. Elle avait paru hésiter, mais avait fini par céder au besoin de passer du temps avec le plus possible d'écrivains. Elle avait souvent jeté des coups d'œil dans sa direction, venant s'assurer de temps en temps que tout allait bien, mais elle avait passé le plus clair de la matinée à évoluer parmi ses auteurs, à parler et à rire avec elles, à les rassurer ou à les féliciter.

Chris s'était lui aussi plié à ses obligations, s'attardant avec les romanciers dont il avait la charge, laissant Lucern seul en compagnie des auteurs avec lesquelles ils avaient pris le petit déjeuner. Lucern avait surtout écouté, n'émettant que quelques commentaires sporadiques. C'étaient des femmes agréables, intéressantes et créatives, qui l'avaient intégré à leur cercle sans poser la moindre question. Mais elles avaient également tendance à se montrer plutôt protectrices à son égard, l'aidant à répondre au flot incessant de ses fans.

Il avait certes apprécié leur aide, mais il commençait néanmoins à développer une espèce de complexe. Pourquoi tout le monde semblait-il penser qu'il avait besoin qu'on le protège ? Les gens se comportaient comme s'il était fragile et – il frissonna – sensible. Lucern était la personne la moins sensible qu'il connaisse. Mince, Luc avait été dans sa jeunesse un guerrier à qui cela ne posait pas le moindre problème de tailler en pièces ses adversaires à coups d'épée. Après l'invention des pistolets, il avait participé à d'innombrables duels et tué autant d'hommes, avant de regagner son club à cheval pour y prendre son petit déjeuner. Il était parfaitement capable de s'occuper de lui-même. Mais Kate et les autres ne semblaient pas en avoir conscience. Même si elle ne se tenait plus à ses côtés, Kate le couvait de l'œil protecteur d'une mère poule qui observe son poussin faire ses premiers battements d'ailes maladroits. Il ne faisait pour lui pas le moindre doute que, si elle estimait qu'il se trouvait en danger, elle accourrait en un instant.

Kate jeta un coup d'œil vers lui au moment précis où il se faisait cette réflexion ; il lui retourna un regard noir en réponse à la piètre opinion qu'elle avait de lui.

— Kate est une très jolie femme, glissa doucement Jodi Hampton à l'oreille de Luc. Elle est également très gentille et généreuse. La plupart de ses auteurs, moi y compris, verraient d'un très mauvais œil que quelqu'un lui fasse du mal.

Lucern se tourna vers la romancière, surpris. Jodi était assise à côté de lui pendant le petit déjeuner, et elle avait repris la même place dans la salle de réception. Âgée de cinquante ans mais dotée de la vitalité d'une femme bien plus jeune, Jodi Hampton était l'un des meilleurs auteurs des Éditions Roundhouse. Elle avait bâti sa carrière à force de volonté, accroissant son lectorat de livre en livre plutôt qu'en faisant une arrivée fracassante, à tel point que ses cinq derniers romans avaient tous figuré sur la liste des meilleures ventes établie par le *New York Times*. Au fond, il n'était peut-être pas si surprenant que, en plus d'être ravissante, elle soit sûre d'elle et intéressante. Ce qui était moins évident en revanche, mais que Lucern avait rapidement constaté, c'était qu'elle était également incroyablement gentille – même si elle venait de se comporter comme une maman ourse qui cherche à tenir un prédateur à l'écart de son bébé. C'était quelque chose que Lucern avait apprécié. Enfin quelqu'un ici qui ne le considérait pas comme dépourvu de défense, mais comme un danger potentiel. Ne serait-ce que sur le plan des sentiments.

— Je ne ferai jamais le moindre mal à Kate, assura-t-il à sa voisine, qu'il considérait d'un œil affectueux.

Il aimait les femmes intelligentes.

Jodi opina lentement.

— J'espère bien que non, Luke Amirault, car j'ai beaucoup d'estime pour vous.

— Mon véritable nom, c'est Argeneau. Lucern Argeneau, lui dit-il. Luke Amirault n'est que mon nom de plume.

Jodi acquiesça de nouveau et lui présenta sa main.

— Et le mien, c'est Teresa Jordan. Je suis enchantée de vous rencontrer, Lucern.

— Appelez-moi Luc.

Il lui serra la main et sentit ses lèvres se déformer pour afficher un semblant de sourire.

— J'ai cru comprendre que vous écriviez des romances historiques, Teresa ?

— Effectivement. Et je me sers de tous vos écrits historiques pour m'aider dans mes recherches. Vous êtes beaucoup plus jeune que je ne le croyais. Cela dit, j'aurais dû m'en douter. Vos livres n'ont rien de vieilles histoires poussiéreuses. Vous parvenez à ramener à la vie d'autres époques. Vos livres font de la recherche un vrai plaisir.

Lucern sentit sa bouche se déformer de nouveau pour dessiner un sourire satisfait. Une sensation bizarre. Il n'avait pas l'habitude de sourire autant. Il n'avait d'ailleurs commencé à le faire que depuis l'irruption de Kate dans sa vie. Mais il se sentait tout à fait capable de s'y habituer.

Constatant que le flux de fans dans la salle de réception s'était tari, Lucern se détendit quelque peu et entreprit de discuter d'Histoire avec sa nouvelle amie. Bien vite, les autres écrivains de Roundhouse se joignirent à la discussion.

— C'est devenu bien calme.

Kate acquiesça tandis que Chris faisait son apparition à côté d'elle. La matinée avait été longue, mais productive. Kate était quasiment sûre d'avoir réussi à échanger quelques mots avec chacun de ses auteurs présents à la convention. Elle pouvait souffler un peu.

— C'est l'heure du déjeuner, souligna-t-elle. Tout le monde est certainement en train de manger. L'activité ne reprendra qu'un peu plus tard.

— On devrait peut-être aller rejoindre Luc et trouver quelque chose à manger, nous aussi, proposa Chris.

— Bonne idée.

Kate se retourna à la recherche de Lucern et elle l'aperçut en grande conversation avec Jodi.

— Il a l'air de se détendre un peu, maintenant qu'il se sent mieux, chuchota Chris pendant qu'ils traversaient la salle. Il n'est pas aussi difficile qu'Edwin passait son temps à le dire. Ou alors, c'est que tu as une influence positive sur lui.

Kate laissa échapper un petit rire sec.

— J'ai plutôt l'impression que c'est cette première soirée passée « entre mecs » qui l'a détendu un peu.

Chris rit.

— Je n'arrivais pas à croire qu'il n'avait jamais regardé la télévision. Cela dit, il l'a vite adoptée. Il a beaucoup d'humour sous son apparence guindée et rigide. Je l'aime bien.

— Moi aussi, ajouta machinalement Kate avant de s'apercevoir que c'était la vérité.

Elle appréciait vraiment Lucern. Elle n'était pas certaine de savoir pourquoi, mais elle l'appréciait. Et ce n'était pas uniquement pour ses baisers ou pour le poids qu'il pouvait avoir sur sa carrière. Elle réfléchissait à ces différentes raisons tandis que, une fois arrivés à proximité du groupe d'écrivains en plein débat, ils attendaient le moment opportun pour signaler leur présence.

Lucern avait été impoli et revêche quand il l'avait vue pour la première fois sur le perron, mais pas au point de la chasser de chez lui et de la renvoyer dans ses pénates. Ce qui aurait relevé de son droit le plus strict. Il s'était laissé traîner en courses, l'avait suivie sans se plaindre dans le magasin et avait mangé le repas qu'elle avait préparé. Il avait certes rendu l'épisode des lettres des plus compliqués, mais Kate comprenait à présent que ce n'était pas délibéré de sa part.

Elle se souvint de cette lettre d'une lectrice qui demandait à Lucern de la changer en vampire, et du « non » catégorique de ce dernier. Elle repensa ensuite à celle dont l'auteur se déclarait éprise d'Étienne et à la réponse de Lucern : « Il est pris. » Sur le moment, elle avait cru qu'il faisait tout pour rendre les choses difficiles, mais à présent tout était clair. Elle rit presque à voix haute, alors qu'elle avait été à deux doigts de hurler lorsque c'était arrivé.

Luc était un homme honnête, un homme de parole. Il avait promis qu'il ferait le *R.T.* et, bien qu'on lui ait délibérément laissé croire qu'il s'agissait d'une interview, il avait tenu sa promesse. Il participait en ce moment même à une convention à laquelle elle savait que rien au monde n'aurait pu le convaincre de prendre part s'il n'avait pas donné sa parole. C'était un homme d'honneur. Il était également très attentionné et galant. En témoignait son refus de la mordre de peur de lui faire mal, en dépit de l'état de manque avancé dont il souffrait.

Bien entendu, elle commençait à se douter que, sous ses dehors lisses et revêches, il était doté d'un sens de l'humour des plus piquants. Elle apercevait parfois une étincelle dans ses yeux – la plupart du temps lorsqu'il se montrait particulièrement obtus – qui la laissait penser que Lucern la faisait volontairement marcher.

— Oh, bonjour.

Kate s'arracha à ses pensées et sourit à l'accueil de Jodi.

— On avait l'intention de s'absenter pour aller déjeuner tant que l'activité est au plus bas, dit Chris. Ça vous tente ?

Les auteurs se levèrent tous comme un seul homme et récupérèrent leurs affaires. Tout le monde semblait avoir besoin de faire une pause. Kate sourit à Lucern, qui vint se placer à côté d'elle et lui prit le bras. Le geste de Lucern avait quelque chose de possessif, comme pour marquer une propriété, mais Kate supposa que ce n'était là que le fruit de son éducation. De sa nature chevaleresque.

Quelqu'un proposa de sortir de l'hôtel pour s'éloigner pendant un temps de l'atmosphère de la convention, mais Kate était inquiète des effets du soleil sur Lucern. Paraissant ressentir son inquiétude, Luc lui lança un regard noir. Il marmonna que ça ne lui poserait aucun problème vu qu'il avait son « remède ».

— Un remède contre quoi ? demanda Jodi.

— Lucern souffre d'une sorte d'allergie au soleil, expliqua Kate à contrecœur avant de s'empresser d'ajouter : Mais il a… euh… un remède dans sa chambre, donc tout va bien. Pourquoi ne pas trouver un restaurant dans les parages, qu'en dites-vous ?

— Non. Inutile de le traîner partout le temps que nous trouvions un endroit. Nous ne voudrions pas qu'il soit malade par notre faute. Nous n'avons encore jamais mangé au bar de l'hôtel, pourquoi ne pas l'essayer ? suggéra Jodi.

Les autres femmes acquiescèrent.

Alors qu'ils descendaient dans le hall, les auteurs commencèrent à charrier Lucern sur le fait qu'il écrivait des histoires de vampires et qu'il était allergique au soleil.

— Hmm. Nous ferions peut-être mieux de surveiller nos cous, plaisanta Jodi.

Kate était horrifiée. Qu'avait-elle déclenché ? Elle devint de plus en plus tendue et angoissée à mesure que les blagues fusaient, mais Lucern semblait prendre les choses avec beaucoup de calme. Finalement, la conversation changea de sujet. Ils arrivèrent au bar où on leur indiqua une table.

Le déjeuner fut délicieux, la compagnie des auteurs rendant le moment plus agréable encore. À la fin du repas, tous semblaient réticents à l'idée de partir, Kate décida donc qu'un peu de distraction ne leur ferait pas de mal avant de regagner ensemble la salle de réception.

— On pourrait peut-être aller jeter un coup d'œil aux autres événements qui se tiennent dans l'hôtel, proposa-t-elle.

Jodi produisit le programme de la convention et leur exposa les différentes possibilités. Il y avait des cours pour les écrivains, une démonstration de cuisine intitulée « Cuisiner avec amour », des voyants, des astrologues et des leçons de danse.

Deux des auteurs se dirent intéressées par les cours, mais promirent de repasser ensuite par la salle de réception. Deux autres partirent assister à la démonstration culinaire en faisant la même promesse. L'une des romancières, qui voulait prendre la leçon de danse, entraîna avec elle un Chris grincheux. Jodi, Kate et Lucern se retrouvèrent finalement seuls tous les trois.

— Eh bien, il nous reste la voyance et l'astrologie, déclara Jodi en repliant le programme avant de le glisser dans son sac.

— Ça a l'air cool.

Kate repoussa sa chaise pour se lever. Elle jeta un coup d'œil à Lucern et fut surprise de voir qu'il paraissait hésitant. Jodi l'avait également remarqué.

— Il y a un problème, Luc ? Peur que le médium voie quelque chose de négatif dans votre avenir ? le titilla Jodi.

Lucern grimaça.

— Ou dans mon passé.

Il avait pris son habituel ton revêche, mais il avait dans les yeux cette petite étincelle amusée que Kate commençait à reconnaître. Jodi l'identifia visiblement elle aussi, car elle éclata de rire. Néanmoins, Kate était perplexe. Lucern avait un long passé. Six cents ans. Ce n'était pas rien. Elle se mit à réfléchir à toutes les années qu'il avait vécues. Avait-il déjà aimé quelqu'un ? S'était-il marié ? Avait-il eu des enfants ? Il était à présent célibataire – ou, du moins, il semblait l'être. Bon sang, elle n'en était même pas certaine. Peut-être avait-il une femme. Peut-être même des enfants. Peut-être…

— Et donc, comment avez-vous réussi à éviter le mariage pendant aussi longtemps, Lucern ? À moins que vous soyez marié ? demanda Jodi, comme si elle lisait dans les pensées de Kate.

Ce n'était pas la première fois que la romancière donnait à Kate cette impression, ce qui la rendait quelque peu nerveuse. Peut-être était-elle extralucide. Si ça se trouve, elle était réellement capable de lire dans les pensées et savait que Lucern avait ouvert l'esprit de Kate à un tas de possibilités qu'elle n'aurait jamais prises au sérieux auparavant. Kate décida que, dorénavant, elle verrouillerait ses pensées tant qu'elle serait en compagnie de la romancière… Une simple précaution.

— Et quel âge avez-vous, au fait ? poursuivit Jodi. Trente-cinq, dans ces eaux-là ?

Kate observa Lucern, dont la bouche dessina un rare sourire en coin.

— Dans ces eaux-là, répondit-il. Et, non, je n'ai jamais été marié.

— Et pourquoi ?

Jodi n'avait apparemment aucun scrupule à se montrer indiscrète. À la grande surprise de Kate, Lucern parut plus amusé que contrarié par la question. On aurait dit que Chris avait vu juste. Luc se détendait.

— Qui voudrait de moi ? lança-t-il d'un ton léger.

Une lueur espiègle luisait dans son regard.

Jodi regarda alors Kate, qui sentit le rouge lui monter aux joues. La romancière avait-elle percé à jour son attirance pour Lucern ? Bon Dieu, elle devait vraiment se montrer plus précautionneuse.

— Nous y sommes, annonça-t-elle avec un enthousiasme non feint.

Devant eux se trouvait la pancarte indiquant la salle des voyants et astrologues.

Plusieurs petites tables étaient réparties un peu partout dans la salle. Chacune était assignée à un voyant ou à un astrologue – qui y avait installé sa pancarte et disposé tout son attirail – et n'offrait qu'une seule chaise vide. Un seul client à la fois, merci. Il y avait également d'autres tables où l'on pouvait acheter cristaux et autres babioles. On se serait cru dans une foire à la voyance.

— Je vais faire établir mon thème astral, annonça Jodi. Ensuite, je demanderai des prévisions à un astrologue, puis à un médium.

Les yeux verts de la romancière étincelaient. Elle était visiblement tout excitée.

Kate n'avait jamais consulté de voyant de sa vie, et elle ne savait pas par où commencer. Un simple coup d'œil en direction de Lucern lui apprit qu'il s'ennuyait ; elle adressa donc un signe de tête à Jodi et sourit à Lucern.

— Après vous, je vous en prie.

— Vous avez une très jeune âme, légère et qui déborde d'amour et d'enthousiasme à l'idée d'expérimenter tout ce que le monde a à offrir.

Lucern garda le silence tandis que la supposée voyante battait des cils à son intention, mais Kate laissa échapper un reniflement de moquerie derrière lui. La voyante cessa de parcourir sa main pour lancer un regard noir à Kate avant de poursuivre :

— Vous avez vécu de nombreuses, de très nombreuses vies.

Kate renifla de nouveau.

— Et quand en aurait-il eu le temps ?

— Je vous demande pardon ? l'interpella la voyante avec un sourire méprisant.

— Je croyais qu'il avait une âme jeune, souligna Kate. Comment peut-il avoir une âme jeune tout en ayant vécu plusieurs vies ? (Elle toucha le bras de Lucern.) Viens. C'est de l'argent foutu en l'air.

Lucern se leva aussitôt, escortant Kate et Jodi rapidement à l'écart, sous le regard torve de la voyante. Il les entraînait vers la sortie quand Jodi s'immobilisa, forçant ses deux compagnons à faire de même.

— Attendez. J'aimerais connaître ses prédictions à elle.

La romancière désigna une table où une dame aux cheveux blancs était assise seule, sans personne pour faire la queue, à la différence des autres tables. Kate soupçonna le manque d'éléments tape-à-l'œil d'être à l'origine de sa moindre popularité. Les autres voyants arboraient des tenues aux couleurs vives, ils avaient disposé des pancartes clinquantes et des nappes criardes ; elle, ne s'encombrait d'aucune nappe, portait une tenue beige – couleur idéale pour passer inaperçu au sein d'une foule –, et sa pancarte était des plus sobres.

— Elle ? demanda Kate, dubitative.

Bien que ne rencontrant visiblement aucun succès, la voyante n'en paraissait pas moins sereine.

— Le talent véritable ne s'encombre pas de fioritures, dit Jodi.

Tous trois s'approchèrent d'elle.

Kate et Lucern observaient attentivement tandis que la voyante s'emparait de la main de Jodi. Elle déclara que Jodi était un écrivain – ce que Kate ne jugea pas difficile à déduire, puisque l'édition était au centre de la convention. Il y avait cinquante pour cent de chances que Jodi soit un auteur et cinquante qu'elle soit une lectrice. La voyante déclara ensuite que Jodi réussissait bien dans son domaine, ce qui n'avait rien non plus d'une révélation. Elle avait parfaitement pu reconnaître Jodi d'après la photo qui figurait sur la quatrième de couverture de ses romans.

La déclaration suivante surprit Kate. La médium annonça en effet que Jodi souffrait encore d'une perte douloureuse survenue quelques années auparavant, celle de son âme sœur. Kate sentit les poils de sa nuque se hérisser. Ce n'était pas de notoriété publique, mais Jodi avait perdu son mari quatre ans plus tôt, un an avant que son premier livre soit publié. Kate savait également que Jodi le pleurait encore. Elle déclarait qu'il avait été l'amour de sa vie.

La voyante apposa une caresse apaisante sur la main de Jodi en lui expliquant que son amour était avec eux en ce moment même et qu'il n'était jamais loin. Mais elle dit aussi qu'il voulait que Jodi continue à vivre. Quelqu'un ferait bientôt irruption dans sa vie et, même s'il ne serait pas l'âme sœur que son premier amour avait été, il deviendrait le meilleur ami de Jodi, son compagnon et son amant jusqu'à son dernier jour. Et la voyante ajouta que le premier amour de Jodi voulait qu'il en soit ainsi.

Les larmes emplirent les yeux de la romancière. Elle se leva et se retourna vers Lucern et Kate. L'agent cherchait quelque chose à dire pour détendre l'atmosphère quand Lucern commenta :

— On dirait bien que vous allez encore tirer au moins un coup avant de mourir, finalement.

Kate posa sur lui un regard horrifié. Elle ne l'avait jamais entendu parler aussi crûment. Elle ne lui avait jamais entendu utiliser une expression si moderne. Elle se retourna vers Jodi, choquée, mais l'auteur éclata simplement d'un rire carillonnant.

— Oui, on dirait. N'est-ce pas merveilleux ?

Jodi soupira et toucha le bras de Lucern. Puis elle expliqua à Kate :

— Les filles se sont mises à parler de sexe, évidemment, quand l'agitation s'est réduite dans la salle de réception. Beth déplorait le fait que ses personnages aient une vie sexuelle plus épanouie que la sienne, alors j'ai reniflé en déclarant qu'elle, au moins, elle en avait une, tandis que moi, je doutais d'en retrouver une avant de mourir. Mais on dirait à présent que ça va pourtant être le cas !

Elle sourit à Lucern, puis le poussa vers la chaise.

— À votre tour, mon ami. Je suis curieuse de savoir ce qu'elle va dire à votre sujet.

Kate observa l'autre femme inciter Lucern à s'asseoir. Pendant quelques secondes, elle se sentit un peu mal à l'aise. Il était évident que les deux écrivains avaient développé une espèce d'amitié au cours de la matinée, et Kate eut honte de s'apercevoir que ce qu'elle ressentait n'était rien d'autre que de la jalousie. Repoussant ces pensées mesquines d'un haussement d'épaules, elle reporta son attention sur la voyante, qui avait demandé à Lucern de lui présenter sa main, dans laquelle elle promenait à présent doucement ses doigts. Elle avait fermé les yeux pour mieux se concentrer.

— Vous êtes très âgé, déclara-t-elle à mi-voix.

Elle ouvrit les yeux en clignant à plusieurs reprises pour observer le visage délicat et jeune de Lucern, fronça les sourcils, visiblement confuse, avant de refermer les yeux.

— Ou plutôt, votre âme est très âgée, corrigea-t-elle. Extrêmement âgée. Vous avez connu de nombreuses amours.

Kate sentit sa poitrine se serrer avant que la voyante se reprenne de nouveau :

— Non, pas des amours. Des amantes. Vous en avez eu de nombreuses. De très, très nombreuses, ajouta-t-elle, de nouveau surprise.

Elle ouvrit les yeux et demanda avec une trace d'inquiétude dans la voix :

— Mais quand avez-vous trouvé le temps de dormir ?

Les lèvres de Kate se mirent à trembler. Il ne faisait aucun doute que Lucern avait effectivement connu de nombreuses femmes. C'était un homme en bonne santé, âgé de plus de six cents ans. Même s'il n'avait connu qu'une amante par an, ça en faisait tout de même six cents. Et s'il en avait eu plus de trois par an... Incroyable ! Consternée, elle décida qu'elle lui demanderait si les vampires pouvaient attraper et transmettre des MST. Elle espérait que non, mais franchement, c'était quelque chose qu'elle avait besoin de savoir.

— Vous aviez commencé à vous lasser de la vie, poursuivit la voyante, attirant par la même occasion de nouveau l'attention de Kate. Tout vous paraissait difficile et la cruauté des hommes avait commencé à vous user. Mais quelque chose – non, pas quelque chose, quelqu'un –, quelqu'un vous a revigoré, vous a fait penser que, peut-être, la vie valait encore le coup d'être vécue. Qu'il y avait encore du bonheur à prendre.

La langue de Kate était collée contre son palais. Quelqu'un ? Qui ? Une part intime d'elle-même espérait qu'on parlait d'elle. Mais, en même temps, l'idée la terrifiait. Elle était certes attirée par Lucern. Elle en était même venue à l'apprécier et à le respecter, mais...

— Ne la laissez pas partir, dit la voyante en regardant intensément Lucern droit dans les yeux. Vous allez devoir vous battre pour elle, mais pas comme vous l'entendez. Les armes et la force physique ne vous seront d'aucun secours dans cette bataille. C'est votre propre fierté et votre peur que vous devrez combattre. Si vous échouez, votre cœur se flétrira dans votre poitrine et vous mourrez en homme solitaire, aigri et rongé par les regrets.

Lucern retira sèchement sa main, puis il se leva et s'éloigna. Kate s'était retournée pour lui emboîter le pas quand la voyante lui saisit soudain le bras.

— Attendez. Votre homme se sentira mieux d'ici quelques instants.

Kate se raidit.

— Ce n'est pas mon homme.

L'expression qu'afficha la médium suggérait que Kate ne trompait personne. Elle dit :

— C'est quelqu'un d'exceptionnel, votre homme. Mais, pour être avec lui, vous allez devoir faire un choix. Il vous faudra tout abandonner. Si vous en avez le courage, tout ce dont vous avez toujours rêvé sera à vous. Autrement… (Elle haussa les épaules et relâcha la main de Kate.) Maintenant, allez trouver votre homme. Seule vous pouvez l'apaiser.

Kate s'empressa de poursuivre Lucern, consciente de la présence de Jodi sur ses talons. La peau de son poignet lui picotait encore à l'endroit où la voyante l'avait touchée, la brûlait même, comme si elle avait reçu une décharge électrique. Kate se frotta distraitement le poignet, ses pensées en vrac. Il lui faudrait tout abandonner, mais elle obtiendrait tout ce dont elle avait jamais rêvé ? Comment cela pourrait-il même être possible ? Elle écarta ces préoccupations d'un haussement d'épaules en sortant rapidement de la pièce et aperçut Lucern disparaître au détour d'un couloir.

Lorsque les deux femmes arrivèrent dans la salle de réception louée par les Éditions Roundhouse, Lucern était déjà assis à une table et entouré de fans.

Allison faisait de grands signes à Kate de l'autre bout de la pièce pour qu'elle la rejoigne au plus vite. Le regard de Kate passait fébrilement de sa chef à Lucern.

— Je vais voir si tout va bien pour Luc. Allez voir ce que veut votre boss, lui proposa Jodi, la poussant vers la directrice éditoriale. Nous n'en avons plus pour longtemps dans cette pièce, de toute façon. Ils ferment tôt pour permettre à tout le monde de se préparer pour le bal Renaissance et le banquet.

Oh, oui, pensa Kate en s'approchant de sa chef. Ce soir avait lieu le bal costumé.

Lucern hocha la tête avec gravité lorsque la lectrice avec qui il s'entretenait se leva pour aller parler à Jodi. Il commençait à s'habituer à discuter avec ses lecteurs. Au début, il s'était évertué à les éviter, mais la leçon que lui avait administrée Kate – lui expliquant qu'il dépendait directement d'eux pour être publié –, quand ils étaient chez lui, n'avait cessé de lui revenir en tête. Il les atteignait dans leur vie et ils voulaient lui en faire part. Il avait appris à répondre d'une manière plutôt plaisante aux compliments embarrassants qu'ils lui faisaient chaque fois, et il s'était aperçu que, par ce simple effort de sa part, les lecteurs étaient enclins à s'ouvrir à lui davantage. Ils lui disaient certaines choses, lui livraient des morceaux de leur intimité qu'il ne savait pas vraiment comment recevoir.

Une femme lui avait expliqué qu'elle venait de perdre son jeune fils, que la vie lui paraissait sombre et d'une cruauté sans limite, mais qu'elle trouvait dans les livres de Lucern de quoi s'évader et espérer de nouveau. Et que peut-être la vie se montrerait plus clémente un jour prochain. Elle s'était ensuite forcée à rire en lui confiant qu'elle regrettait que le vampirisme n'existe pas, car si elle y avait cru elle aurait parcouru la Terre entière à la recherche d'un vampire qui aurait pu sauver son enfant.

Lucern avait eu de la peine pour cette femme. Il avait ressenti la douleur émaner d'elle et s'infiltrer en lui. Il savait que c'était mal, mais il avait été incapable de la laisser simplement repartir. Il s'était glissé dans son esprit pour… non pas effacer son chagrin, mais l'amoindrir quelque peu, l'atténuer de sorte que ses bons souvenirs soient plus forts que ses mauvais. Elle s'était éloignée souriante.

Il avait rencontré beaucoup de gens blessés, aujourd'hui. Une fois qu'il s'était ouvert à eux, il devenait incapable de les congédier. Mais il avait également croisé tout un tas de gens qui allaient parfaitement bien. Il avait trouvé cette expérience pour le moins intéressante. Il avait écrit ses livres pour des raisons purement égoïstes, pour coucher la vérité sur le papier. Mais, à présent, il se rendait compte que ses écrits atteignaient les vies de nombreuses personnes. Ce qui fit naître en lui l'envie d'écrire d'authentiques fictions, possibilité qu'il n'avait jusqu'alors jamais envisagée. Il avait commencé sa vie en tant que guerrier. Environ cent ans plus tard, il était devenu une espèce de Don Juan. Puis, une fois lassé de cette vie, il s'était drapé d'érudition et plongé dans l'Histoire. Peut-être le temps était-il venu de s'atteler à des passe-temps plus créatifs. Mais serait-il à la hauteur ?

— OK. C'est l'heure d'y aller, annonça Kate, qui avait soudain fait son apparition à côté de lui. Allison va fermer la salle de réception tôt afin que tout le monde ait assez de temps pour se préparer pour le bal Renaissance.

Luc laissa échapper un soupir de soulagement. Les autres auteurs parurent lui faire écho. Si bavarder avec les lecteurs était gratifiant, c'était aussi épuisant. Lucern fut surpris de se sentir éreinté à ce point.

Tandis qu'il se dirigeait vers l'ascenseur en compagnie de Kate, il s'enjoignit à ne surtout pas oublier de se nourrir avant le bal. C'était impératif. Ce qui l'amena à penser au bal. Au bal « Renaissance ».

Il gardait de très bons souvenirs de cette période. Et il était certain, pour cette raison, que le bal serait amusant.

Chapitre 13

Le bal Renaissance fut effroyable. Lorsqu'il avait repensé à cette époque, Lucern avait oublié une chose : les robes que portaient les femmes. La mémoire lui revint tristement en voyant Kate sortir de sa chambre et entrer dans le salon de la suite.

Elle portait une robe élisabéthaine toute en brocart bordeaux et lacets blancs, sur un corset de soie avec sa traditionnelle pièce d'estomac triangulaire, de longues jupes plissées, tout comme les épaulettes. Elle était ravissante. Réellement. Mais le corset faisait toute la robe ; c'était lui qui comprimait et remontait la poitrine, à tel point d'ailleurs qu'on s'attendait à ce qu'elle en déborde à tout moment. Lucern en eut l'eau à la bouche à l'instant même où Kate apparut. Puis il fut frappé de se rendre compte qu'il ne serait pas le seul à pouvoir poser les yeux sur ces deux globes généreux dans leur écrin. Kate allait porter cette satanée robe en public. Cette pensée ne lui plaisait pas du tout.

Il avait ouvert la bouche pour dire à Kate ce qu'il en pensait lorsqu'elle se figea en clignant des yeux.

— Mais, bon sang, qu'est-ce que tu portes ? demanda-t-elle.

Il se raidit sous le coup de la surprise. Baissant les yeux sur son costume bleu marine, il répondit :

— C'est un habit traditionnel du XVIe siècle. N'est-ce pas toi qui l'as commandé ?

— Si, bien sûr. Mais je leur avais juste donné les tailles, je n'avais pas précisé…

Kate ne termina pas sa phrase, mais le regarda en fronçant les sourcils.

— Il ne te plaît pas ?

— Me plaire ? Eh bien, c'est juste que… tu as l'air un peu… euh… kitsch, lâcha-t-elle finalement. Je veux dire… le justaucorps noir montre avantageusement tes jambes, mais… ?

— Ce sont des chausses, l'informa Lucern.

Il était encore en train d'essayer de comprendre ce qu'elle avait voulu dire par « kitsch ». Apparemment ça n'était pas un compliment, vu la manière dont elle l'avait dit. Malheureusement, il ne connaissait rien aux euphémismes modernes. Il lui fallait vraiment sortir davantage.

— Je croyais que tu publiais également des romances historiques, dit-il avec une pointe d'irritation dans la voix.

— Plutôt médiévales, expliqua-t-elle. La Renaissance n'est pas vraiment une époque si populaire que ça.

Elle plissa les lèvres et les tordit légèrement sur le côté.

— Et donc, qu'est-ce que c'est que ce… euh…, demanda-t-elle en désignant vaguement de la main l'entrejambe de Lucern, cette chose en forme de canard ?

Lucern soupira.

— C'est ce que l'on appelle une braguette.

— Oh.

Elle opina lentement tout en examinant la pièce de tissu aux proportions exagérées.

Lucern baissa les yeux et l'examina lui aussi. C'était une énorme pièce de tissu rembourrée et cousue, ornée de petits bijoux en forme de broches. Elle était également quelque peu déformée par son contenu et ressemblait vaguement à un canard. Il s'agissait sans aucun doute d'un costume du début de la Renaissance. La braguette était tombée en désuétude pendant le règne de la reine Elizabeth.

— J'ai lu des livres qui les mentionnaient, mais je croyais qu'elles étaient censées être… euh… plus rondes. Tu risques de te faire mal. Quelqu'un pourrait te passer devant et se cogner dedans et…

— Hé ! Vous êtes splendides, tous les deux !

Chris sortit de sa chambre vêtu d'un ensemble rouge et bordeaux pas très différent de celui de Lucern. Avec cependant une braguette plus ordinaire.

Lucern sourit au jeune homme, sentant la tension le quitter. Il n'avait pas apprécié que Kate s'en prenne à son costume, et pire encore était l'attention que la jeune femme portait à sa braguette. Savoir qu'elle regardait dans cette direction avait réveillé la portion d'anatomie que couvrait la pièce de tissu.

— Alors, demanda Chris en les regardant tour à tour, on peut y aller ?

Kate était persuadée que ses seins allaient jaillir hors de sa robe. Elle faisait de son mieux pour ne pas respirer, afin d'éviter que cela se produise. Elle accompagnait de plus chacune de ses révérences d'une petite prière pour qu'ils restent à leur place. Par chance, ils lui obéirent mais, chaque fois qu'elle se relevait, c'était pour voir Lucern lancer des regards assassins à tous les hommes qui se tenaient à proximité d'elle. Elle trouva cela plutôt amusant.

Ce qui l'amusait beaucoup moins en revanche, c'était la façon qu'avaient les femmes de poser les yeux sur la braguette de Lucern. Cette saleté étincelait et scintillait, les broches ornementales accrochant la moindre lumière. Kate avait elle aussi senti son regard se porter sur la chose à plusieurs reprises. Elle attirait l'œil au point que cela en devenait gênant. Mais Lucern, lui, ne paraissait s'apercevoir de rien. Et même s'il avait remarqué les regards ahuris que posaient les deux mille femmes présentes dans la pièce sur son entrejambe, il se comportait comme si de rien n'était et déambulait fièrement. Elle ne savait pas où il puisait son courage. Si elle avait dû se promener avec des cônes étincelants sur les seins, elle n'aurait eu d'autre envie que celle de se terrer et d'essayer de les dissimuler.

— Waouh, quelle soirée, hein ? commenta Chris.

Kate balaya la pièce du regard. Il y avait des musiciens, des bouffons, des danseurs et des ménestrels. Cela ressemblait véritablement à l'image qu'elle se faisait d'un bal ancien. Elle serra la main sur le bras de Lucern et s'approcha de son oreille pour lui chuchoter :

— Est-ce que c'était vraiment comme ça ?

Il hésita.

— À peu près. Bien sûr, les éclairages auraient été plus faibles. Nous n'avions alors que des bougies, pas d'électricité. Et le sol aurait été recouvert de paille. Des chiens et des rats se seraient disputé les restes de nourriture tombés par terre. L'odeur aurait été bien moins agréable et…

— C'est bon, l'interrompit Kate, j'aime autant notre bal.

— Hmm, acquiesça-t-il.

Ils trouvèrent une table et eurent à peine le temps de s'asseoir avant que Jodi et plusieurs autres écrivains se joignent à eux. La conversation résonna tout d'abord d'émerveillement quant à la réussite de Lady Barrow. Les bouffons étaient divertissants et les ménestrels jouaient d'antiques instruments. Le dîner, lorsqu'il fut servi, se révéla excellent bien que prenant quelques libertés avec la Renaissance.

Une fois les tables débarrassées, le bal à proprement parler commença. Lucern indiqua à mi-voix qu'il s'absentait quelques instants et Kate, supposant qu'il se rendait aux toilettes, acquiesça distraitement, captivée qu'elle était par les danseurs qui virevoltaient dans toute la salle. Elle se tourna vers Jodi, qui était assise de l'autre côté de Lucern, pour lui dire quelque chose, mais elle s'interrompit en voyant que son voisin était toujours là.

— Je croyais que tu…

Sa voix mourut quand elle remarqua qu'il avait les deux mains glissées sous la table. Il semblait… occupé.

— Qu'est-ce que…, commença-t-elle perplexe.

— On dirait bien que je suis pris, répliqua-t-il sèchement.

Kate cligna des yeux, sentant la confusion la gagner.

— Comment ça, tu es pris ?

Elle s'imagina qu'il… oui, enfin, il était préférable qu'elle ne pense pas trop à ce qu'elle imaginait. Elle apprit bien vite que la réalité était pire encore.

— La nappe, précisa-t-il en se penchant sur le côté pour essayer d'apercevoir d'où venait le problème. Une des broches.

Il n'eut pas besoin d'en dire plus. Kate visualisa la scène immédiatement. L'une des boucles d'ornement de sa braguette s'était accrochée d'une façon ou d'une autre à la nappe. À sa grande horreur, elle ne put empêcher un éclat de rire de lui échapper.

Lucern, lui, ne riait pas.

— Cela n'a rien de drôle, lui dit-il d'un ton austère. J'ai un besoin plutôt urgent à satisfaire et je ne peux pas me lever.

— Alors comme ça… vous aussi, vous devez aller aux toilettes ? demanda Kate avec intérêt.

Lucern la regarda d'un œil noir, comme si elle avait perdu l'esprit.

— Mais où vas-tu chercher de telles questions ?

— Eh bien, expliqua-t-elle pour sa défense, Bram, dans ses livres, n'envoie jamais Dracula se soulager. Je n'avais simplement jamais pensé que…

— Cela m'étonnerait que Mina aille se soulager, elle, grogna Lucern.

Il tira d'un coup sec sur la nappe, la faisant coulisser, au même titre que tout ce qui se trouvait dessus, de quelques centimètres vers lui.

La conversation autour de la table cessa. Kate jeta un coup d'œil pour constater que tous observaient Lucern avec des degrés variables de fascination horrifiée dans les yeux. Sachant pertinemment que Lucern ne demanderait aucune aide, Kate décida de protéger sa fierté. Elle attira l'attention des autres convives en se raclant la gorge, puis elle sourit à Chris.

— C.K., est-ce que tu pourrais aider Lucern ? Il a comme un petit problème.

— Bien sûr, de quoi il s'agit ? demanda-t-il en se levant.

— Une des broches de sa braguette s'est prise dans la nappe. Tu pourrais peut-être te glisser sous la table pour la libérer ? suggéra-t-elle.

Chris éclata de rire avant de garder le silence quelques instants.

— Tu plaisantes, hein ?

Voyant qu'elle secouait la tête, il se laissa brusquement tomber sur sa chaise.

— Désolé, mais les interventions sur braguette ne font pas partie de mes prérogatives.

— Chris ! lança sévèrement Kate.

— Kate, répliqua-t-il sèchement. C'est ton auteur. Tu vas sous la table et tu le détaches.

— Mais je croyais que tu l'appréciais, dit-elle d'un ton accusateur.

— Pas tant que ça, protesta Chris avant d'adresser un regard contrit à Lucern. Désolé, Luc.

— Ne vous en faites pas. Je vais me débrouiller.

Il avait répondu avec dignité, mais rougissait férocement, remarqua Kate avec intérêt. Elle ne savait pas que les vampires pouvaient rougir.

Il tira de nouveau sur la nappe, et Kate se renfrogna. Il allait finir par renverser la table ou dévaster le costume qu'elle avait loué. Aucune des deux possibilités n'était envisageable. Elle n'avait aucunement l'envie de retrouver des restes du dîner sur le costume ; elle ne voulait pas avoir à en payer le nettoyage. Pas plus qu'elle n'avait envie de remplacer la ridicule braguette de Lucern parce qu'il l'aurait détruite. Elle avala ce qu'il lui restait de vin, reposa son verre et se tourna vers Lucern.

— Très bien. Enlève tes mains et laisse-moi jeter un coup d'œil.

Lucern hésita, puis il ramena ses mains sur la table. Kate se pencha rapidement pour essayer d'identifier le problème. Mais, d'où elle se trouvait, elle ne vit rien.

— Est-ce que tu pourrais te reculer un peu plus ? demanda-t-elle.

— Pas sans emporter la nappe avec moi, lâcha-t-il.

Elle se redressa et balaya timidement les alentours du regard, pas étonnée de constater que tous les écrivains la regardaient intensément. Elle aperçut Jodi de l'autre côté de Lucern.

— Je ne vois rien d'où je suis. Je vais devoir aller sous la table.

Jodi écarquilla les yeux, puis elle se leva.

— Venez, les filles. Les gens n'ont pas besoin de savoir ce qui se passe ici. Nous allons former une barricade.

Les romancières se levèrent toutes rapidement pour se placer autour de la table. Kate les observa avec soulagement tandis qu'elles formaient un demi-cercle englobant la chaise de Lucern et la sienne, leurs robes formant un formidable paravent. Chris était le seul à ne pas s'être levé.

Il contemplait la scène avec des yeux ronds, visiblement partagé entre l'horreur et l'hilarité.

— Allez-y, dit Jodi une fois que toutes furent en place.

Les autres écrivains acquiescèrent.

Kate eut le sentiment ridicule d'être un soldat envoyé en solitaire pour une mission secrète. Regrettant de ne pas avoir bu davantage de vin, elle prit une profonde inspiration avant de glisser de sa chaise sous la table. Il y faisait très sombre. Et chaud. Elle s'agenouilla à côté des jambes gainées de Lucern, la tête inclinée, essayant d'apercevoir la broche et ce à quoi elle s'était accrochée, mais la perspective n'était pas bonne et elle se trouvait trop loin.

Marmonnant à mi-voix, Kate s'approcha, contourna la jambe pour finalement se mettre à genoux entre ceux de Lucern. Elle tendit ensuite une main hésitante vers la nappe froissée. Il était hors de question qu'elle touche à sa braguette, en tout cas pas tant qu'elle pourrait l'éviter. Elle souleva légèrement le tissu, mais il était réellement prisonnier.

— Voulez-vous une bougie, ou quoi que ce soit, là-dessous ? demanda gentiment Jodi.

Sa tête était soudain apparue sous la table puis elle disparut et Kate l'entendit demander :

— Est-ce que quelqu'un aurait une de ces lampes de poche miniatures dans son sac ? J'en emporte toujours une d'habitude, mais…

Kate n'entendit pas le reste de sa phrase ; Jodi s'était redressée.

— Tu as le don pour te fourrer dans des situations intéressantes, Katie, ma chérie, se murmura-t-elle tout en essayant de dégager un peu de la nappe froissée pour apercevoir le point d'attache avec la broche de Lucern.

Ça faisait partie de son boulot de s'assurer que tout se passe bien pour ses auteurs dans ce genre d'événements. Elle devait aussi les tirer des situations embarrassantes.

Mais, à son humble avis, le cas présent dépassait de loin les attributions d'un agent littéraire. Si quelqu'un d'autre que Lucern s'était pris dans ce nœud inextricable, elle n'aurait même pas pensé une seconde à s'en charger elle-même. Voilà qui était un point intéressant, un point qu'elle analyserait plus tard. Elle sursauta en sentant quelque chose venir butter contre sa paume. C'était la braguette, comprit-elle avec stupéfaction. Elle grossissait et était venue frapper contre sa main. Ou plutôt, ce qui se trouvait dessous grossissait. Lucern ne trouvait apparemment l'épreuve pas simplement embarrassante.

Lucern aurait voulu que la terre s'ouvre sous ses pieds et l'engloutisse. Elle pouvait également emporter l'ensemble des écrivains qui l'entouraient, et même Kate, si ça lui chantait, du moment qu'elle mettait un terme à son calvaire, à l'épisode le plus gênant de toute son existence. Comme si le fait que sa braguette se coince dans la nappe n'avait pas suffi, il fallait maintenant que Kate se trouve à genoux entre ses jambes à essayer de défaire le nœud, ce qui donnait naissance à des pensées bien éloignées de l'envie d'être libéré pour aller aux toilettes. Il s'imaginait que, plutôt que de s'évertuer à détacher la nappe, Kate déplaçait simplement la braguette sur le côté pour le libérer et le prendre entre ses lèvres. Il s'aperçut alors qu'il était en érection et pria Dieu pour que son agent n'ait rien remarqué.

Comment s'était-il retrouvé dans une telle situation ? Lui qui aimait l'ordre et la routine. Il ne participait d'ordinaire à aucune convention, pas plus qu'à des bals Renaissance. Comment avait-il pu perdre à ce point tout contrôle sur sa vie ? Quelque chose cogna contre sa braguette et il se redressa d'un bond sur sa chaise, attirant l'attention des femmes alentour.

— Désolée.

La voix de Kate parvint de sous la table, assourdie. C'était comme si elle avait parlé en serrant les dents. L'humiliation força Lucern à fermer les yeux et il rêvait qu'on lui plante un pieu dans le cœur.

— Est-ce qu'elle vous a piqué avec la broche ? demanda Beth, l'une des romancières, avec inquiétude.

Lucern répondit d'un grognement, qui s'apparenta plus à un gémissement. Prenant sa réponse pour un « oui », Beth lui posa une main compatissante sur l'épaule.

— Vous voilà !

Lucern tourna la tête pour voir Lady Barrow se frayer un chemin au milieu du groupe d'écrivains. Jodi se pressa contre la table, à côté de sa jambe, pour dissimuler Kate. Lady Barrow trouva visiblement curieux le fait que les femmes soient toutes agglutinées ici, mais elle ne posa aucune question. Au lieu de cela, elle sourit à Lucern.

— Allison m'a dit que vous vous sentiez mieux, mais je voulais m'en assurer par moi-même.

Lucern la dévisageait, conscient que ses yeux étaient à présent aussi ronds que des soucoupes. En temps normal, il se serait levé à l'approche d'une dame, mais là, c'était impossible. Ce n'était cependant pas pour cette raison qu'il avait les yeux écarquillés. Le fait était que, n'ayant pas conscience de l'arrivée de Lady Barrow, Kate s'était emparée de la braguette pour la déplacer. Elle avait également – intentionnellement ? – attrapé la partie de son anatomie qui ne cessait de s'agrandir, occupant tout l'espace offert par la braguette démesurée.

— Désolée, résonna de nouveau la voix de Kate de sous la table. Je n'arrive pas à bien voir la broche.

Le sourire de Lady Barrow se figea. Son regard plongea à l'endroit où les jupes de Jodi dissimulaient la table, avant de remonter jusqu'au visage effaré de la romancière, puis de passer à l'expression mortifiée de Lucern. Avant qu'elle ait eu le temps de dire un mot, la voix de Kate se fit entendre une fois de plus. Elle leur parvint sèche et visiblement furieuse.

— Bon sang, Lucern ! Dès que je t'aurais délogé, j'insiste pour que tu retires ces putains de broches. C'est une véritable plaie.

— La braguette de Luc s'est accrochée à la nappe, éructa Jodi au moment où Lady Barrow ouvrait la bouche. Kate essaie de le libérer.

— Elle essaie de libérer sa braguette, intervint gentiment Beth. Kate essaie de libérer sa braguette de la nappe. Pas lui de sa braguette.

— Je vois, murmura Lady Barrow, apparemment indécise quant à l'attitude à adopter face à une telle situation. (Cependant, son désarroi ne dura que quelques instants avant qu'elle invite Jodi à se décaler, soulève la nappe et s'agenouille pour regarder sous la table.) Vous voyez quelque chose, là-dessous, Kate ? Vous voulez que je fasse apporter de la lumière ?

Lucern sentit la main de Kate se crisper sur lui sous le coup de l'effarement et il ferma les yeux en gémissant.

— Lady Barrow ?

La voix de Kate paraissait incroyablement ténue.

— Oui, c'est moi. Avez-vous besoin de lumière là-dessous ?

Le juron étouffé qui provint de sous la table fut presque totalement noyé sous un soudain éclat de rire. Lucern ouvrit les yeux et aperçut Chris, une main posée sur la bouche. Le jeune agent était en train de péter les plombs. Lucern se dit qu'il pouvait difficilement le blâmer. S'il ne s'était pas trouvé lui-même au cœur de cette débâcle, il l'aurait sans doute également trouvée furieusement hilarante. Mais, en l'état, il la trouvait simplement horrible.

Lucern n'entendit pas la réponse assourdie que fit Kate à Lady Barrow, mais elle avait visiblement été positive puisque la femme se releva, regarda autour d'elle, puis interpella un de ses assistants pour qu'il aille chercher une lampe de poche. Le garçon partit à la vitesse de l'éclair et Lady Barrow se tourna pour examiner l'expression affligée de Lucern. Elle lui posa une main apaisante sur l'épaule.

— Ne vous en faites pas. Ce genre de mésaventure nous est arrivé à tous un jour ou l'autre. (Elle fit la moue.) Enfin, pas exactement ce genre de mésaventure, mais vous voyez ce que je veux dire.

Lucern grogna avant de refermer les yeux. Puis quelqu'un dit d'une voix franche :

— Eh bien, qu'est-ce qui se trame ici ? Que font tous mes auteurs plantés comme ça ?

Kate reconnut la voix de Chuck Morgan et fut sur le point de se mettre à pleurer. Au lieu de cela, elle posa faiblement la tête sur le genou de Lucern et se demanda si la situation aurait pu être pire. Tout d'abord, Lady Barrow avait été témoin de son humiliation, et maintenant le président de Roundhouse venait de débarquer. Oh, ça, elle faisait forte impression sur ses supérieurs lors de cette convention ! Tout était tellement plus simple du temps où Edwin se chargeait de ces événements et qu'elle n'était qu'une assistante.

— *Quoi ?*

Le grondement horrifié de Chuck fut probablement entendu d'un bout à l'autre de la salle de réception, pensa Kate. Et, à en juger par la façon dont le brouhaha et les rires se turent soudain, elle sut qu'elle avait raison. Bon sang, bientôt tout le monde saurait qu'elle se trouvait là-dessous.

Kate entendit la voix de Lady Barrow, ferme et résolue, et elle sourit pour elle-même. Kathryn pouvait être la plus gentille des femmes, mais elle n'était pas du genre à laisser passer la grossièreté et elle n'avait peur de personne. Elle venait très probablement de remettre Chuck à sa place après qu'il eut attiré l'attention de tous sur ce qu'elles essayaient de dissimuler, et Kate eut soudain envie de la serrer dans ses bras.

— Te voilà ! entendit-elle Lady Barrow s'exclamer. Merci.

La nappe se souleva et elle apparut. Au grand étonnement de Kate, plutôt que de lui tendre la lampe de poche, Kathryn Falk, Lady Barrow, s'agenouilla et se glissa sous la table à côté d'elle.

— Il fait chaud ici, hein ? commenta-t-elle sur le ton de la conversation, comme si elle faisait ce genre de chose tous les jours.

Lady Barrow se positionna, alluma la lampe de poche et en dirigea le faisceau vers l'endroit où la nappe et la braguette étaient emmêlées, puis elle hocha solennellement la tête à l'intention de Kate.

— Allez-y, ma fille. Plus vite vous l'aurez dégagée, plus vite nous pourrons sortir de là.

Plus facile à dire qu'à faire. Lucern était bel et bien coincé. Au moins trois des six broches qui ornaient sa braguette s'étaient prises dans différents endroits de la nappe. L'une d'elles s'était probablement simplement accrochée, mais, en tirant dessus, Lucern avait impliqué les autres. Ce ne fut pas une mince affaire de le libérer.

Lady Barrow ne montra aucun signe d'impatience tout au long de l'entreprise, elle maintint la lampe en position, souleva la nappe quand Kate en avait besoin, donna un conseil et plaisanta de temps en temps pour évacuer le stress du moment. Quoi qu'il en soit, et malgré son aide, la tâche parut interminable. Et des plus gênantes. Elle avait beau vouloir plus que tout éviter de toucher à la braguette de Lucern, c'était impossible. Elle avait même passé plus de temps à la tenir que le contraire. Elle avait parfaitement conscience de la chair tendue qui se trouvait dessous tandis qu'elle faisait tourner la pièce de tissu d'un côté ou de l'autre pour essayer de dégager les broches tout en évitant d'en accrocher d'autres. Elle n'osait même pas penser à l'état dans lequel Lucern se trouvait. Ce devait être pour lui une véritable torture.

Si Kate ne cessait pas rapidement, Lucern était certain qu'il allait se déshonorer à cette table, sous les yeux de tous. Les attouchements de Kate n'avaient rien de sexuel, mais le simple fait qu'elle soit agenouillée entre ses jambes et qu'elle le manipule le faisait réagir comme un adolescent. Il avait vécu de nombreuses, de très nombreuses années, mais il ne s'était pour autant jamais retrouvé en pareille situation. Et il priait pour que cela ne se reproduise jamais.

— Une autre de dégagée.

La voix de Kate sortit de sous la table et tous ceux qui se trouvaient autour émirent des sons que Lucern imagina être des encouragements mêlés de félicitations. Il essaya de ne pas se tortiller sur sa chaise quand Kate modifia sa prise. En général, ses érections ne pointaient pas dans cette direction, mais il supposa que Kate essayait d'accéder à la dernière broche. En baissant les yeux, il parvenait effectivement à voir que les doigts de Kate l'enveloppaient, là où ils dépassaient de la nappe. Il regarda en direction de Jodi et constata qu'elle avait les yeux écarquillés et rivés sur son entrejambe. Il parvint à sourire faiblement.

— Oh, mince.

L'exclamation de l'un des écrivains attira l'attention de Lucern comme de Jodi. Il s'agissait de Beth et elle avait l'air parfaitement horrifiée. Lucern sentit son cœur s'arrêter. Il avait pensé que l'arrivée du président de Kate était la pire des choses qui puisse se produire, mais l'expression qu'affichait la romancière suggérait le contraire.

— Qu'y a-t-il ? demanda-t-il, décidant qu'il était préférable de savoir.

— Vous avez vu ces gens qui font un documentaire ? Ceux qui passent leur temps à tout filmer ?

— Non.

Lucern n'était pas au courant que le moindre documentaire se tournait.

— Ils tournent toujours des documentaires lors des conventions du *R.T.*, lui indiqua Jodi. Ils adorent filmer les femmes, leurs atours et tout ça.

— Voilà. Eh bien, ne regardez pas, mais ils approchent. Et le photographe du journal local les accompagne.

— Oh, mon Dieu, chuchota Jodi. Il cherche certainement Lady Barrow. Il l'a suivie toute la soirée.

— Merde, souffla Lucern.

La situation venait indubitablement d'empirer.

— Plus qu'une, dit Kate à Lady Barrow avec un soulagement que paraissait également ressentir la fondatrice du *Romantic Times*.

— Très bien.

Kate n'avait rien à lui reprocher. Toutes deux étaient courbées, la tête inclinée sur le côté et le dos appuyé contre le dessous de la table. Kate ne pouvait que respecter son aînée pour l'avoir rejointe là-dessous. Rien ne l'y obligeait, mais la personnalité de Lady Barrow était du genre : « S'il y a quelque chose à faire, autant s'en occuper personnellement. » L'énergie et l'enthousiasme semblaient irradier de sa personne.

Soupirant, Kate essaya de se focaliser sur sa tâche. Plus qu'une broche à dégager et elles pourraient sortir de là. Après cela, elle insisterait pour que Lucern aille directement aux toilettes et retire ses maudites broches. Elle n'arrivait pas à comprendre qu'il en ait orné sa braguette en premier lieu. Elle était par ailleurs bien contente de ne pas avoir dansé avec lui avant que la mésaventure survienne ; sa robe aurait pu se retrouver à la place de la nappe. N'aurait-ce pas été génial de devoir essayer de se libérer l'un de l'autre au beau milieu de la piste de danse, sous les yeux de tous ? En l'état, suffisamment de gens savaient qu'elle se trouvait sous une table à s'affairer sur la braguette de Lucern, elle n'avait aucunement besoin que le moindre participant à la convention soit témoin de l'embarras de son auteur.

— Ça y est, tu es libre, lança Kate avec soulagement une fois la dernière broche dégagée.

Elle recula pour s'extirper de sous la table, mais sentit que sa manche refusait de la suivre. D'une façon ou d'une autre, tandis qu'elle s'évertuait à dégager la nappe de la dernière broche, sa manche s'était prise dans un autre des bijoux. Elle était à présent rattachée à Lucern, son poignet contre sa braguette.

— Putain, dit-elle.

— Que se passe-t-il ? demanda Lady Barrow en fronçant les sourcils.

Une cacophonie s'éleva depuis l'autre côté de la nappe. Tout le monde s'était apparemment mis à parler en même temps.

— Je me suis accrochée à une des broches de sa…, haleta Kate, plongeant soudain à genoux pour éviter que sa manche ne se déchire tandis que Lucern se reculait brusquement.

Le crissement des pieds de la chaise sur le sol engloutit le couinement d'alarme de Kate et elle n'eut d'autre choix que de s'extirper en vitesse de sous la table lorsque Lucern commença à se lever. Un violent flash de lumière la força à cligner des yeux. Elle entendit alors Lucern jurer, mais elle était temporairement aveuglée. Il faisait sombre sous la table.

— Attention, M. Amirault, l'alerta Lady Barrow qui sortait de sous la table à son tour. Sa manche s'est prise dans votre…

Lady Barrow se tut soudain en apercevant les quelques nouveaux membres de leur assemblée. Kate les remarqua elle aussi, ses yeux s'adaptant petit à petit à la lumière et distinguant la caméra pointée dans sa direction. Il y avait également là un photographe, équipé d'un appareil visiblement réservé aux professionnels. C'est lui qui avait déclenché un flash en prenant une photo, comprit-elle.

Lucern, qui faisait de son mieux pour se comporter comme si la main de Kate n'était pas pendue au niveau de son entrejambe, dit d'un ton affligé, mais poli :

— Appelez-moi Luc, je vous prie, Lady Barrow.

— Ça alors ! s'exclama le photographe. Vous n'aviez pas mentionné cet événement, Lady Barrow.

— Qui… ? commença Kate, sachant pertinemment qu'elle ne voulait pas connaître la réponse.

— Le journal local, lui indiqua gravement Lady Barrow en se levant. Et maintenant que nous en avons fini avec cette urgence, je ferais mieux de m'occuper de la suivante.

Jodi et les autres auteurs l'aidèrent à remettre ses jupes en ordre, puis Kathryn s'empara du bras du journaliste, lui fit faire volte-face et l'entraîna vers sa table.

— Je suis prête à parier de l'argent sur le fait qu'il lui mangera dans la main dans moins de dix minutes, déclara Jodi avec admiration.

Se tournant vers Lucern et Kate, elle leur adressa un sourire encourageant.

— Cette photo ne paraîtra pas dans le journal. Vous pouvez me croire.

Chapitre 14

Ils firent la une du *Daily News.*

— Cette sale fouine de journaliste a juré qu'il ne donnerait pas la photo à son rédacteur en chef, mais je ne vois pas qui d'autre aurait pu le faire à sa place, dit Kathryn Falk d'un ton maussade.

Elle avait appelé Kate et Lucern à la première heure, le lendemain matin, et leur avait demandé de la rejoindre dans le restaurant principal pour le petit déjeuner. Kate avait aussitôt redouté le pire. Et elle avait eu raison.

Elle contemplait la une du journal, défaite. On y voyait Lucern, à moitié redressé, élégant dans son costume tout en dentelles, et Kate, comme une gueuse de bas étage, qui sortait de sous la table à quatre pattes pour le tenir par la… Elle soupira piteusement et relut le gros titre encore une fois. « Instants médiévaux ? », proclamait-il en lettres capitales.

> *L'agent littéraire Kate C. Leever, des Éditions Roundhouse, tire tout l'enthousiasme possible de l'auteur de bit-lit Luke Amirault, tandis que Kathryn Falk, Lady Barrow, présidente et fondatrice du* Romantic Times, *supervise le bal Renaissance qui s'est tenu hier soir.*

Kate grogna et s'apprêtait à reposer violemment le journal, mais elle s'interrompit pour relire la légende. Elle regarda la photo plus attentivement.

— Lorsque je remettrai la main sur ce journaliste, je vais le…, commença Lady Barrow.

— Je crois qu'il a dit la vérité, l'interrompit Kate d'une voix lasse. Il me semble que le flash de ce journaliste s'est déclenché à l'instant précis où je sortais de sous la table. Vous étiez toujours dessous. Or vous figurez sur cette photo.

Lady Barrow s'empara du journal et l'examina, une expression de désapprobation se dessinant sur ses traits.

— Je pense que vous avez raison. Mais qui d'autre a bien pu la prendre ? Les appareils photo étaient interdits. Nous avions engagé un photographe professionnel pour prendre des clichés des convives. Les seuls invités autorisés à en avoir étaient les journalistes et…, sa voix se perdit et ses yeux s'étrécirent. Bon sang, ce…, elle s'interrompit, visiblement énervée. Si vous voulez bien m'excuser, j'ai une petite chose à régler. (Elle se leva, marqua une pause et se força à sourire.) Ne vous en faites pas. Ce n'est rien de plus qu'une tempête dans un verre d'eau. Tout cela sera bien vite oublié si vous ne donnez aucune interview sur le sujet.

Kate et Lucern acquiescèrent, puis ils regardèrent Lady Barrow quitter le restaurant, très certainement pour aller peler vivant un photographe.

Kate soupira. Lucern fit de même. Ils évitèrent de se regarder. En fait, ils évitaient de se regarder depuis la veille au soir. Jodi avait aidé à libérer la manche de Kate de la braguette de Lucern, après quoi il s'était promptement excusé. Kate s'était ensuite installée à table, où Jodi et les autres auteurs avaient essayé de lui remonter le moral, tandis que Chris essayait vaillamment de ne pas rire. Chuck était passé à deux reprises pour échanger quelques mots avec les écrivains et lancer des regards noirs dans la direction de Kate. Allison, quant à elle, était venue la voir au moins trois fois pour lui assurer que tout irait bien. Chris avait alors encore essayé de contenir son rire.

Voyant que Lucern n'était toujours pas revenu au bout d'une demi-heure, Kate avait à son tour pris congé et regagné leur suite. Lucern sortait tout juste de sa chambre. Il avait croisé brièvement le regard de Kate avant de détourner les yeux tout en lui demandant si le bal était fini. Kate lui avait répondu que non, mais qu'elle avait mal à la tête et ressentait le besoin de s'allonger. Il avait dit quelques mots compatissants, puis avait expliqué qu'il était venu ici boire un verre – elle en déduisit qu'il s'était administré une dose de sang –, avant d'ajouter que, peut-être, lui aussi allait rester dans leur suite pour se reposer.

Kate avait vaguement haussé les épaules. Elle se sentait déprimée et malheureuse, sortant du pire échec de sa vie et se demandant comment les choses avaient pu si mal tourner.

Et tout cela, c'était avant que sa bêtise soit étalée à la une du journal.

Elle soupira de nouveau.

— Je pense que nous devrions nous rendre dans la salle de réception, finit par proposer Lucern.

Kate grimaça. Elle avait dû le traîner dans cette maudite pièce le premier jour et voilà que, maintenant, il se montrait impatient d'y aller. Alors qu'elle, pas du tout. La dernière chose au monde dont elle avait envie, c'était de se retrouver dans un endroit où elle risquait de tomber nez à nez avec Chuck Morgan. Si le président n'avait pas été satisfait d'elle la veille au soir, il serait très certainement livide maintenant qu'il avait lu les gros titres des journaux. Elle pourrait s'estimer heureuse si elle ne perdait pas son poste avant midi.

Mais, se dit-elle, il ne servirait à rien de repousser cet instant. Autant aller apprendre la terrible nouvelle dès à présent.

Les choses ne se passèrent pas aussi mal qu'elle l'avait craint. D'un certain côté, ce fut pire. Kate avait toujours son emploi. En réalité, Chuck était totalement emballé par la publicité qu'elle avait suscitée. Lucern faisait la une du journal, après tout. Tout comme les Éditions Roundhouse. Il n'avait cessé de la féliciter, comme si son humiliation publique avait fait partie d'un coup médiatique. Kate avait eu envie de l'étrangler. Le soir venu, elle avait décidé que, s'il lui posait encore une fois la main sur l'épaule pour la congratuler de la sorte, elle céderait à sa pulsion.

Kate vécut la fermeture de la salle comme une véritable délivrance. Tout le monde avait alors pu aller se préparer pour la soirée rock'n roll.

Elle tourna les yeux vers Lucern. Il était visiblement sorti de sa coquille encore davantage. Chaque fois qu'elle avait regardé dans sa direction au cours de la journée, elle l'avait trouvé en train de discuter avec une lectrice ou un autre auteur. Kate ne pouvait le vérifier, mais elle le soupçonnait d'avoir prononcé plus de mots depuis qu'il avait mis les pieds dans cette convention qu'au cours des quelques dernières dizaines d'années. Il devenait plus loquace chaque jour et la journée d'aujourd'hui ne dérogeait pas à la règle.

Bien entendu, tous les participants de la convention, sans exception, avaient vu la une des journaux. La nouvelle de leur péripétie s'était également répandue comme une traînée de poudre et, alors que la plupart des gens se montraient parfaitement compatissants à leur égard, quelques-uns continuaient à ricaner. Ils y allaient de leurs « mes pauvres chéris » et « comme ça a dû être embarrassant pour vous », mais ils gloussaient néanmoins. Lucern, bien sûr, lui, n'avait pas à endurer ces moqueries. Tout le monde faisait preuve à son égard de la plus grande bienveillance, réservant ses railleries pour Kate.

C'était de toute façon généralement comme ça que les choses se passaient, pensa Kate d'un air maussade en s'approchant de la table où se trouvaient Lucern et les autres auteurs. Ce sont toujours les femmes qui font l'objet de mépris et d'humiliations, tandis que les hommes récoltent gloire et sympathie. Malheureusement, elle avait beau essayer, Kate ne parvenait pas à en vouloir à Lucern pour la façon dont se comportaient les autres. Il n'avait cessé de s'excuser tandis qu'elle essayait avec Jodi de dégager sa manche de la braguette. Elle savait par ailleurs qu'il vivait très mal cet épisode. Mais ce n'était pas sa faute. Ce n'était qu'un des fâcheux caprices de la vie.

Lucern regarda dans sa direction alors qu'elle approchait et Kate alla chercher au plus profond d'elle-même un sourire à lui offrir.

— C'est l'heure ? demanda-t-il.

— Oui.

Elle lui adressa un sourire qu'elle offrit ensuite au reste de la tablée.

— Il est temps de se préparer pour la soirée rock'n roll.

Lucern se leva, il prit la main de Kate, la dévisagea avec, dans le regard, ce qu'elle pensa être une pointe d'inquiétude.

— Tu as l'air fatiguée.

— La journée a été longue, reconnut Kate en haussant légèrement les épaules.

Ils quittèrent la salle de réception et n'échangèrent pas le moindre mot supplémentaire jusqu'à leur suite. Chris n'était pas encore revenu. Les lieux étaient déserts et silencieux.

— Comment s'habille-t-on généralement pour une soirée rock'n roll ? demanda Lucern en refermant la porte derrière eux.

— Eh bien, j'imagine qu'il va s'agir d'une soirée rétro. Années 1950. Un jean et un tee-shirt devraient faire l'affaire.

Je t'ai également apporté un blouson de cuir et des bottes, lui expliqua Kate.

Elle avait dit qu'elle s'occuperait de tout et elle avait honoré sa parole du mieux qu'elle avait pu.

— Un blouson de cuir, répéta Lucern en dressant un sourcil.

— Oui. Tu sais, comme Fonzie.

— Comme qui ?

Elle se renfrogna devant son expression médusée avant de se souvenir qu'il n'avait pas de télé. Il passait à côté d'un tas de choses, se rendit-elle compte avec étonnement.

— C'est le personnage cool d'une série qui se passe dans les années 1950. Blouson de cuir, jean, bottes de cuir et cheveux gominés en arrière. Très cool.

— Ah. Oui, je me souviens de certaines personnes qui étaient comme ça à cette époque-là, acquiesça Lucern. Mais comment as-tu su quelle pointure prendre pour les bottes ?

Kate rougit en haussant les épaules avant de se diriger vers la porte de sa chambre. Elle se glissait à l'intérieur quand elle admit :

— J'ai appelé ta mère pour lui demander.

Elle n'attendit pas sa réaction, mais referma simplement la porte sur l'expression de surprise de Lucern. Elle entreprit ensuite de sortir les vêtements fournis par le costumier. Elle posa le sac qui contenait le blouson et les bottes de cuir sur son lit, et tint à bout de bras celui, transparent, dans lequel se trouvait sa propre tenue pour l'examiner. La soirée s'annonçait comme une véritable aventure. Le costume n'avait rien de très attirant. Elle était prête à parier gros que le jupon allait la gratter toute la soirée.

En réalité, elle avait eu tort, finit par admettre Kate plus tard en se regardant dans le miroir. Elle portait des mocassins noir et blanc, des socquettes, la traditionnelle jupe large rose avec le motif caniche et un pull crème. Elle avait tiré ses cheveux en arrière, les avait attachés en une queue-de-cheval, et ne s'était que légèrement maquillée. On lui aurait donné seize ans. Elle secoua la tête puis décida qu'elle était prête et sortit de la salle de bains pour récupérer le sac qui contenait le costume de Lucern.

Chris et Luc regardaient ensemble la télévision quand elle les rejoignit dans le salon, et elle ne put s'empêcher de passer d'une tête gominée à l'autre. Elle en restait bouche bée.

— Qu'est-ce que vous avez fait à vos cheveux ?

Chris se retourna en souriant largement.

— N'est-ce pas génial ? Luc m'a filé un coup de main. Je n'ai pas apporté de blouson de cuir, mais Luc m'a dit qu'en glissant un paquet de cigarettes dans la manche de mon tee-shirt, j'aurais l'air tout aussi cool.

Kate regarda Lucern. Super. Voilà qu'elle se retrouvait avec deux Fonzie gominés sur les bras. Et pourtant, à part la coiffure, ils étaient tous les deux bien différents. Chris avait les cheveux clairs tandis que ceux de Lucern étaient sombres comme la nuit. Chris était grand et maigre, il avait tout de l'échalas là où Luc était musclé. Le tee-shirt de Chris était d'un blanc uni et celui de Lucern noir et moulant, soulignant chacun de ses muscles. Bon sang, qu'il était sexy ! Même s'il avait sur la tête assez de graisse pour frire des beignets.

— C'est pour moi ? demanda Lucern en se levant afin de s'approcher de Kate, son regard la parcourant comme une douce caresse.

— Oui.

Kate lui tendit le sac de vêtements, consciente que le rouge lui montait aux joues. Non seulement elle ressemblait à une gamine de seize ans, mais à présent elle en avait également l'état d'esprit.

— Tu es ravissante, dit-il dans un léger chuchotement. Mignonne et adorable. L'image même de la jeunesse.

Mignonne et adorable. Kate ressassa ces mots tandis que Luc sortait le blouson et les bottes de leur emballage avant de les enfiler. Les chiots sont mignons. Et qui pourrait avoir envie d'incarner « l'image même de la jeunesse » ?

— Ils me vont parfaitement.

Kate regarda en direction de Lucern qui s'étirait, testant la façon dont le blouson lui enveloppait les épaules. Elle ne s'attarda toutefois pas sur ses épaules, mais sur son torse où les muscles se contractaient. *Mignonne et fraîche*. Elle soupira.

— C'est parfait.

Chris se leva et le rejoignit au centre de la pièce.

— Allons-y. Je dois passer m'acheter un paquet de cigarettes pour le glisser dans ma manche.

Kate s'efforça d'arracher son regard au torse de Lucern. Elle hocha la tête avant de faire volte-face pour ouvrir la marche.

La soirée rock'n roll battait déjà son plein lorsqu'ils arrivèrent. Kate jeta un coup d'œil aux danseurs – des femmes pour la plupart – et grimaça. Certaines d'entre elles dansaient admirablement. D'autres n'avaient visiblement pas la moindre idée de ce qu'elles faisaient. Kate craignait sincèrement d'atterrir dans la seconde catégorie.

— J'imagine que tu sais danser ? glissa-t-elle à Lucern.

En voyant son expression chagrinée, il afficha un de ses rares sourires radieux et acquiesça.

— Assez bien, pour être franc.

Puis il ajouta :

— Je t'apprendrai.

Aux oreilles de Kate, qui, à son humble avis, était dotée de deux pieds gauches, cela résonna plutôt comme une menace. Mais Lucern se révéla être un excellent professeur et, étant l'un des rares hommes présents, il était l'objet de nombreuses sollicitations. Il les honora toutes de bonne grâce, ce qui choqua Kate au point qu'elle tomba quasiment dans le coma. Elle l'observa danser avec près de vingt femmes à la fois. Il les faisait s'aligner, puis leur enseignait patiemment les pas entre deux crises de gloussements, avant de les faire tournoyer dans les airs avec la force et la vigueur d'un taureau. Toutes pensaient que c'était un homme merveilleux. Kate aussi, d'ailleurs. Elle n'arrivait pas à croire que c'était le même rustre qui lui avait une fois claqué la porte au nez. Cet homme-là était souriant. Cet homme-là avait une patience à toute épreuve. Cet homme-là était celui dont toute femme rêvait. Elle l'avait même laissé lui apprendre à danser.

La soirée était très agréable, mais Kate avait vécu une journée stressante et elle sentit rapidement la fatigue la gagner. Lucern remarqua visiblement les bâillements qu'elle essayait de dissimuler.

— Tu devrais y aller, lui dit-il en s'approchant d'elle pour la raccompagner.

Il lui fit ensuite la morale sur tout le trajet jusqu'à leur suite, principalement au sujet du trop peu de nourriture qu'elle ingérait. Il avait apparemment remarqué que, trop occupée à discuter avec ses auteurs, elle n'avait pu que picorer quelques bouchées au buffet.

— Cela ne me plaît pas. Tu devrais faire plus attention à toi, insistait-il fermement. Tu dépenses bien trop de temps et d'énergie pour le compte de tes écrivains, moi y compris, déplora-t-il.

Kate essaya de se défendre en lui expliquant que cela ne durait qu'une semaine par an.

Mais Luc n'était pas assez naïf pour la croire.

— Jodi a évoqué bien d'autres conventions qui se tiennent tout au long de l'année. Et j'ai entendu dire que tu travaillais fréquemment le soir et même certains week-ends à réviser et lire ta « pile de manuscrits ».

Kate se promit mentalement de penser à bloquer Jodi sur sa messagerie instantanée en dehors des heures de travail, puisque visiblement cette dernière était incapable de tenir sa langue. Elle restait toujours connectée, aussi longtemps qu'elle se trouvait au bureau, au cas où l'un de ses auteurs aurait une question à lui poser. Jodi lui avait souvent reproché de trop travailler, mais la dernière chose dont elle avait besoin, c'était que Lucern apprenne qu'elle n'avait pas la moindre vie sociale.

Bien sûr, il s'était apparemment désintéressé de la passion qu'ils avaient brièvement partagée. Il n'avait strictement rien tenté depuis cette première nuit et le matin qui l'avait suivie. Cela remontait à mardi et mercredi. On était à présent vendredi soir et, à part lui tenir la main pour lui enjoindre de se calmer, Lucern n'avait rien fait pour qu'une telle chose se reproduise.

Bien entendu, elle non plus n'avait rien tenté, admit Kate. Elle l'observa d'un œil attentif. Peut-être que…

— Tu vas te mettre au lit dès que nous arriverons à la suite. Et je ne veux pas te revoir avant au moins sept heures, demain matin. Ce qui veut dire dix heures de sommeil. Tu en as bien besoin, déclara fermement Lucern, mettant un terme brutal aux pensées de Kate tandis qu'ils sortaient de l'ascenseur.

Elle soupira intérieurement. Tout « peut-être » venait de s'envoler, il n'avait plus la moindre envie de coucher avec elle et il venait de s'assurer qu'elle ne tenterait rien dans ce sens. Ces deux premiers épisodes passionnés n'avaient-ils donc été causés que par son manque de sang ? Peut-être l'avait-il délibérément séduite pour « se la mettre sous la dent ».

Peut-être avait-elle alors été incapable de voir qu'il n'était animé d'aucun intérêt véritable parce qu'elle-même s'était laissé submerger. Elle ne se serait alors pas rendu compte qu'il ne l'excitait que pour la mordre. La troisième fois, elle en avait été consciente et l'avait clairement remarqué, mais seulement jusqu'à ce que, avec doigté et détermination, il prenne ses sens d'assaut et qu'elle se laisse une fois de plus submerger. Peut-être ne voyait-il en elle rien de plus qu'un dîner.

Comment avait-elle pu penser qu'il en allait autrement ? Et quand cela avait-il pris autant d'importance ?

Kate soupira tristement tandis qu'ils franchissaient le seuil de la suite. C'était parfaitement démoralisant de n'être rien d'autre qu'un en-cas.

— Dors bien.

Lucern la poussa doucement vers la porte de sa chambre et Kate obéit en silence. Elle parvint à marmonner un « bonne nuit » avant de se glisser dans sa chambre, guidée uniquement par son amour-propre. Ses épaules s'affaissèrent et son cœur lui pesait tandis qu'elle commençait à se déshabiller.

Lucern regarda la porte de Kate se refermer et fronça les sourcils. La jeune femme travaillait trop, ne mangeait pas assez et se tuait à essayer de satisfaire tout le monde, lui y compris. Elle avait besoin de repos. Et, par-dessus tout, elle avait besoin de se détendre. Il pensait à de bien nombreuses façons de l'aider dans cette perspective. Malheureusement, la plupart impliquaient qu'ils se retrouvent nus tous les deux, et il doutait qu'elle l'accueillerait maintenant qu'elle connaissait sa véritable nature. D'après son expérience, le fait qu'il soit un vampire repoussait la majorité des femmes. Kate n'était évidemment pas la première femme à découvrir son secret au long de toutes ces années et il avait constaté que, bien souvent, elles se mettaient à avoir peur de lui une fois la vérité connue. Pour la sécurité de sa famille comme pour la sienne, il avait souvent dû avoir recours à ses capacités pour voiler leurs souvenirs ou les persuader que cette révélation n'était rien d'autre qu'un rêve.

Cependant, Kate n'avait pas paru effrayée. Elle semblait considérer sa nature simplement comme un problème. Luc était un vampire, mais il était également l'un de ses auteurs les plus populaires et il avait besoin de sang. Elle s'était sentie obligée de lui en procurer. Elle avait même insisté pour qu'ils s'adonnent à des attouchements dans les toilettes pour hommes afin de le satisfaire. Mais, en dehors de cela, elle n'avait pas montré le moindre signe d'intérêt.

Il repensa à sa première nuit ici, ainsi qu'au premier matin, quand ils s'étaient retrouvés plongés en pleine passion. Mais c'était avant que Kate apprenne qu'il était un vampire. Elle le trouverait très certainement repoussant à présent.

Prenant soudain conscience d'une espèce de raideur qui lui tendait les épaules et la nuque, Lucern ôta son blouson de cuir, qu'il jeta sur une chaise. Il fit jouer une de ses épaules, la seconde, puis sa tête, dans une tentative pour en détendre les muscles. Tout cela, c'était à cause de Kate. Il rêvait de savoir ce qu'elle pensait et comment elle voyait les choses. Il voulait qu'elle ait envie de lui. Il grimaça. C'était un désir stupide. Kate était une femme moderne qui avait des ambitions professionnelles, une vie et un logement à New York. Elle avait quitté le soporifique Nebraska pour se lancer dans une carrière dans le monde de l'édition. Il était peu vraisemblable qu'elle abandonne tout pour se lancer dans une relation au Canada. D'autant que Lucern ne la connaissait pas suffisamment pour savoir s'il souhaitait vraiment passer sa vie avec elle. Pour un humain moyen, un mauvais mariage n'équivalait qu'à une peine de quarante ou cinquante ans ; mais, pour lui, cela pourrait être bien plus long.

Son regard glissa jusque sur le minibar dans le coin de la pièce, et il envisagea de se servir un scotch avant de se coucher. Puis il se ravisa. Il ne buvait pas beaucoup et ne voulait pas commencer à chercher dans l'alcool un soutien. La boisson avait sérieusement ravagé son père, Jean-Claude, finissant même par le tuer.

Il haussa les épaules et décida qu'il ferait aussi bien d'aller se mettre au lit.

À peine était-il entré dans sa chambre qu'il fut frappé par l'odeur sucrée du sang qui embaumait l'air. Il se rendit ensuite compte que la lampe de chevet était allumée et il se crispa. Il avait éteint la lumière avant de se rendre au bal. Mais elle était allumée. L'adrénaline se mit à pulser dans son corps tandis qu'il balayait la pièce du regard.

La porte du minibar était entrouverte et les poches de sang éventrées gisaient devant ; voilà qui expliquait l'odeur qui régnait dans la pièce. En dehors de cela, rien ne semblait avoir changé de place. Il n'y avait pas la moindre trace d'effraction. Bien entendu, l'odeur de sang était si intense que la capacité de Lucern à percevoir une présence s'en trouvait diminuée.

Il fit un pas vers son stock dévasté pour voir s'il pouvait en sauver une partie. Mais, alors qu'il s'avançait, il entendit le souffle de la porte de sa chambre qui se refermait dans son dos. Il se retourna juste à temps pour sentir un pieu s'enfoncer dans sa poitrine.

Kate s'était débarrassée de ses vêtements et elle hésitait à prendre une douche avant d'aller se coucher quand un bruit sourd retentit. Elle se figea et inclina la tête pour tendre l'oreille. Lorsque quelque chose cogna avec violence contre la paroi qui la séparait de la chambre de Lucern, elle attrapa son peignoir, l'enfila rapidement, noua la ceinture et accourut dans le salon.

La porte de la chambre de Lucern était fermée. Kate ne prit pas la peine de frapper, mais l'ouvrit d'un coup et se rua à l'intérieur. Elle fut à deux doigts de percuter les deux hommes en plein combat. Au premier coup d'œil, tout ce qu'elle parvint à distinguer furent deux hommes luttant l'un contre l'autre, puis elle remarqua le pieu, son extrémité fichée dans la poitrine de Lucern et le sang qui s'écoulait. Elle poussa un hurlement d'horreur, bien qu'elle ne s'en rendît pas compte. Elle entendit le cri comme un bruit lointain.

Finalement, parvenant à se libérer de la paralysie dans laquelle l'avait plongée le choc, elle balaya désespérément la chambre du regard. La seule arme qu'elle identifia reposait sur la table de nuit. Elle courut s'emparer d'une des lampes de chevet et jura en constatant que cette saleté refusait de bouger. Elle était fixée à la table. Son regard se reporta immédiatement sur Luc et son assaillant. Il y avait plus de sang qu'avant et il lui sembla que le pieu était plus profondément enfoncé que précédemment. Lucern semblait faiblir. Et pas le moindre objet dont elle puisse se servir comme d'une arme. Désespérée, elle saisit un oreiller et se précipita sur l'étranger. Elle le frappa et lui assena des coups d'oreiller sur la tête et les épaules. Son attaque n'eut que peu d'effet sur l'intrus. Il ne détourna même pas les yeux.

Laissant échapper un rugissement de colère au moment où son regard se posa sur le visage exsangue de Lucern, Kate saisit l'oreiller à deux mains, le passa par-dessus la tête de l'agresseur et lui plaqua contre la face. En tirant de toutes ses forces, elle entreprit de lui grimper sur le dos. À son grand soulagement, il relâcha son emprise sur Lucern et fit quelques pas vacillants en arrière tout en faisant décrire à ses bras des moulinets dans une tentative d'attraper Kate. Elle réussit à éviter les mains de l'agresseur et s'agrippa à l'oreiller aussi fort que possible. Impossible qu'il puisse respirer dans ces conditions. Kate espérait qu'il tourne de l'œil avant de parvenir à la saisir.

Elle laissa échapper un grognement de douleur, mais réussit à rester perchée sur son dos quand il vacilla en arrière et alla se cogner contre le mur, à côté de la penderie. Kate tenait bon, bien consciente que, dans le cas contraire, Luc et elle seraient tous les deux perdus.

Elle regarda désespérément en direction de Lucern. Il était à genoux, au pied du lit, les mains faiblement crispées sur le pieu. Elle se rappelait quand il lui avait expliqué qu'un pieu le tuerait s'il restait planté assez longtemps et elle sut qu'il lui fallait agir rapidement. Ses pensées volèrent en éclats quand sa monture se projeta une nouvelle fois en arrière, les propulsant tous deux dans la penderie. Kate laissa échapper un grognement quand son crâne vint heurter la tringle de la penderie.

Une explosion de douleur lui emplit la tête et l'aveugla en ne lui laissant plus voir que d'intenses flashs blancs. Elle aurait voulu se tenir la tête entre les mains jusqu'à ce que les élancements cessent, mais elle refusait de lâcher l'oreiller. Elle resta donc agrippée, souffrante et aveuglée, ne s'accrochant à la conscience que par un fil.

Lorsque la douleur commença enfin à se résorber, Kate était incapable de dire combien de temps s'était écoulé. Il lui fallut quelques instants avant de s'apercevoir que son angle de vue avait changé. Elle était à présent plus proche du sol. Elle reporta son attention sur l'homme auquel elle s'accrochait toujours et remarqua qu'il avait mis un genou à terre, l'entraînant avec lui. Elle laissa ses pieds retomber au sol et posa les yeux sur Lucern. L'alarme retentit de nouveau en elle. Il était courbé en avant, la tête basse. Comprenant qu'elle ne pouvait attendre que l'assaillant défaille par manque d'oxygène, elle relâcha l'oreiller d'une main pour tâtonner par terre autour de la penderie.

Elle essayait de maintenir l'oreiller plaqué contre le visage de l'agresseur, mais elle savait parfaitement qu'elle n'y parvenait pas. Elle l'entendit inspirer de grosses goulées d'air et elle sut qu'il ne lui faudrait pas longtemps avant de reprendre suffisamment ses esprits pour constituer de nouveau une sérieuse menace. Cette pensée l'avait à peine fait paniquer quand sa main libre buta contre quelque chose. Elle s'en empara, l'identifia comme étant une chaussure, et, sans la moindre hésitation, en assena un grand coup sur la tête de l'agresseur. Le coup ne le fit pas s'effondrer immédiatement et Kate s'aperçut qu'elle tenait la chaussure par le talon. Elle cessa de s'évertuer à maintenir l'oreiller en place, retourna la chaussure et envoya le talon s'écraser sur l'arrière du crâne de son adversaire avec toute la force qui lui restait.

À sa grande satisfaction, le coup fit mouche – l'agresseur s'affala en silence, la face la première. L'abandonnant à son sort, Kate se mit péniblement debout et chancela jusqu'à Lucern.

Son premier réflexe fut de le prendre sous l'épaule pour l'aider à se redresser. Il s'effondra sur le dos sans un bruit. Sa tête vint heurter le sol, violemment, et ses genoux cédèrent ; il tomba assis sur ses talons. Kate l'observa tristement. Il était gris. Elle ne l'avait jamais vu de cette couleur. Il n'avait pourtant, d'après ce qu'elle voyait, perdu que peu de sang. Le pieu dépassait toujours de sa poitrine, ne laissant qu'à peine le précieux liquide s'écouler. Mais elle se souvint alors qu'il lui avait dit que le cœur était incapable de pomper tant que le pieu s'y trouvait et elle sut que, si elle ne le retirait pas, il mourrait.

Le pieu était fait de ce bois léger que l'on trouve habituellement dans les magasins de bricolage. Il ressemblait à une cheville ou quelque chose comme ça. L'agresseur de Lucern avait acheté une cheville qu'il avait taillée en pointe afin d'empaler Lucern. À présent, elle devait retirer le pieu ou il mourrait.

Elle ne perdit pas de temps à réfléchir à ce qu'elle faisait ; elle savait que chaque seconde comptait. Elle tendit les mains, saisit fermement la cheville et la dégagea du torse de Lucern – une tâche qui se révéla plus difficile qu'elle ne l'aurait cru. Elle n'y avait pas vraiment réfléchi, mais si tel avait été le cas, Kate se serait certainement attendue à ce que ce soit comme retirer un couteau du beurre. Mais le corps de Lucern n'avait rien de comparable avec du beurre. Il offrait une résistance, et Kate dut exercer une certaine force pour en extraire le pieu. Le glouglou spongieux qui accompagna l'opération menaça de faire resurgir le peu de nourriture qu'elle avait réussi à ingérer lors de la soirée.

Kate déglutit. Jetant le pieu de côté, elle s'empressa de couvrir la blessure de Lucern lorsque le sang se mit à jaillir en puissantes giclées. Elle appliqua une forte pression pour l'empêcher de se vider de son sang, priant tout le temps de la manœuvre pour que les nanos parviennent à réparer les dégâts. Assise à côté de lui, elle se demandait si elle l'aidait vraiment ou si elle contribuait à le tuer.

Elle resta dans cette position pendant plusieurs minutes, appuyant simplement sur le torse de Lucern, jusqu'à ce qu'un gémissement l'alerte que l'agresseur revenait à lui. Elle était tiraillée entre l'envie de rester auprès de Lucern pour juguler l'hémorragie et celle de mettre l'agresseur hors d'état de nuire, d'une façon ou d'une autre. Elle se dit que s'il retrouvait ses esprits, Luc et elle seraient très certainement condamnés. Il achèverait très vraisemblablement Lucern et la tuerait pour ne laisser aucun témoin. Mais, d'un autre côté, Lucern risquait de mourir exsangue si elle s'éloignait de lui.

Son regard glissa sur le visage de Lucern, elle hésita et retira finalement la main de son torse à grand renfort de précautions. À son grand soulagement, le sang ne jaillissait plus comme avant. Le corps de Lucern était en train de s'autosoigner. C'est du moins ce qu'elle espérait car, autrement, il était mort.

Repoussant cette pensée, Kate se leva et balaya la pièce des yeux à la recherche de quelque chose qui lui permettrait de ligoter leur adversaire. Elle aperçut le sac à dos noir qui contenait tout l'attirail du parfait cambrioleur et sentit le soulagement se déverser en elle. Elle l'avait passé à Lucern pour qu'il emporte le sang avec lui et n'avait jamais pris la peine de le lui redemander. Elle s'approcha du sac en vitesse. Elle en tira la corde, mais la mit de côté, lui préférant la bande de ruban adhésif et le couteau. Elle n'avait jamais été douée avec les nœuds. Par ailleurs, elle supposait qu'il serait plus difficile pour l'agresseur de s'affranchir de l'adhésif.

Un nouveau grognement la poussa à accourir auprès de l'homme. Elle lui tira les mains dans le dos et entreprit rapidement de lui enrouler de l'adhésif autour des poignets, faisant courir le ruban de ses avant-bras jusqu'à ses mains pour ne prendre aucun risque. Une fois certaine qu'il ne pourrait pas se libérer, elle s'attaqua à ses chevilles, qu'elle entrava de la même façon. Elle le roula ensuite sur le dos, de sorte qu'il repose sur ses mains liées, et lui emprisonna la bouche et le reste de la tête avec le ruban adhésif. Il passerait un joyeux quart d'heure à retirer l'adhésif de ses cheveux, mais elle s'en fichait. Il l'avait bien mérité.

Kate avait tout juste fini lorsque l'agresseur ouvrit soudain les yeux. Elle tressaillit quand il rua pour essayer de se libérer. La haine brûlait dans son regard. Elle le soutint pendant quelques instants, puis en finit avec l'adhésif, ne prêtant aucune attention à ses ruades désespérées.

Si Lucern avait été un type normal, elle aurait appelé la police. Mais Lucern n'était pas un type normal. Comment leur expliquerait-elle la situation ? Elle scruta la pièce et tomba sur la porte entrouverte du minibar et sur les poches de sang éventrées. Elle ne pourrait jamais expliquer cela à la police. Non, elle devait faire face seule.

Se levant, Kate retourna presque à contrecœur auprès de Lucern. Puis elle demeura immobile à hésiter, ne sachant que faire. La perte de sang semblait toujours aussi minime. Mais elle soupçonnait néanmoins qu'une grande quantité du précieux fluide soit nécessaire pour remettre Lucern sur pied. Il allait avoir besoin de sang.

Elle posa les yeux sur la bouche de Lucern. Il semblait ne pas respirer, impossible donc qu'il se nourrisse sur elle. Mais, d'un autre côté, le sang avait cessé de jaillir de sa blessure à la poitrine. Il ne saignait plus du tout. Elle avait même l'impression que l'orifice était à présent plus petit et moins sanglant qu'avant.

Kate se rappela ce que Lucern lui avait expliqué à propos de ces nanos dans son organisme qui utilisaient du sang pour réparer les blessures. Pouvaient-ils également consommer le sang de la plaie ? Pouvaient-ils le soigner et le maintenir en vie… si tant est qu'il fût encore vivant ?

Kate se pencha en avant et s'empara des bords déchirés du tee-shirt de Lucern à l'endroit où le pieu avait pénétré. Elle finit de le fendre en deux et arracha une longue bande de tissu. Elle la posa par terre puis se rapprocha du torse de Lucern pour examiner plus attentivement la plaie. Oui, il y avait indubitablement moins de sang. Ce devait certainement être le signe qu'il était en vie, non ?

Se mordant la lèvre, elle posa les yeux sur le couteau qu'elle tenait toujours à la main. Il ne pouvait pas se nourrir sur elle. Mais pouvait-elle le nourrir ?

Agissant avant de trop réfléchir et de risquer de changer d'avis, Kate s'entailla le poignet, puis elle le maintint juste au-dessus de la blessure, laissant librement son sang ruisseler dans la plaie. Elle attendit patiemment et n'arrêta que lorsque la tête commença à lui tourner. Elle s'empara ensuite rapidement de la bande de tissu qu'elle avait prélevée sur le tee-shirt de Lucern et se banda étroitement le poignet. La manœuvre fut quelque peu malaisée, mais elle y parvint.

Enfin, Kate s'assit et jeta un coup d'œil à l'homme qui avait agressé Lucern. Il se trouvait toujours là où Kate l'avait laissé, solidement ficelé. Il avait beau avoir lutté contre ses liens, ces derniers tenaient bon. Constatant cela avec soulagement, Kate reporta son attention sur Lucern. Il avait encore les yeux fermés, le visage pâle et inerte. Il n'ouvrit pas les yeux, pas plus qu'il ne lui sourit, comme elle l'avait espéré. La blessure ne se refermait pas miraculeusement. Rien ne se passait comme dans les films. Et elle le déplora.

Kate se résolut à une longue veille. Elle ne savait absolument pas s'il finirait par ouvrir de nouveau ses yeux argent, mais elle n'avait aucunement l'intention d'abandonner.

La fatigue se manifestant, Kate changea de position pour venir s'allonger à côté de Lucern et poser la tête sur son épaule indemne. Elle resta allongée en silence pendant un long moment, l'oreille tendue, mais elle ne perçut pas le moindre battement de cœur. Le pieu avait provoqué un arrêt cardiaque. Elle se demandait s'il s'agissait d'un arrêt définitif.

— Reviens-moi, Lucern, chuchota-t-elle en fermant les yeux pour chasser la lumière. Je t'en prie.

Chapitre 15

Lucern se réveilla en haletant : son corps inspirait avidement l'oxygène au plus profond de ses poumons pour l'expirer ensuite avec autant de vigueur. Les battements de son cœur lui martelaient les oreilles, lesquelles sifflaient déjà sans discontinuer, tandis que ses yeux ne percevaient rien qu'une totale obscurité. Les ténèbres furent peu à peu remplacées par une espèce de flou multicolore. Lucern resta allongé de longs instants pendant que son corps luttait pour se remettre, conscient qu'il était passé tout près de la mort.

Il prit lentement conscience du poids qui pesait sur son épaule et baissa les yeux, soulagé de constater qu'il avait recouvré la vue. Il distinguait le dessus d'une tête. Il ne voyait pas le visage, mais reconnut la chevelure couleur de miel de Kate et se sentit soudain envahi d'une étrange chaleur à l'idée qu'elle soit avec lui.

Laissant lentement ses paupières se refermer, il fit un bref état des lieux. Il n'avait pas subi de dégâts au cerveau, d'après ce qu'il pouvait en dire – sa mémoire était intacte. Kate lui avait sauvé la vie. L'idée était tout à fait époustouflante. C'était lui d'habitude qui tenait le rôle du guerrier, du sauveur, du héros. Mais Kate avait été la véritable héroïne, aujourd'hui ; repoussant son agresseur avec – si incroyable que cela puisse paraître – un simple oreiller.

Il aurait gloussé s'il en avait eu la force. La jeune femme avait mis à terre leur assaillant avec un simple oreiller, un assaillant qui avait pris le dessus sur Lucern. Il y avait vraiment de quoi être époustouflé. Son courage et son intelligence formaient une association redoutable. Il essaya de lever une main pour caresser les délicates mèches de sa chevelure, désireux d'accentuer le contact avec Kate, mais il n'avait pas encore recouvré suffisamment de force.

Frustré par sa faiblesse et son manque de contrôle, Lucern se força à faire preuve de patience. Son corps travaillait certainement comme un forcené pour envoyer du sang vers son cerveau et ses organes vitaux, afin de les réparer en premier. Une fois qu'ils seraient de nouveau en état de marche, son sang pourrait s'attaquer au reste de son organisme. Alors seulement il sentirait un peu de sa force lui revenir.

Allongé par terre, il pensa à son agresseur. Qui était-il ? C'était une question à laquelle il aurait souhaité obtenir une réponse, mais il se demandait également ce qu'il était advenu de lui. Il ne pouvait que supposer que Kate s'était chargée du problème car, autrement, elle ne serait certainement pas en train de dormir sur lui. Si toutefois elle dormait bien.

Il ouvrit les yeux subitement.

En se basant sur son expérience et sur les blessures qu'il avait subies dans le passé, Lucern estima qu'il avait dû rester inconscient pendant environ une demi-heure. Ça semblait être un laps de temps bien court pour que Kate ait le temps de se débarrasser de l'agresseur, d'extirper le pieu fiché dans la poitrine de Lucern avant de finir par s'endormir. Cette fois-ci, lorsqu'il essaya de bouger, il parvint à soulever une main et à la reposer délicatement sur le côté de la tête de Kate.

À son grand soulagement, cette dernière marmonna d'une voix assoupie. Elle se blottit contre lui tel un chaton, se pelotonna contre son corps. Il n'en fallut pas plus à Lucern pour se détendre. Elle était en vie. Tout le reste pouvait attendre. Il ferma les yeux et glissa dans un léger sommeil tandis que son corps poursuivait son travail de réparation.

Lorsqu'il rouvrit les yeux, la faim le tenaillait. Il n'avait pas recouvré l'intégralité de sa force – il était toujours relativement faible –, mais son état de faiblesse équivalait à la force moyenne du commun des mortels. Bougeant avec précaution, il se dégagea de sous Kate, dont il accompagna délicatement la tête par terre, avant de s'asseoir pour balayer les alentours du regard. Il remarqua immédiatement l'agresseur allongé au sol près de la penderie. Il était ficelé comme une paupiette.

Les yeux de Lucern se reportèrent sur le minibar et il aperçut les quatre poches éventrées. Il sursauta en prenant conscience de ce qu'il voyait. *Quatre* poches. Il en restait huit après son dernier repas. Se levant, il s'approcha du minibar, finit d'en ouvrir la porte et examina l'intérieur. Un soupir de soulagement franchit ses lèvres à la vue des quatre poches intactes qui s'y trouvaient. Il avait certainement interrompu l'intrus dans sa besogne avant qu'il ait le temps de détruire l'intégralité du stock.

Lucern s'empara d'une des poches et y planta ses crocs tout en faisant volte-face pour examiner la pièce. Il allait lui falloir s'employer à la remettre en état. Il faudrait nettoyer le sang répandu sur le tapis et s'occuper de l'homme qui faisait office de peau de bête, étendu dans la chambre.

Il réfléchit à ce qu'il pourrait faire de lui en s'administrant deux poches de sang supplémentaires. Il décida finalement qu'il serait préférable d'en apprendre davantage avant d'agir. Il devait à tout prix savoir si l'attaque était dirigée contre Luke Amirault, l'écrivain de bit-lit ou contre Lucern Argeneau, le vampire. Il en allait de la sécurité de sa famille.

Après la troisième poche de sang, Lucern se sentait beaucoup mieux. Il choisit de laisser la quatrième et dernière poche pour plus tard. Il referma le minibar et se mit au travail. Il s'occupa de chaque détail – y compris de l'assaillant – du mieux possible avant de reporter son attention sur Kate, toujours allongée par terre, endormie au beau milieu de sa chambre. Il hésitait à la ramener dans la sienne, mais la dernière image qu'il avait vue d'elle, c'était quand elle s'était cogné la tête contre la tringle de la penderie. Il n'aimait pas l'idée de la savoir seule toute la nuit. Et si le choc entraînait des complications par la suite ? Il fallait donc qu'elle dorme dans la chambre de Lucern, mais pas à même le sol.

Lucern s'approcha de Kate, s'agenouilla et glissa les mains sous son corps pour la prendre dans ses bras. Elle ne remua quasiment pas tandis qu'il la transportait jusqu'à son lit, où il la déposa délicatement. Quand il se redressa, son regard accrocha alors la bande de tissu enroulée autour du poignet de la jeune femme. Lui saisissant la main, il défit le bandage de fortune. Il sentit l'inquiétude s'emparer de lui. L'entaille avait certes coagulé et cessé de saigner, mais il ne parvenait pas à voir à quel point elle était profonde. Il ne pensait pas qu'elle avait besoin de points de suture, puisque la plaie s'était refermée, mais…

Il saisit le téléphone et appela la réception pour demander qu'on lui apporte des bandages et un antiseptique, puis il se demanda comment Kate avait reçu une telle blessure. La seule explication qui lui vint à l'esprit fut qu'elle s'était blessée dans sa lutte contre l'intrus. Il regrettait d'avoir laissé repartir l'homme sans plus de représailles. Il aurait dû…

Un coup frappé à la porte l'interrompit dans sa réflexion. Les articles de premier secours étaient arrivés. Il les récupéra sans laisser entrer le garçon d'étage, puis il retourna auprès de Kate. Il nettoya la plaie, la pansa minutieusement, puis reposa doucement la main de Kate sur sa poitrine et tira les couvertures sur la jeune femme.

Il la laissa dormir tandis qu'il ôtait ce qui restait de ses vêtements déchirés, puis il nettoya le sang. Il se glissa ensuite à son tour dans le lit, s'assurant de rester aussi loin d'elle que possible. Il ne voulait pas courir le risque de heurter accidentellement son bras ou de la voir se réveiller en colère. Il dormirait de son côté du lit.

Bien entendu, il n'avait pas envisagé que Kate, elle, puisse ne pas rester de son côté. À peine avait-il commencé à s'assoupir que Kate roula sur elle-même, lança son bras en travers du torse de Lucern et se blottit contre lui comme si c'était là sa place. Assez bizarrement, il partageait ce sentiment.

Kate se réveilla comme réticente à l'idée de devoir affronter le monde. Il fallut un long moment à son cerveau embrumé pour se rappeler les événements de la veille ; puis l'image de Lucern se glissa dans son esprit. Elle se raidit et ouvrit les yeux. La première chose qu'elle vit fut le menton de l'écrivain. Elle le contempla quelques instants, puis baissa à contrecœur le regard vers son torse, craignant d'y trouver un trou béant. Ne voyant qu'un drap, elle s'assit brusquement, surprise de se retrouver au lit avec lui. Perplexe, elle balaya la chambre du regard, mais découvrit une pièce parfaitement ordonnée. Tout cela n'avait-il été qu'un simple rêve ? se demanda-t-elle confusément.

Elle posa les yeux sur le sol, devant le minibar, et sa langue vint se coller contre son palais. Visiblement, quelqu'un avait essayé de nettoyer le sang. Si le plus gros avait effectivement disparu, il restait tout de même une large auréole à peine visible. Se retournant vers Lucern, Kate tira brusquement sur les couvertures.

Un sanglot la surprit en jaillissant de sa gorge à la vue de la poitrine immaculée. À la fois soulagée et abasourdie, elle fit courir légèrement le bout de ses doigts sur la peau intacte, puis elle ferma les yeux et essaya d'apaiser les battements fous de son cœur. Il était en vie!

Une main chaude se referma sur la sienne et Kate rouvrit les yeux. Lucern était réveillé, il la regardait en lui tenant la main.

— Tu m'as sauvé la vie, déclara-t-il gravement. Merci.

Kate détourna le regard vers la penderie et le sol dégagé devant.

— Le type qui t'a agressé…

— J'ai nettoyé son esprit et je l'ai renvoyé chez lui.

Elle le regarda, horrifiée.

— Renvoyé chez lui? Mais il a essayé de te tuer!

— Je pouvais difficilement appeler la police et essayer de leur expliquer la situation, lui fit remarquer Lucern.

Il haussa les épaules et ajouta:

— D'autant qu'il n'était pas très net. Son esprit était… tordu.

— Pourquoi est-ce qu'il t'a attaqué? Est-ce qu'il participait à la convention? Est-ce qu'il…

— Non, ce n'était pas un participant. Il vit ici, en ville. Apparemment, sa femme est une grande lectrice de romances. Quand elle l'a quitté, il s'est mis à chercher un responsable. Et il a décidé que tout était à cause de ces livres qu'elle lisait, expliqua-t-il dans un haussement d'épaules. Il a alors entrepris de les lire un par un et, quand il est arrivé au mien, il s'est mis en tête que j'étais un vampire. Il a vu notre photo dans le journal et su que j'étais en ville. Il a décrété que j'avais pris le contrôle de l'esprit de sa femme et que je l'avais attirée loin de lui. Il a commencé à croire qu'en me détruisant, il libérerait l'esprit de sa femme et qu'elle reviendrait auprès de lui.

Kate gardait les yeux rivés sur Lucern, le cerveau en ébullition. Il faisait preuve de tant de compréhension.

Elle s'était sentie impuissante et inutile la veille au soir, et elle avait éprouvé une intense sensation de perte à l'idée qu'il puisse être mort – plus intense d'ailleurs qu'il ne convenait pour un de ses auteurs. Ce n'était plus la peine à présent de le nier. Kate savait que les sentiments qu'elle éprouvait pour lui étaient profonds. Elle l'avait trouvé brillant et talentueux avant même de le rencontrer, revêche et impoli en arrivant chez lui, et puis elle avait vu d'autres facettes de sa personnalité faire lentement surface, comme les pattes et la tête d'une tortue. Elle avait fini par voir que cette carapace froide qu'il offrait au monde n'était rien d'autre qu'une carapace, un bouclier destiné à le protéger. Il était intelligent et fort, mais aussi compatissant et attentionné. Un type avait été à deux doigts de le tuer et, pourtant, Lucern trouvait le moyen de se sentir désolé pour lui. Elle percevait l'empathie qui vibrait dans sa voix. Elle était aussi douce et ouverte que son expression. Son bouclier était visiblement complètement baissé ce matin, sans que Kate sache pourquoi. Elle aurait presque souhaité qu'il en soit autrement. Peut-être alors aurait-elle été capable d'affronter la multitude de sentiments qui s'éveillaient en elle.

— Kate ?

Elle reporta son attention sur son visage.

— Comment va ta tête ? demanda-t-il. Je t'ai vue te cogner contre la tringle de la penderie avant que je perde connaissance, hier soir.

— Ma tête n'est pas au mieux, répondit-elle gravement.

L'inquiétude imprégna le regard de Lucern.

— Vraiment ?

Il s'assit et tendit les mains vers elle, faisant doucement courir ses doigts sur l'arrière du crâne de Kate.

— J'ai jeté un coup d'œil hier soir, mais il n'y avait rien, même pas de bosse. J'ai pensé que…

Il se tut à l'instant où elle posa la main contre son torse, à l'endroit où s'était trouvé le pieu. Les draps étaient retombés autour de sa taille, offrant à la vue de Kate une interminable étendue de peau nue.

Il avait l'air d'être guéri, mais Kate savait néanmoins qu'il lui faudrait remplacer le sang utilisé par son corps pour se remettre. Tout comme il devrait reconstituer le stock détruit par l'agresseur. Il fallait que Luc dispose d'assez de sang pour tenir jusqu'à la fin de la convention. On était samedi et Kate constata qu'il était 6 heures en posant les yeux sur le réveil. Il ne restait plus que cette journée et la suivante, mais, Lucern ayant été blessé, il aurait besoin d'une sérieuse perfusion. Elle était disposée à lui proposer son sang. À la différence de la nuit précédente, cette fois-ci, ce serait un plaisir de le lui donner. Il y veillerait, elle en était certaine. Ses doigts se déplacèrent de leur propre chef sur le torse de Lucern.

Il avait la peau légèrement fraîche au toucher, non pas froide comme celle d'un cadavre, mais plus fraîche que la sienne de quelques degrés. C'était agréable. Kate avait presque l'impression de souffrir de fièvre, mais elle savait que la surchauffe de sa peau n'avait en réalité rien à voir avec une quelconque maladie ; elle était directement imputable à la présence de l'homme nu qui se trouvait dans le lit, à côté d'elle. Elle était quasiment certaine qu'il était nu. Elle avait appris lors de leur première nuit qu'il dormait dans le plus simple appareil, et elle se souvenait vaguement avoir senti sa peau nue frotter contre ses jambes quand elle s'était retournée ce matin. Bien sûr, il pouvait toujours porter un slip kangourou, par exemple.

Lucern prit la main baladeuse de Kate dans la sienne, l'interrompant par la même occasion dans ses spéculations mentales quant à sa nudité. Kate décrocha les yeux de l'entrejambe de Lucern où elle les avait laissés dériver.

Il croisa son regard, le soutint tout en portant la main de Kate à sa bouche pour déposer un baiser dans sa paume.

La respiration de Kate s'arrêta. Sa caresse avait donné naissance à une série de picotements qui lui avaient parcouru tout le bras, lui arrachant un léger frisson.

— Ta tête te fait vraiment mal ? demanda-t-il.

Kate fit lentement « non » de la tête.

— Ce n'est pas ce que je voulais dire quand je t'ai dit qu'elle n'était pas au mieux, Luc.

— Mais alors, que…

Kate ne prit pas la peine de répondre, mais elle posa une main sur la joue de Lucern pour la caresser. Le bandage impeccable qu'elle portait au poignet la surprit.

— C'est toi qui as… ?

— Oui.

Il lui saisit la main et la porta à sa bouche. De nouveau, il déposa un baiser dans la paume de Kate, juste au-dessus du pansement. Une pointe de colère luisait dans son regard.

— C'est lui qui t'a fait ça ?

— Non. C'est moi, admit-elle. Pour t'aider.

Il suivit des yeux le regard de Kate jusqu'à son torse et la compréhension se lut sur ses traits. La colère visible quelques instants plus tôt avait disparu.

— Kate, commença-t-il d'une voix rauque.

Mais elle ne voulait pas de sa gratitude. Elle n'avait pas agi en ne pensant qu'à lui. Ses motivations avaient été bien plus complexes et quelque peu égoïstes. Elle l'avait fait pour elle-même. Parce qu'elle était incapable d'imaginer un monde sans lui. Elle ne voulait même pas essayer, et refusait qu'on la remercie. Elle avait voulu lui donner la possibilité de prendre le sang qu'il lui fallait et elle avait envie de lui.

— J'ai envie de toi, reconnut-elle. Tu es l'un de mes auteurs, un vampire en sérieux manque de sang, tu es passé à deux doigts de la mort hier soir, et pourtant maintenant, ce matin, je me fous de tout ça. J'ai envie de te pousser sur le lit, de t'enjamber et de te prendre en moi.

Lucern contempla Kate, son esprit vidé de toute pensée par les mots qu'elle venait de prononcer, intégralement focalisé sur l'image qu'elle avait dépeinte. Il la visualisait le repoussant sur le dos, envoyant valser les draps et les couvertures, se glissant hors de ce peignoir en épais tissu éponge qu'elle portait, puis s'avançant sur lui et le guidant en elle.

Un peu plus tôt, ce qu'elle suggérait aurait été impossible. Le corps de Lucern, blessé, aurait refusé de coopérer. En revanche, à présent, il était réveillé et regardait impatiemment de sous les couvertures. Fichtre, pensa-t-il, légèrement étonné, les femmes modernes et agressives avaient indubitablement quelque chose pour elles.

S'éclaircissant la voix, Lucern parvint à sourire.

— Je crois que cette idée mérite qu'on s'y attarde, dit-il.

Bizarrement, sa déclaration à la fois solennelle et bourrue eut pour effet de faire éclater Kate de rire. Lucern hésitait visiblement à se joindre à elle ou à se sentir offensé, lorsqu'elle se calma soudain, se redressa à côté de lui sur le lit et dénoua son peignoir. Elle le laissa glisser sur ses épaules. Tandis qu'il formait un petit tas autour de ses hanches, elle déclara gravement :

— J'espère que tu as un préservatif.

Lucern avait les yeux rivés sur son corps pâle, sur sa peau couleur crème. Elle s'était trouvée presque nue dans cette même chambre à peine quelques jours auparavant, mais il n'avait alors pas joui de la même vue que maintenant. Kate était à la fois mince et bien faite, avec des courbes généreuses, mais pas trop. Ses seins, avec leurs tétons roses, pointaient sur lui comme une paire de jumelles. Il voulait tendre la main pour les saisir, comme il l'aurait fait de jumelles mais, plutôt que de regarder dedans, il avait désespérément envie de les lécher, de les sucer, de les…

— Un préservatif ? demanda-t-il, comme s'il entendait ce mot pour la première fois.

Heureusement, sa lucidité lui revint suffisamment pour lui permettre d'en comprendre le sens : elle s'inquiétait des MST qui couraient de nos jours.

— Oh. Ne t'en fais pas ; les maladies ne survivent pas dans mon corps.

Il afficha un de ses rares sourires, satisfait de pouvoir lui faire part de cette information. L'absence de préservatif ne serait pas un problème. D'autant que, en cet instant, il était certain qu'un préservatif ne serait pas suffisant. Il leur en faudrait plusieurs. Beaucoup, même, pensa-t-il en tendant la main pour promener son doigt autour d'un de ses tétons tendus.

Il sursauta et la regarda quand elle chassa sa main d'une tape. À son grand désarroi, elle ne semblait pas le moins du monde impressionnée par sa déclaration. Elle fronçait les sourcils.

— Les vampires n'éjaculent-ils donc pas ?

Lucern dut réfléchir à la question pendant un petit moment avant que son esprit enfiévré fasse le rapprochement. *Éjaculation ? Sexe. Bébé. Oh !*

— Oh !

Il balaya frénétiquement la chambre du regard. Il n'avait pas de préservatif. Il n'utilisait pas de préservatif. Les MST ne constituaient pas une menace pour lui, et la possibilité que sa partenaire tombe enceinte ne l'avait jamais vraiment inquiété. En effet, il était rare qu'un vampire et un humain puissent donner naissance à un enfant. Son cousin, le savant fou de la famille, lui en avait expliqué la raison, mais il ne se la rappelait plus vraiment en ce moment. Quoi qu'il en soit, il doutait que Kate accepte de courir le risque, si infime soit-il. Il lui fallait un préservatif.

— Euh, juste une seconde. Juste… euh…

Repoussant les couvertures de côté, il bondit hors du lit et récupéra le pantalon taché de sang qu'il avait ôté la veille. Il en fouilla les poches. Lorsqu'il mit la main sur son portefeuille, il l'extirpa du pantalon et offrit à Kate un sourire, il faut bien l'admettre, affligé.

— Il faut juste que je… euh… juste une seconde.

Il quitta la chambre en courant et déboula dans le salon. Il s'immobilisa au beau milieu de la pièce en entendant Kate crier :

— Tu n'as quand même pas l'intention d'aller en acheter, n'est-ce pas ? Tu es nu, Luc !

Il n'en fallut pas plus pour qu'il se fige.

— Luc ?

— Non. Non, je ne… Juste une seconde, termina-t-il en réfléchissant fiévreusement.

Il envisagea de s'habiller, mais alors une image de Kate se dessina dans son esprit. Non, il n'avait pas le temps de s'habiller. Et si elle changeait d'avis ? Si elle se ravisait ? Il ne pouvait pas courir ce risque. Ça irait plus vite s'il…

S'approchant du téléphone à grandes enjambées, il décrocha le combiné et composa le numéro de la réception.

— *Bonjour*, chantonna une voie féminine enjouée. *Ici la réception, que puis-je pour vous ?*

— Des préservatifs, éructa Lucern.

— *Je vous demande pardon, monsieur ?*

— Des préservatifs. Il me faut des préservatifs, aboya-t-il.

— *Je vois, monsieur*, répondit la réceptionniste d'une voix où ne transparaissait plus à présent le moindre enjouement. *Quelle taille ?*

— Taille ? (Ils avaient des tailles ? Lucern baissa les yeux sur son anatomie.) Grands.

— *Bien sûr, monsieur. Ils sont toujours grands*, répliqua sèchement la réceptionniste. *Vous avez le choix entre ajusté, normal, large ou extra-large.*

Lucern baissa de nouveau les yeux. Il paraissait un peu plus petit que quelques instants plus tôt. Son érection faiblissait. Il décida de renoncer aux extra-larges.

— Large.

— Luc. Qu'est-ce que tu fais ?

Lucern fit volte-face et découvrit Kate qui se tenait nue dans l'embrasure de la porte. Son regard oscillait nerveusement entre lui et la porte donnant sur la chambre de Chris. Lucern la scruta de la tête aux pieds et fut bien content que sa vision soit encore intacte après les événements de la veille. Tout comme l'était son odorat. Le parfum de Kate, à la fois sucré et épicé, flottait jusqu'à lui et le submergeait de toute sa volupté. Elle sentait si bon qu'il aurait pu la manger. Cette pensée en fit naître d'autres dans son esprit, comme lécher chaque centimètre de sa peau et…

— Luc ? relança Kate d'une voix où perçait une pointe d'inquiétude. Est-ce que ça va ? Tu as l'air… bizarre.

— *Monsieur ?*

Lucern posa une fois de plus les yeux sur son érection. Puis il dit dans le téléphone :

— Va pour les extra-larges.

— Les extra-larges quoi ? Lucern, qu'est-ce que tu es en train de faire ? demanda Kate, commençant visiblement à s'énerver.

— Une seconde, aboya-t-il dans le combiné.

Il le reposa ensuite sur la table et accourut à côté de Kate pour lui saisir les bras.

— Je reviens tout de suite. Retourne au lit. Tu as la chair de poule.

Elle en était couverte – sur les bras qu'il caressait distraitement, sur les seins qu'il parcourait des yeux, sur… Peut-être qu'extra-large ne serait pas suffisant.

Secouant la tête, Lucern obligea Kate à se tourner et la poussa en direction du lit.

— Je reviens tout de suite, je te le promets.

— Mais…

Lucern referma la porte sans lui laisser le temps de protester et retourna auprès du téléphone en quatrième vitesse.

— Allô ?

— *Oui, monsieur.* (La réceptionniste était sans le moindre doute contrariée d'avoir dû attendre.) *Dites-moi, quelle quantité désirez-vous ? Nous avons des paquets de six, de douze, de vingt-quatre et de trente-six.*

— Six, douze, vingt-quatre et trente-six ? répéta Lucern.

Il avait l'impression de passer un examen. Bon Dieu, il n'arrivait pas à se concentrer. Le parfum de Kate l'enveloppait toujours et son cerveau était complètement embrouillé. Il se demanda brièvement s'il n'aurait pas mieux fait de consommer davantage de sang. Peut-être en avait-il perdu plus qu'il ne le croyait. Peut-être ses réserves étaient-elles si basses que son corps était contraint de prélever le sang nécessaire au maintien de son érection à d'autres endroits. Si tel était le cas, c'était visiblement son cerveau qui en faisait les premiers frais. Ses pensées étaient aussi boueuses qu'un marécage après la pluie.

— *Monsieur ?*

— Tous, finit-il par dire.

Plus on est de fous, plus on rit.

— *Lubrifiés ou non ?*

— Argh, s'étouffa Lucern dans le combiné.

— *Très bien, lubrifiés, donc*, dit la réceptionniste. *Et… que préférez-vous : Pour son plaisir, Nervuré, Moulant,*

Puissance plus, Ultra plaisir, Sensations partagées, Texturé, Sensibilité accrue, Extra fin, Magnum, Supra, Strié, Désir prolongé ou Magnum XL ?

La jeune femme semblait vraiment s'amuser.

Pas Lucern. Il baissa les yeux et constata que son érection pâtissait clairement de cette volée de questions. La vision n'avait rien de réjouissant et il gémit dans le téléphone.

— *Je vous fais apporter un assortiment, d'accord ?*

De soulagement, Lucern s'affaissa contre la table lorsqu'elle ajouta :

— *Vous serez servi dans moins d'une demi-heure. Je vous souhaite une bonne journée, monsieur.*

Lucern se redressa subitement. Enfin, pas totalement. Son pénis montrait toujours des signes de faiblesse quand il hurla dans le combiné :

— Quoi ? Une demi-heure !

Seule la tonalité lui répondit.

— Luc ?

Il raccrocha violemment et se retourna pour constater que sa chambre était de nouveau ouverte. Et, encore une fois, Kate se trouvait dans l'embrasure de la porte. Mais, cette fois-ci, elle avait renoué son peignoir. La vision le frappa avec horreur et il sentit son cœur sombrer ; il se rendait compte qu'il était en train de laisser passer sa chance. S'il n'agissait pas rapidement, elle changerait d'avis. L'incertitude commençait déjà à déformer les traits de Kate.

— Peut-être que nous devrions simplement abandonner cette idée. Tu es l'un de mes auteurs après tout, et ce ne serait certainement pas très professionnel de…

Lucern ne retint que de justesse un grondement. Voilà qu'il se produisait exactement ce qu'il avait tant redouté. Confronté à la réalité, il fit la seule chose qui lui passa par la tête. Traversant la chambre, il prit Kate dans ses bras et l'embrassa. Ça n'avait rien d'un simple baiser du style

« bonjour, je suis content de te voir ». Celui-ci disait plutôt « j'ai envie de sentir ton corps brûlant et transpirant plaqué contre le mien ». Kate hésita à peine une fraction de seconde, puis – au grand soulagement de Lucern – elle s'abandonna dans un gémissement. Elle se fondit contre lui.

L'érection de Lucern salua son initiative. Elle alla buter contre le peignoir de Kate. Il n'en fallut pas plus à Lucern pour soulever Kate dans ses bras et l'emmener jusqu'au lit. La reposant sur ses pieds à côté, il s'empressa de la débarrasser de son peignoir, qu'il jeta par terre, puis il s'efforça de lui démontrer qu'elle n'avait commis aucune erreur en admettant qu'elle avait envie de lui.

Son plan – il commençait à vouer un culte à son corps – était de faire durer les préliminaires le temps que les préservatifs arrivent. Tenir une demi-heure n'aurait rien de difficile. Il profiterait de chaque minute pour découvrir le moindre centimètre carré de sa peau. Il s'attela en premier à la poitrine de Kate, remontant ses mains sous ses seins où il plaça ses pouces avant de refermer ses autres doigts sur les côtés des globes. Il se pencha ensuite en avant pour prendre dans sa bouche un des tétons parfaits. Il le caresserait jusqu'à ce qu'il retrouve sa formidable turgescence antérieure.

Kate gémissait et frissonnait à mesure que la bouche de Lucern jouait avec son mamelon. Elle avait commencé à douter de la pertinence de l'idée quand Luc l'avait laissée mais, à présent, tandis qu'il suçotait sa poitrine, aspirant la pointe dans sa bouche et dénichant de nouveau le désir de sa cachette temporaire, elle laissait tous ses doutes s'évanouir. Elle avait envie de lui. Oh, oui, qu'elle avait envie de lui !

Elle laissa errer ses mains sur les épaules de Lucern puis dans son dos, plantant ses ongles dans la peau lorsqu'il taquinait la sienne du bout des dents.

Lucern gloussa contre sa poitrine et la repoussa sauvagement sur le lit. Il fut sur elle en un rien de temps, sa bouche trouvant rapidement celle de Kate pour la dévorer. Elle lui rendit ses baisers en y mettant tout son être, et glissa les mains dans ses cheveux pour lui maintenir la tête en place. Puis elle les laissa de nouveau dériver sur son corps.

Il se raidit contre le corps de Kate et ferma les yeux de plaisir quand ses doigts se refermèrent sur son érection. Elle serra doucement avant de faire glisser sa main le long de son sexe.

Ah, la femme moderne et entreprenante, pensa-t-il confusément. Les femmes de la Renaissance, comme celles de la Régence, étaient bien plus timides. Pas toutes, certes, mais la plupart laissaient à l'homme le soin d'imprimer le rythme et de prendre presque toutes les initiatives. Kate, en tout cas, n'entrait pas dans cette catégorie. Elle s'emparait de l'enthousiasme et entraînait Lucern avec elle, et de nouveau il se dit qu'après tout, les femmes modernes avaient vraiment de bons côtés. Elles étaient intelligentes, habiles en affaires, extrêmement sexy, et elles ne craignaient pas de prendre ce dont elles avaient envie. Elles étaient...

Infernales, pensa-t-il soudain en se pressant contre sa caresse. Il avait une demi-heure à tuer avant que les préservatifs arrivent. Il n'avait pas connu de femme depuis bien longtemps. Plusieurs centaines d'années de sexe avaient eu raison de la dimension de nouveauté de la chose, et il avait fini par s'en lasser il y avait plus de cinquante ans. Il menait depuis une vie quasiment asexuée. Mais, à présent, Kate avait ressuscité cet aspect de son existence – en le rendant plus intense encore. Et si elle continuait à le toucher et à le caresser comme elle le faisait, il allait perdre tout contrôle, comme un vulgaire adolescent. Oh, tout cela n'allait pas.

Tendant la main vers celle de Kate, Lucern lui prit le poignet et l'écarta. Il rompit leur baiser et descendit le long du corps de la jeune femme, plaçant son érection hors de portée. Il était déterminé à ce que Kate reste occupée et excitée jusqu'à l'arrivée des préservatifs.

Elle laissa échapper un gémissement de désir mêlé de contrariété lorsque la bouche de Lucern quitta la sienne pour descendre le long de son corps en l'embrassant et le mordillant. Elle pensa brièvement que c'était bien dommage qu'il ne soit pas doté de deux bouches pour qu'elle puisse continuer à l'embrasser tandis qu'il enflammait sa peau.

Saisissant la main qui l'avait empêchée de poursuivre son exploration, elle l'attira à sa bouche. Kate prit alors un doigt charnu entre ses lèvres pour le sucer et le mordre légèrement. Lucern interrompit sa progression pour prêter une attention toute particulière aux seins de Kate.

Son corps entier lui picotait. Elle ondula fiévreusement sous Lucern et lui enserra la main en haletant quand sa bouche atteignit son ventre. Ses abdominaux se contractèrent, se bandèrent sous l'assaut de Lucern. Puis ils se crispèrent quand il progressa plus encore et la força à écarter les jambes. Oh, c'était… Elle pria pour qu'il ne la morde pas à cet endroit.

Cette pensée, parfaitement ridicule, arracha à Kate un rire essoufflé. Mais il mourut aussi vite qu'il était né. Ce que Lucern lui faisait la laissait sans souffle ni la moindre préoccupation et, quelques instants plus tard, elle se dit qu'il pouvait bien la mordre s'il en avait envie, du moment qu'il ne s'interrompait pas.

Bon Dieu, il allait la tuer de plaisir et elle accueillerait cette mort à bras ouverts, pensa-t-elle, tout étourdie. Puis, perdant toute capacité à réfléchir lorsque son corps implosa, elle laissa échapper un hurlement et cambra les hanches, les mains crispées sur les draps. Parcourue de frissons, elle perdit tout contrôle et s'agrippa aux épaules de Lucern, qui changeait de position. La seule façon de rendre l'instant encore plus délicieux, serait de le sentir en elle. Elle n'avait pas le moindre doute à ce sujet.

— Lucern, s'il te plaît, haleta-t-elle.

— Qu'y a-t-il, chérie ? demanda-t-il en s'allongeant entre les jambes de Kate.

— Je veux te sentir en moi. Mets un préservatif, supplia-t-elle.

Le voyant se raidir et se figer, elle se renfrogna.

— Luc ?

— Euh…

La consternation la frappa quand il s'éloigna d'elle.

— Je, euh…

— Tu n'as pas pris de préservatif ? Je croyais que…

— Si, si. Je, euh, je l'ai juste oublié dans le salon, s'empressa-t-il de la rassurer.

Glissant hors du lit, il ajouta :

— Je… euh… j'en ai pour une minute. Ne bouge pas.

Puis il se précipita hors de la chambre en refermant la porte derrière lui.

Chapitre 16

Lucern ouvrit la porte d'un coup sec et balaya le couloir du regard, espérant voir un garçon d'étage approcher d'une démarche nonchalante, des préservatifs à la main. Bien entendu, rien de tel ne se produisit. Le couloir était désert. Il referma la porte avec frustration, puis se retourna pour examiner la pièce. Il devrait y avoir des préservatifs dans chaque pièce. Les hôtels devraient les proposer au même titre que les barres chocolatées et les mignonnettes d'alcool. Franchement, Luc se demandait pourquoi personne n'en avait eu l'idée.

Un léger soupir et le frottement des draps attirèrent son regard vers la porte de sa chambre. Son ouïe fonctionnait au mieux de ses capacités en cet instant. Tous ses sens bourdonnaient. Son corps entier vibrait d'excitation, et chaque centimètre carré de sa peau avait douloureusement envie de se trouver avec Kate. Il vivait une espèce d'enfer. Une espèce de…

Lucern grimaça en direction de sa chambre et de la douce jeune femme offerte qui se trouvait dans son lit. Il s'était douté que cette convention serait une aventure infernale. Mais il n'aurait jamais imaginé qu'elle puisse se muer en une torture intégrale.

Un ronflement attira son attention dans l'autre direction. La chambre de Chris Keyes. À coup sûr, le type dormait comme un bébé. Lui n'avait pas à endurer les souffrances des damnés et…

Chris est un mec.

Cette pensée coupa court à la litanie interne de Lucern. Il posa un regard avide sur la porte. Le collègue de Kate aurait certainement des préservatifs. Lucern jeta un bref coup d'œil à la porte de sa propre chambre. Cela dit, il ne pensait pas que Kate voudrait que Chris sache ce qu'ils s'apprêtaient à faire ; il était même persuadé qu'elle verrait d'un très mauvais œil qu'il demande un préservatif à son ami.

Un nouveau soupir, suivi d'un froissement de draps, lui parvint de sa chambre. Il visualisait parfaitement Kate qui s'agitait sur son lit, ses tétons toujours durcis, son visage adouci par le désir et…

Lucern décida qu'il ne lui dirait pas comment il s'était procuré le préservatif. Il s'approcha de la chambre de Chris à grandes enjambées, ne frappa pas et ne fit aucun bruit, de peur que Kate entende, mais il ouvrit simplement la porte et se glissa à l'intérieur. Il accourut auprès du lit où dormait Chris. Prenant l'agent littéraire par les épaules, il le secoua violemment.

— Réveillez-vous, siffla-t-il.

Chris sortit aussitôt du sommeil, la panique lui ayant fait ouvrir les yeux.

— Quoi ? Qu'est-ce qui se passe ? demanda-t-il nerveusement. Il y a le feu dans l'hôtel ?

— Non. J'ai besoin d'un préservatif. Vous en avez ?

Chris le regarda stupidement en clignant des yeux.

— Quoi ? Un préservatif ?

Il commença à relever la tête, mais alors son regard tomba sur le corps nu de Lucern. Il se figea, bouche bée et pétrifié par l'horreur.

— Oh, bon sang, ne pointez pas cette chose vers moi. Oh, mon Dieu. (Il se dégagea des mains de Lucern et s'écarta en roulant, dégoûté.) Je dors dans cette pièce, allez-vous-en.

Lucern adressa une grimace au dos de Chris, se redressa et croisa les bras.

— J'ai besoin d'un préservatif.

— Et moi, j'ai besoin de sommeil ! Allez-vous-en, répéta Chris.

— Vous n'en avez pas ? insista Lucern.

Se rendant apparemment compte que Lucern ne partirait pas, Chris se retourna de nouveau. Il lui lança un regard assassin.

— Si, j'en ai. Mais est-ce que j'ai une tête de pharmacien ? lança-t-il. (Il s'assit.) Écoutez, Lucern, je vous aime bien. Mais Kate est une amie et… (Il s'interrompit pour froncer les sourcils.) Vous voulez bien arrêter de pointer cette chose vers moi ? Vous commencez à me filer des complexes. Dieu soit loué, tous mes auteurs ne sont que des femmes. Aucune d'entre elles ne se tiendrait jamais nue devant moi à se balancer sous mon nez. Je n'ai pas besoin de connaître la vie privée de Kate. Nous sommes des amis et des collègues et… Est-ce que vous avez déjà couché ensemble tous les deux ? L'autre jour…

— Non, l'interrompit Lucern pour qu'il la boucle. Pas encore ! Tout ce que je veux c'est un foutu préservatif, pas une leçon de morale !

— Ah oui ? Eh bien moi, tout ce que je veux c'est dormir et que Kate ne souffre pas, et vous…

Il se tut lorsqu'on frappa un coup à la porte de la suite.

Lucern s'éloignait déjà quand Chris lui attrapa le bras.

— Vous n'allez quand même pas ouvrir la porte comme ça ! Imaginez que ce soit une fan qui a retrouvé votre piste ?

L'agent littéraire rejeta ses couvertures et sortit de son lit en un bond. Il était torse nu, mais portait un caleçon.

Il sortit de sa chambre à grands pas, sans prendre la peine d'enfiler un peignoir. Lucern le suivit à distance respectable, juste au cas où il s'agirait effectivement de fans et non des préservatifs qu'il avait demandés.

— Bonjour, monsieur !

Un garçon d'étage se tenait sur le pas de la porte, un large sourire sur les lèvres et plusieurs paquets dans les mains.

— Je pense que ceci vous appartient.

Chris écarquilla les yeux. Lucern ne sut pas si c'était la quantité ou la variété qui l'avait effrayé. Comme l'agent restait pétrifié, Lucern perdit patience et s'avança vers la porte.

— Donnez-les-moi.

Il arracha les paquets des mains du garçon d'étage, lui aussi bouche bée, puis hésita.

— Je n'ai pas de pourboire. Chris ?

— Quoi ?

L'agent posait sur Lucern un regard hébété.

— Un pourboire pour ce monsieur, expliqua Lucern d'un ton irrité. (Il indiqua sa nudité d'un mouvement de la main.) Je n'ai rien. Je veillerai au remboursement plus tard.

— Oh. (Chris tapota son caleçon à l'endroit où se seraient trouvées les poches sur un pantalon.) Non, évidemment, je n'ai…

— Ce n'est rien. Vous n'aurez qu'à me faire signe plus tard, s'empressa d'indiquer le garçon d'étage. (Visiblement mal à l'aise, il tendit un stylo et une feuille de papier.) Signez simplement ceci, que l'on mette le tout sur le compte de votre chambre. Je ne vais pas vous déranger plus longtemps.

Chris signa rapidement la facture et la rendit, accompagnée du stylo, au jeune homme.

— Euh, merci.

— Je vous en prie, monsieur. Amusez-vous bien, messieurs.

Le garçon d'étage leur adressa un clin d'œil avant de refermer la porte.

Chris fit brusquement volte-face pour regarder Lucern, le visage déformé par l'horreur.

— Il pense que nous – que vous et moi –, allons…

L'effroi lui avait fait perdre presque toute cohérence.

Lucern était bien trop impatient de retourner auprès de Kate pour prendre le temps de le calmer. Il emprunta le raccourci réservé aux vampires en se glissant dans l'esprit de Chris. *Va te coucher, Chris. Tout cela n'est qu'un mauvais rêve. Tu dors profondément.*

Le jeune homme se calma instantanément. Il se dirigea vers sa porte tout en marmonnant :

— Oh, oui. Je dors profondément.

Lucern attendit que la porte se referme avant de se ruer dans sa chambre. Il manqua de peu de percuter Kate. Elle avait renoué son peignoir une fois de plus et s'apprêtait visiblement à venir le chercher.

— Oh, souffla-t-elle en reculant d'un pas à la suite de sa soudaine apparition. J'ai cru qu'on avait frappé à la porte et il m'a semblé entendre des voix.

— Oui. C'était le service d'étage, dit Lucern.

Remarquant la façon dont les yeux de Kate s'écarquillèrent, et inquiet qu'elle ne soit effrayée par la quantité de préservatifs, il ajouta :

— Je ne savais pas quel modèle commander, je les ai donc tous pris.

— Je vois. (Son visage avait viré au rose, mais elle parvint tout de même à sourire.) Eh bien, c'est… euh, voilà qui témoigne d'une grande prudence… pour le moins.

Lucern soupira silencieusement. Cette histoire de préservatifs était un casse-tête parfait quand il s'agissait de faire l'amour.

Embarrassé par la gêne qui s'était installée entre Kate et lui, il posa les paquets sur la commode, referma la porte et attira la jeune femme dans ses bras. Il voulait qu'elle brûle de nouveau pour lui, qu'elle soit moite et qu'elle le désire ardemment. Il n'avait pas enduré toute cette épreuve pour que cet instant précieux meure sous ses yeux. Il l'embrassa avec une fougue délibérée afin de raviver les braises du feu qu'il avait allumé un peu plus tôt mais, constatant que Kate ne fondait pas immédiatement entre ses bras, il se dit qu'il était vraiment dommage que son esprit lui soit inaccessible. Il aurait été tellement plus facile de lui communiquer son propre désir, de l'en saturer. Au lieu de cela, il devait s'y employer en adoptant la bonne vieille méthode.

L'invitant à s'appuyer contre la commode, il rompit leur baiser pour se pencher en arrière et dénouer le peignoir de Kate. Il se figea devant ce que révélait le tissu-éponge largement ouvert. Bon Dieu, elle avait le don de lui couper le souffle. Il leva les mains pour les verrouiller sur ses seins.

Elle laissa échapper un soupir haletant tandis qu'elle s'abandonnait à ses caresses, et Lucern se dit qu'après tout la bonne vieille méthode n'était pas si terrible que ça. Il voulait entendre d'autres soupirs comme celui-là. Il voulait qu'elle geigne, qu'elle gémisse, qu'elle prononce son nom en l'implorant de sa voix si sensuelle. Il voulait se couler en elle et la rendre folle de plaisir. Et il n'avait aucune envie de perdre du temps en allant jusqu'au lit.

Libérant les seins de Kate, Lucern poussa les paquets de préservatifs sur le côté, il prit ensuite sa partenaire sous les bras pour l'asseoir sur la commode. Faisant glisser le peignoir sur ses épaules, il le laissa s'écraser sur la dure surface boisée, puis il s'avança entre les jambes de Kate. Il voulait que le feu la consume de nouveau. Il voulait qu'elle perde la raison, qu'elle lui appartienne totalement. La saisissant par la nuque, il l'attira à lui pour un nouveau baiser. De sa main libre, il parcourait son corps. À l'aide de ses doigts et de sa bouche, il entreprit de repasser sur chacune des lignes du corps de Kate sans en négliger le moindre millimètre. Il voulait la caresser, la mordiller, la toucher, la dévorer.

Mais Kate, de son côté, avait, elle aussi, quelques exigences. Il frôla de peu la catastrophe lorsqu'il sentit la main de Kate se refermer et glisser sur son sexe. Mais il parvint à se contenir et l'embrassa plus férocement encore. À son tour, il glissa une main entre leurs deux corps pour explorer l'intimité de Kate.

Elle haleta et bondit presque de la commode. Sentir Lucern sur sa peau encore sensible était un choc. Elle gémit et se rapprocha de lui, refermant les jambes autour de ses hanches et promenant les mains sur son corps. Il était solide et fort, un véritable délice sous les doigts. Il la rendait folle. Il lui avait déjà fait perdre les pédales une fois et elle mourait d'impatience de renouer avec cette sensation. Mais, cette fois-ci, elle voulait le sentir en elle.

Lucern gémit et tressaillit quand elle prit son sexe en érection dans sa main. Kate sourit contre la bouche de son partenaire, ravie de constater qu'elle lui faisait de l'effet, elle aussi. Puis elle tâtonna à l'aveugle sur la commode jusqu'à ce qu'elle tombe sur une des boîtes. Elle parvint à l'ouvrir d'une seule main et en extirpa un préservatif. Elle n'avait aucune idée quant au modèle dont il pouvait s'agir et elle n'aurait pas pu s'en soucier moins. Elle avait simplement envie de le sentir en elle. Tout de suite.

Lucern perçut un vague froissement suivi d'une déchirure. Il était sur le point de rompre leur baiser pour jeter un coup d'œil quand il sentit quelque chose appuyer au bout de son sexe avant de glisser sur toute sa longueur. Là, il rompit leur baiser pour regarder. À son grand étonnement, Kate lui enfilait un préservatif.

— Kate, parvint-il à dire, les dents serrées. Je…

— J'ai envie de toi, lui souffla-t-elle tout en finissant ce qu'elle avait entrepris. (Le saisissant par les fesses, elle l'attira vers elle.) Maintenant.

Elle n'eut rien d'autre à ajouter. Lucern avait pensé qu'il serait plus difficile de la ramener à cet état d'excitation, mais ses joues étaient plus colorées et son corps plus tendu que jamais. Elle avait envie de lui. Sans plus tergiverser, il la saisit sous les genoux, la fit glisser vers lui sur la commode et plaqua sa bouche contre la sienne. Puis il la pénétra. Et il dut s'interrompre aussitôt. Cette sensation chaude et humide qui l'enveloppait n'était comparable à rien de ce qu'il avait déjà vécu. Il baignait dans son parfum, la sentait tout autour de lui et ne formait quasiment plus qu'un avec elle, tant physiquement que mentalement. Quasiment.

Laissant ses instincts le guider, il glissa de la bouche de Kate vers son cou en se retirant partiellement. Kate émit des murmures de plaisir, le bas de son corps ondulant contre celui de Lucern. Elle rejeta la tête en arrière pour accueillir sa caresse. Lucern sentit ses crocs s'allonger et se planter dans le cou de Kate tandis qu'il la pénétrait. C'était un réflexe purement animal, comme un chat dominant qui attrape sa femelle par le cou au moment où il la monte. Kate C. Leever était à lui et il la marquait en tant que telle.

Kate cria et se débattit contre lui lorsqu'il inonda son esprit de plaisir. Ce fut un flot brutal, elle eut le sentiment d'être balayée par une vague colossale quand l'esprit de Lucern fusionna avec le sien, quand il partagea avec elle ce qu'il éprouvait. Le plaisir que ressentait Kate – déjà difficilement supportable avant – redoubla brusquement et, l'espace de quelques instants, elle fut persuadée que son cœur ne tiendrait pas le choc. Puis elle se sentit tressaillir et se contracter. Ses jambes se refermèrent autour de Lucern, ses ongles lui labourèrent le dos sans qu'elle les contrôle et toute une série d'éclats de lumière explosèrent derrière ses paupières étroitement closes.

Elle sentit que Lucern glissait ses mains sous ses fesses pour l'attirer à lui encore davantage et elle gémit. Ce simple mouvement avait déclenché une nouvelle onde de plaisir qui la traversa tout entière. Les vagues ne cessaient de déferler, elles se superposaient les unes aux autres, le plaisir que ressentait Lucern s'ajoutant à celui qu'elle éprouvait. Elle lui agrippa les cheveux, s'accrochait pour ne pas perdre connaissance à mesure que la surdose d'excitation l'étourdissait. Elle refusait d'ouvrir les yeux de peur de découvrir que la pièce tournait aussi violemment que son esprit.

N'importe quel amant mortel lui paraîtrait fade après cette expérience, se rendit-elle tristement compte. Lucern venait de sacrifier tous les autres, et elle craignait qu'il soit pour elle comme une drogue. La seule pensée qu'elle avait actuellement à l'esprit, c'était de s'en procurer plus. Son cœur martelait dans sa poitrine, son corps se tortillait et elle en voulait davantage. Elle voulait se noyer dedans. Elle était déjà en train de se noyer, s'aperçut-elle tandis qu'elle commençait à perdre conscience. Et, malgré tout, elle en voulait plus.

Lucern sentit Kate s'affaisser contre lui à l'instant où son plaisir eut raison de lui. Il la serra contre son torse tandis qu'un frisson le parcourait, puis il patienta quelques instants que sa force lui revienne. La repoussant légèrement afin de pouvoir scruter son visage, il remarqua qu'elle s'était évanouie.

Il n'en fut pas surpris outre mesure. Sa morsure n'y était pour rien. Lorsqu'il avait planté ses crocs en elle, son corps était rassasié, il n'avait donc rien bu. La perte de connaissance était directement liée à ce qu'ils venaient juste de partager. Pareille chose s'était déjà produite en quelques occasions par le passé, lorsque Lucern avait laissé l'intégralité de son plaisir se déverser dans l'esprit de sa partenaire, mais jamais cela n'avait été aussi explosif. En réalité, il aurait été plus surpris si elle ne s'était pas évanouie.

Souriant, il déposa un baiser sur le front de Kate avant de l'attirer de nouveau contre son torse. Il devait retrouver des forces ; l'expérience l'avait, lui aussi, sérieusement ébranlé. Il ne s'était jamais senti à la fois si faible et si comblé ; et la raison de tout cela était la femme qu'il tenait dans ses bras. Il lui caressa doucement le dos d'une main et fit glisser ses autres doigts dans ses cheveux.

Enfin, quand il se sentit de nouveau d'aplomb, il passa ses mains sous les fesses de Kate et la souleva de la commode. Il l'entraîna ensuite jusqu'au lit. Elle avait les jambes et les bras pendants, mais leurs corps étaient toujours unis. À peine eut-il le temps d'atteindre le lit que, déjà, son érection se manifestait de nouveau. Il fut soulagé de voir Kate ouvrir les yeux en marmonnant. Il s'agenouilla sur le lit avec elle avant de s'allonger.

— Luc ?

— Oui.

Il dégagea les cheveux qui tombaient sur le front de Kate et déposa un baiser sur le bout de son nez.

— C'était…

— Oui, acquiesça-t-il gravement.

Il changea de position pour s'appuyer sur un coude et la soulager d'une partie de son poids. Les yeux de Kate s'écarquillèrent quand elle le sentit bouger en elle, puis elle sembla déçue.

Lucern ne comprit pas pourquoi jusqu'à ce qu'elle demande :

— Tu n'as pas…

— Si, si, l'interrompit-il, refusant de lui laisser croire une seule seconde qu'elle ne lui avait pas donné de plaisir. Mais tu es envoûtante et j'ai encore envie de toi.

Il se retira légèrement pour revenir en elle de plus belle, tout en parlant.

Les paupières de Kate s'abaissèrent à demi, lui donnant un air somnolent et sexy que confirmait la lueur espiègle qui brillait dans ses yeux.

— Oh, eh bien, je fais vraiment tout mon possible pour satisfaire mes auteurs, Luc, dit-elle.

Puis, avant qu'il puisse réagir à son commentaire, elle lui saisit la tête pour l'embrasser. Elle se cambra ensuite contre lui et l'attira en elle davantage.

— Luc n'a plus de livres, déclara Chris.

— Quoi ? Déjà ?

Kate se détourna du mannequin pour couverture avec lequel elle discutait. C'était l'un des modèles les plus populaires ; les gens achetaient parfois un livre plus pour son visage ou pour son nom que pour celui de l'auteur. Il envisageait de se mettre lui aussi à l'écriture afin de tirer encore davantage d'argent de sa renommée et de son physique. Malheureusement, d'après les quelques chapitres qu'il avait envoyés quelques semaines plus tôt, il était clair qu'il n'avait aucun talent d'écrivain. Kate avait passé les deux dernières heures à essayer de le convaincre d'avoir recours à un nègre. Elle le délaissa pour froncer les sourcils à l'intention de Chris.

Ils se trouvaient à la foire au livre. Pas de réception prévue aujourd'hui. La séance de dédicace commencée à 10 heures se terminerait à 14 heures. Tous les auteurs qui participaient à la convention étaient en ce moment en train de signer leurs livres et d'échanger quelques mots avec leurs lecteurs.

Kate et Lucern étaient arrivés à 10 h 01. Ils avaient eu une minute de retard, mais seraient arrivés plus tard encore si Chris ne les avait pas harcelés pour qu'ils se dépêchent en tambourinant à la porte de leurs chambres respectives dès 9 h 30, à grand renfort de :

— Debout ! Debout !

Bien entendu, Kate n'était pas dans sa chambre. Elle était bien contente que son collègue n'en sache rien. Lucern et elle avaient largement entamé le stock de préservatifs. Les vampires étaient visiblement bien plus vigoureux que les humains moyens. Ils faisaient également preuve d'une inventivité débordante, bien que Kate ne sache pas s'il s'agissait là d'une caractéristique de leur espèce ou simplement de Lucern. Elle supposait qu'après avoir vécu six cents ans, un homme devait bien avoir appris quelques trucs. Elle avait apprécié chacun d'entre eux.

— Oui. Il n'a pas arrêté une seconde et les fans se sont rués sur lui, s'arrachant ses livres comme des petits pains, expliqua Chris.

Kate regarda sa montre. Il n'était que midi. Il restait encore deux heures de dédicace.

— Nous avons apporté des cartons supplémentaires de ses livres. Ils sont…

— … partis, annonça Chris. Il a déjà signé tous ceux-là.

— On aurait dû en prévoir davantage, soupira Kate. Qu'est-ce qu'il fait, maintenant ?

— Il est assis à sa place et il discute simplement avec les lecteurs. Ce qui est plutôt cool, mais il s'est plaint d'un accès de fatigue. Il m'a envoyé te demander s'il pouvait aller faire une sieste. Tu veux que je le raccompagne à la suite ?

— Non, je vais…

Kate s'interrompit.

Elle avait été sur le point de dire qu'elle le reconduirait à sa chambre, mais elle se posait à présent des questions.

Elle n'avait aucun doute sur le fait que Lucern soit fatigué. La nuit avait été épuisante, entre l'agression qu'ils avaient repoussée et leur marathon sexuel. Ils s'étaient réveillés aux aurores et batifolaient depuis plusieurs heures quand Chris les avait interrompus pour qu'ils n'oublient pas la séance de dédicace. Le pauvre vampire devait être exténué. Cependant, si elle remontait avec lui, il pourrait avoir envie de reprendre là où ils en étaient restés et Kate n'était pas du tout certaine de pouvoir faire preuve d'assez de volonté pour refuser.

— Qu'est-ce que tu t'es fait au cou ? demanda soudain Chris alors qu'elle se frottait distraitement la nuque.

Kate laissa retomber sa main. Elle portait des traces de morsures à la gorge et à plusieurs autres endroits du corps.

Elle s'était bien évidemment attendue à ce que Lucern la morde. Elle avait même eu l'intention de l'aider à reconstituer ses forces. Mais elle ne se serait jamais doutée qu'il la mordrait à de si nombreuses reprises, ni aux endroits où il l'avait fait. Cet homme était une bête et elle n'en avait jamais assez. D'autant plus qu'elle se sentait en parfaite forme. Elle n'avait ressenti aucune faiblesse, pas plus qu'elle n'avait éprouvé de vertige après qu'il se fut nourri sur elle. Bon, elle s'était bien évanouie une fois ou deux au début, mais c'était là un prix bien dérisoire à payer en comparaison du plaisir qu'elle avait savouré. Lucern avait réellement réduit tous les autres hommes à néant.

— Kate. Qu'est-ce que tu t'es fait au cou ? répéta Chris.

Elle écarta la question d'un geste de la main.

— Rien. Et, oui, s'il te plaît. J'aimerais que tu le raccompagnes jusqu'à la suite, au cas où des fans viendraient l'embêter.

En fait, Lucern semblait s'en tirer à merveille avec les lecteurs. Et, en retour, ils étaient incroyablement gentils avec lui. En réalité, Kate s'inquiétait qu'un autre forcené s'attaque à lui, comme la veille au soir. Mais Chris n'était pas au courant de cet épisode. Personne d'ailleurs n'en avait connaissance.

— D'accord, accepta Chris sans faire d'histoires. Si l'un de mes auteurs a besoin de quoi que ce soit, dis-lui que je reviens dans une minute.

— Merci. Je veille sur eux jusqu'à ton retour, lui assura Kate.

— Oh, ça c'est un costume magnifique.

Lucern accueillit le commentaire de Jodi avec un grognement, détachant son regard de Kate pour observer le couple qui déambulait sur la scène. Le concours de Mister Romance couplé au défilé en tenues historiques battait son plein. Ce qui revenait en fait à regarder passer des types en pantalon noir moulant et chemise de pirate, accompagnés de jeunes filles vêtues de robes hors du temps.

En réalité, Lucern était plutôt impressionné par les reproductions des tenues que portaient les femmes quand il était plus jeune. Il aurait même certainement apprécié le spectacle si Kate avait été assise à côté de lui. Au lieu de quoi, il se trouvait autour d'une table ronde avec Chris et quelques auteurs. Kate, elle, était assise au premier des quatre rangs qui faisaient directement face à la scène.

Elle faisait partie du jury du concours. Ce que Luc comprenait parfaitement. Cela ne lui posait aucun problème de se retrouver seul tandis qu'elle travaillait. Ce qu'il n'appréciait pas en revanche, c'était que la place voisine de celle de Kate soit occupée par ce type aux cheveux longs avec lequel elle avait passé son temps à discuter pendant la séance de dédicace. Lucern n'était alors pas réellement fatigué ; il avait espéré attirer Kate dans sa chambre pour faire l'amour. Mais elle était occupée avec ce mannequin – une espèce de type baraqué aux cheveux longs qui avait tendance à se tenir un peu trop près de Kate et à regarder un peu trop souvent dans son décolleté.

Lucern ne s'en serait certainement pas soucié si ç'avait été un écrivain dont Kate avait la responsabilité, mais ce type-là était mannequin. Que pouvaient-ils bien avoir à se dire ? Il grimaça en voyant le jeune homme se pencher vers Kate pour lui murmurer quelque chose à l'oreille. Lucern ne s'était jamais cru jaloux. Il avait eu tort. Et il n'aimait pas ça.

— Oh, celui-ci est également ravissant.

Lucern décrocha de nouveau son regard qui était rivé sur le couple de jurés. Posant les yeux sur la scène, il opina gravement de la tête en découvrant le costume bordeaux qui émerveillait Jodi. La robe était des plus élégantes, un exemple parfait de ce que portaient les femmes à la fin de la Renaissance. Kate aurait été magnifique dedans. Le regard de Luc glissa de nouveau sur l'agent littéraire et il se rembrunit en voyant qu'elle ne prêtait pas la moindre attention à ce qui se passait sur scène, mais qu'elle était complètement absorbée par sa conversation avec le modèle.

L'enfoiré. Ne savait-il pas qu'elle était prise ? Visiblement pas. À qui la faute ? Kate. Elle aurait dû lui dire qu'elle n'était pas libre.

Et pourquoi n'avait-elle pas voulu coucher avec lui cet après-midi ? Ne l'avait-il pas satisfaite encore et encore ce matin ? Il avait pris un immense plaisir à faire l'amour avec elle. Et il était persuadé qu'il en allait de même pour elle. Se trompait-il ?

— Kate a quelques problèmes avec Robert, observa Jodi.

Lucern la dévisagea.

— Robert ?

Jodi acquiesça.

— C'est le plus populaire des mannequins. Son nom est aussi célèbre que celui de bien des auteurs. Il aimerait en profiter davantage en se lançant dans l'écriture de romances dont il ferait lui-même la couverture. Malheureusement, il ne sait pas écrire. Ses livres ne sont que soupirs et cœurs qui battent la chamade.

Elle laissa échapper un rire avant d'expliquer :

— Une vision stéréotypée de ce genre – « elles ne sont que soupirs et cœurs qui battent la chamade ».

Lucern grogna. Il n'y avait pas la moindre chamade ni le moindre soupir dans ses livres, et pourtant ils étaient considérés comme des romances.

— Kate s'efforce de convaincre Robert d'avoir recours à un nègre, poursuivit Jodi. Mais il refuse. Il est persuadé d'être un écrivain formidable.

Lucern hocha gravement la tête avant de poser un œil éclairé sur Kate. Alors, comme ça, le mannequin était écrivain. Sa tête était de nouveau proche de celle de Kate. Sous le regard de Luc, Kate éclata de rire. Puis elle posa la main sur l'épaule du type. Luc l'avait vu faire la même chose avec ses romancières – Kate était du genre tactile, avait-il remarqué. Elle lui touchait souvent la main, l'épaule ou le bras, tandis qu'elle lui parlait. Il l'avait vue se comporter de la même façon avec les autres également. Ça ne l'avait jamais dérangé quand il s'agissait de femmes. Mais il n'aimait pas qu'elle touche ce Robert de la sorte. Il n'aimait pas ça du tout.

Énervé par cette propension à la jalousie qu'il ignorait avoir, Lucern saisit son verre et le vida d'un trait, puis il balaya la salle du regard lorsque les applaudissements éclatèrent de toutes parts. Sur la scène, les jurés avaient désigné le vainqueur du concours de mannequins. Le spectacle était fini.

— Bon, lança Chris à l'intention du reste de la table tandis qu'il se levait. Vous disposez d'un peu de temps avant le début de la soirée organisée par Roundhouse. Vous devriez peut-être aller manger un morceau et boire un coup.

Moi, je dois aider Kate et les autres à tout installer. Jodi, vous voulez bien garder un œil sur Lucern et vous assurer qu'il ne lui arrive rien ?

— Bien entendu, accepta-t-elle.

En remarquant l'air renfrogné qu'affichait Lucern, elle glissa un bras sous le sien et dit :

— Chris ne pense qu'à votre bien. C'est votre première convention et tout le monde s'inquiète que les événements vous dépassent.

Lucern grogna vaguement. Il ne s'était pas renfrogné parce que Chris pensait qu'il avait besoin d'être surveillé – même s'il y avait là de quoi se sentir contrarié –, mais parce qu'il venait d'apprendre que Kate serait occupée à préparer la soirée. Il n'aurait pas l'occasion de lui parler. Ils n'avaient pas pu échanger le moindre mot depuis leur arrivée tardive à la foire au livre le matin. Il commençait à se sentir quelque peu abandonné – une sensation nouvelle pour lui, une sensation qu'il n'appréciait pas du tout. Il sentait qu'il commençait à développer une dépendance envers cette femme. Sa simple présence suffisait à affecter son humeur. Il n'aimait pas ça. Sa vie devenait une série de hauts quand Kate était là et de bas quand elle était ailleurs. Il avait l'impression que l'ennui et la routine qui emplissaient sa vie d'avant étaient de loin préférables. Plus sûrs. Peut-être devrait-il commencer à prendre ses distances. Après tout, la convention s'achèverait le lendemain, il reprendrait l'avion pour Toronto et Kate rentrerait à New York.

Toute cette passion et ces rires ne seraient plus qu'un souvenir, pensa-t-il tristement. Kate l'avait ramené à la vie pour un bref moment. Il avait apprécié l'expérience, mais le retour au vide de sa vieille existence allait être douloureux. Il ne s'était pas encombré d'amis depuis bien longtemps ; ils finissaient immanquablement par mourir ou par devoir être abandonnés à chaque déménagement. C'était au fond plus facile de ne pas en avoir du tout. Il en venait presque à regretter que…

— Venez, Luc, dit Jodi en se levant et attendant qu'il en fasse autant. Allons dîner en vitesse au bar de l'hôtel. Ensuite, chacun ira de son côté se préparer pour la soirée.

Lucern sortit de sa mélancolie et se mit debout.

— Et quel est le thème de cette soirée ?

— Vous n'êtes pas au courant ? demanda-t-elle, visiblement surprise.

— Non, je devrais ?

La méfiance le titilla.

— Eh bien, c'est un bal de vampires. Et vous en serez l'attraction principale !

Lucern parvint à ne pas broncher, mais il n'avait rien du vampire heureux. Il s'était amusé à la soirée rock'n roll, la veille, mais n'était vraiment pas d'humeur à faire la fête ce soir. Et savoir qu'il en serait l'attraction principale n'était pas de nature à le rassurer.

Chapitre 17

— Je crois bien que nous avons fini.

Kate accueillit le commentaire d'Allison d'un hochement de tête tout en examinant leur travail. Des nappes noires, des roses écarlates sur chaque table, le tout baigné dans une lumière tamisée. La salle était prête.

— Tu ferais mieux d'aller te changer. Les convives seront là dans à peine une demi-heure et tu es censée les recevoir en compagnie de Luc, lui rappela la directrice éditoriale.

Kate fit la grimace, mais elle acquiesça tout de même en faisant signe à Chris qu'il était temps de partir. Elle sortit de la salle de bal.

Allison, Chuck, Tom et Deeana portaient déjà leur déguisement ; ils avaient quitté la pièce à tour de rôle pour se changer, laissant les autres poursuivre les préparatifs. Seuls Kate et Chris étaient encore habillés normalement. Kate avait délibérément repoussé l'instant critique. L'idée d'annoncer à Lucern qu'il serait l'attraction principale du bal la rendait tout sauf impatiente. Elle savait que la nouvelle ne lui plairait pas et, après les moments d'hilarité et de passion qu'ils avaient partagés, elle craignait que le Lucern contrarié et revêche refasse son apparition.

— Détends-toi, dit Chris tandis qu'ils sortaient de l'ascenseur. Luc est bien plus décontracté à présent. Il apprendra peut-être la nouvelle sans faire d'histoires.

Kate s'efforça d'adresser un sourire à son collègue. Si seulement il pouvait dire vrai. Elle se sentait coupable de ne pas avoir mis Luc au courant dès le début, mais elle était lâche.

L'idée du bal de vampires n'était pas venue d'elle, mais de Chuck. Il y voyait un moyen de faire astucieusement de la publicité. Kate avait en vain essayé de l'en dissuader, lui expliquant que Lucern n'était pas d'un naturel très mondain et qu'il pourrait se laisser dépasser par ce type de situations, mais Chuck n'avait tenu aucun compte de ses arguments. Il s'était tout aussi peu soucié du fait que les convives n'étaient prévenus qu'au dernier moment du remplacement de la soirée espionnage initialement prévue. Kate avait peur qu'une moitié des invités arrivent en imperméable tandis que les autres porteraient une cape. Tout cela pourrait tourner au grotesque !

Ses inquiétudes la quittèrent lorsqu'elle s'immobilisa devant l'entrée de leur suite. C.K. sortit sa carte-clé et ouvrit la porte. Les yeux de Kate tombèrent immédiatement sur Lucern. Il était assis sur le canapé et regardait la télé. Il avait les cheveux mouillés, et, enveloppé dans son peignoir, il attendait visiblement avant de finir de se préparer. Il ne remarqua tout d'abord pas l'arrivée des deux agents littéraires, absorbé comme il semblait l'être par le programme qu'il regardait. Une horreur totale se lisait sur ses traits. Mais que regardait-il donc ?

Kate jeta un coup d'œil à la télévision et identifia aussitôt une rediffusion de *Buffy contre les vampires*.

Lucern se pencha soudain en avant, laissant échapper un petit cri d'indignation qui ressemblait beaucoup à « salope », même si Kate n'aurait pu le jurer.

Consciente du peu de temps qu'il leur restait pour se préparer, elle s'éclaircit la voix.

— Euh… Luc ?

Il lui lança un regard perçant, le visage tordu par une grimace.

— Est-ce que tu as vu ça ? Buffy vient juste de planter un pieu dans le cœur de ce pauvre vampire. Il n'avait pourtant rien fait de mal. Il a à peine eu le temps de ramper hors de sa tombe qu'elle lui enfonçait le pieu dans le cœur. Elle ne fait que se venger sur les vampires de ses problèmes avec cet Angel, voilà ce qu'elle fait.

Lucern marmonna un juron en reportant son attention sur l'écran.

Chris laissa échapper un petit éclat de rire tandis qu'il se dirigeait vers sa chambre.

— Bon, je vais me préparer.

Kate se mordit les lèvres en le regardant s'éloigner.

— Regarde ! lâcha Luc en se penchant de nouveau en avant. Elle vient de recommencer. C'est une malade du pieu, voilà tout. Elle les empale de-ci de-là, parfois sans la moindre raison. Cette Buffy n'est qu'une…

— Luc ? l'interrompit Kate.

— Hein ? répondit-il, les yeux toujours rivés sur l'écran.

— Nous devons nous préparer pour la soirée.

— Oui. Je suis déjà douché et rasé, je n'ai plus qu'à m'habiller. J'attendais que vous reveniez pour me dire ce qu'il fallait que je mette. Je ne savais pas si tu m'apporterais un nouveau déguisement ou… Elle recommence ! éructa-t-il en se levant brusquement et en fusillant la télé du regard. Qui écrit ces inepties ? On ne se transforme pas en bêtes enragées quand on mord, et est-ce que je me suis volatilisé dans un petit nuage de fumée quand j'ai reçu ce pieu ? Non. Bien sûr que non. Ce n'est qu'un tissu de conneries. C'est parfaitement ridicule. Je devrais me mettre à écrire et…

Kate ne comprit pas la fin de sa phrase. Elle laissa Lucern menacer la télé de ses poings et se replia dans sa chambre pour y récupérer le costume qu'elle avait loué pour son auteur. Ainsi, Lucern avait découvert la télévision. C'était bien dommage. Et par sa faute à elle, qui plus est. C'est elle qui, le premier soir, avait insisté pour qu'il la regarde.

Il était encore en train de maugréer en disant qu'il devrait écrire à la personne en charge de *Buffy* pour la remettre dans le droit chemin lorsque Kate reparut dans le salon. Elle s'immobilisa à côté de lui et hocha tristement la tête.

— J'imagine que je devrais m'estimer heureuse que tu n'aies pas encore découvert le sport. Les hommes qui aiment le sport peuvent être insupportables, expliqua-t-elle.

Lucern décolla ses yeux de l'écran en grognant.

— Le sport. J'ai vu ce que vous appelez sport. Beurk. Si vraiment vous voulez voir du sport, vous devriez assister à une joute. Ça, c'est du sport. Des rencontres gagnées, des vies perdues, du sang versé. (Son regard glissa jusqu'au sac que tenait Kate.) C'est pour moi ?

— Oui, répondit-elle en le lui tendant.

Elle commençait à s'éloigner, mais laissa échapper un petit cri de surprise lorsqu'il l'attrapa par la main, lui faisant perdre l'équilibre. Elle lui atterrit sur les genoux de façon assez peu gracieuse. Avant qu'elle ait pu se ressaisir, il avait couvert sa bouche avec la sienne pour l'entraîner dans un baiser passionné.

— Oh, soupira-t-elle quand ce fut fini.

Ses idées partaient en tous sens. Sans qu'elle s'en rende compte, elle avait passé ses bras autour du cou de Lucern et se collait contre lui comme un vêtement mouillé.

— Bonjour, gronda-t-il.

Il fit glisser une de ses mains le long de la jambe de Kate et s'attarda sur une marque de morsure qu'il avait laissée sur le haut de sa cuisse.

Kate se raidit et se débattit en sentant la brûlante douleur qui se réveillait entre ses jambes.

— Cela te fait-il mal ? demanda-t-il doucement, tout en caressant la marque du bout des doigts.

— Non.

Elle essaya de l'empêcher de poursuivre, mais sa jupe droite lui enserrait les jambes et elle ne put lui saisir la main.

Il entreprit de lui mordiller l'oreille tout en laissant ses doigts progresser davantage.

— Luc, protesta Kate, dépitée d'entendre à quel point elle haletait. (Elle tenta d'imprimer plus de force dans son ton.) Je dois me préparer.

Lucern grogna et glissa un doigt sous l'élastique de sa culotte.

— Tu me sembles parfaitement prête.

— Oh.

Elle se cambra légèrement sous la caresse. Son corps mourait d'envie de partager de nouveau les instants magiques qu'ils avaient connus ce matin. Son esprit, en revanche, la rappelait à la raison. Le bal. Celui dont Lucern était l'attraction principale. Et Chris qui se trouvait juste derrière la porte. Cette dernière pensée, plus que toutes les autres, lui donna la force de s'extirper tant bien que mal de l'emprise de Luc, pour s'éloigner de ses mains.

— Je dois me changer, lâcha-t-elle.

Se ruant dans sa chambre, Kate claqua la porte sur une éventuelle remarque de Lucern, avant de s'adosser contre son montant, une main plaquée sur la poitrine. Elle était aussi essoufflée que si elle avait couru un marathon, ses jambes flageolaient et des picotements lui parcouraient la peau. Elle devait de plus affronter ses instincts. Elle n'aurait pas rêvé mieux que de pouvoir le prendre par la main pour l'entraîner avec elle dans un lit. En fait, elle mourait d'envie de céder à son désir sur-le-champ. Mais son devoir l'appelait.

Son devoir. Elle soupira. Elle n'avait pas encore annoncé à Lucern qu'il serait l'objet de toutes les attentions pendant le bal. Il avait beau être guidé par le plaisir pour le moment, il en irait tout autrement une fois qu'elle lui aurait dit dans quoi elle l'avait entraîné.

S'efforçant de ne pas y penser, Kate s'éloigna de sa porte. Il fallait vraiment qu'elle se prépare. Elle avait apporté de chez elle une de ses longues robes noires. Elle se glissa dans le fin fourreau de soie avant de se donner un teint de porcelaine souligné d'un trait de rouge à lèvres écarlate. Ensuite, elle libéra ses cheveux de son chignon et les laissa cascader le long de ses épaules comme autant de vagues délicates.

Décidant qu'elle était aussi prête que possible, Kate s'empara des deux dentiers de vampire qu'elle avait rapportés de New York et se précipita hors de sa chambre.

Lucern était dans le salon, habillé et prêt à se rendre à la soirée. Kate sentit un soupir lui échapper à la vue de ce spectacle. Lucern, vêtu du smoking et de la cape qu'elle lui avait fournis, était d'une élégance à couper le souffle. Il incarnait le fantasme de toute femme. Elle regrettait sincèrement de devoir lui apprendre la mauvaise nouvelle.

— Tu es ravissante, lui dit gravement Lucern.

Kate s'efforça de sourire en s'avançant vers lui pour lui tendre un des dentiers.

Lucern posa un regard plein de dégoût sur les dents en plastique de piètre facture, puis il se raidit. Son regard repassa aussitôt sur Kate.

— Dis-moi que tu plaisantes.

Kate dut se mordre la lèvre pour contenir le rire soudain qui ne demandait qu'à exploser. Luc paraissait tellement horrifié à l'idée de devoir porter l'accessoire de mauvais goût.

— Tout le monde en aura, lui apprit-elle. C'est un bal de vampires.

— J'ai mes propres dents, déclara-t-il avec dignité.

— Oui, je sais. Mais personne ne s'en doute. Je t'en prie, mets celles-ci. S'il te plaît, Lucern, supplia-t-elle en lui touchant le bras.

Il posa sur ses lèvres un regard qui la perturba au plus haut point, puis il soupira, exaspéré.

— Bon, d'accord.

Il lui arracha un dentier des mains et se l'enfourna dans la bouche. Puis il entreprit de le positionner correctement, à grand renfort de grimaces et de mouvements des mâchoires, afin que les fausses dents ne le dérangent pas trop.

— Elles font atrofes.

Kate accueillit son marmonnement d'un clignement des yeux. Décidant qu'il était préférable de ne pas l'encourager dans sa complainte, elle haussa les épaules et s'équipa à son tour d'un jeu de fausses dents. Elle comprit alors ce qu'il avait voulu dire. Elles étaient effectivement atroces. Particulièrement gênantes. Tellement mal adaptées qu'elle envisagea presque de les laisser dans la suite.

Chris déambula dans la pièce, vêtu lui aussi d'un smoking surmonté d'une cape.

— Vous êtes parfaits, tous les deux.

Il leur sourit alors, dévoilant une paire de crocs de vampires à l'aspect tout à fait réaliste.

Lucern se renfrogna aussitôt.

— Tu vois ? Les fiennes reffemblent à quelque fove. Et elles vont auffi l'air plus conhortables.

Kate essayait de déchiffrer ce qu'il venait de dire quand Chris grimaça.

— Bon sang, Kate. Où as-tu déniché ces crocs ? Pouah. Elles sont tellement obsolètes que c'en est drôle.

Kate foudroya du regard son traître d'ami. Décidant de ne prêter aucune attention aux deux autres, elle se dirigea vers la porte en déclarant :

— Allons-y, je n'ai pas envie d'être en retard.

Enfin, c'est ce qu'elle essaya de dire. Au lieu de quoi, ses propos ressemblèrent plutôt à :

— Ahons-vy, ve n'ai pas venvie d'être en retard.

Soupirant en entendant Chris éclater de rire, elle franchit la porte et ouvrit la voie.

Lucern essaya de retirer son dentier dans l'ascenseur, mais Kate parvint à le convaincre de le garder en place. Elle ôta ensuite le sien, s'éclaircit la voix et dit :

— Luc, j'aurais vraiment dû t'en avertir plus tôt, mais…

— Ve fuis la ftar du foir.

— Quoi ? s'écria Chris, abasourdi, avant de s'adresser à Kate. Qu'est-ce qu'il a dit ?

— Il a dit : « Je suis la star du soir », répondit-elle distraitement.

Elle se tourna ensuite vers Lucern et lui demanda :

— Comment l'as-tu appris ?

Lucern recracha ses fausses dents avant de répondre.

— Jodi m'en a informé.

— Oh. (Kate se mordit la lèvre tout en examinant le visage de Luc pour essayer de comprendre pourquoi il n'était pas en colère.) L'idée ne vient pas de moi, l'informa-t-elle calmement.

— Elle dit vrai, renchérit Chris. C'est Chuck le responsable. Kate a même essayé de lui faire changer d'avis.

Voyant que Lucern se contentait de hocher la tête sans faire le moindre commentaire, Kate fronça les sourcils.

— Tu n'es pas en colère ?

Il haussa les épaules.

— Au début, cela m'a un peu contrarié. Mais ce ne sont jamais que quelques heures dans ma vie. J'en ai des tonnes à occuper, Kate. Toute cette convention n'équivaut qu'à un battement de cœur pour moi.

Chris semblait perplexe. Kate en revanche n'avait aucun doute sur le sens des mots de Lucern ; il avait déjà vécu plusieurs centaines d'années et en connaîtrait certainement encore de nombreuses autres. Ces quelques jours ne représentaient que d'infimes grains de sable sur la plage de sa vie. Elle se demandait néanmoins si ses propos n'avaient pas un sens caché qui lui était directement destiné. Elle n'était que l'une des centaines voire des milliers de femmes qui avaient traversé sa vie au fil des siècles. Leur relation avait-elle à ses yeux aussi peu d'importance que toute cette convention ? N'était-elle, elle aussi, qu'un grain de sable de plus ?

Cette pensée la contraria, et pourtant elle n'avait rien de surprenant. Comment aurait-il pu en être autrement ? Dans à peine vingt-quatre heures, elle serait de retour chez elle, à New York, tandis que lui serait rentré à Toronto. La vie reprendrait son cours habituel. Elle finirait bien par rencontrer un type convenable, avec qui elle s'installerait, aurait des enfants et vieillirait. Lucern, quant à lui, serait toujours jeune, sexy, et il ferait découvrir à d'autres femmes les sommets de l'extase. Cette pensée la chiffonnait vraiment.

Prenant une profonde inspiration pour essayer de conjurer la douleur qui s'était réveillée dans sa poitrine, Kate remit son dentier en place et emboîta le pas de Chris, qui sortait de l'ascenseur.

— Vous voilà ! les accueillit Allison à leur arrivée.

Elle se tenait à la porte de la salle de bal, en compagnie de Chuck et de Lady Barrow.

— Vous êtes pile à l'heure. Deux ou trois convives vous ont précédés, mais c'est tout.

— Tant mieux. Ce serait dommage d'arriver en retard à ma propre soirée, déclara sèchement Lucern.

Il lança au président des Éditions Roundhouse un regard qui mit ce dernier mal à l'aise au point qu'il s'agita nerveusement.

— Bon, très bien, marmonna Chuck, mais Lucern s'était déjà tourné vers Lady Barrow.

Il adressa un sourire à la femme dans sa robe pourpre, lui prit la main en lui faisant une profonde révérence.

— Lady Barrow, dit-il en déposant un baiser sur le dos de sa main. Vous êtes si belle et sentez si bon que l'on pourrait vous manger.

Lady Barrow accueillit la déclaration d'un rire bonhomme, mais Kate se tendit. Elle se souvenait clairement que Lucern avait été à deux doigts de mordre leur hôtesse pour de bon. Elle se rappela également qu'elle n'avait pas encore reconstitué le stock de sang que Lucern pourrait utiliser en cas d'urgence. D'après ce qu'elle savait, il aurait sans aucun doute besoin de plus de sang que ce qu'il avait prélevé sur elle ce matin alors qu'ils faisaient l'amour. Elle avait eu l'intention de faire un saut rapide à la banque du sang dans la journée, mais l'idée lui était sortie de la tête. À présent, Luc devait être affamé. Le manque de sang le faisait d'ailleurs déjà sans doute souffrir.

Et pourtant, il ne paraissait pas du tout accuser le coup. Kate jeta un regard dans sa direction, et elle le vit en pleine conversation entrecoupée de rires avec Allison et Lady Barrow. Il était certes un peu pâlot, mais pas gris comme il avait pu l'être précédemment. En outre, aucune ride de douleur ne striait son visage.

Kate réfléchit au problème tout en rappelant à Lucern de remettre ses fausses dents en place, puis ils prirent position à la porte de la salle de bal pour accueillir les invités. Elle finit par conclure qu'il leur faudrait quitter le bal à un moment de la soirée pour aller piller la banque du sang une nouvelle fois. Elle détestait devoir faire ça. Les banques du sang connaissaient déjà des difficultés d'approvisionnement. Mais Lucern avait autant besoin de sang que n'importe quel malade, et elle pouvait difficilement le laisser souffrir.

Ils restèrent à la porte environ une heure avant qu'Allison leur annonce qu'il était temps de se fondre aux convives. Kate ne s'éloigna pas une seconde de Lucern de peur que – poussé par le dépit – il morde l'un des invités. Elle ne se serait certainement pas tant inquiétée si un flot ininterrompu de femmes n'étaient pas venues le voir pour lui demander de se faire photographier avec lui précisément dans cette posture. C'était comme de demander à une femme au régime de tenir dans sa bouche une fourchette de tourte au fromage toute la soirée sans pour autant jamais mâcher.

À part cela, la soirée se déroula sans problème. Enfin... si on ne tenait pas compte de ces maudites fausses dents qu'elle avait apportées. Il était quasiment impossible de s'exprimer de façon intelligible tout en les portant, et celles de Lucern étaient tombées, à trois reprises au moins, dans son verre de vin tandis qu'il essayait de boire. La quatrième fois qu'elles tombèrent, Kate prit Lucern par le bras et l'entraîna sur la scène qui se trouvait à l'autre bout de la salle de bal. Se glissant dans les coulisses, elle le guida jusqu'à la première porte qu'elle trouva, alluma les lumières dans la pièce et referma la porte derrière eux.

Lucern balaya les lieux du regard. Ils se trouvaient dans un dressing. Il haussa les sourcils.

— Qu'est-ce que...

— Donne-moi tes dents, l'interrompit Kate, main tendue.

Lucern ne prit pas la peine de dissimuler son soulagement en se débarrassant de l'encombrant accessoire. Il le déposa dans la main de Kate, qui s'approcha alors de la coiffeuse et jeta les deux paires de crocs en plastique dans la poubelle.

— Tu peux utiliser tes propres crocs. On dira juste qu'un fan attentionné a vu à quel point les précédents te posaient problème et qu'il t'en a offert une paire.

Elle se retourna et sursauta en constatant qu'il se tenait juste derrière elle. Elle ne l'avait pas entendu la suivre.

Parvenant à sourire malgré l'emballement de son cœur, elle dit :

— On devrait peut-être patienter quelques minutes avant de retourner dans la salle. Je ne sais pas exactement combien de temps il faut pour fixer des dents comme celles que Chris porte, mais j'imagine que la colle doit sécher quelques instants.

— Hmm.

Lucern fit courir une main sur le bras de Kate et sourit en la voyant frissonner.

Kate essaya de ne pas laisser transparaître son envie de se jeter sur lui. Il venait de la toucher et elle avait envie de lui. Nom de Dieu, ses jambes tremblaient. Elle s'éclaircit la voix, s'éloigna pour se laisser tomber sur la banquette rembourrée de la coiffeuse. Elle se tourna pour faire face au miroir, posa son sac à main dont elle tira un tube de rouge à lèvres pour s'en passer rapidement une couche. Son regard passa en un instant à l'homme qui se tenait derrière elle quand celui-ci plaça les mains sur ses épaules.

Luc ne dit pas un mot, se contentant de soutenir le reflet de son regard dans le miroir. Kate sentit sa bouche s'assécher. Elle déglutit en apercevant le feu argenté qui brillait dans les yeux de Lucern. Elle connaissait ce regard. Il l'avait quasiment brûlée vive ce matin. Luc avait envie d'elle.

Ses mains glissèrent le long des épaules de Kate, dont les yeux suivaient le mouvement, tandis qu'elles descendaient pour aller recouvrir ses seins. Sa robe étant échancrée dans le dos, elle avait dû renoncer à porter un soutien-gorge. Seul un mince voile de soie noire séparait sa peau des paumes de Lucern.

— Lucern.

— Chut.

Il posa un genou sur le banc, au niveau de la hanche de Kate et la poussa à incliner la tête. Repoussant ses cheveux, il l'embrassa dans le cou.

Kate se laissa aller contre lui sans quitter son reflet des yeux. Un soupir franchit ses lèvres lorsqu'il fit courir ses pouces sur ses tétons durcis. Il fit ensuite remonter une de ses mains pour la glisser sous le menton de Kate et la forcer à tourner la tête. Il l'embrassa. Kate gémit, elle s'ouvrait à lui, s'abandonnait à ses caresses, faisant à son tour courir ses mains sur les bras de Lucern, jusqu'à ses épaules.

La surprise la frappa lorsqu'il la releva brusquement.

— Qu'y a-t-il ?

— Viens, fut tout ce qu'il dit.

Il sortit ensuite de la pièce, entraînant Kate dans son sillage. Elle se figurait qu'il la ramenait à la soirée, au lieu de quoi il la guida sur la scène, derrière le rideau baissé. Il traversa rapidement l'estrade. Kate faisait de son mieux pour le suivre en silence, parfaitement consciente qu'ils n'étaient séparés de la salle de bal remplie de convives que par l'épais tissu du rideau, mais ses hauts talons résonnaient à chacun de ses pas. Luc lui fit descendre un escalier situé à l'autre extrémité de la scène avant de franchir une porte.

— Où va-t-on ? siffla Kate tout en jetant de nerveux coups d'œil aux différentes portes qui donnaient sur la salle de bal.

Luc s'immobilisa devant les ascenseurs et appuya sur le bouton d'appel.

— Tu as l'air fatiguée, dit-il. Tu as travaillé trop dur aujourd'hui. Il faut que tu te reposes.

Kate répondit sèchement.

— Luc, nous devons… Oh, cria-t-elle lorsque la cabine s'ouvrit et que Lucern la tira à l'intérieur. Luc, répéta-t-elle.

Il appuya sur le bouton correspondant à leur étage, mais Kate se glissa entre lui et le panneau de commande et força l'ouverture des portes.

— Il faut vraiment que nous…

Elle fut à deux doigts d'avaler sa langue lorsqu'il se colla contre elle pour prendre ses seins dans ses mains en coupe. Elle abandonna le bouton d'ouverture des portes pour s'attaquer aux mains de Lucern.

— Lucern !

Il plaqua le bas de son corps contre les fesses de Kate, qui ferma les yeux en sentant qu'il était en érection. La cabine se referma et entama son ascension.

— Une sieste me ferait du bien, haleta-t-elle.

Puis elle secoua la tête.

— Non, il faut que nous…

Elle ne put terminer sa phrase car Lucern s'était penché en avant pour lui saisir les jambes, juste au-dessus des genoux. Ses mains glissèrent sur sa peau et sous sa jupe tandis qu'il se redressait.

Kate grogna en tentant de ne pas perdre l'équilibre. Il referma les mains sur ses cuisses pour l'attirer contre lui.

— Tu as envie de moi.

— J'ai envie de toi, acquiesça Kate.

Puis elle cligna des yeux.

— Hé !

Se débattant pour se défaire de l'emprise de Lucern, elle se retourna pour lui adresser une grimace.

— Ne t'amuse pas à me faire le coup du contrôle des pensées.

— As-tu envie de moi ?

Kate se contenta d'accentuer sa grimace. Il savait pertinemment qu'elle avait envie de lui. Il n'aurait jamais pu s'immiscer dans son esprit si cela n'avait pas été le cas. Mais là n'était pas la question. Elle éprouvait déjà suffisamment de difficulté à résister à ses propres désirs et à se comporter convenablement sans qu'il vienne en plus prendre le contrôle de ses pensées. Et avec quelle facilité il était parvenu à se glisser dans son esprit !

La cabine s'immobilisa. Les portes s'ouvrirent. Lucern prit Kate par la main et l'entraîna hors de l'ascenseur.

Elle essayait de planter ses pieds dans le tapis tandis que Luc la tractait dans le couloir.

— Lucern. Passons encore une heure au bal. Rien qu'une heure. Après, nous pourrons rendre une brève visite à la banque du sang et régler ton petit problème. On ne peut pas... Bon, d'accord, disons une demi-heure, essaya-t-elle de le raisonner tandis qu'il s'arrêtait devant la porte de leur suite et utilisait sa carte-clé. Une petite demi-heure de plus au bal !

Il l'attira dans la pièce, referma la porte et se dirigea vers le canapé.

— Ou alors, on pourrait faire un saut rapide à la banque du sang tout de suite et retourner au bal après, plaida Kate. (Luc s'assit pesamment sur le canapé, sans lâcher la main de Kate.) On peut s'occuper de ton besoin de sang puis retourner...

— Kate, l'interrompit Lucern.

— Quoi ? demanda-t-elle gravement.

— Je ne suis pas en manque de sang. (Il lui fit perdre l'équilibre et l'attira sur ses genoux.) Je suis en manque de toi.

Kate n'eut pas l'occasion de répondre ; Lucern l'en empêcha en la bâillonnant de ses lèvres. Elle garda tout d'abord la bouche fermée, refusant de céder à l'envie de lui rendre son baiser et luttant pour ne pas perdre le contrôle. Mais les lèvres de Lucern n'étaient pas les seules à l'assaillir ; il avait passé un de ses bras dans son dos et ses doigts, qui s'étaient glissés sous sa robe, évoluaient sur sa peau sensible, remontant le long de son bras jusqu'à sa poitrine.

La seconde main de Lucern s'affairait au niveau de son épaule, s'attaquant aux liens qui retenaient sa robe.

Kate laissa échapper un gémissement du fond de sa gorge, mais elle parvint à garder les lèvres scellées tandis qu'il dénouait un premier nœud, puis un autre. Le tissu tomba librement pour former un petit tas autour de sa taille et Lucern cessa d'essayer de lui tirer un baiser et approcha la tête de ses seins.

— Eh merde, souffla Kate lorsque Lucern prit dans sa bouche un de ses tétons, puis le second. Au diable le bal.

Attrapant Luc par les cheveux, elle l'obligea à relever la tête et l'embrassa avidement. C'était leur dernière nuit ensemble. Chuck comme son boulot pouvaient bien aller se faire voir. Elle allait profiter au maximum de cette soirée.

Lucern accueillit la reddition de Kate avec un grondement sonore, puis il laissa parler sa passion. Ses mains étaient partout, elles lui caressaient les seins, les hanches, la taille, remontaient le long de ses cuisses.

Kate ne pouvait se satisfaire de simplement recevoir ses caresses et, avec l'aide de Lucern, elle changea de position sur le canapé pour venir chevaucher son partenaire, forçant le bas de sa robe moulante à remonter sur ses hanches. Elle voulait toucher et goûter chaque partie de son corps. Rompant leur baiser, elle recula et entreprit de lui ôter ses vêtements. Elle dénoua sa cape et la repoussa sur ses épaules, avant de faire suivre le même chemin à sa veste de smoking.

Laissant les vêtements retomber derrière lui, Kate s'attaqua à sa chemise. Elle émit un petit soupir de soulagement lorsque Lucern se retrouva torse nu. Elle descendit ensuite de son partenaire, s'agenouilla par terre entre ses genoux et reporta son attention sur son pantalon. Dès qu'elle eut défait le bouton et ouvert la braguette, Lucern essaya de se lever, mais Kate s'avança pour l'en empêcher. Elle se débarrassa du pantalon et du caleçon et prit le sexe en érection entre ses mains. Lucern sursauta, le souffle court quand elle le prit dans sa bouche. Chaque voyage de ses lèvres sur sa chair lui arrachait un grognement.

— Kate, gronda-t-il en glissant ses doigts dans les cheveux de la jeune femme.

Il semblait incapable de décider de ce qu'il devait faire. Elle supposa qu'il voulait repousser sa tête, mais qu'il en était incapable et se contentait de s'accrocher à elle tandis qu'elle lui donnait du plaisir. Il la laissa poursuivre pendant quelques instants, puis il parvint à raffermir sa prise et à la repousser.

Il grognait de nouveau, ses traits étaient déformés par la tension, et Kate sut alors qu'elle avait réveillé la bête en lui. L'empoignant par le bras, Lucern se leva et la força à se remettre debout. Puis il l'embrassa avec fougue et fit glisser sa robe sur ses hanches. Le vêtement avait à peine atteint le sol que Lucern s'emparait déjà de la fine culotte de Kate. Il tira d'un coup sec qui fit disparaître le tissu.

Kate tremblait de tout son corps en haletant. Puis elle sentit ses mains, ses doigts qui parcouraient l'intérieur de ses cuisses. Elle ferma les yeux et se pressa contre ses caresses, consciente que ses jambes ne supporteraient plus son poids très longtemps. Lucern semblait le savoir, lui aussi, car il rompit leur baiser et tourna Kate vers le canapé. Lui indiquant de se mettre à genoux en la poussant de tout son corps, il la suivit, la fit se pencher sur le dossier et se pressa contre elle.

Kate cria et ses mains se crispèrent sur le canapé lorsque Lucern se glissa en elle. Elle laissa échapper un nouveau cri en sentant ses bras l'enserrer, une main lui saisissant la poitrine tandis que l'autre évoluait entre ses jambes à mesure que Lucern accentuait ses va-et-vient.

La passion qui les animait, à la fois vive et sauvage, leur fit bien vite perdre tout contrôle. Kate ne sentit même pas que Lucern la mordait, mais elle perçut clairement la vague enfiévrée qu'il déversait dans son esprit. Approchant déjà de l'extase, Kate plongea dans le flot sans retenue en criant de plaisir. La jouissance de Luc se mêlait à la sienne dans son esprit. Mais les sons lui parvenaient comme assourdis et elle avait peur de…

Chapitre 18

Elle n'avait pas perdu connaissance. Elle avait néanmoins frôlé l'évanouissement de peu, reconnut-elle sous sa douche le lendemain matin. Encore heureux qu'elle fût jeune et en bonne santé ; autrement, ces échanges passionnés auraient très bien pu la tuer.

En souriant, elle se glissa sous l'eau et la laissa emporter la mousse de savon. Lucern était encore meilleur que le chocolat. Enfant, Kate avait demandé à sa mère comment on faisait pour savoir que l'on était amoureux. Cette dernière lui avait répondu qu'elle le saurait quand elle serait prête à renoncer pour toujours au chocolat en échange ne serait-ce que d'une heure en compagnie de la personne en question. Kate, qui était une droguée du chocolat sans le moindre espoir de guérison, avait alors aussitôt décidé qu'elle ne tomberait jamais amoureuse. Elle était persuadée qu'aucun homme ne pouvait valoir un tel sacrifice.

Lucern était à la hauteur d'un renoncement au chocolat. Chocolat noir, blanc, au lait, elle s'en priverait volontiers pour lui. Mais son sourire mourut bien vite. Elle doutait qu'on lui propose jamais ce choix.

Elle soupira, ferma les robinets et sortit de la douche sur la petite serviette qu'elle avait posée par terre. Elle saisit un des grands draps de bain étendus sur le séchoir, puis elle se figea en apercevant son reflet dans le miroir.

Son corps était couvert de morsures. Il n'y avait que très peu d'endroits où Lucern n'avait pas planté ses crocs. Chaque morsure avait constitué une source de plaisir. Partout où courait une veine, et sur certaines zones qui en étaient dépourvues, son corps portait une marque. Ces traces auraient dû la faire souffrir, à présent que la passion ne la transportait plus et que Lucern n'inondait plus son esprit de son plaisir, mais ce n'était pas le cas.

Kate passa ses doigts sur une des marques au niveau de son épaule et elle frissonna au souvenir de Lucern qui y plantait ses dents tout en la pénétrant. Son corps s'embrasa immédiatement, brûlant d'un désir ardent pour Lucern.

— Nom de Dieu, quelle accro je fais ! souffla-t-elle en laissant retomber sa main.

Pire encore, elle était comme une toxicomane sur le point de voir disparaître sa dose. C'était dimanche, le dernier jour de la convention. Il y avait bien un goûter prévu dans l'après-midi ainsi qu'une soirée d'adieu, mais rien d'autre n'avait été planifié. Roundhouse n'avait pas réservé de salle pour cette journée. La plupart des convives partiraient dans l'après-midi ou la soirée. Certains prenaient même l'avion dans la matinée.

À cause de la prétendue allergie au soleil de Lucern, Kate avait dû lui réserver une place dans le vol de 16 h 30 à destination de Toronto, tandis que Chris et elle embarqueraient dans leur avion pour New York à 17 h 30. Ainsi, ils pourraient voir Lucern décoller et arriver chez eux suffisamment tôt pour défaire leurs bagages et se reposer un peu avant de reprendre le chemin des bureaux, dès le lendemain matin.

Combien de temps cela lui laissait-il en sa compagnie ? se demanda-t-elle. Elle s'était réveillée à 6 heures et avait envisagé de grimper sur Lucern pour le sortir du sommeil avec un sourire, mais elle avait décidé de prendre une douche avant. Elle estima qu'il devait être entre 6 h 15 et 6 h 30. Ce qui signifiait qu'il lui restait environ dix heures. Elle sentit sa bouche s'assécher. Dix heures. Dix heures et puis…

Ses yeux s'embuèrent et une douleur se réveilla dans sa poitrine.

Kate essuya les larmes d'un geste dégoûté. Bon sang, qu'est-ce qui ne tournait pas rond chez elle ? Ils avaient fait l'amour comme des bêtes, et alors ? Elle n'avait rien fait de stupide, comme de tomber amoureuse par exemple, se dit-elle.

Mais elle mentait. Il ne s'était pas agi que de sexe. Elle en pinçait pour le grand timide. Merde. Elle n'était pas du genre à violer la loi et braquer une banque pour le compte du premier écrivain venu. Elle tenait Jodi en très haute estime, mais elle n'aurait jamais fait une chose pareille pour elle. Pas plus qu'elle ne lui aurait offert son poignet en guise de petit déjeuner. Elle était bel et bien tombée amoureuse de Lucern. Profondément.

Comment était-ce arrivé ? Et surtout quand était-ce arrivé ? Indubitablement avant le petit déjeuner de mercredi. Peut-être lorsque Luc avait montré qu'il était un homme de parole en venant assister à la convention. Non, plus vraisemblablement avant qu'elle reparte de Toronto. Elle était assez honnête pour admettre – intérieurement, du moins – que, durant le mois qui s'était écoulé entre sa première rencontre avec Lucern et le début de la convention, elle n'avait cessé de penser à lui. Elle s'était fait un plaisir de lui réserver une chambre, de l'inscrire à la convention et de lui commander les costumes qu'elle lui avait choisis. Elle avait également rêvé de lui ; des rêves torrides comme celui qu'elle avait vécu à Toronto.

Bon sang, quelle idiote elle faisait ! Elle aurait dû s'en rendre compte. Elle aurait dû reconnaître qu'elle éprouvait des sentiments et rester à l'écart de Lucern. Elle l'aurait très certainement oublié avec le temps si elle avait agi ainsi. Mais non. Maintenant qu'elle avait eu un aperçu de sa personnalité attentionnée, maintenant qu'elle avait vu avec quelle patience et quelle gentillesse infinies il avait reçu ses fans, maintenant qu'elle avait souri et ri en sa compagnie, maintenant qu'elle avait goûté à un plaisir que lui seul pouvait lui offrir…

Kate se mit à pleurer. De grosses larmes roulèrent sur ses joues. Se voir ainsi dans la glace la terrifia. Elle craignait de réagir de la même façon à l'aéroport, de fondre en larmes comme un bébé au moment de lui dire adieu. Elle aurait alors le cœur à vif et saignerait pour Lucern. Cela ne manquerait pas de le mettre mal à l'aise, voire de le dégoûter. Les femmes modernes étaient censées se montrer capables de gérer ce genre de situations. Elles étaient censées s'engager avec insouciance dans des aventures et les oublier d'un haussement d'épaules en leur tournant le dos, une fois terminées.

Le cœur de Kate, d'un optimisme à toute épreuve, lui suggéra qu'il s'agissait peut-être également de plus qu'une simple aventure aux yeux de Lucern. Elle repoussa violemment cet espoir. Luc n'avait jamais dit avoir le moindre sentiment à son égard, pas même qu'il l'appréciait. Et, si douloureux que cela puisse être de l'admettre, elle avait bien peur de n'être pour lui rien de plus qu'un appétissant repas. Il ne pouvait pas prendre son contrôle pour la mordre, il devait d'abord enflammer ses sens. Et il s'y était effectivement employé. Mais sa motivation n'en était pas moins claire. Il se servait d'elle. Ils avaient partagé des moments de passion la nuit de son arrivée ainsi que le lendemain matin, lorsqu'il était en manque de sang. Mais ensuite, ils avaient soigneusement évité de se retrouver en pareille situation jusqu'à ce que le mari d'une fan attaque Lucern et que ce dernier soit de nouveau en manque de sang.

Elle n'était rien de plus qu'un dîner pour Lucern. Voilà qui était humiliant. Mais plus humiliant encore était le fait que, même s'il ne la voyait que comme ça, Kate n'était pas certaine de ne pas être prête à inscrire son nom sur le menu jusqu'à la fin de ses jours, simplement pour être près de lui.

Elle ferma les yeux et croisa les bras sur sa poitrine. Elle était incapable de se retrouver nez à nez avec Lucern. Elle ne pouvait pas courir le risque de se couvrir de honte. Et si jamais il repoussait son offre...

Non. Elle ne pouvait se permettre de le revoir.

Lucern roula sur le côté et tendit le bras vers l'endroit où Kate était censée dormir, mais sa main ne rencontra qu'un lit vide. En grimaçant, il ouvrit un œil et balaya l'obscurité d'un regard sombre. Kate ne s'y trouvait pas. S'asseyant avec difficulté dans le lit, il scruta attentivement la pièce. Cette satanée femme s'était levée avant lui, le laissant seul dans le lit. Il n'en avait pas encore fini avec elle. Il avait bien l'intention de la garder occupée toute la journée dans ce lit. Il se foutait pas mal de son emploi du temps. C'était leur dernière journée ensemble et il avait prévu d'en profiter le plus possible.

Balançant les draps sur le côté, il se glissa hors du lit et fonça vers la salle de bains. Personne. Il posa les yeux sur l'horloge de chevet. Il était un peu plus de 7 h 30. Si l'obscurité régnait encore dans la chambre, c'était uniquement à cause de la couverture qu'il avait accrochée aux fenêtres, par-dessus les rideaux. Se détournant du lit, il ouvrit brutalement la porte de sa chambre et sortit de la pièce.

Chris était assis sur le canapé à regarder des dessins animés. Il jeta un coup d'œil rapide par-dessus son épaule avant de se retourner en un éclair.

— Oh, putain ! lâcha l'agent en roulant des yeux devant la nudité affichée de Lucern avant de reporter son attention sur la télévision. Vous ne voudriez pas aller enfiler vos fringues ? Merde ! Je... Pourquoi est-ce que j'ai l'impression d'avoir déjà vécu cette scène ? Je ne vous ai jamais vu à poil. (Il adressa un regard suspicieux en direction de Lucern.) Je me trompe ?

Lucern ne prit pas la peine de lui répondre. Il avait effacé de sa mémoire le matin en question, mais il n'avait pas la moindre intention de le lui révéler. Quoi qu'il en soit, il ne pouvait pas entrer dans la chambre de Kate dans cette tenue sans dévoiler la nature de la relation qui les unissait, ce qui ne manquerait certainement pas de lui valoir les reproches de la jeune femme. À moins qu'il prenne de nouveau le contrôle de l'esprit de son ami.

Tu regardes la télévision, Chris. Tu ne me vois pas.

— Je ne vous vois pas.

Keyes s'intéressa de nouveaux aux dessins animés.

Lucern reprit sa marche vers la chambre de Kate, dont il ouvrit brusquement la porte. La pièce était rangée et baignait dans la lumière du soleil. Les rideaux étaient complètement tirés. Lucern s'empressa de refermer la porte et resta planté devant. Il en avait vu assez pour savoir que la chambre était vide. L'aperçu qu'il avait eu de la penderie suffit à lui transpercer le cœur. Les portes étaient grandes ouvertes, révélant une tringle à laquelle ne pendait aucun vêtement et une absence de bagage.

Lucern revint au centre du salon et se retourna vers Chris. Il relâcha son emprise sur le cerveau du jeune homme et aboya :

— Où est-elle ?

Chris tourna lentement la tête.

— Pourquoi est-ce que vous vous baladez à poil ?

— Putain, Chris, où est Kate ? Ses affaires ne sont plus là.

— Oh. (Le visage du jeune homme trahit la vague de malaise qui le parcourut.) Elle a eu une urgence. Elle a dû partir. Elle m'a demandé de garder un œil sur vous toute la journée et de vous accompagner à l'aéroport cet après-midi.

Inutile de savoir lire dans les pensées pour voir que Chris mentait ; la façon dont son regard évitait soigneusement de croiser celui de Lucern suffisait à le trahir. L'écrivain eut l'impression de recevoir un direct au foie.

— Kate est partie ?

— Oui. Comme je viens de vous le dire, elle a eu une urgence.

Chris reporta son attention sur la télévision, mais une rougeur commençait à remonter le long de sa nuque. Mentir le mettait visiblement mal à l'aise.

Le cerveau de Lucern était en effervescence.

— Depuis combien de temps est-elle partie ?

— Euh… environ une demi-heure, à peu près. Elle m'a réveillé. Son avion décolle à 8 heures et elle doit passer les contrôles de sécurité et tout le reste. Elle n'était pas certaine d'y arriver à temps.

Lucern n'écoutait pas. Il était déjà reparti dans sa chambre en courant pour enfiler les vêtements qu'il portait la veille au soir. Ajustant son pantalon et sa chemise, il attrapa son portefeuille et quitta la pièce à toute vitesse.

Il emprunta la porte qui donnait directement sur le couloir, plutôt que de perdre du temps à retraverser le salon de la suite. Heureusement, aucun fan un peu plus futé que les autres ne l'y attendait. Il se serait de toute façon frayé un chemin parmi eux sans ménagement. Il gagna l'ascenseur au pas de course, attendit impatiemment que la cabine arrive avant d'attendre plus fiévreusement encore qu'elle descende les vingt et un étages qui le séparaient du hall d'entrée. La lumière du soleil inondait tout l'espace lorsque les portes s'ouvrirent. Lucern grimaça et remonta son col afin de protéger sa peau autant que possible, mais il ne prit pas plus de précaution et gagna en trombe la ligne de taxis qui patientaient devant l'hôtel. Il bondit dans la première voiture libre et prit immédiatement le contrôle de l'esprit du conducteur. Il lui intima de ne pas prêter attention à la limitation de vitesse et de foncer vers l'aéroport.

Même en conduisant de cette façon, et à cause de la circulation, ils n'arrivèrent à destination qu'à 7 h 56. Lucern devait encore trouver de quelle porte partait l'avion de Kate. Il pria pour que le décollage ait pris du retard. C'était monnaie courante, avait-il entendu dire. Un œil rivé sur le cadran de sa montre, il se dirigea vers le bureau d'accueil et demanda à la jeune femme qui s'y trouvait de chercher le nom de Kate. Lucern lui donna un petit coup de pouce mental pour qu'elle n'hésite pas trop. Il traversa ensuite le terminal à grandes enjambées, bousculant les voyageurs en les écartant de son chemin, tout en s'occupant de l'esprit du personnel de sécurité. Il atteignit la porte en question à 8 h 02 – juste à temps pour voir l'avion de Kate se mettre à rouler sur la piste. Luc s'immobilisa devant le portail d'embarquement, le regard posé sur l'appareil, et ses épaules s'affaissèrent.

— M. Amirault ? (Lucern fit lentement volte-face pour découvrir le visage souriant de Lady Barrow. Elle arqua brusquement les sourcils en remarquant son expression déconfite.) Mais, qu'est-ce qui ne va pas ? demanda-t-elle, inquiète. On dirait que vous venez de perdre votre meilleur ami. (Ses mots moururent dans le silence tandis que son regard passait de Lucern à l'avion qui s'éloignait hors de vue.) Oh. J'ai vu votre agent avant son départ.

L'intérêt se dessina sur les traits de Lucern.

— Vraiment ? Chris m'a dit qu'elle devait regagner New York de toute urgence.

— Hmm, marmonna Lady Barrow, visiblement peu convaincue. Eh bien, on dirait que les urgences se multiplient en ce moment. Nous en avons nous-mêmes connu une, et j'ai dû renvoyer une des éditrices de mon magazine s'occuper du problème. Elle se trouve également dans ce vol.

Elle reposa les yeux sur l'avion et, tout comme Luc, elle le regarda contourner le terminal avant de disparaître hors de vue. Elle soupira.

— Bon, vous avez certainement besoin d'une voiture. Je pourrais vous reconduire à l'hôtel, cela vous éviterait de devoir chercher un taxi.

Lucern se raidit en sentant le bras de Lady Barrow passer sous le sien. Il n'avait strictement aucune envie de faire le trajet retour en sa compagnie. Il n'était pas d'humeur à discuter. Il se sentait terrassé par la lassitude et la morosité. Malheureusement, Kate n'était pas la seule à être dotée d'un esprit fort ; les pensées qu'il essayait d'insuffler dans la tête de Lady Barrow n'avaient clairement aucun effet. Plutôt que de relâcher son bras et de le laisser mariner dans sa détresse, comme il le souhaitait, elle l'entraîna à travers le terminal jusqu'à la sortie.

— Votre première convention du *Romantic Times* vous a-t-elle plu, M. Amirault ?

— Luc, marmonna-t-il d'une voix boudeuse, puis il grimaça. Non. Oui. Non.

— Ha, ha.

Elle ne paraissait pas du tout surprise par sa confusion. En fait, elle parvint même à résumer ses sentiments avec assez d'exactitude.

— J'imagine que vous avez été un peu dépassé au début – sans compter que vous ne vous sentiez pas très bien. Vous avez ensuite commencé à vous amuser une fois la première journée passée, mais, en ce moment, vous aimeriez tous nous envoyer au diable. (Luc lui lança un regard surpris, auquel elle répondit d'un sourire où se mêlaient lucidité et compréhension.) Attention à votre tête.

Il accueillit ces mots d'un clignement de paupières avant de s'apercevoir qu'ils se tenaient à côté d'une limousine aux vitres teintées. Il regarda Lady Barrow se glisser dans la voiture, puis la suivit et referma la portière, soulagé. Au moins n'aurait-il pas à se soucier de la lumière du soleil pendant le trajet jusqu'à l'hôtel.

— Vous me paraissez un peu pâle, aujourd'hui, commenta Lady Barrow tout en ouvrant la porte d'un petit réfrigérateur pour que Lucern puisse en apercevoir le contenu. Vous voulez boire quelque chose ?

Luc parcourut du regard les bouteilles d'eau, les canettes de soda et de jus de fruits qui s'y trouvaient, avant de porter son attention sur la gorge de Lady Barrow. Il avait bien envie de s'offrir un petit cocktail et une morsure rapide avant de retrouver l'hôtel et sa dernière poche de sang. Il était bien content de l'avoir soigneusement gardée jusqu'alors. Il n'aurait jamais dû sortir dans la lumière du jour.

— Luc ? insista doucement Lady Barrow.

Lucern soupira en secouant la tête. Il ne pouvait se permettre de la mordre sans sa permission. Elle était bien trop gentille pour mériter ça. Il se rabattrait sur Chris. Voilà qui lui apprendrait à mentir et à ne pas dire tout de suite que Kate était partie. Les quelques minutes en question auraient sans doute permis à Lucern d'arriver à temps à l'aéroport pour retenir Kate.

— Eh bien, en tout cas, moi, je boirais bien un coup, dit Lady Barrow.

Il entendit le tintement d'un verre puis le glouglou d'un liquide qu'on verse et tourna les yeux vers Kathryn Falk qui préparait deux verres de champagne mélangé avec du jus d'orange. Elle lui en tendit un et demanda :

— Vous avez eu une prise de bec ou c'est la peur qui l'a poussée à s'enfuir ?

Lucern la dévisagea, bouche bée.

Elle sourit.

— L'air qui vous entourait était électrique tout au long de la semaine. Tout le monde a bien vu à quel point elle essayait de vous protéger et à quel point vous essayiez de la protéger.

Lucern accepta le cocktail matinal. Il vida son verre d'un trait avant de le rendre à Lady Barrow. Ce que cette dernière venait de dire était la vérité, malheureusement. Mais ce qu'elle ne pouvait savoir, c'était que l'attitude protectrice de Kate était purement professionnelle ; elle s'était engagée à s'occuper de lui et elle avait admirablement rempli son contrat. Quant aux étincelles…

« Oh, eh bien, je fais vraiment tout mon possible pour satisfaire mes auteurs, Luc. »

La bouche de Lucern se crispa tandis que les mots de Kate résonnaient dans sa tête. Il ne pensait pas qu'elle avait totalement feint sa passion, ni qu'elle avait agi uniquement pour des raisons professionnelles, mais elle l'avait quitté ce matin comme si rien de tout cela n'avait d'importance. Ou peut-être avait-elle craint qu'il n'accorde aux événements plus d'importance qu'ils n'en avaient réellement et lui fasse une scène qui l'aurait mise mal à l'aise. Il en aurait tout à fait été capable, se rendit-il compte. Il aurait pu aller jusqu'à faire quelque chose d'aussi insensé que de lui demander de le suivre à Toronto, ou…

Son esprit refusa de poursuivre après le « ou ». Lucern n'était pas disposé à reconnaître qu'il puisse désirer passer l'éternité en compagnie de Kate. Rire, pleurer, se disputer, faire l'amour, tout ça avec tant de passion pendant des siècles. Non, il n'était pas prêt.

Un verre, que Lady Barrow avait pris le soin de remplir pour lui, apparut devant ses yeux. Voyant que Lucern hésitait, elle déclara :

— Elle va finir par se rendre à l'évidence, Luc. Vous êtes beau, talentueux et brillant. Kate finira par se rendre à l'évidence. Elle a seulement besoin de temps.

Lucern grogna et accepta le verre.

— Du temps, j'en ai à revendre.

La remarque plana dans l'esprit de Lucern pendant plusieurs semaines. Il était retourné à l'hôtel en compagnie de Lady Barrow, où il n'était resté que le temps de faire ses bagages. Il avait ensuite aussitôt regagné l'aéroport et pris le premier vol pour Toronto.

Sa maison, qui avait été son havre de paix, lui parut froide et vide lorsqu'il arriva. Elle n'était habitée que de souvenirs. Kate assise sur son canapé, à lui faire la leçon sur l'importance de ses lecteurs. Kate accourant auprès de lui dans la cuisine, pleine d'inquiétude, pour s'emballer à propos d'une blessure à la tête qu'il n'avait pas reçue. Kate riant, faisant sa petite danse de la victoire et lui tapant dans la main, dans son bureau. Kate gémissant et se tortillant dans le lit de la chambre d'amis, dans lequel il s'était pitoyablement résolu à dormir. Kate hantait ses pensées, elle l'obnubilait quasiment sans discontinuer toute la journée. Mais elle ne faisait rien de plus.

Lucern avait installé le programme de messagerie instantanée qu'elle lui avait recommandé et il discutait souvent avec Lady Barrow, Jodi et certains autres auteurs qu'il avait rencontrés lors de la convention mais, bien que Kate figure parmi ses contacts, elle ne se connectait jamais. Jodi semblait penser qu'elle avait bloqué tout le monde. Il envisagea de lui envoyer un e-mail, mais ne trouva pas les mots. Au lieu de cela, il restait assis à son bureau, à écouter les minutes s'égrener tout en surveillant et attendant qu'elle apparaisse en ligne. Du temps, il en avait à revendre.

Il s'écoula presque deux semaines avant qu'il se lasse de surveiller et d'attendre. Un matin, dépité, il ferma son programme de messagerie instantanée et lança son traitement de texte. Il s'était mis en tête de commencer sa première œuvre de fiction. Au lieu de quoi, il se surprit à relater les instants de sa première rencontre avec Kate, et tout ce qui avait suivi ce premier soir.

C'était une expérience cathartique de raconter ces moments, c'était comme plonger dans le passé pour les revivre. Il rit à l'évocation de certains événements qu'il n'avait pas trouvés drôles sur le moment, comme l'épisode de sa braguette qui s'était accrochée à la nappe, ou sa quête désespérée de préservatifs. En revanche, le départ de Kate ne le fit pas rire, il décida donc de mettre un point final à son histoire simplement intitulée *Kate*.

Il mit la dernière touche à son récit quelques semaines seulement après l'avoir entamé, puis il se leva avec lassitude. Il se sentait un peu plus léger qu'au moment où il avait quitté la convention, mais à peine. Il était heureux d'avoir rencontré Kate C. Leever et d'avoir passé du temps avec elle. Il la garderait à jamais dans son cœur. Mais il était en même temps triste et en colère qu'elle ne leur ait pas donné l'occasion de partager davantage.

Il éteignit son ordinateur et jeta un regard mauvais en direction de son répondeur posé sur le bureau. Lissianna, qui avait insisté sur leur besoin d'en posséder chacun un puisqu'ils passaient la majeure partie de la journée, pendant que l'activité battait son plein, à dormir, leur avait offert à tous une de ces machines pour Noël. Par le passé, Lucern ne s'était jamais soucié d'écouter ses messages, mais depuis son retour les choses étaient différentes. Il ne cessait d'espérer que Kate l'appelle, ne serait-ce que pour lui demander où en était son prochain livre. Mais elle ne l'avait pas appelé une seule fois. Pas plus qu'elle n'avait laissé de message sur le répondeur.

Il y avait bien un message de sa mère et quelques autres laissés par Lissianna, Bastien et Étienne. Lucern avait soigneusement évité sa famille depuis qu'il était rentré de la convention et, même s'il savait que tous s'inquiétaient pour lui, il ne se sentait pas d'humeur à leur parler. En réalité, il n'avait envie de parler à personne, à l'exception des gens qu'il avait rencontrés à la convention. Il les avait rencontrés alors qu'il était avec Kate. D'une certaine façon, bavarder avec eux lui permettait de se sentir plus proche d'elle. Et parfois, Jodi, ou une autre, lui rapportait sur Kate quelques informations qui avaient transité d'écrivain en écrivain. Rien de bien important, toutefois. Elle travaillait actuellement à la publication du roman d'untel et d'untel. Elle avait refusé le livre du mannequin. Elle avait attrapé froid. Puis s'était remise.

Lucern ne prêta aucune attention au petit voyant qui clignotait sur son répondeur et se dirigea vers sa chambre. La faim lui donnait des crampes d'estomac et la soif de sang des courbatures dans tout le corps, mais descendre piller le frigo lui paraissait demander un effort insurmontable. Il n'avait même pas la force d'ôter ses vêtements. Il se contenta de gagner sa chambre pour s'affaler sur son lit. Il allait dormir un moment. Un long moment, décida-t-il. Ensuite, il irait se nourrir.

Le soleil était tout juste levé lorsque Lucern s'endormit, mais couché depuis longtemps quand il se réveilla. Les douleurs qui l'assaillaient quand il s'était mis au lit étaient à présent bien pires. Il fallait qu'il se nourrisse. Roulant hors du lit, il descendit l'escalier et se dirigea vers la cuisine. Il vida deux poches de sang, debout devant le réfrigérateur, et en emporta une troisième avec lui à l'étage. La poche était quasiment vide lorsqu'il atteignit son bureau – ce qui était une bonne chose, car la vue de quelqu'un assis dans son fauteuil le fit sursauter et renverser le précieux liquide encore prisonnier du plastique.

— Bastien. (Il lança un regard assassin à son frère.) Mais, bon Dieu, que fais-tu ici ?

Il posa les yeux sur l'écran allumé de l'ordinateur et se figea en reconnaissant le dernier chapitre de *Kate*.

Bastien quitta le traitement de texte d'un clic, puis il afficha une expression désolée.

— Excuse-moi, Lucern. Je me faisais du souci pour toi. Et je voulais m'assurer que tout allait bien. Tu n'as pas répondu à nos messages, tu ne nous as pas non plus rendu visite, pas plus que tu ne nous as laissé venir ici. Nous étions tous très inquiets, alors je suis venu voir ce que tu manigançais.

— Depuis quand es-tu ici ?

Bastien hésita avant d'avouer :

— Je suis arrivé juste après l'aube.

— Tu as passé toute la journée ici ? Qu'as-tu… ?

La question mourut dans la gorge de Lucern. Il savait parfaitement ce que Bastien avait fait. Son frère avait parcouru toute l'histoire de *Kate*, chaque mot, jusqu'à la dernière page. Lucern posa un regard intense sur son jeune frère.

— Comment savais-tu que je coucherais cette histoire sur le papier ?

— Tu as toujours gardé un journal, Luc – du moins, depuis qu'il est facile de se procurer du papier. Tu as toujours consigné les choses par écrit. Je me suis souvent demandé si tu ne trouvais pas là un moyen de prendre tes distances avec les événements. Comme tu le fais en te cloîtrant ici.

Lucern ouvrit la bouche pour prendre la parole, mais il la referma. Pas plus lui que son frère ne croirait à son démenti, alors à quoi bon ? Il fit volte-face, traversa la pièce et se laissa tomber sur le canapé. Il resta silencieux pendant quelques instants puis, d'un air renfrogné, il demanda :

— Alors, que penses-tu de ma première œuvre de fiction ?

Bastien arqua les sourcils, mais ne mordit pas au mensonge de son frère. Au lieu de cela, il répondit :

— Je trouve que tu as écrit là une bien piètre romance.

Lucern se redressa, visiblement offensé.

— Pardon ?

— Eh bien..., commença Bastien tout en faisant courir la souris sur le bureau de Lucern. Tout d'abord parce que le type est un imbécile.

— Quoi ?

Lucern se redressa.

— Oui, c'est évident, reprit Bastien en grimaçant. Tu vois, cet écrivain vampire est puissant, beau, il baigne dans le succès et il ne dit pas à la fille qu'il l'aime. Merde, il ne lui dit même pas qu'il l'apprécie.

Lucern grimaça.

— Elle est partie avant qu'il en ait eu l'occasion. Par ailleurs, elle ne le lui a pas dit non plus.

— Certes. Mais pourquoi l'aurait-elle fait ? La plupart du temps, le type se comporte tellement comme un abruti revêche qu'elle a peut-être simplement eu peur de le lui dire. (Voyant que Lucern se contentait de le contempler d'un œil noir, Bastien renonça à tout faux-semblant.) Tu aurais dû la suivre, Luc.

— Elle n'était pas impliquée. Elle faisait juste son travail.

— J'ai du mal à croire que coucher avec toi fasse partie de ses prérogatives. Pas plus que de te servir de repas.

— Bastien a raison, dit quelqu'un à la porte.

Les deux hommes tournèrent la tête avec surprise. Marguerite Argeneau lança un regard à chacun de ses deux fils, puis elle pénétra dans la pièce et vint s'asseoir à côté de

Lucern. Elle lui prit les mains, le regarda tristement dans les yeux et déclara :

— Tu devrais aller la chercher, Luc. Cela fait six cents ans que tu attends Kate. Tu dois te battre pour elle.

— Je ne peux pas me battre pour elle. Il n'y a rien à combattre. Elle n'a aucun dragon à terrasser.

— Je ne voulais pas dire se battre au sens premier, reprit impatiemment Marguerite. D'ailleurs, est-ce que cela a déjà porté ses fruits par le passé ? Obtenir une femme en abattant ses dragons ne fait que la rendre dépendante. L'amour, ce n'est pas cela, Lucern. C'est pourquoi tu n'as jamais eu la fille jusqu'à présent. Mais Kate n'a pas besoin que tu tues un quelconque dragon. Même si ton aide pourra lui être précieuse de temps en temps, elle est assez forte pour vaincre ses propres chimères.

— Alors, elle n'a nullement besoin de moi, fit-il tristement remarquer.

— Non. Elle n'a pas besoin de toi, acquiesça Marguerite. Ce qui la laisse libre de t'aimer véritablement. Et elle t'aime, Lucern. Ne la laisse pas partir.

Lucern sentit son cœur se gonfler d'espoir, puis il demanda gravement :

— Comment peux-tu être certaine qu'elle m'aime ?

— Elle était déjà à moitié amoureuse avant même de te rencontrer. Elle a parcouru la seconde moitié du chemin pendant qu'elle était ici.

— Qu'est-ce qui te fait dire cela ? persista Lucern.

Marguerite soupira et finit par avouer :

— J'ai lu ses pensées.

Il secoua la tête.

— Son esprit est trop fort. Impossible que tu aies lu ses pensées. J'en suis incapable.

— Tu ne pouvais pas lire son esprit parce qu'elle t'en interdisait l'accès. Kate se sentait attirée par toi et ça l'effrayait. Comme je te l'ai dit, elle était déjà à moitié amoureuse de toi avant même de te rencontrer. Elle a pris peur. Elle a donc interdit à son esprit d'y penser, t'empêchant par la même occasion d'y accéder.

Lucern secoua de nouveau la tête.

— Comment aurait-elle pu être à moitié amoureuse de moi ? Elle ne me connaissait même pas.

— Tes livres, Lucern.

Il haussa les épaules dans un geste d'impatience.

— Beaucoup de femmes croient être amoureuses de moi à cause de ces foutus bouquins – je les ai rencontrées à la convention. Mais elles ne me connaissent absolument pas.

Marguerite soupira.

— Ces femmes sont attirées par ton apparence et par ton succès. Mais, pour Kate, c'est différent. Elle est ton agent. Elle ne croit pas aux vampires et ton succès n'a rien pour la conquérir. Elle est tombée amoureuse de celui que tu es réellement. Elle s'en est rendu compte en lisant tes écrits.

Voyant que Lucern paraissait toujours dubitatif, elle fit claquer sa langue :

— Comment pourrait-il en être autrement ? Tu es tout aussi revêche et solitaire que ton personnage dans ta transcription de l'histoire d'Étienne et Rachel ou que dans n'importe lequel de tes autres livres. Ta voix transparaît. Tu es parfaitement honnête dans ces livres, ne cachant ni les bons ni les mauvais aspects. En réalité, tu te révèles plus dans tes écrits que tu ne le fais dans la vie en général, car tu y fais part de tes pensées, pensées qu'habituellement tu gardes pour toi.

Lucern paraissait toujours aussi sceptique.

Marguerite parcourut une page de son livre et grimaça, furieuse.

— Je suis ta mère, Lucern. Tu peux me faire confiance. Je ne t'induirais jamais en erreur.

— Pas délibérément, reconnut-il, un léger sourire se dessinant au coin de ses lèvres.

Les yeux de Marguerite s'emplirent de larmes. Luc savait qu'elle voulait mettre un terme à la perte et au chagrin qu'il avait connus par le passé.

— Fais-moi confiance, mon fils. Je t'en prie. Ne renonce pas si facilement au bonheur. C'est ce que ton père a fait. Il s'est lassé de la vie et a fini par renoncer, et rien de ce que j'ai pu dire ou faire n'a suffi à rallumer son étincelle. Tu es passé tout près de lui emboîter le pas. Je me fais du souci pour toi depuis quelque temps déjà. Mais l'arrivée de Kate t'a bousculé et a ramené la joie dans ta vie, dit-elle en joignant les mains. Lucern, c'était comme si tu renaissais. Tu souriais de nouveau, tu riais même. Kate pourrait t'apporter tant des choses qui te manquent. Un fils ou une fille, une partenaire, le bonheur. Ne laisse pas ta fierté tout gâcher.

Lucern dévisagea sa mère. Les mots qu'elle venait de prononcer tournoyaient dans sa tête avec ceux qu'une autre femme lui avait dits. La médium qu'ils avaient consultée à la convention avait professé quelque chose de similaire.

« *Vous aviez commencé à vous lasser de la vie*, lui avait-elle dit. *Tout vous paraissait difficile et la cruauté des hommes avait commencé à vous user. Mais quelque chose – non, pas quelque chose, quelqu'un vous a revigoré, vous a fait penser que, peut-être, la vie valait encore le coup d'être vécue. Qu'il y avait encore du bonheur à prendre.*

» *Ne la laissez pas partir. Vous allez devoir vous battre pour elle, mais pas comme vous l'entendez. Les armes et la force physique ne vous seront d'aucun secours dans cette bataille. C'est votre propre fierté et votre peur que vous devrez combattre. Si vous échouez, votre cœur se flétrira dans votre poitrine et vous mourrez en homme solitaire, aigri et rongé par les regrets.* »

Lucern sentit des picotements lui envahir la nuque. Il regarda sa mère et lui demanda :

— Et comment dois-je me battre pour elle ?

Chapitre 19

Kate dévisageait Allison, le cerveau en ébullition. Elle était tombée sur la directrice éditoriale dans le couloir, juste devant le bureau de Chris, et cette dernière s'était arrêtée pour lui dire qu'elle venait d'avoir Lucern au téléphone. Il voulait discuter de la possibilité de faire une tournée de dédicace, mais il avait insisté pour que Kate prenne l'avion jusqu'à Toronto afin de lui exposer les détails d'une telle entreprise.

Kate n'en crut pas ses oreilles. Elle ne les croyait d'ailleurs toujours pas. Pourquoi demandait-il à la voir ? Peut-être la banque du sang des Argeneau connaissait-elle une rupture de stock ? lui suggéra perfidement une partie de son esprit, et la douleur la fit grimacer. Les raisons de Lucern n'avaient aucune importance. Elle ne pouvait simplement pas aller à Toronto. Elle ne survivrait pas à une nouvelle rencontre avec lui. Son cœur ne tiendrait pas le choc. Elle n'était déjà pas certaine qu'il se soit remis de la convention. Il était encore tout contusionné et n'avait cessé de saigner.

— J'ai énormément de travail, Allison. Chris ne pourrait-il pas aller là-bas à ma place ? Peut-être même qu'il pourrait récupérer complètement Lucern, le compter parmi les auteurs dont il s'occupe, ajouta Kate, pleine d'espoir. Ce serait sans doute la meilleure solution. Je ne me sens plus capable de m'occuper de Lucern.

— Mon œil, oui.

Kate fit volte-face pour voir Chuck remonter le couloir dans leur direction.

— S'il y a une chance pour que cet enfoiré fasse une tournée de dédicace, tu dois y aller. Ce que nous coûtera ton voyage en avion ne pèsera pas lourd en comparaison de ce que la chaîne de librairies était prête à mettre sur la table pour organiser un tel événement. Sans oublier que cela nous fera une publicité formidable. Il y aura des articles dans les journaux de chacune des villes où s'arrêtera la tournée, et peut-être même des interviews télévisées. Si tu veux garder ton boulot, je te conseille de poser tes fesses dans le prochain vol pour Toronto et de convaincre Amirault de participer à cette tournée.

Kate ne prit pas la peine de corriger Chuck quant au véritable nom de famille de Lucern. Elle était bien trop occupée à envisager une éventuelle démission. Mais, malheureusement, elle ne pouvait se la permettre. Il fallait bien qu'elle paie ses factures. Prenant son silence pour un assentiment, Chuck émit une espèce de grognement en se retournant pour se lancer dans le couloir à grandes enjambées, en direction de son bureau.

— Ça va aller, lui assura Allison en posant une main sur le bras de Kate, avant de regagner à son tour son bureau.

— Alors, comme ça, Lucern demande enfin à te revoir ?

Kate fit volte-face pour découvrir que Chris se tenait devant la porte de son bureau, tout sourires.

— C'est juste pour parler de la tournée de dédicace, répliqua Kate d'un ton péremptoire, avant de se diriger vers son propre bureau.

Chris laissa échapper un reniflement incrédule en lui emboîtant le pas.

— Ouais, bien sûr. Comme si Lucern Argeneau allait prendre part à une tournée de dédicace. Laisse tomber. C'est toi qu'il veut.

Kate s'assit sur sa chaise en soupirant.

— Ferme la porte, s'il te plaît, Chris. Je ne veux pas qu'on puisse nous entendre.

Elle attendit qu'il se soit exécuté avant de reprendre :

— Il ne veut pas de moi.

— Tu plaisantes ? Ce type est fou de toi.

— Ouais, marmonna sèchement Kate. C'est vrai que je croule sous ses coups de fil et sous les fleurs qu'il m'envoie.

Chris s'assit sur un coin du bureau et haussa les épaules.

— Hé, je te rappelle que c'est toi qui t'es enfuie de la suite comme une voleuse. Tu peux comprendre qu'il hésite, peut-être que c'est lui qui pense que tu ne veux pas de lui.

Kate se raidit. Elle n'avait jamais considéré les choses sous cet angle. L'espoir se réveilla dans sa malheureuse petite tête.

— Tu crois ?

— Je suis prêt à miser ta vie sur ce coup.

Kate cligna des yeux, puis elle sourit à demi.

— Ma vie, hein ?

— Ouais.

Chris afficha un large rictus avant de se lever et de se diriger vers la porte.

— En réalité, j'en suis sûr à quatre-vingt-dix-neuf pour cent, mais je ne suis pas suicidaire. J'aime autant que tu sois à ma place au cas où je me tromperais.

Il quitta la pièce.

Kate regarda la porte se refermer derrière lui, puis elle posa les yeux sur la paperasse qui encombrait son bureau. La convention l'avait mise en retard. Elle avait essayé de se remettre à jour depuis son retour, mais elle était tellement préoccupée qu'elle n'avait fait que prendre davantage de retard. Et ce n'était certainement pas maintenant qu'elle rattraperait quoi que ce soit. Pas tant qu'elle ne saurait pas à quoi s'en tenir avec Lucern.

Saisissant son sac posé sous le bureau, elle se leva. Il était temps qu'elle arrête de se morfondre et de broyer du noir, il lui fallait tirer tout cela au clair. Surtout s'il y avait une chance que… Elle tua la pensée dans l'œuf. Elle était déjà bien assez pleine d'espoir comme ça.

Chris, qui se tenait dans le couloir, lui lança un regard par-dessus son épaule, les sourcils dressés, quand elle sortit de son bureau.

— Où vas-tu ?

— Prendre l'avion, répondit Kate.

— Oh.

Il la regarda le dépasser avant de poursuivre :

— Euh… Tu ne devrais pas l'appeler ou lui écrire pour l'avertir que tu arrives ?

— Comme s'il allait décrocher son téléphone ou lire son courrier, renifla Kate. Non. C'est mieux ainsi. Il veut que je vienne à Toronto. Me voilà. J'espère qu'il est prêt.

— Euh, madame ? C'est ici que vous voulez descendre ou pas ?

Kate arracha son regard de la façade de chez Lucern et s'efforça d'adresser un sourire désolé au chauffeur du taxi. L'homme se tourna sur son siège pour poser sur elle un œil compatissant. Il faisait preuve d'une patience infinie. Elle l'avait payé depuis plusieurs minutes déjà mais, au lieu de descendre de la voiture, elle était restée assise à contempler la maison d'un air apeuré.

— Excusez-moi. Je…

Elle ne put que hausser les épaules, impuissante, incapable de reconnaître que la détermination qui l'avait conduite jusqu'ici commençait à lui faire défaut et à céder sa place à la terreur.

— Hé, ne vous en faites pas, madame. Je peux vous emmener ailleurs, si vous préférez.

Kate soupira et tendit la main vers la poignée.

— Ça ira, je vous remercie.

Elle sortit de la voiture et referma la portière derrière elle. Puis elle resta immobile sur le côté de l'allée carrossable tandis que le chauffeur la redescendait en marche arrière. Ayant sauté dans un taxi pour l'aéroport en sortant du bureau – elle n'était même pas repassée chez elle pour prendre ses affaires –, Kate se retrouvait avec son sac pour seul bagage. Elle s'y agrippait à deux mains tout en luttant pour essayer de respirer calmement. Elle ne pouvait croire qu'elle se trouvait là pour de vrai.

— Bon, maintenant que tu y es, tu ferais mieux de tirer tout cela au clair, se dit-elle à voix haute.

Quelque peu ragaillardie par le ton ferme de sa propre voix, Kate remonta l'allée et franchit le perron. Elle leva la main pour frapper à la porte, mais s'immobilisa en se rendant compte qu'il n'était pas encore midi. Le soleil était à son zénith. Lucern devait certainement dormir. Kate, en proie à l'indécision, laissa retomber sa main. Elle n'avait pas envie de le réveiller. Si elle le faisait, aucun doute qu'il serait des plus irascibles. Voilà qui lancerait leur entrevue sur de bien mauvais rails.

Elle regarda sa montre. 11 h 45. Six heures, au moins, la séparaient encore de la tombée de la nuit. Elle envisagea de s'asseoir sur le perron et d'attendre là, mais les six heures risquaient de lui paraître interminables. D'autant qu'elle se sentait plutôt fatiguée. Elle n'avait pas fait une seule nuit complète depuis son retour de la convention. Une petite sieste serait la bienvenue. Ainsi, elle serait parfaitement fraîche et dispose pour rencontrer Lucern.

Kate se retourna, contempla la rue, puis soupira. Elle n'avait ni voiture, ni moyen d'appeler un taxi, elle ne pouvait donc pas se rendre dans un hôtel. Et il était hors de question qu'elle dorme sur les marches comme une réfugiée qui se retrouve à la rue. Elle se tourna de nouveau vers la porte, hésita, puis tendit la main vers la poignée. Elle l'actionna lentement et fut surprise de voir la porte s'ouvrir. Il ne l'avait pas fermée à clé. Quelle espèce d'imbécile laissait sa porte ouverte ? N'importe qui aurait pu rentrer chez lui et lui planter un pieu dans le cœur. Elle avait déjà vu quelqu'un s'en prendre à lui de cette façon, impossible donc de nier l'éventualité d'une telle agression. Il faudrait qu'elle lui en touche deux mots.

Mais, entre-temps, elle ne pouvait pas simplement repartir en laissant cette porte ouverte. Elle allait entrer dans la maison, verrouiller la porte derrière elle et faire une sieste sur le canapé. Elle agissait pour le bien de Lucern. Le fil de son raisonnement la fit sourire. Il n'avait certes rien d'infaillible, mais il paraissait assez sensé. Enfin, presque.

Kate referma la porte, la verrouilla et se dirigea vers le salon. Elle avait presque atteint la pièce lorsqu'un claquement sonore retentit dans la cuisine. Elle fit instantanément demi-tour, prête à se ruer dehors pour frapper à la porte, puis elle se figea. Et si ce n'était pas Lucern qui avait causé ce bruit dans la cuisine ? Il était censé dormir et il avait laissé la porte de chez lui ouverte ; n'importe qui avait donc pu entrer pour le cambrioler. Kate vivait à New York, où le taux de criminalité était des plus élevés. Toronto étant aussi une grande ville, il ne serait pas étonnant qu'elle connaisse le même problème. Kate se devait de découvrir ce qui avait provoqué ce bruit. Elle se contenterait de jeter un coup d'œil furtif dans la cuisine. Si Lucern s'y trouvait, elle sortirait de la maison et frapperait à la porte. Sinon, elle sortirait sans un bruit et courrait trouver les plus proches voisins afin d'appeler la police.

Kate se retourna une fois de plus et entreprit de remonter le couloir aussi rapidement et silencieusement que possible. Une fois arrivée devant la cuisine, elle prit une profonde inspiration pour se donner du courage, puis elle entrouvrit délicatement la porte… et manqua de pousser un hurlement. Ce n'était pas Lucern dans la cuisine, mais quelqu'un d'autre, une femme, une femme de ménage même, à en juger par le bandana qu'elle portait sur la tête ainsi qu'au seau et à la serpillière qu'elle tenait à la main. Ce qui avait alerté Kate, c'était que la femme qui se trouvait au milieu de la cuisine s'approchait de la porte à grandes enjambées. Kate n'aurait jamais le temps de parcourir tout le couloir en sens inverse et de sortir de la maison avant que la femme de ménage franchisse la porte.

Incapable de réfléchir à ce qu'elle faisait, elle laissa la porte se refermer et se plaqua contre le mur. Elle ferma les yeux et retint son souffle pour parfaire sa couverture. La porte s'ouvrit en grinçant. Kate patienta. Elle entendit des bruits de pas la dépasser, puis s'éloigner dans le couloir. Elle finit par rouvrir les yeux, incapable de croire qu'on ne l'ait pas vue. Elle resta immobile le temps de quelques battements de cœur supplémentaires puis, soudain submergée par la peur de voir la femme de ménage faire demi-tour et remarquer sa présence, Kate se glissa dans la cuisine.

La porte se refermait tout juste lorsqu'elle aperçut la femme de ménage s'immobiliser devant le salon, claquer des doigts, puis faire volte-face. En proie à la panique et à deux doigts de la crise d'angoisse, Kate balaya fébrilement la cuisine du regard et remarqua une porte à l'autre bout de la pièce. Elle se rua dessus, l'ouvrit hâtivement et découvrit un escalier qui descendait au sous-sol. Elle marqua une hésitation, mais les bruits de pas dans le couloir étaient à présent clairement audibles. La femme de ménage approchait.

Kate s'avança sur la première marche. Elle referma presque complètement la porte, la laissant à peine entrouverte afin de pouvoir garder un œil sur la cuisine.

Une fraction de seconde plus tard, la femme de ménage entrait dans la cuisine. Elle se dirigea vers l'évier et disparut à la vue de Kate avant de reparaître un peu plus tard et de quitter la pièce de nouveau. Kate était sur le point de sortir de sa cachette, mais elle marqua une pause et décida de patienter encore quelques instants, par pure précaution.

Elle resta plongée dans une obscurité quasi totale, sentant le puits noir béant dans son dos et percevant jusqu'au moindre craquement de la maison pendant à peu près trente secondes, jusqu'à ce que sa couardise la pousse à chercher l'interrupteur. Elle l'alluma et les ténèbres se dissipèrent instantanément. Kate lâcha un soupir de soulagement. Ça allait mieux. Elle se tenait simplement en haut d'un escalier donnant sur un sous-sol.

Son cerveau cessa de fonctionner quand elle regarda nerveusement vers le bas de l'escalier. D'où elle se tenait, elle apercevait l'extrémité brillante d'une boîte acajou.

— Ce n'est pas un cercueil, se dit fermement Kate à voix haute. (Elle descendit sur la marche suivante pour essayer de distinguer une plus grande portion de la boîte.) Ce doit être une espèce de coffre. Oh, j'espère que ce n'est pas un cercueil.

Elle dut s'avancer presque jusqu'au pied des marches pour le voir en intégralité, même si elle savait depuis longtemps qu'il s'agissait bel et bien d'un cercueil. Un sentiment de trahison la submergea. Lucern lui avait dit qu'il n'était pas mort et qu'il ne dormait pas dans un cercueil. Ou avait-elle seulement supposé qu'il ne dormait pas dans un cercueil ? En tout cas, il avait bien dit qu'il n'était pas mort. Mais si tel était le cas, à quoi pouvait bien lui servir un cercueil ? Peut-être n'avait-il simplement pas voulu la perturber et lui avait-il menti au sujet de sa mort ?

Il avait vu juste. Elle était perturbée.

— Oh, mon Dieu, souffla-t-elle. Coucher avec un homme qui a six cents ans de plus que moi, passe encore, mais avec un mort ? gémit-elle en écarquillant les yeux, horrifiée. Est-ce que cela fait de moi une nécrophile ?

Elle réfléchit quelques instants avant de secouer la tête.

— Non. Lucern n'est pas mort. Son cœur battait. Je l'ai entendu quand j'ai posé ma tête sur son torse. Et sa peau n'était pas froide. Fraîche, certes, mais pas froide, souligna-t-elle.

Il avait beau n'y avoir personne pour l'écouter, elle se sentait mieux de s'être convaincue. Jusqu'à ce qu'elle s'entende dire :

— Remarque, son cœur a pourtant arrêté de battre à un moment donné.

Le souvenir de cette nuit où Luc s'était fait agresser la fit grogner. Puis elle murmura :

— Les morts n'ont certainement pas d'érections aussi grandioses que les siennes. Ils manqueraient de sang.

Son raisonnement logique finissait de la satisfaire quand sa voix la trahit de nouveau :

— Bien sûr, on ne peut pas écarter l'hypothèse de la raideur cadavérique. Tu n'as qu'à l'ouvrir, chuchota pour elle-même une Kate dépitée.

Elle s'était lentement approchée du cercueil, débattant intérieurement pour éviter de penser à ce qu'elle s'apprêtait à faire. Elle continua à parler pour s'occuper l'esprit tout en tendant la main vers le couvercle.

— Il y a sans doute une explication parfaitement rationnelle à tout cela. Luc doit s'en servir pour entreposer des choses. Un violoncelle, peut-être, ou des chaussures, ou… un corps.

Elle avait évoqué la dernière possibilité dans un couinement en soulevant finalement le couvercle… et découvrant l'homme allongé à l'intérieur. Celui-ci ouvrit alors les yeux, saisit les bords du cercueil et entreprit de s'asseoir dans la boîte. Au même instant, les lumières s'éteignirent. Kate se mit à hurler.

Lucern s'assit, brusquement tiré de son sommeil. Il lui semblait avoir entendu un cri de femme. Lorsqu'il le perçut de nouveau, il bondit hors de son lit et se précipita vers la porte. Ce hurlement était un hurlement de terreur pure. Il n'avait aucune idée de ce qui pouvait bien se passer en bas. On aurait dit que quelqu'un se faisait attaquer. Il dévala le couloir, l'escalier et jeta un coup d'œil dans le salon, où il découvrit une des femmes de ménage pétrifiée. Elle était livide, avait les yeux écarquillés et semblait frappée d'effroi.

— Que se passe-t-il ? Pourquoi avez-vous crié ? demanda-t-il.

Visiblement incapable de prononcer le moindre mot, la femme de ménage se contenta de secouer la tête. Lucern fit volte-face et remonta le couloir. Même si l'employée avait paru totalement apeurée, elle n'avait apparemment aucun problème. En outre, les cris avaient semblé provenir de l'arrière de la maison et non de l'avant. Un nouveau hurlement déchira le silence tandis que Lucern courait vers la cuisine, confirmant qu'il avait vu juste. Mais cette fois il fut certain que le cri venait non seulement de l'arrière de la maison, mais plus précisément du sous-sol.

En jurant, Lucern franchit la porte de la cuisine sans ralentir. Il avait pourtant bien indiqué à l'équipe de nettoyage de ne pas s'occuper du sous-sol ni de l'étage. Personne n'aurait dû se trouver au sous-sol.

— Nom de Dieu, mais combien êtes-vous ? lâcha Lucern en voyant la femme de ménage figée à côté de la porte dissimulant l'escalier.

Elle regardait comme si elle pouvait exploser à tout moment.

— Il n'y a que nous deux, monsieur, répondit-elle avant de crier : je n'ai fait qu'éteindre la lumière, c'est tout. La porte était entrouverte et la lumière allumée – je l'ai simplement éteinte. Je ne savais pas qu'il y avait quelqu'un en bas.

Lucern ne lui prêta aucune attention et ouvrit la porte, puis il appuya sur l'interrupteur. Le hurlement ne cessa pas pour autant, mais il devenait de plus en plus rauque. Lucern se trouvait au milieu de l'escalier quand il entendit Étienne dire :

— Tout va bien. Ce n'est que moi. Je vous assure, vous ne craignez rien.

En arrivant au pied des marches, Lucern aperçut son frère sur le côté ; il avait les mains levées comme pour apaiser quelqu'un.

— Étienne, aboya Lucern.

Son frère tourna la tête, visiblement soulagé.

— Luc, Dieu soit loué. Je ne pensais pas lui faire peur à ce point-là. Tu vois, je l'ai entendue chuchoter à propos de raideur cadavérique et de cercueils et j'ai su qu'elle allait soulever le couvercle, alors j'ai fermé les yeux pour lui faire une petite frayeur, mais je ne pensais pas qu'elle...

Lucern n'écoutait pas vraiment ce que disait son frère. Son regard et toute son attention étaient focalisés sur la jeune femme qu'il découvrait dans le sous-sol. Kate. Sa Kate. Elle avait les yeux rivés sur les siens et, alors qu'elle avait été livide et tremblante, elle reprenait petit à petit des couleurs, de même que cette petite étincelle dans le regard qu'il espérait être un signe de la passion et de la joie qu'elle éprouvait à le revoir.

— Kate, souffla-t-il.

Tout sourires, il écarta les bras en la voyant courir vers lui ; il était prêt à l'accueillir tant contre lui que dans sa vie. Mais Kate ne lui sauta pas précisément au cou. En réalité, elle le dépassa et grogna :

— Tu m'as dit que tu ne dormais pas dans un cercueil.

Puis elle s'engagea dans l'escalier d'un pas sonore.

Hmm. L'étincelle n'avait rien à voir avec une quelconque passion ou joie de le revoir, c'était simplement de la colère. Il s'empressa de la poursuivre dans l'escalier.

— Mais c'est vrai. J'ai une chambre à coucher pour ça, lui assura-t-il.

Il fut quelque peu distrait par son derrière en forme de cœur inversé avec lequel il se retrouva nez à nez, et fut dans l'incapacité d'en détacher les yeux. *Dommage que je n'aie pas plus d'escaliers dans ma maison pour pouvoir suivre Kate chaque fois que j'en aurais l'occasion*, pensa-t-il vaguement. La vue était ravissante.

— Ha ! Et, dans ce cas, qu'est-ce que lui faisait dans un cercueil ? Il méditait, peut-être ? demanda-t-elle sur le ton du sarcasme en déboulant dans la cuisine.

— Eh bien, oui. Précisément, déclara Étienne – qui les avait suivis – dans le dos de Lucern. L'obscurité et le silence que je trouve dans un cercueil me permettent de réfléchir à certains des problèmes que je rencontre dans la programmation de mes jeux.

— Un cercueil ?

Tous trois tournèrent la tête comme un seul homme vers la femme de ménage, qui n'avait pas bougé de la cuisine. Lucern se demandait s'il devait s'occuper de la mémoire de l'employée de maison lorsque Kate laissa échapper un cri de désespoir en se ruant dans le couloir.

Lucern fit un pas à sa poursuite, puis il s'immobilisa pour s'adresser à son frère.

— Qu'as-tu fait ? Elle est furieuse.

— J'ai juste… Elle…, balbutia-t-il avant de faire la grimace. Je l'ai entendue descendre dans l'escalier et j'ai d'abord eu peur que ce soit un membre de l'équipe de nettoyage. Mais ensuite, elle s'est mise à parler et j'ai reconnu sa voix.

— À qui parlait-elle ?

— À personne, s'empressa de répondre Étienne. Elle essayait seulement de se convaincre d'ouvrir le cercueil et que tu n'étais pas à l'intérieur.

— Et qu'as-tu fait – tu as fermé les yeux, puis tu les as ouverts subitement en t'asseyant pour lui foutre une trouille bleue, lorsqu'elle aurait trouvé le courage de soulever le couvercle, c'est ça ? demanda Luc, affligé.

C'était un tour qu'Étienne leur avait tous joué un jour ou l'autre.

Son frère grimaça en hochant la tête d'un air contrit.

Lucern jura à voix basse et s'apprêtait à faire volte-face quand Étienne lui saisit le bras.

— Je n'avais pas l'intention de lui faire aussi peur. Je veux dire, elle s'attendait presque à ce qu'il y ait quelqu'un là-dedans. Elle n'aurait pas dû être surprise à ce point, mais les lumières se sont éteintes. Elle a juste eu le temps de voir que ce n'était pas toi dans le cercueil, mais pas assez pour me reconnaître avant que Mlle Économie d'énergie, là, appuie sur l'interrupteur.

Tous se turent et se tournèrent vers la femme de ménage, qui recula en essayant de se faire la plus petite possible et se cogna contre le mur sous le feu de leurs regards. La porte de devant claqua. Lucern se mit aussitôt à courir, mais Étienne l'arrêta de nouveau.

— Attends. Je pense qu'elle n'est pas uniquement furieuse à cause du cercueil, Luc.

— Que veux-tu dire ? Que pourrait-il y avoir d'autre ?

— Eh bien, elle racontait des trucs plutôt bizarres lorsqu'elle essayait de se convaincre de soulever le couvercle.

— Quel genre de trucs ?

— Euh… eh bien, elle paraissait déjà assez déstabilisée par le fait de coucher avec un type âgé de six cents ans, mais l'idée de coucher avec un mort…

La femme de ménage laissa échapper un petit cri. Lucern la fusilla du regard.

— Partez, lui ordonna-t-il.

Elle disparut en un éclair. Lucern soupira et reporta son attention sur son frère.

— Je ne suis pas mort.

— Ça alors ! dit Étienne en roulant des yeux. Je le sais. Mais pas elle. Et elle a plutôt la trouille, elle se demande si ça fait d'elle une nécrophile ou quelque chose dans ce goût-là. Elle se demandait également si tes « grandioses érections » étaient dues à la raideur cadavérique.

Lucern sentit son moral remonter.

— Elle a dit que mes érections étaient grandioses…

Étienne resta bouche bée, puis il leva la main pour frapper au front de son frère, comme s'il s'agissait d'une porte.

— Allô ! La Terre appelle Luc ! Elle les attribue à la *rigor mortis*.

Lucern repoussa la main de son frère ; il était de nouveau en colère.

— À qui la faute, hein ? Étienne, je me demande même pourquoi tu dors dans ce foutu cercueil, pour commencer. Tu as une femme charmante et douce qui t'attend chez toi, dans un lit confortable. Que fais-tu dans un cercueil, au sous-sol ?

— *Blood Lust III* me pose quelques problèmes et j'avais besoin de réfléchir. Par ailleurs, Rachel n'est pas à la maison. Elle avait une réunion avec ses collègues de travail.

— Bon, pour la prochaine fois, je te propose d'aller réfléchir à tes problèmes ailleurs car, moi, je vais me débarrasser de ce cercueil dès que possible.

— Oh, voyons, Luc, commença Étienne.

Mais son frère s'était déjà détourné et il quittait la pièce.

Lucern trottina dans le couloir, marmonnant dans sa barbe.

— Raideur cadavérique ? Une nécrophile ? Où va-t-elle pêcher de telles idées ?

Les deux femmes de ménage étaient dans le salon, tête contre tête, à chuchoter à toute vitesse sur le ton de la panique. Elles se turent lorsqu'il passa devant la porte, et Lucern sentit leurs regards apeurés se poser sur lui. Il ne leur prêta aucune attention et se dirigea vers la porte de devant. Il s'arrêta, écarta les stores qui obstruaient la porte. La lumière du soleil qui lui frappa les yeux le fit grimacer. Il patienta quelques instants, le temps de s'adapter aux rayons de midi. Puis il remarqua aussitôt Kate. Elle se tenait sur le perron, scrutant la route avec désespoir, comme un chiot abandonné.

Bien évidemment, elle était venue en taxi, comprit Lucern. Mais la voiture était repartie pendant que Kate se trouvait dans la maison et, maintenant, elle essayait de décider de la marche à suivre. Visiblement, entrer de nouveau dans la maison pour appeler un autre taxi ne faisait pas partie de ses projets.

En soupirant, Lucern laissa les stores retrouver leur place, puis il ouvrit la porte.

— Kate ?

Elle se raidit sur le bord de la marche où elle se tenait, mais ne se retourna pas.

Lucern soupira.

— Kate. Reviens à l'intérieur, que nous puissions parler.

— J'aime autant pas, vraiment.

Elle avait répondu d'une voix tendue et refusait toujours de tourner la tête pour le regarder.

— Très bien, dit-il en ouvrant plus largement la porte et s'avançant sur le perron. Dans ce cas, je te rejoins.

Kate lui lança un regard méfiant quand il s'approcha d'elle.

— Et maintenant, tu vas vieillir à vue d'œil et t'embraser devant moi ?

Il la dévisagea d'un œil contrarié.

— Tu sais très bien que la lumière du soleil ne me fait pas m'embraser.

— Je croyais bien que tu ne dormais pas dans un cercueil.

— C'est le cas. Seul Étienne fait ça. Il est… Disons que c'est l'original de la famille.

— Je te remercie.

Tous deux se retournèrent pour découvrir Étienne dans l'ombre de l'entrée, la porte grande ouverte.

— Je rentre chez moi. Je suis désolé de vous avoir fait peur, Kate, déclara-t-il avec le plus grand sérieux.

Il se tourna ensuite vers Luc et ajouta :

— Merci de bien vouloir clarifier cette histoire de raideur cadavérique et de nécrophilie. Je ne me sentirai mieux qu'une fois que tu l'auras fait.

Kate rougit, visiblement embarrassée que ses mots aient pu être entendus. Se détournant des deux frères, elle se déplaça sur le côté, s'attendant apparemment à ce qu'Étienne traverse le perron. Le voyant refermer la porte sans l'avoir franchie, Kate scruta les alentours, gagnée par la suspicion en constatant qu'il avait disparu.

— Qu'est-ce qu'il a fait ? Il s'est transformé en chauve-souris et s'est envolé ?

— Non. Bien sûr que non, lâcha Lucern. Il a traversé la maison jusqu'au garage. Il préfère éviter la lumière du soleil.

— Hmm.

Kate ne semblait pas le croire, Lucern se contenta donc simplement d'attendre. Quelques instants plus tard, ils entendirent le son étouffé d'un moteur qui démarrait, puis le portail du garage s'ouvrit et la petite voiture de sport d'Étienne, un modèle aux vitres teintées, en sortit. Le portail se referma automatiquement derrière lui et il descendit l'allée jusqu'à la route en faisant ronfler son moteur.

Lucern laissa passer une fraction de seconde, puis il prit une profonde inspiration et déclara :

— Kate, tu peux me croire. Aucune des foutaises décrites par Bram Stoker n'existe. Nous n'avons rien à voir avec les chauves-souris et sommes incapables de nous transformer. Nous ne dormons plus dans des cercueils, à part Étienne qui prétend que ça l'aide à se mettre en condition pour trouver de nouvelles idées pour ses jeux. Je ne suis pas mort. Tu n'es pas nécrophile. Ce n'est pas la *rigor mortis* qui provoque mes érections. C'est toi.

Elle rougit une fois de plus en entendant ces derniers mots, mais il n'aurait su dire s'il s'agissait de gêne ou de satisfaction. Sans doute d'un peu des deux, estima-t-il. Kate se relâcha légèrement, ses épaules perdirent de leur port militaire, mais en même temps elle soupira tristement en se tournant vers lui.

— Tu voudrais me faire croire que tu es comme tout le monde ?

— C'est le cas, lui assura-t-il.

Puis, afin d'être parfaitement honnête, il se sentit obligé d'ajouter :

— Enfin, à part la soif de sang, le fait de vivre plusieurs centaines d'années sans vieillir ni tomber malade, le…

Il grimaça et mit fin à son élan d'honnêteté. Ce n'était certainement pas en continuant qu'il marquerait des points aux yeux de Kate.

— Lucern, les gens normaux ne contrôlent pas l'esprit des autres, souligna Kate.

— Certes, non…, soupira-t-il. Mais, écoute, cela n'a rien d'un pouvoir mystique. C'est notre sang infecté qui rend nos organismes plus efficaces. Nous sommes plus forts et plus endurants que le commun des mortels. Je peux soulever des charges dix fois plus lourdes qu'un homme de ma corpulence, je peux aussi courir plus longtemps, frapper plus fort. Je ne me suis jamais véritablement interrogé sur ma capacité à lire et contrôler les pensées des autres, mais j'imagine qu'il s'agit là simplement d'une autre fonction un peu améliorée. On dit que l'humain n'exploite pas toutes les capacités de son cerveau. Eh bien, c'est comme si le sang des gens de mon espèce s'arrangeait pour que nous le fassions. Ou, au moins, pour que nous les exploitions plus que le reste de la population. C'est très certainement une question de survie, comme pour les crocs.

Il la laissa digérer ses mots avant de poursuivre :

— Mais tout cela a-t-il vraiment une quelconque importance, Kate ? Je suis effectivement différent par certains aspects, c'est un fait. Mais je t'aime, Kate. De tout mon cœur. Peut-on passer outre ces différences et trouver un moyen de vivre ensemble ? Je voudrais que tu deviennes ma femme. Passer les quelques prochaines centaines d'années à tes côtés.

Ça y est ! Je lui ai dit, pensa Lucern. Il avait terrassé ses propres dragons, repoussé sa peur, mis sa fierté de côté et dit à Kate ce qu'il ressentait. À présent, elle tenait son avenir et son cœur entre ses mains. Et, l'espace d'une seconde, il crut que tout irait pour le mieux. Des larmes montèrent aux yeux de Kate, le bonheur illumina son visage et elle s'approcha de lui. C'est alors que la porte d'entrée s'ouvrit et que les deux femmes de ménage se faufilèrent à l'extérieur. Elles scrutaient Lucern comme s'il était un tueur en série. Ou un vampire.

En interrompant un moment aussi crucial, elles s'attirèrent le regard noir de Lucern et ralentirent piteusement. Puis l'une d'entre elles attrapa le poignet de sa collègue et éructa :

— Nous démissionnons ! Nous avons déjà appelé nos supérieurs pour leur dire à quel point vous êtes bizarre. Ils ont annulé le contrat qui vous liait à eux. Vous allez devoir trouver une autre entreprise de nettoyage pour s'occuper de cet endroit.

Lucern soupira en les voyant se mettre à courir. Elles dévalèrent les marches du perron, puis descendirent l'allée en trombe, jusqu'à leur voiture, qui portait le logo de la compagnie d'entretien, garée au bord de la route. Elles démarrèrent dans un crissement de pneus qui lui arracha un nouveau soupir.

Affichant un sourire en coin forcé, Lucern reporta son attention sur Kate.

— Tu vois, tu dois m'épouser. On dirait que je fais fuir de peur tous mes employés.

Kate esquissa un sourire timide, puis elle baissa la tête pour contempler ses doigts. Elle ne cessait de les croiser et de les décroiser nerveusement. Il sentit la crainte lui décocher une première flèche.

— Je… Comment pourrions-nous vivre ensemble, Luc ? Tu vas encore vivre plusieurs centaines d'années sans vieillir, tandis que moi…

— Je pourrais te transformer, comme Étienne l'a fait à Rachel ou Lissianna à Greg, l'interrompit-il posément.

Il pensait qu'elle avait compris cela. Mais, apparemment, ce n'était pas le cas. Elle n'avait pas non plus dit qu'elle l'aimait, se rendit-il compte.

— Me transformer ? répéta-t-elle d'un ton absent. Je pourrais vivre avec toi, devenir immortelle ? Ne jamais vieillir ?

Lucern fut soulagé que vivre avec lui soit la première chose qui lui vienne à l'esprit, avant l'immortalité et la jeunesse éternelle. Chez la plupart des femmes, les deux derniers points seraient suffisamment tentants pour les pousser à feindre l'amour.

— Et ma famille dans tout ça ? Comment est-ce que je leur expliquerais… ?

Elle s'interrompit quand il lui saisit les mains.

— Tu serais contrainte de disparaître dans environ dix ans. Autrement, ils finiraient par remarquer que tu ne vieillis pas et tu serais alors dans l'incapacité de leur expliquer sans mettre toute ma famille en danger, reconnut-il.

Il avait espéré garder ces précisions pour lui-même jusqu'à ce qu'il l'ait transformée et qu'il se soit assuré de sa présence à ses côtés pour toujours.

— Tourner le dos à ma famille ? chuchota-t-elle, visiblement contrariée à cette idée.

— Kate, tu veux bien que nous rentrions ?

Il fit glisser sa main pour caresser le bras de Kate. Il avait envie de lui faire l'amour, de se servir de la passion qui l'habitait pour la convaincre. Il savait à quel point le sentiment pouvait être enivrant et agir comme une drogue. Kate n'était pas la seule à ressentir la somme de leurs plaisirs mélangés, lui aussi les ressentait. Tandis que Luc partageait son excitation avec Kate, elle s'était spontanément ouverte et lui offrait de partager la sienne à son tour. C'était une expérience rare, née de la confiance et de l'amour qui les unissaient. C'était du moins l'explication qu'il avait trouvée. Il n'avait jamais rien ressenti de tel avec une autre femme. Mais Kate ne lui avait cependant toujours pas dit qu'elle l'aimait.

Il décida de ne pas s'en préoccuper. Il avait envie d'elle, il avait besoin d'elle, il l'aimait. Tant pis pour son amour-propre, mais il était prêt à la gagner par n'importe quel moyen, dût-il avoir recours à tous les tours qu'il connaissait. Lui relevant le menton, il prit ses lèvres d'assaut et l'embrassa avec passion tout en rapprochant leurs deux corps. Il avait l'impression qu'elle était faite pour lui. Elle était tendre où il était dur, généreuse où il ne l'était pas. Lucern la serra étroitement dans ses bras et grogna en se frottant contre elle. Sa présence lui avait manqué, il avait souffert de l'absence de son corps et s'était langui de ses sourires et de son rire si doux. Impossible qu'il la perde de nouveau. Et, pendant quelques instants, il crut qu'il avait gagné la partie.

Kate s'abandonna à lui dans un soupir. Ses bras glissèrent autour du cou de Lucern et elle s'accrocha à lui aussi désespérément que lui à elle. Elle laissa échapper de brefs gémissements quand la main de Lucern se referma sur un de ses seins, mais alors, il se fit trop pressant.

Rompant leur baiser, il la prit par le poignet et tenta de l'entraîner vers la porte.

— Allons à l'intérieur.

Kate résista ; la passion quittait ses traits, remplacée par une expression proche de la peur. Elle secoua la tête.

— Non, je ne peux pas. J'ai besoin de réfléchir.

— Tu peux réfléchir dans la maison, insista-t-il, l'attirant de nouveau vers l'entrée.

— Non. Tu vas me faire l'amour, me mordre et je serai incapable de mettre une pensée devant l'autre. (Elle libéra son poignet et recula à l'extrémité du perron.) J'ai vraiment besoin de réfléchir, Luc. Tu me demandes de quitter tout ce que je connais, tout ce que j'aime.

— Tout ce que tu aimes ? demanda-t-il doucement, le visage tordu par le chagrin.

— Non, pas tout. Je…

Lucern retint son souffle. Si elle déclarait qu'elle l'aimait, alors rien au monde ne l'empêcherait de la traîner à l'intérieur pour réclamer son corps et la transformer. Mais elle ne finit pas sa phrase et afficha une expression méfiante. Elle secoua la tête et recula davantage.

— Je dois rentrer chez moi et réfléchir à tout ça. Je dois décider…

Kate se retourna et s'engagea sur les marches, mais Lucern accourut pour lui saisir le bras. Elle posa un regard apeuré sur lui et Lucern comprit qu'elle craignait qu'il ne lui laisse pas le choix. L'espace de quelques instants, la tentation se fit irrésistible. Mais alors les mots de la médium lui revinrent en mémoire et il comprit qu'il ne pouvait vaincre les dragons de Kate à sa place. Il avait terrassé ses propres chimères, surmonté sa fierté, écarté ses peurs et placé son cœur dans les mains de la jeune femme. À présent, il ne lui restait plus qu'à lui faire confiance et espérer qu'elle soit assez forte pour ne pas le réduire en miettes.

Il relâcha le bras de Kate et dit :

— Je vais t'appeler un taxi.

Kate se détendit ; un sourire reconnaissant naissait sur ses lèvres.

— Merci.

Chapitre 20

Kate trouva un avion pour New York le soir même. Elle passa plusieurs heures – avant, pendant et après le vol – à osciller entre bonheur et désespoir. Lucern était amoureux d'elle. Elle n'était pas pour lui qu'un simple repas. Il n'était pas mort, ne dormait pas dans un cercueil et il l'aimait. Tous ces faits étaient merveilleux, formidables. Mais, pour vivre avec lui, elle devrait subir une « transformation », tourner le dos à sa famille comme à ses amis. Sinon dès à présent, au moins d'ici à dix ans. Voilà qui n'avait rien de merveilleux.

Kate envisagea tous les cas de figure. Elle se dit que peut-être elle pourrait vivre avec lui sans en passer par la transformation, mais l'idée de vieillir, de voir son corps et son esprit se déliter tandis que Lucern resterait toujours aussi fort et alerte lui était insupportable. Elle le soupçonna d'être capable de rester avec elle si tel était son choix, mais imaginer les mains de Lucern courir sur sa chair tombante et ridée, tandis qu'elle poserait sa tête grisonnante sur son torse musclé et… Non, elle refusait de leur infliger pareil sort.

Bien sûr, elle pouvait toujours vivre une aventure avec Lucern et rompre dans dix ou vingt ans, lorsque les gens commenceraient à la prendre pour sa mère. Mais elle avait déjà du mal à s'imaginer s'éloigner de lui de son plein gré, maintenant. Nul doute qu'après l'avoir aimé et avoir partagé sa vie pendant dix ou vingt ans, cela deviendrait tout simplement impossible.

Ce qui impliquait qu'il ne lui restait que deux solutions : soit se laisser transformer et tourner le dos à tous ceux qu'elle connaissait et qu'elle aimait d'ici à dix ou vingt ans, soit s'éloigner de Lucern dès à présent, tant qu'elle en avait encore la force. Mais aucun de ces deux scénarios n'était acceptable. En dépit de la distance qui la séparait des membres de sa famille depuis qu'elle avait quitté le Nebraska pour s'installer à New York, Kate était restée très proche d'eux. Ses parents venaient souvent à New York pour aller au théâtre ou faire du shopping, et ils logeaient alors chez elle. Ses sœurs la rejoignaient également plusieurs fois par an dans la Grande Pomme pour visiter la ville, acheter des vêtements ou plus simplement traîner avec elle. Ils étaient sa famille, ils la connaissaient mieux et l'aimaient plus que quiconque. Ils l'avaient soutenue dans son rêve de devenir écrivain, avaient jugé son intention de devenir agent littéraire admirable. Ils l'encourageaient, constituaient le socle de sa vie. Mais, pour avoir Lucern, elle devrait leur tourner le dos.

Kate ne ferma que peu l'œil de la nuit. Au matin, elle se doucha, s'habilla et sortit prendre le métro pour les Éditions Roundhouse. Elle n'avait cessé de retourner la question en tous sens au cours de la nuit, mais n'avait toujours trouvé aucune solution qui lui permettrait de vivre avec Lucern sans pour autant renoncer à sa famille. Cette histoire la rendait folle. Elle mourait d'envie de se changer les idées pendant quelques instants et espéra que le travail l'y aiderait.

Chris était déjà au bureau quand elle arriva. Ce ne fut pas une surprise pour Kate ; la plupart des agents littéraires travaillaient de longues journées et parfois même le week-end. Chris, en revanche, tomba des nues en apercevant Kate.

— Et moi qui te croyais à Toronto en compagnie de Lucern, à vous bécoter, la titilla-t-il, mais l'inquiétude s'inscrivit dans son regard quand il constata à quel point elle était pâle et visiblement fatiguée. (Il reprit ensuite d'un ton solennel qui trahissait son désarroi.) Alors, comme ça, je me suis trompé ? Il voulait vraiment juste parler d'une éventuelle tournée ?

Kate secoua la tête, le dépassa et remonta le couloir vers son bureau.

— Non, tu ne t'es pas trompé. Nous n'avons pas du tout parlé de la tournée.

— De quoi, alors ? voulut savoir Chris, qui l'avait suivie.

Kate lança son porte-documents sur sa table. Elle le contempla en silence. Puis, au lieu de répondre à son collègue, elle demanda :

— Chris, si tu pouvais devenir immortel, tu le ferais ?

Il éclata d'un rire sonore.

— Putain, non ! Vivre à jamais et avoir les auteurs à mes trousses pour l'éternité ? Bon sang, tu vas me faire faire des cauchemars !

Kate sourit en voyant l'horreur exagérée qui déformait les traits de Chris, puis elle reprit :

— Je suis sérieuse, C.K. Admettons que tu n'aies plus à te préoccuper des auteurs. Tu pourrais vivre ailleurs, avec quelqu'un que tu aimes profondément. Tu aurais l'argent, l'amour, la vie et la jeunesse éternelles.

— Et où se cache l'arnaque ? grimaça-t-il avec le cynisme qu'elle attendait de lui.

— L'arnaque, comme tu dis, c'est que, étant donné que tu ne vieillis pas, tu dois renoncer à tes amis et à ta famille et disparaître de leur vie à jamais. Ainsi, pour accéder à ton grand amour dévorant, tu devras au bout du compte tourner le dos à plein de gens que tu aimes.

Chris siffla doucement.

— Un vrai casse-tête. (Il réfléchit quelques instants avant de reprendre.) Tout d'abord, je pense que ça dépendrait de combien je l'aime. Tu vois, la famille, c'est quelque chose de spécial, mais on a tous sa propre famille.

Kate fronça les sourcils.

— C'est-à-dire ?

Il haussa les épaules.

— Eh bien, les couples ont des enfants qui grandissent, tombent amoureux, partent s'installer et fonder une nouvelle famille à leur tour. Leur première famille reste quelque chose d'important pour eux, mais leurs enfants deviennent la priorité. Et, en cas de catastrophe, leur propre famille passe la première.

— Oui, mais…

— Le personnage est-il un homme ou une femme ? l'interrompit Chris.

Kate cligna des yeux.

— Quoi ?

— Le personnage ? J'imagine que tu te poses des questions sur l'intrigue d'un livre, pas vrai ?

Kate hésita quelque peu avant d'acquiescer. Elle pouvait difficilement lui dire qu'elle parlait de sa vie. Il la prendrait pour une folle, penserait qu'elle avait perdu les pédales.

— C'est une femme.

Chris hocha la tête.

— Voilà qui rend les choses plus faciles.

— Ah bon ?

— C'est évident. Les femmes ont de tout temps été confrontées à ce type de décision. Au Moyen Âge, comme par la suite, elles grandissaient, se mariaient et déménageaient, en général assez loin pour ne jamais revoir leur famille, souligna-t-il. Après tout, ce n'est pas comme si elles avaient pu sauter dans un avion.

— C'est sûr, reconnut lentement Kate.

— Bon sang, toi-même tu as été confrontée à un choix de ce genre quand tu es venue travailler ici. Tu as quitté ta famille en partant du Nebraska.

Kate se renfrogna.

— C'est différent. Je sais qu'ils sont là si j'ai besoin d'eux. Et ce n'est pas comme si je n'allais jamais les revoir.

— Eh bien, la famille de ton personnage sera de la même façon toujours là pour elle. Ils ne vont quand même pas mourir quand elle disparaîtra de leurs vies. Elle pourrait les observer à distance, garder un œil sur eux. Et en cas d'urgence, si aucun autre choix ne s'offrait à elle, elle pourrait toujours se rapprocher d'eux à l'avenir. D'une façon ou d'une autre.

Kate acquiesça lentement. Elle n'avait pas envisagé les choses sous cet angle. Elle serait certes incapable de leur parler, mais…

— C'est pour un livre moderne ou historique, comme son premier ? demanda Chris.

Kate hésita. Il était visiblement convaincu qu'elle parlait du prochain livre de Lucern.

— Moderne, finit-elle par dire, ne prenant pas la peine de rétablir la vérité.

— Hmm, ça risque de compliquer un peu les choses, déclara-t-il.

— Et pourquoi ?

— Eh bien… s'il s'était agi d'un roman médiéval, comme son premier, l'héroïne aurait sans problème pu s'éloigner tout en continuant à communiquer avec sa famille. Ils n'auraient jamais découvert qu'elle ne vieillissait pas. Mais, de nos jours, il est difficile de trouver un endroit que l'on ne puisse facilement rejoindre en avion.

Ça pourrait marcher, pensa Kate. Elle lui sourit.

— Tu es plutôt doué pour ce qui est des intrigues de roman, mon ami.

— C'est pourquoi on me paie aussi grassement.

Il lui adressa un clin d'œil.

Kate rit. Aucun des deux n'était payé grassement. Ils étaient même sous-payés, surchargés de travail et stressés la plupart du temps. Elle avait quitté le Nebraska pour ça. Ils étaient certainement cinglés, pensa-t-elle en secouant la tête. Mais ils aimaient les livres. Elle récupéra son porte-documents et se dirigea vers la porte.

— Où est-ce que tu vas ? demanda Chris avec intérêt tout en lui emboîtant le pas.

— Je rentre me coucher. J'ai besoin de dormir avant de pouvoir analyser tes suggestions à tête reposée.

Kate dormit longtemps et d'un sommeil profond, en partie parce qu'elle était certaine qu'elle trouverait une solution à son problème dans ce qu'avait dit Chris. Il lui suffirait d'y réfléchir posément et elle finirait par la trouver. Cette certitude la soulagea quelque peu du poids qui lui oppressait la poitrine tout en faisant naître l'espoir d'un avenir possible en compagnie de Lucern.

Ce n'est qu'au milieu de l'après-midi que Kate se réveilla en entendant que l'on frappait à la porte. Encore à moitié endormie, elle descendit maladroitement de son lit, enfila son peignoir rose duveteux par-dessus sa chemise de nuit en flanelle décorée de lapins, mit les pieds dans ses chaussons roses en forme de lapin et traversa le salon.

— Qui est-ce ? lança-t-elle dans un bâillement en atteignant la porte.

— Marguerite.

Kate se raidit, sa torpeur la quitta en une fraction de seconde. La mère de Lucern ? *Nom de Dieu.*

Kate ouvrit la porte et accueillit son hôte avec un sourire timide.

— Mme Argeneau. Quelle surprise !

— Je veux bien le croire. (Le sourire de Marguerite était, lui, amusé et plein de confiance.) Puis-je entrer ?

— Je vous en prie. (Kate s'écarta pour la laisser entrer, puis elle referma la porte et la suivit dans le petit couloir qui menait à son minuscule salon.) Vous voulez boire quelque chose ? Du café, du thé, du jus de fruits ?

— Non, je vous remercie.

Marguerite s'assit sur le canapé et laissa glisser son regard sur le manuscrit posé sur la table basse, puis sur l'ordinateur qui trônait sur la petite table du coin salle à manger.

— Je vois que vous écrivez. Comme Lucern.

Kate, sans s'en apercevoir, posa les yeux sur les dix premiers chapitres du livre qu'elle était en train d'écrire. Elle les avait imprimés pour les corriger, mais n'en avait pas trouvé le temps.

— Pas étonnant que vous vous entendiez bien tous les deux. Vous vous ressemblez sur bien des points tout en étant complètement différents sur d'autres.

Kate, mal à l'aise, changea de position.

— Mme Argeneau…

— Je vous ai demandé de m'appeler Marguerite, si je me souviens bien, l'interrompit-elle calmement.

— Marguerite, se reprit Kate. Je…

— Je suis venue pour vous aider, l'interrompit de nouveau la mère de Lucern. Pas pour vous harceler, ni vous faire la leçon, mais simplement pour vous aider à prendre ce qui est sans doute la décision la plus difficile de toute votre vie.

Kate hésita, puis elle demanda :

— Et comment ? Comment comptez-vous m'aider ? Lucern est votre fils.

— Oui, en effet. Mais j'ai moi aussi eu ce même choix à faire il y a quelques centaines d'années. Je sais à quel point c'est difficile.

Un éclair de surprise traversa l'expression de Kate.

— Vous voulez dire que vous n'étiez pas…

— J'étais tout aussi humaine que vous quand j'ai rencontré le père de Lucern, Jean-Claude. Il était ténébreux, sexy et me paraissait tout-puissant à l'époque. J'ai cru que je l'aimais. J'ai cru qu'il m'aimait. Je me suis trompée. Il avait offert son cœur à une autre bien avant qu'il décide de s'unir avec moi.

Kate se recula sur sa chaise, elle avait l'impression qu'elle venait de recevoir un uppercut. Elle s'était interrogée sur sa capacité à renoncer à sa famille pour Lucern, mais jamais sur l'amour qu'elle éprouvait pour lui. En tout cas, pas depuis qu'elle en avait pris conscience dans sa chambre d'hôtel, pendant la convention. Et si, en réalité, elle ne l'aimait pas vraiment, mais qu'elle était simplement transportée par son charme, ses aptitudes et… Son fil de pensée se tarit quand Marguerite éclata de rire.

— Je suis désolée, ma chérie, s'excusa-t-elle en se couvrant la bouche d'une main pendant quelques instants.

Puis elle s'expliqua :

— C'est simplement que vos pensées sont les plus ridicules que j'aie entendues depuis bien longtemps. Transportée par son charme et ses aptitudes ? Ces mêmes aptitudes qui vous dégoûtent, qui vous filent une peur bleue ? Quant à son charme – Luc est mon fils et je l'aime –, mais, même moi, je suis bien obligée de reconnaître qu'il manque cruellement de charme. Il était aussi grincheux et revêche qu'un ours mal léché avant que vous fassiez irruption dans sa vie.

Kate fut surprise de l'entendre employer un tel langage, mais elle était surtout préoccupée par une chose :

— Vous pouvez lire dans mes pensées ?

Marguerite acquiesça.

— Mais Lucern a dit que mon esprit était trop fort pour qu'il y accède. Il a dit…

— Lui, ne peut pas lire dans vos pensées, lui assura Marguerite. Vous l'en avez tenu à l'écart car vous étiez déjà en partie amoureuse. En revanche, vous ne prenez pas la peine de m'en interdire l'accès. J'ai donc lu dans vos pensées et j'y ai vu le respect réticent et l'amour que vous ressentez depuis le début. Ne remettez jamais en doute votre amour pour lui, Kate. Vous avez su voir qui il est vraiment à travers ses livres et vous avez compris que son comportement fruste cache une âme sensible. Vous en avez également appris énormément depuis que vous l'avez rencontré et vous l'aimez profondément… en dépit de ses aptitudes qui vous révulsent tant.

Kate resta silencieuse pendant un moment.

— Mais, vous n'aimiez pas votre Jean-Claude ?

— Non. Pas du même amour que vous et Lucern partagez. Jean-Claude n'était pas aussi fort que le sont devenus nos enfants. Il était même plutôt faible dans l'ensemble, mais je l'aimais comme ça. Vers la fin, il était plus un enfant de cinq ans qu'un partenaire, qu'une personne sur laquelle on peut s'appuyer, loin du rôle d'un véritable mari. Il semblait avoir perdu tout espoir, je crois bien que c'est pour cette raison qu'il s'est mis à boire et à prendre des médicaments.

Elle soupira puis, dans un haussement d'épaules, elle reprit :

— Mais peu importe. Ce qui compte, c'est que malgré tout cela, je n'ai jamais regretté ma décision de vivre avec lui. Elle m'a offert quatre merveilleux enfants et deux beaux-enfants. J'ai vu le monde changer et prendre des formes que je n'aurais jamais crues possibles. J'ai réalisé quasiment tout ce dont je rêvais, et pourtant, j'ai chaque jour de nouvelles envies.

— Et si je ne suis pas assez forte ? Que se passera-t-il si, au final, je me comporte comme Jean-Claude ?

— Vous êtes assez forte, lui assura Marguerite. J'ai lu dans votre esprit. Vous, Lucern, ainsi que mes autres enfants, l'espoir vous habite tous. Même dans la pire des situations, ou lorsque vous vous sentez au plus bas, vous gardez toujours une étincelle d'espoir dans le cœur, et c'est pour cette raison que vous êtes forts. Elle finit toujours par vous faire essuyer vos larmes, panser vos plaies et vous pousse à replonger dans la mêlée. Vous serez une compagne de vie parfaite pour Lucern.

Kate pensait la même chose, mais une question la taraudait encore.

— Et pour ma famille ?

La tristesse se lut aussitôt sur les traits de Marguerite.

— Oui. Votre famille. Vous devez avoir l'impression que l'on vous demande de tout quitter pour un homme exceptionnel.

Kate eut soudain le souffle coupé en entendant les mots de Marguerite faire écho à ceux qu'avait prononcés la médium : « *C'est quelqu'un d'exceptionnel, votre homme. Mais, pour être avec lui, vous allez devoir faire un choix. Il vous faudra tout abandonner. Si vous en avez le courage, tout ce dont vous avez toujours rêvé sera à vous. Autrement…* »

— Nous deviendrons votre famille, Kate, dit doucement Marguerite. Et, aussi longtemps qu'ils vivront, rien ne vous empêchera de garder le contact avec les membres de votre famille actuelle.

— Lucern m'a dit qu'après environ dix ans…

— Oui, l'interrompit Marguerite. Après dix ou vingt ans, Kate C. Leever ne pourra plus être vue par ceux qui la connaissent et qui l'aiment, tout du moins ceux qui ne sont pas comme nous. Mais vous pourrez toujours leur écrire. Ils doivent seulement ne jamais voir que vous ne vieillissez pas. Vous allez devoir les éviter, voyager, trouver des excuses pour ne jamais leur rendre visite ni assister à aucun enterrement. Il serait certainement plus facile que Kate ait un accident et que les gens la croient morte, mais il y a aussi d'autres façons plus alambiquées d'arranger les choses. Lucern vaut certainement que vous vous donniez cette peine, n'est-ce pas ?

— Merci, murmura Lucern à Bastien, qui refermait la porte de la camionnette sur le cercueil que tous deux venaient de sortir du sous-sol.

— De rien. Je vais l'entreposer chez moi, au sous-sol, jusqu'à ce qu'Étienne accepte finalement de s'en séparer. Je dirai simplement à ma domestique de ne pas faire le ménage en bas pendant quelque temps.

Lucern fourra les mains dans ses poches en acquiesçant. Il se dit qu'il devrait inviter son frère à l'intérieur et lui proposer, par exemple, un verre, mais il ne se sentait vraiment pas d'humeur bavarde. Sa mère lui avait rendu visite ce matin, pour voir comment il allait. Étienne lui avait visiblement parlé du passage de Kate. Marguerite avait forcé Lucern à lui raconter ce qui s'était passé entre eux, avant de le laisser vaquer à ses occupations. Il soupçonnait que la venue de Bastien pour récupérer le cercueil n'était qu'un prétexte pour prendre des nouvelles de lui. Il ne serait pas le moins du monde surpris qu'Étienne et Lissianna lui rendent à leur tour visite tôt ou tard. Il aurait certainement dû les remercier de la distraction qu'ils lui offraient. Il commençait à devenir fou à force de faire les cent pas chez lui, en attendant que Kate prenne sa décision.

— Bon, ben, je vais... (Bastien s'interrompit et leva la tête pour voir une voiture pénétrer dans l'allée.) C'est la limousine de maman.

— Ouais.

Lucern soupira. Il se dit qu'il allait devoir afficher un visage radieux et faire comme s'il n'était pas en train de devenir dingue à petit feu. D'un autre côté, il n'avait jamais pris la peine de faire comme si tout allait bien, par le passé. Alors pourquoi s'en soucier maintenant ?

— Hmm. Bon, je ferais mieux d'y aller.

Lucern posa un œil surpris sur son frère. Pendant quelques secondes, il crut que Bastien voulait éviter leur mère, mais il regarda alors en direction de la voiture et vit une blonde en descendre.

— Kate, souffla-t-il.

Il resta planté sur place tandis que son frère montait dans la camionnette. La limousine redescendit l'allée en marche arrière, laissant Kate derrière elle. Bastien emprunta le même chemin. Immobiles, Kate et Lucern s'observèrent. Les deux véhicules étaient déjà loin quand Kate fit un pas en avant. Lucern remarqua que ses pieds le portaient vers elle.

Ils se rencontrèrent à mi-chemin et restèrent là à se regarder fixement dans les yeux. Puis Kate demanda :

— On peut entrer ?

— Oh.

Lucern cligna des yeux. Ce n'étaient pas exactement les premiers mots qu'il avait espérés. Mais c'était toujours mieux qu'un coup de pied aux fesses. La dernière fois qu'elle était venue, elle avait refusé d'entrer dans la maison. Ce devait être bon signe. Mais il était impatient d'entendre sa décision, il lui agrippa donc le bras, tourna les talons et remonta l'allée à grandes enjambées.

Ils pénétrèrent dans la maison et Lucern referma la porte derrière eux dans un claquement. Il s'appuya contre son montant et dévora Kate des yeux. Ferait-elle de lui le plus heureux des hommes sur Terre, ou le plus malheureux qui ait jamais existé ? Il priait évidemment pour la première option.

— Je t'aime. (Voilà qui commençait bien, décida Lucern.) Et, oui, je veux me marier avec toi et passer ma vie à tes côtés.

Lucern tendit la main vers elle, mais il interrompit son geste.

— Et pour ta famille ?

— Je ne peux pas simplement leur tourner le dos, Luc, admit-elle sur le ton de l'excuse. Je les aime. Mais j'arrêterai de les voir et ne ferai plus que leur écrire quand ma jeunesse persistante commencera à paraître suspecte.

Lucern s'écarta de la porte et serra Kate dans ses bras. Elle avait trouvé une merveilleuse solution. Il l'embrassa avec tout le soulagement, tout l'amour et toute la gratitude qu'il ressentait, puis il la souleva dans ses bras et s'engagea dans l'escalier, en direction de sa chambre.

— Je t'aime, Kate. Je te rendrai heureuse. Tu ne regretteras pas ton choix, lui assura-t-il entre deux baisers.

— Je le sais, affirma-t-elle doucement en passant les bras autour de son cou. Et nous allons être heureux.

Ils avaient presque atteint la chambre de Lucern quand elle s'éclaircit la voix et demanda :

— Euh, Luc ?

— Oui, mon amour ? dit-il en franchissant la porte.

Elle découvrit enfin sa chambre. Toutes ses visions de Lucern dormant dans un cercueil s'évanouirent aussitôt de son esprit. Il était parfaitement indéniable que c'était là la chambre de Lucern. À l'image de son occupant, elle se composait d'un impérieux mélange de noir, d'argent et d'albâtre. Les fenêtres et le lit étaient recouverts de tentures noires qui faisaient obstacle à la lumière du soleil.

Ce ne fut que lorsque Lucern l'eut déposée au centre du lit et qu'il se fut couché sur elle que Kate se souvint de ce qu'elle avait voulu savoir. Posant une main sur son épaule pour l'empêcher de l'embrasser, elle demanda :

— Est-ce que ça va être douloureux ?

Lucern s'immobilisa et arqua les sourcils.

— La transformation ? (Kate acquiesça.) Eh bien, commença-t-il d'un air renfrogné. Je ne sais pas vraiment.

C'est la première fois. (Il hésita, puis commença à se mettre assis.) Je vais appeler ma mère. Elle doit savoir, elle.

— Non.

Kate s'assit, entoura les épaules de Lucern de ses bras, l'embrassa dans le dos, puis elle reprit :

— Non. Ce n'est pas grave si ça fait mal. Je suis prête à braver les flammes de l'enfer pour toi.

Elle sentit le dos de Lucern vibrer sous l'effet de son rire, puis il dit :

— Ou braquer une banque du sang, et t'offrir à moi comme repas.

Il se tourna sur le lit, encadra le visage de Kate avec ses mains et ajouta :

— Voire renoncer à tout contact direct avec les membres de ta famille. (Il pencha la tête en avant pour déposer un doux baiser plein de respect sur ses lèvres.) J'ai vraiment beaucoup de chance.

Kate acquiesça gravement. Puis sa bouche se déforma en une moue espiègle et elle lança :

— Espérons que tu dises encore la même chose dans une centaine d'années lorsque je t'embêterai pour que tu sortes les poubelles et changes la couche du petit.

Lucern gloussa et la poussa à s'allonger sur le lit.

— Ce sera avec plaisir. En ta compagnie, tout n'est que plaisir.

Kate secoua vaguement la tête en l'attirant à elle pour qu'il l'embrasse. Elle n'était pas assez stupide pour croire qu'ils ne se disputeraient jamais, ou qu'il s'acquitterait de la corvée des poubelles avec plaisir, mais elle était convaincue qu'ils seraient capables de surmonter tous les orages que les quelques prochains siècles mettraient sur leur route. Après tout, l'espoir les habitait et, tant que ce serait le cas, tout était possible.

EN AVANT-PREMIÈRE

Découvrez un extrait de la suite des aventures
de la famille Argeneau

(version non corrigée)

Traduit de l'anglais (États-Unis) par Anne-Virginie Tarall

Chapitre premier

— C'est excellent.

Amusé, Bastien regarda Kate C. Leever prendre une bouchée du poulet au citron qu'elle avait commandé et l'offrir à son frère Lucern. Il le fut encore plus quand Lucern ouvrit la bouche, murmura quelques mots appréciateurs, mâcha et avala.

Jamais de sa vie il n'avait vu Lucern manger ; celui-ci faisait toujours semblant. À la naissance de Bastien, son frère avait déjà plus de deux cents ans, et il s'était lassé de la nourriture humaine même très raffinée. Les mets les plus fins finissaient par perdre tout intérêt au bout de quelques siècles. Ayant lui-même plus de quatre cents ans à présent, Bastien trouvait que manger n'était qu'une perte de temps, mais il devait encore le faire, parfois, au cours des réunions du conseil d'administration ou de dîners, pour éviter que l'on devine sa véritable nature.

— C'est délicieux ! s'exclama Lucern. Tout ça s'est beaucoup amélioré avec le temps, n'est-ce pas ?

— Non, le corrigea Bastien. Le goût est sans doute toujours le même, mais l'amour réveille tes papilles et ravive ton désir pour la nourriture.

Lucern haussa les épaules. Il n'eut pas l'air contrarié que Bastien ait pris un ton si moqueur en prononçant le mot « amour ». Il admettait volontiers ses sentiments pour la jeune femme à côté de lui.

— Tout est plus vivant et excitant désormais. Je me surprends à poser un regard neuf sur le monde, à voir ce qui m'entoure comme Kate le voit. Je ne suis plus blasé comme avant. Cela me change agréablement.

Bastien garda le silence. Il se contenta de lever son verre de vin. Mais alors qu'il en buvait une gorgée, il éprouva une sorte de pincement au cœur en entendant les paroles de Lucern. S'il avait analysé ses sentiments, il aurait su qu'il s'agissait de jalousie. Mais Bastien n'était pas prêt à se l'avouer. L'amour ou la solitude n'avaient pas leur place dans sa vie ; il était trop occupé. Bastien avait toujours été responsable. À la mort de leur père, c'était lui qui avait repris les rênes de l'entreprise familiale. C'était dans sa nature. Il passait sa vie à régler les problèmes des siens, qu'ils soient d'ordre privé ou professionnel. Au moindre souci, c'était vers lui qu'on se tournait, et il en avait toujours été ainsi. Bastien avait dirigé les affaires au nom de son père pendant les siècles où Jean-Claude Argeneau avait sombré dans la boisson, ce qui l'avait mené à sa perte. Il était mort brûlé, l'une des rares façons d'anéantir les êtres de leur espèce.

— Alors, Bastien…

Il plissa les yeux au ton de Kate. Il la connaissait depuis assez longtemps pour savoir qu'il signifiait : « Nous sommes sur le point de nous occuper d'une chose déplaisante, mais néanmoins nécessaire ». Il l'entendait très souvent, mais toujours adressé à Lucern. Il n'avait pas l'habitude qu'elle l'emploie pour s'adresser à lui.

— Nous t'avons invité à déjeuner pour une bonne raison.

Bastien haussa les sourcils. Il s'en était douté quand Lucern l'avait appelé et convié à les rejoindre au restaurant *La Bonne Soupe*. Son frère savait qu'il n'appréciait plus de manger. Bastien avait donc pensé que l'invitation soudaine devait avoir un rapport avec le mariage prochain du couple, mais il ignorait ce que son frère attendait de lui.

L'union aurait lieu dans deux semaines, ici même, à New York. Cette ville avait semblé un choix tout désigné pour la cérémonie, puisque Kate, et maintenant Lucern, y vivaient et travaillaient. L'aîné des fils Argeneau avait emménagé à Manhattan six mois auparavant pour se rapprocher de sa fiancée, qui était aussi son agent. Rester auprès d'elle pendant qu'elle faisait les derniers ajustements précédant sa transformation lui avait semblé être une bonne idée. En plus des changements physiques, devenir l'une des leurs impliquait d'adopter de nouvelles habitudes et de s'entraîner à certaines choses, alors Lucern avait déménagé à New York pour l'aider à s'y préparer ainsi que pour régler les derniers détails des noces. Heureusement, sa qualité d'auteur célèbre lui donnait ce genre de liberté.

Bastien devait admettre que New York était le meilleur endroit pour y tenir la cérémonie et le repas du mariage, même si aucune de leurs familles n'y vivait. Les Argeneau venaient de Toronto, et les Leever, la famille de Kate, étaient originaires du Michigan, mais tous les amis et collègues de travail de la jeune femme vivaient là. Et c'était aussi dans la Grosse Pomme que Kate, et désormais Lucern, vivaient et travaillaient. Or, tout le monde savait qu'il était plus facile de faire tous les arrangements nécessaires à un mariage réussi quand on se trouvait sur place.

Au début, Luc avait eu l'intention d'occuper le luxueux appartement situé au dernier étage de l'immeuble de bureaux des Entreprises Argeneau à New York jusqu'au mariage. Mais après y avoir emménagé, il avait rendu visite à Kate, et était resté avec sa fiancée. Quand Bastien avait fui Toronto, et sa mère, qui jouait les marieuses, pour travailler à Manhattan, Lucern avait déjà emporté la majorité de ses affaires dans le minuscule deux pièces de Kate, et Bastien avait eu l'appartement pour lui tout seul. Comme toujours. Il aimait mieux cela, et il n'avait pas vraiment hâte d'être envahi par la famille venue pour les noces. Heureusement, il se consolait en se disant que cela ne durerait qu'un week-end, après quoi il aurait de nouveau la paix… et il n'aurait plus à craindre les interventions de sa mère.

Il secoua la tête au souvenir des dernières manigances de Marguerite. Elle s'était toujours mêlée de la vie de ses enfants, impatiente de les voir heureux, mais sa dernière tentative avait réussi à choquer Bastien. Il était le dernier des enfants de Marguerite à être encore célibataire, et elle était déterminée à le voir s'épanouir dans une relation amoureuse, comme ses frères et sa sœur. Il la comprenait d'une certaine manière, mais elle avait dépassé les bornes. Encouragée par le succès du mariage de sa fille Lissianna et son mari psychologue, Marguerite s'était mise à la recherche d'une psychologue pour Bastien dans l'espoir qu'il en tomberait amoureux. Elle avait pris des rendez-vous chez chacune des thérapeutes de Toronto, découvert lesquelles étaient célibataires, et choisi celles qu'elle aimait le mieux et qui d'après elle plairaient à son fils. Puis Marguerite avait déclaré être une vampire et implanté dans l'esprit des pauvres jeunes femmes l'idée de parler de sa « démence » avec un membre de la famille. Bastien avait passé des semaines à courir dans toute la ville, à faire le tour de toutes les psychologues pour effacer leur mémoire et s'assurer que les idées farfelues de sa mère n'auraient pas de conséquence. Puis il était parti vivre à New York, refusant de faire les frais d'une autre des manigances de sa mère.

L'inactivité rendait Marguerite complètement dingue. Il espérait que la grossesse de sa sœur Lissianna, annoncée peu de temps auparavant, l'occuperait un moment. Bastien n'avait rien contre l'idée de s'installer et de partager sa vie avec quelqu'un, comme ses frères et sœurs, mais il n'essayait pas non plus de provoquer les occasions. Il avait vécu seul si longtemps qu'il finissait par se demander s'il n'en serait pas toujours ainsi. Joséphine avait peut-être représenté son seul espoir d'être heureux.

Ne voulant pas ressasser les souvenirs de l'humaine qu'il avait aimée et perdue, Bastien regarda Lucern, puis Kate.

— Alors, qu'est-ce que vous attendez de moi ?

Le couple échangea un regard, et Lucern répondit :

— Tu aurais dû commander quelque chose, petit frère. C'est moi qui invite.

Bastien fut vaguement amusé par leur tactique pour gagner du temps. Comme lui, son frère détestait avoir besoin d'aide.

— Eh bien, ce doit être un bien gros service pour que tu sois prêt à ouvrir ton portefeuille, plaisanta-t-il.

— Tu me fais passer pour un pingre, fit remarquer Lucern, fronçant les sourcils.

— Tu l'es. Ou du moins tu l'étais, se corrigea Bastien. Tu sembles t'être beaucoup amélioré depuis que Kate est entrée dans ta vie. Elle a réussi à te faire délier les cordons de ta bourse. Il fut un temps où tu n'aurais jamais songé à vivre dans une ville aussi chère que New York.

Luc haussa les épaules.

— C'est là qu'elle vit, répondit-il.

— En fait, c'est moi qui ai besoin d'un service, annonça Kate.

— Oh ?

Bastien se tourna vers elle avec intérêt. Il aimait bien sa future belle-sœur. Elle était parfaite pour Luc. Son frère avait de la chance de l'avoir trouvée.

— Oui. Ma meilleure amie Terri… en fait, il s'agit de ma cousine. Ou plutôt, elle est les deux : ma cousine et ma meilleure amie, mais…

— C'est ta demoiselle d'honneur, n'est-ce pas ? l'interrompit Bastien.

— Oui !

Elle lui adressa un sourire radieux, heureuse qu'il s'en soit souvenu. Mais elle n'aurait pas dû être surprise. Bastien n'oubliait jamais aucun détail. D'autant que son rôle de garçon d'honneur faisait de lui le cavalier de la mystérieuse jeune femme. Ils allaient passer tout le mariage ensemble. Alors comment aurait-il pu ne pas se la rappeler ?

— Qu'y a-t-il ? demanda-t-il alors que Kate continuait de sourire en silence.

Quand elle hésita, il insista :

— Doit-elle arriver en même temps que tous les autres ou un ou deux jours avant ?

— En fait, elle sera là deux semaines avant le reste des invités, reconnut Kate. Elle a pris une partie de ses vacances pour venir nous aider à préparer le mariage.

— Ce qui est une excellente idée, marmonna Lucern avant d'ajouter : Nous aurons besoin de toute l'aide qu'on voudra bien nous apporter. Si tu savais comme il est compliqué d'organiser un mariage, Bastien. D'abord, il faut définir une date, réserver une salle, choisir les invitations et les envoyer. Puis il faut sélectionner un traiteur, décider du menu, des vins qui seront servis avec, des fleurs à utiliser pour les arrangements, de la musique à l'église, d'engager un groupe ou un DJ pour la soirée. Enfin, il y a les couleurs, les fleurs, les smokings et les robes, et ainsi de suite. (Il secoua la tête.) C'est incroyable que les couples survivent à cela et réussissent à mettre sur pied un mariage. Suis mon conseil : si tu trouves un jour chaussure à ton pied, évite ces bêtises et file à Las Vegas !

— Éviter ces bêtises et filer à Las Vegas ? répéta Kate, incrédule.

— Oh, non, Kate, je n'ai pas voulu dire…, commença Lucern, essayant de revenir sur ses propres paroles.

— Je sais bien qu'un mariage est pénible à organiser, mais le pire doit être derrière vous, non ? demanda Bastien, essayant de sauver son frère de la colère visible sur le visage de sa fiancée.

Soulagé, Lucern saisit la perche avec gratitude.

— Eh bien, oui. La majorité des décisions ont été prises, mais il semble qu'il y ait toujours autre chose. La semaine dernière, c'était faire des fleurs en papier toilette. Qui sait ce que sera la suivante ?

— Des fleurs en papier toilette ? s'étonna Bastien.

— En mouchoir en papier, le corrigea Kate, d'un ton agacé. Nous les réalisons avec des Kleenex.

— Oui, acquiesça Lucern avant de se tourner vers son frère pour lui expliquer : Elle m'a montré comment plier et attacher tous ces mouchoirs, puis les ouvrir pour en faire des fleurs qui décoreront les voitures du cortège. Je lui ai dit d'engager quelqu'un pour les fabriquer, ou de les acheter, mais elle a insisté, disant que c'était une tradition dans sa famille. Des fleurs achetées ne feraient pas l'affaire. Alors j'ai passé une semaine entière à froisser, nouer et évaser des feuilles en papier toilette.

— Des mouchoirs ! feula Kate.

— Certaines sont en papier toilette, l'informa Lucern.

— Quoi ?

Elle lui adressa un regard horrifié.

— Je suis tombé en panne de Kleenex, et tu voulais qu'il y en ait un nombre précis pour les voitures, alors j'ai utilisé du papier toilette. Je ne crois pas qu'on verra la moindre différence. Et puis, je n'ai pas pu te poser la question. Tu travaillais tard, comme d'habitude.

Il se tourna vers Bastien et expliqua :

— Elle fait des heures sup, depuis quelque temps, pour faire le boulot de Chris en même temps que le sien.

Bastien haussa un sourcil, mais Kate grimaça.

— Ce n'est pas ça. C.K. s'occupe de ses écrivains, et moi des miens. Mais il doit se rendre à une conférence en

Californie aujourd'hui, et je serai là en cas d'urgence pendant son absence. Je me suis donc arrangée pour m'avancer dans mon travail, pour ne pas prendre de retard, au cas où il se passerait quelque chose, si tu vois ce que je veux dire.

Bastien hocha la tête, puis il remit la conversation sur les rails.

— Donc, ta demoiselle d'honneur arrive avec deux semaines d'avance. Elle devrait être ici très bientôt. Où va-t-elle loger ?

— Ah. (Kate eut l'air mal à l'aise, puis elle lâcha un soupir.) C'est à ce sujet que j'ai un service à te demander, reconnut-elle. Tu comprends, j'ai pensé à l'inviter chez moi, mais mon appartement est vraiment petit. Je n'ai qu'une seule chambre minuscule, et c'est tout ce que je peux me permettre à Manhattan avec mon salaire. Et avec Lucern et moi, c'est déjà très encombré. J'ai songé à mettre Terri à l'hôtel, Luc a même offert de payer son séjour, mais je sais qu'elle insisterait pour le faire elle-même. Et avec toutes les dépenses qu'elle a déjà en tant que demoiselle d'honneur, je ne veux pas lui en imposer encore d'autres. Elle ne pourrait pas se le permettre, pourtant elle refuserait de l'admettre.

— Fière ? devina Bastien.

— Oui. Très. Sa mère l'a élevée seule, et Terri s'est débrouillée sans l'aide de personne depuis la mort de tante Maggie quand elle avait dix-neuf ans. Elle est têtue et a du mal à demander de l'aide et à en accepter.

Bastien hocha la tête. Il comprenait. Lui-même était fier. Trop, sans doute, par moments.

— Tu voudrais qu'elle loge chez moi, devina-t-il.

— Oui, si tu n'y vois pas d'inconvénient, admit Kate, pleine d'espoir.

Bastien sourit avec indulgence. La fiancée de son frère agissait comme si elle lui demandait un immense service. Il n'en était rien. L'appartement était très grand et comptait cinq chambres. Bastien n'y passait que très peu de temps, aussi ne verrait-il sans doute jamais la jeune femme. Il abandonnerait Terri entre les mains expertes de la gouvernante, et elle ne serait vraiment pas un problème pour lui.

— Aucun souci, Kate. Elle est la bienvenue. Quand doit-elle arriver ? Ce week-end, je présume, s'il est prévu qu'elle soit ici deux semaines avant le mariage ?

— Oui, répondit Kate, avant d'échanger un autre regard avec Lucern. En fait, elle arrive aujourd'hui.

— Aujourd'hui ?

CPI
AUBIN IMPRIMEUR

IMPRIM'VERT
Votre imprimeur agit pour l'environnement

Achevé d'imprimer en février 2011
N° d'impression L 74277
Dépôt légal, mars 2011
Imprimé en France
81120481-1